KB106558

07 | 민음의
비평

윤리의
표정

07 | 민음의
비평

윤리의
표정

정영훈 비평집

민음사

문학에 대해 생각할 때마다 떠오르는 일화 하나가 있다. 황량한 벌판. 앙상하게 뼈만 남은 아이 하나가 웅크려 있고, 그 뒤로 멀지 않은 곳에 독수리 한 마리가 앉아 어딘가를 주시하고 있다. 아이는 잠시 숨을 고르는 듯 보이기도 하고, 고단한 육신과 작별하기 위해 생애 마지막 기도를 드리는 듯 보이기도 한다. 독수리의 눈길이 향해 있는 곳이 어디인지는 분명하지 않다. 아이인 것 같기도 하고, 그 너머에 있는 텅 빈 공간인 것 같기도 하고. 정물과도 같은 이 장면을 시간의 흐름에서 떼어 내어 사진에 담은 사람은 케빈 카터(Kevin Carter)라는 사진기자였다. 그는 이 사진으로 퓰리처상을 수상했다.

사진 속에는 아프리카의 참상이, 사람들이 애써 외면하고자 했던 현실이 덩그러니 놓여 있었다. 아마 그래서였을 것이다. 이 두려운 실재와 대면하는 것이 끔찍하여 차마 눈을 뜰 수 없었던 사람들 가운데 일부가 그를 비난하기 시작했다. 사진을 찍고 있을 동안 아이를 구하는 것이 우선이 아니었겠느냐는 것이 비난의 요지였다. 비난이 쌓여 가면서 그는 인간에 대한 최소한의 예의를 잃어버린 사람이 되었고, 그로부터 얼마간의 시간이 지난 후 스스로 목숨을 끊었다. 그가 죽은 것은 죄책감을 이기지 못

5

한 탓이라는 이야기가 떠돌았다. 시간이 지나고 그에 대한 비난이 잦아들 즈음 또 다른 이야기들이 흘러나오기 시작했다. 사진을 찍은 후 곧바로 현장을 떠났기 때문에 그는 아이에게 무슨 일이 일어났는지 몰랐다거나, 그가 아이에게 접근할 수 없었던 것은 전염병이 번지는 것을 막기 위해 피부 접촉을 금지한 탓이었다거나, 사진을 찍은 후 아이를 구명했다거나, 그가 목숨을 끊은 이유는 다른 데 있었다거나…….

그런 가운데 누군가는 이런 말을 했다. 그때 그가 사진을 찍지 않고 아이를 구했다면, 아이 하나를 구해 내기는 했겠지만, 그곳에서 굶어 죽어 가는 수많은 어린아이들의 비참한 현실을 사람들이 알지 못했을 것이라고. 그랬다면 이를 해결하기 위한 노력들을 이끌어 내지도 못했을 것이라고. 카터는 자신이 할 수 있는 범위 내에서 최선을 다해 현실에 개입한 것이라고. 아마도 그는 공들여 찍은 사진 한 장이 현실을 바꾸는 데 어떤 역할을 할 수 있는지, 사진작가가 지녀야 할 미덕이 어디에 있어야 하는지 이야기하고 싶었을 것이다. 나는 그의 이런 이야기들에 수긍이 갔다. 하지만 그러면서도 찍음으로써 할 수 있었던 일보다는 사진을 찍는 것으로는 할 수 없었던 어떤 일에 더 눈길이 갔고, 이 점에서는 문학도 결국 비슷한 처지가 아니겠는가 하는 생각이 들어 쓸쓸해졌다.

우리 앞에 놓인 현실적인 문제 앞에 문학은 얼마나 무력한지. 하도 자주 인용되어 이제는 너덜너덜해진 옛 문장을 다시 꺼내 읽어 보자면, "문학은 배고픈 거지를 구하지 못한다. 그러나 문학은 그 배고픈 거지가 있다는 것을 추문으로 만들고, 그래서 인간을 억누르는 억압의 정체를 뚜렷하게 보여 준다."(김현, 『한국문학의 위상』) 문학은 아무짝에도 쓸모가 없지 않느냐고 물어 올 때, 딱히 돌려줄 적당한 말이 없고, 문득 문학의 가난함이 깨우쳐질 때 흔히들 끌어다 쓰는 문장이다. 그런데 이 말은 위안을 줄 수는 있어도 누군가를 설득하는 데는 별로 힘이 있어 보이지 않는다. 사람들은 배고픈 거지가 있다고 쓸 시간에 차라리 배고픈 거지를 구하라고 이야기하고 싶어 할 것이다. 일부의 사람들이 카터에게 주문했던 것도 이것이 아니었을까.

　카터가 스스로 목숨을 끊은 이유가 비참한 현실 앞에서 사진을 찍는 것 외에 할 수 있는 것이 아무것도 없는 자신을 용서할 수 없었기 때문이라고 생각한다면 지나친 비약일까. 그를 변호하기 위해 사람들이 덧댄 이런저런 이야기 역시, 적어도 사진 한 장이 아이의 목숨보다 가치 있지는 않다는 사실을 전제하고 있다. 무성한 소문들 속에서 실제로는 아이가 죽지 않았다는 이야기가 나온 것도 이런 이유에서가 아니었을까. 문학도 마찬가지다. 쓰기 위해서는 어쩔 수 없이 시간을 낭비해야 한다. 이 최소한의 시간 낭비마저 떳떳하게 여기지 못하는 것이 문학하는 이들 대부분이 앓는 고질이다. 문학이 할 수 있는 것이 많다고 생각하는 이들일수록 이 불편한 진실과 더 자주 대면하게 될 것이다. 한동안 문단에서 문학의 정치성에 대한 논의가 활발하게 이루어진 속사정도 사실은 여기에 있지 않을까.

　그러니까 나는 지금, 이런 감각 속에서 내가 문학에 대해 발언하고 작품들에 관해 이야기해 왔다는 사실을 고백하고 있는 셈이다. 문학이 무력하다는 자각은 문학이 현실 속에서 지닐 수 있는 힘보다 문학을 손에 쥔 대가로 방기해야 했던 것들에 눈길이 가게 했고, 어떻게든 그것들을 시야에서 놓치지 않으면서 문학을 하게 했고, 무력함 자체를 조건으로 하는 어떤 문학적 가능성을 타진해 보게 했다. 작품을 읽고, 읽은 것에 대해 무엇인가를 끼적거리면서 '윤리'라는 단어를 그토록 자주 써야 했던 것도 사실은 이런 이유 때문이었을 것이다. 윤리에 대한 사유는 이미 마련된 삶의 자세들을 회의하는 데서 오고, 회의는 현실에서 패배한 자들, 무력한 자들에게 어울리는 몸짓이며, 문학은 이들이 들어와 살기에 가장 어울리는 집이기 때문이다.

　언젠가 작품을 읽는 일을 나 자신을 윤리적 시험대 위에 세우는 일이라고 쓴 적이 있다. 작품을 읽으면서 나는 자주 무엇인가로부터 강요당하고 있다는 느낌을 받았다. 작품을 읽기 위해서는 거기 깃든 세계를 긍정해야 했고, 세계를 긍정하기 위해서는 내가 기왕에 딛고 서 있는 토대를 스스로 허물어야 할 것 같은 생각이 들었다. 그러다 보니 쓰면서 자주 흔들렸고, 흔들리다 보면 쓴 것을 지우기 일쑤였다. 그러기를 반복하는 동안 처음 시작할 때와는 다른 글이 나오는 일이 잦았는데, 한 편의 글을 마무리하고 나면 내 속에서 무엇인가가 빠져나가 버린 것 같은 느낌이 들었고, 그 빈자리를 메꾸고 들어온 무엇인가는 온전히 내 것이 되지 못하고 삐걱대는 소리를 내는 경우가 많았다. 이 흔들림이 내 나름으로 작품에 정직하게 반응하려는 노력의 결과였다고 하면 조금쯤 위안이 될지.

시간을 낭비해 가며 문학이 할 수 있고 또 해야만 한다고 생각하는 것들을 이야기하기 위해 애쓰는 동안 꽤 오랜 시간이 흘렀다. 문단에 이름을 올린 것이 지난 2004년의 일이었으니 그때로부터 헤아려도 벌써 10년의 세월이 더 지난 셈이다. 오래 썼지만 많이 쓰지는 못했고, 쓰는 데 게을렀으나 묶어서 책으로 내는 데는 더 게을렀다. 누군가가 쓴 작품을 읽고 그에 대해 쓰는 일을 시작하면서 지내 온 10여 년의 세월을 사이에 두고, 나는 얼마나 많이 변했던가. 그동안 써 온 글을 묶는 일은, 그러므로 작품들을 만나면서 그때그때 있어 온 수많은 '나'들을 한자리로 모으는 일이기도 했고, 지금의 내가 있기까지의 과정을 되짚어 보는 일이기도 했다. 아마 앞으로도 계속, 읽고 쓰는 일이 나에게는 이런 의미일 것이다. 쓴 것들은 물론이고 앞으로 쓸 것들도 작품에 대해서보다 작품을 읽은 나 자신에 대해서 더 많은 것들을 이야기하게 될 것이다. 늘 그래 왔던 것처럼, 은밀하게, 나만의 방식으로.

고마운 이들이 많다. 나를 궁지로 몰아넣고 생각하기를 강요했던 작가들에게 감사하고 싶다. 이들이 남긴 작품들이 없었다면 나는 시작조차 할 수 없었을 것이다. 내 글은 전적으로 이들에게 빚지고 있다. 여기 실린 글

대부분은 내가 《세계의 문학》에 몸담고 있는 동안 쓴 것들이다. 기댈 수 있는 곳이 있었기에 쓸 수 있었다. 함께했던 벗들에게 감사한다.

2018년 2월
정영훈

|차 례|

1부

훤화하는 소리

문학의 전통과 비평의 자리

1 비평의 흔적

글을 쓰는 사람은 누구나 자기가 읽은 것들 위에서 쓰고, 읽은 것들의 영향을 받아 쓰며, 읽은 것들에 대하여 쓴다. 그런 까닭에 글은 반드시 읽은 것들의 흔적을 남기게 되어 있다. 아니, 사실은 읽는 것이 곧 쓰는 것이기도 하다. 읽으면서 우리는 이제까지 읽었던 것의 흔적들을 불러들인다. 의식하건 의식하지 않건, 쌓인 흔적과 불러들이는 흔적의 양이 많건 적건, 읽으면서 우리는 이미 읽은 것들과 대화한다. 쓴다는 것은 곧 이 대화를 옮겨 적는 일이나 다름없다. 비평은 다른 형태의 어떤 글쓰기보다 글쓰기의 이런 본질을 더 잘 드러낸다. 때로 비평은 노골적으로 자신이 읽은 흔적들을 남기기도 한다. 그 남은 흔적들이 비평가의 성실성을 가늠하는 척도가 되기도 하며, 경우에 따라서는 비평에 대한 평가가 비평 행위를 통해 얻어 낸 결과보다는 읽는 과정에서 매개적으로 사용한 흔적들을 바탕으로 이루어지기도 한다.

비평이 남긴 분명한 흔적들을 좇아 확인할 수 있는바 지금 우리는 무엇을 읽고 있는가. 둘이 있다. 비평의 대상이 되는 작품과 작품을 읽기 위해 도입해 오는 이론, 좀 더 분명하게는 동시대의 작품과 서양의 이론이 그 둘이다. 물론 이런 진단은 실제로 우리가 읽고 있는 것이 무엇인가 하는 물음과는 아무 상관이 없다. 여기서 이야기하려는 것은 다만 비평이 읽고 쓰는 데 매개적으로 사용하고 있는 흔적들에 관한 것일 뿐이다. 분명히 우리는 이전 세대의 작품을 읽고 있으며, 자생적인 이론들에 대해서도 관심이 있다. 그러나 이런 사실과는 별개로 비평에서 이들의 흔적을 발견하기란 쉬운 일이 아니다. 혹 이들을 기억의 표면으로 불러들이지 못하도록 하는 어떤 억압이 자리하고 있는지는 모르겠지만, 이것이 하나의 비평적 태도로서 문단에 만연해 있다는 사실만큼은 분명해 보인다.

2   전통의 빈곤과 비평(가)의 곤혹

이런 현상을 목도하면서 우선 떠오르는 것은 우리 문학에 전통이 없다고 선언했던 선배 비평가들의 목소리다. 작품을 갖지 못한 비평가의 딱한 처지에 대해 유종호는 이렇게 쓴 적이 있다. "전통의 빈곤이라고 하는 것은 이 땅에 태어난 문학자일 것 같으면 누구나 한 번씩은 표백해 보는 공통적 탄성이지만, 비평 부문에서의 이에 대한 탄식은 가장 절실한 것이 아닌가 한다. 전통의 빈곤을 좀 더 구체적으로 살펴보면, 이것은 작가에게는 따라야 할 규범이 없다는 뜻이 되고 비평가에게는 의지할 만한 가치의 기준이 없다는 뜻이 된다. 혹은 반발할 만한 규범도 전도(顚倒)할 만한 가치의 기준도 없다는 뜻이 된다."[1] 유종호가 이 글을 쓰고 10여 년 가까운 시간이 흐른 후 김현은 이 글의 내용과 별반 다를 것이 없는 이야기를 반복한다. "한국문학엔 전통이 단절되어 있다라는 주장엔 무리가 없어 보인

---

1   유종호, 「비평의 반성」, 『비순수의 선언』(민음사, 1995), 193쪽.

다. 대부분의 작가들은 그들의 발상법과 표현 양식을 서구에서 빌려 오고 있다. 어떤 자는 도스토옙스키를 어떤 자는 카뮈를 혹은 릴케를, 발레리를 그들의 사숙하는 작가로 삼고 있다."[2]라고.

　요컨대 전통은 비평가들이 작품의 가치를 따지기 위해 다른 무엇과 비교하거나 대조할 수 있도록 기준을 마련해 주며, 작가들이 쓸 수 있도록 실마리를 마련하고 쓸 수 있는 방법을 알려 주는데, 우리에게는 바로 이런 의미의 전통이 없다는 것이다. 두 사람이 전통이 없다고 한목소리로 이야기하면서 염두에 둔 것은 무엇보다 고전문학이 현재의 문학에 아무런 작용도 하지 않는다는 사실이었다. "단도직입적으로 얘기해서 필자는 신라 향가나 고려 시대의 별곡을 읽고서 영감을 받고 시를 쓴다는 사람을 들은 일이 없다. 또 「춘향전」이나 「심청전」을 소설 습작생이 모범으로 사용한다는 얘기도 과문한 탓인지 들어 본 적이 없다."[3] "신라의 향가, 고려 가사…… 등등의 아주 한국적인 시가에서 대부분의 시인들은 아무런 영향력도 받고 있지 않다. 그들은 화석이 되어 교과서 속에 깊이 각인되어 있을 뿐이고, 거기서 도저히 튀어나올 수 없는 듯한 모습을 하고 있다."[4] 이런 생각은 두말할 것 없이 근대문학의 전통 단절론에 입각해 있는 것이지만, 근대문학을 대상으로 하더라도 사정은 크게 달라지지 않는다. 고전문학을 덜어 내고 난 자리에 남은 것이 불과 50여 년 동안에 이루어진 문학적 유산이라면, 이를 두고 전통을 운위하는 것이 민망한 노릇이기도 했을 것이다.

　유종호의 탄식처럼, 문학적 전통의 빈곤은 특히 비평가를 곤혹스럽게 한다. 전통이 빈곤하다는 것은 가치 판단을 위한 준거가 없다는 것 외에 비평 행위를 하기 위한 대상 텍스트가 빈곤하다는 뜻도 되기 때문이다.

2　김현, 「한국문학과 전통의 확립」, 《세대》, 1966년 2월, 252쪽.
3　유종호, 「전통의 확립을 위하여」, 앞의 책, 245쪽.
4　같은 책, 252쪽.

텍스트가 비평을 감당하기 어렵거나 거기에서 추출해 낼 수 있는 미학적, 윤리적 가능성이 빈곤할 때 비평이 저 홀로 빛날 수는 없다. 이 점에서 유종호가 "우리는 전통의 발견이나 발굴에 동분서주할 필요는 없다. 또 전통의 알리바이를 역설할 필요도 없다. 문제는 몇 세대 후의 사람들에게 우리가 겪은 바와 같은 빈곤의 탄성을 다시는 발하지 않도록 하는 데 있을 것이다."[5]라고 결론 내리고, 김현이 "한국문학을 하는 사람들의 가장 큰 의무는 한국문학의 전통을 세우는 일"[6]이라고 역설하는 것은 당연한 논리적 귀결이다. 우리 문학이 빛나는 전통을 마련해 놓지 못한 것에 대해서는 어쩔 수 없다 하더라도 이제부터나마 전통을 확립할 수 있도록 해야 한다는 것이 두 사람의 공통된 주장이다. 그러나 10년 가까운 시간을 사이에 두고 동일한 주장을 담은 요청이 반복되었다는 데서 짐작할 수 있듯이 전통이란 그리 쉽게 확립될 수 있는 것이 아니다. 작가들은 어떨지 모르겠으나 적어도 비평가들에게는 현재까지 가치 판단의 준거를 한국문학의 전통에서 찾고 있다는 뚜렷한 증거가 보이지 않고 있다.

3 이론이라는 허위의식

유종호는 문학적 유산의 빈곤과 직결되는 현상의 하나로 1950년대의 비평이 분석비평과 인상비평 위주로 되어 있다는 점을 지적한다. "문학 유산의 풍부한 전통을 배경으로 가지고 있는 나라의 문학에서는 한 어구의 사용이 인유(allusion)의 효과를 필연적으로 가지고 있기 때문에 이에 따라 전통과의 '비교'와 '분석'이 중요한 기능을 수행하지만 그렇지 못한 나라의 문학의 경우에선 '분석'이란 이름 아래 비평 대상 작품에 대한 과

---

5 같은 책, 248쪽.
6 김현, 앞의 책, 256쪽.

분한 비평자의 의식 투영과 이에 따라 부당한 비대화가 야기될 위험성이 있다는 것을 잊지 말도록 하자."[7] 비교와 대조를 통해 개별 작품이 놓이는 위치를 가늠하게 해 주는 전통이 부재하는 자리에서 비평가 개인의 개성을 내세우고 전체적인 효과를 고려하지 않은 채 대상 작품에 대해 부분적인 분석을 일삼는 태도가 만연하게 되었다는 것이 유종호의 견해이다.

　이런 생각을 오늘의 비평에 적용해 본다면, 아마도 이 빈 곳을 채우는 것은 다양하고 폭넓게 수용되는 이론들이지 않을까. 가령 김윤식이 백철 비평에서 이 나라 지식인의 운명을 읽어 냈을 때, 거기에서 핵심적인 것은 지식인이란 다만 개구리밥 같은 존재에 지나지 않는다는 사실이었다. 새로운 것을 찾기에 분주하고 그렇게 찾은 것에 대해서는 언제든 "웰컴!" 하고 두 손을 들어 환영할 준비가 되어 있는 것이 바로 지식인의 존재 조건이라는 것. 이것이 모든 지식인의 운명인지 변방에 속한 지식인의 운명인지는 더 생각해 볼 여지가 있지만, 우리 자신을 돌아보건대 이것이 오늘날에도 변함없는 진실임을 부인하기는 어렵다. 욕망에 관해 이야기하기 위해서는 라캉과 지젝을 참고해야 하고, 윤리적 태도에 대해 말하기 위해서는 스피노자와 레비나스와 바디우를 경유해야 하며, 권력을 비판하기 위해서는 푸코의 사유를 빌려 와야만 하는 것이 우리 처지이다. 이들은 우리 가까이에서 우리가 읽고 사유하고 쓰는 것들을 제약하고 지도하고 방향 짓는다. 비평의 한계와 가능성은 물론 작품의 한계와 가능성까지도 일정 정도 이들의 사유에 매개되어 있다.

　서양의 이론이란 서양의 현실을 바탕으로 하여 만들어진 것이다. 그것 자체로 무성생식한 것은 아니라는 데 우리의 고민이 있다. 너무도 당연한 이야기가 되겠지만, 이론은 말로 되어 있다. 일찍이 작가 최인훈이 갈파했듯이 말이란 이상한 물건이어서 그것에 부합하는 실체 없이도 살아서 움

7　유종호, 「비평의 문제들」, 앞의 책, 238쪽.

직인다. 최인훈이 문제 삼은 것은 서양의 온갖 제도와 이념들이, 그러니까 역사적 경험에서 나오지 않은 그 모든 관념들이 풍속의 매개 없이 마치 실체인 것처럼 떠돌아다니는 한국의 현실이었다. 역사적 경험을 통해 만든 것도 아니고, 실제 현실 속에서 확인되거나 실증된 바도 없는 그 모든 관념들을 우리에게도 가능한 것인 양 사람들이 착각할 수 있었던 것은, 논리적인 정합성만으로도 그것을 이해하는 데 무리가 없었기 때문이다. 말 자체의 논리가 있으므로, 그 논리 안에서 추론되고 검증되고 확인되는 한, 그 관념들은 진실로서 받아들여질 수 있었다.

그러나 그것은 한낱 관념의 세계, 회색의 세계에서만 통용될 수 있다. 그것은 만져 볼 수 없고 감각할 수 없다. 최인훈이 관념과 대립되는 육체의 비유를 자주 든 것은 이런 이유 때문이다. 적어도 최인훈이 보기에 서양에서 이식해 들어온 관념들이란 서양에서는 그렇게 통용되지 않는 물건들이었다. 역사적 경험 속에서 만들어진 그 모든 제도와 이념들이, 그들에게는 가죽을 다루는 사람의 손끝에서 느껴지는 가죽의 감각 같은 것이라고 그는 생각한 것이다. 최인훈의 이런 생각은 좀 과장되었을지도 모른다. 그들이라고 늘 일상 속에서 체현된 것으로서 제도와 이념을 접하지는 않았을 것이다. 더욱이 관념이란 언제나 현실을 추상하여 형성되는 것이므로 감각만으로 확인하는 데는 무리가 따르는 법이다. 아마도 최인훈은 자신이 머리로 이해한 관념의 허망함에 덧붙여 서구적 일상의 경험 속에서 직접 체험되는 어떤 기미들에 지나치게 놀랐을 수도 있으리라.

사정이야 어찌 되었건 최인훈의 인식에서 우리가 중요하게 보아야 할 것은 현실의 매개 없이도 관념이 이해될 수 있다는 바로 그 생각이다. 우리와 작품을 매개하는 이론 역시 그 자체의 내적인 논리적 정합성을 가지고 있을 경우 충분히 이해될 수 있고 적용될 수 있다. 그러나 그 순간 우리는 이미 허위의식에 사로잡힐 수밖에 없다. 이론 자체가 갖는 고도의 추상성 때문에 필연적으로 생겨날 수밖에 없는 거리 외에 한국적 현실이 매개되지 않았다는 바로 그 사실에서 오는 보다 본질적인 거리가 덧붙여지면 이론이 작품에 적용되기 위해서는, 둘 사이에 놓인 거리를 줄여 놓기 위한 필사적인 노력이 뒤따를 수밖에 없다. 이 점을 잊지 않는 것이 중요하다. 더욱이 이론에 매개된 작품 읽기는 이론의 수명이 다함과 더불어 시효를 상실한다. 개별 작품을 해명하는 데는 유효할지 몰라도 유기적 전체로서의 문학, 곧 "개개의 문예 작품이나 각개 예술가의 작품들이 그들의 의의를 가지고 있는 그 상호 관계 (……) 안에서의 체계"[8]에 귀속되는 의미를 부여하는 데는 실패할 수밖에 없다.

4   되풀이 읽기로서의 비평

우리 비평이 관심을 갖는 것은 늘 당대의 문학이다. 비평이 당대의 문학에 관심을 갖는 것은 지극히 자연스럽고 당연한 일이다. 비평의 임무가 이제까지 우리 문학이 이르지 못했던 독자적인 미의식과 윤리 의식을 발견하고 이를 적극적으로 호명하는 데 있다면, 지금 막 우리 앞에 주어진 작품들에 관심을 기울이는 것이야말로 비평가의 첫 번째 과제이기 때문이다. 그러나 이를 위해서는 당대의 작품이 놓인 정확한 위치와 특이성의 근거가 우선 확인되어야 한다. 당대의 작품이 구현하고 있는 독자적인 미학이 무엇이고, 당대의 작품이 내세우고 있는 윤리에 어떤 옹호할 만한 것이 있는지 따지기 위해서는 이전 세대의 작품들을 포함하는 한국문학 전체에 대한 감각이 필요하다. 그런 까닭에 당대의 문학만을 대상으로 하는 비평은 공소해지기 쉬우며, 그 자신뿐 아니라 한국문학마저 빈곤하게 만들 우려가 있다. 한국문학을 이제까지의 우리 문학이 축적되어 만들어

---

8   T. S. 엘리엇, 최종수 옮김, 「비평의 기능」, 『문예비평론』(박영사, 1976), 79쪽.

진 전체가 아니라 당대의 문학들로 이루어진 부분들로 바라보도록 하기 때문이다.

축적을 모르는 문학은 빈곤하다. 질적인 부분은 일단 논외로 하더라도, 특히 양적으로 빈곤할 수밖에 없다. 우리의 문학사적 사실이 알려 주는바 새로운 문학은 항상 전대의 문학을 부정하는 자리에서 출현했다. 전 세대의 문학적 유산을 물려받는 대신 그것을 부정하는 자리에서 새로운 문학을 시작하는 것은 이광수가 자신을 신종족으로 자처한 이래 그를 아버지로 여긴 모든 아들들이 좇아 온 길이었다. 인정 투쟁의 형태로 표출되는 세대론적 대결이 언제나 문학사에서 중요하게 취급되고 있는 점이 이를 잘 보여 준다. 세대적인 단절을 선언하는 것은 작가일 수 있지만, 그것을 확인하고 맥락화하고 역사화하는 것은 문학사가와 비평가들이다. 우리 문학사가 거의 항상 10년을 단위로 새롭게 기술되고 있는 것이 이와 무관하지 않다. 문학사 기술에서 10년마다 분절되는 각각의 시간대는 내부적으로는 시간의 흐름이 정지해 있고, 외부적으로는 이웃해 있는 다른 시간대와 단절되어 있으며, 작품은 당연히 해당 시기를 특징적으로 드러내는 한도에서만 의미를 지닌다. 아무리 문학사적으로 중요하다고 해도 그 의미가 시대적인 맥락 속에 가두어지고 마는 것이라면, 이런 작품은 계속해서 읽히기가 어렵다. 축적되지 않는다는 뜻이다.

문학사 내부의 단절은 비평이 당대의 문학에만 관심을 기울이고 있는 것과 상관적이다. 어느 쪽이든 문학의 축적을 불가능하게 만든다. 한국문학에 고전이 없는 원인도 이런 데서 찾을 수 있다. 오늘날 우리가 고전이라 부르는 작품들은 되풀이 읽고 재해석하는 과정을 통해 고전으로 발견되거나 재조명된 것이지 처음부터 고전이었던 채로 있어 온 것은 아니다. 고전을 만들어 가는 과정에서 핵심적인 것은 되풀이 읽는 것이다. 한국문학에 고전이 없는 것은 되풀이 읽지 않기 때문이다. 고전은 가령 고전에 대한 정의를 내리고 이러저러한 작품이 그에 부합하노라고 선언한다고 해서 만들어지는 것이 아니다.[9] 고전은 되풀이 읽음으로써만 만들어질 수 있다.

앞서 오늘의 비평이 당대의 문학에만 관심을 가지고 있다고 이야기했지만, 사실 비평가들이 이전 세대의 작품들에 대해 쓰지 않는 것은 아니다. 쓰기는 쓴다. 쓰되 대개는 비평가가 아니라 문학 연구자의 입장에서, 문예지가 아니라 학술지에 쓴다. 이런 차이는 중요하다. 무릇 글쓰기는 제도의 산물이다. 제도의 뒷받침 속에서 수행되며, 그 제도가 글쓰기의 성격을 규명한다. 문예지와 학술지는 각각의 해석 공동체와 글쓰기의 형식, 그리고 시기를 달리하는 대상을 가지고 있다. 예전의 비평가들이 양쪽 지면을 오가면서 비슷한 성격의 글을 발표할 수 있었던 것과 달리 지금의 비평가들은 성격을 달리하는 글을 서로 다른 지면에 나누어 쓸 수밖에 없게되었다. 이전 세대의 작품에 관해 쓸 때 비평가들은 비평가의 입장이 아니라 문학 연구자의 입장에서 쓴다. 학술지가 요청하는 형식을 갖추어 비

9 현대문학 가운데 고전이라 부를 만한 것이 있겠는가 물었던 1987년 《현대문학》(2, 4, 5월호)의 기획 특집 「현대의 고전을 찾는다」가 대표적인 예이다. 이 기획에 참여한 12명의 문학 연구자와 비평가들은 고전에 대한 각자의 정의를 내린 후 그에 부합하는 작품들을 선별한다. 고전에 대한 정의는 "시간과 공간을 초월하여, 어느 시대 어느 사람들에게도 보편적인 공감을 줄 수 있는 책"(마광수, 「전기소설의 현대적 계승」, 2월호, 75쪽), "시간적 영원성과 공간적 보편성을 획득하고 있는 작품"(이승원, 「영원한 서정의 울림」, 2월호, 82쪽), "오래도록 읽힐 만한 가치가 있는 것"(김우종, 「해방 후의 대표작 세 편」, 4월호, 298쪽), "옛날의 서적으로 후세에 남을 만한 가치가 있는 책"(이승훈, 「세 편의 현대시」, 4월호, 304쪽), "시대성의 한계를 뛰어넘는 보편적인 가치, 즉 완숙한 예술성, 인간의 삶과 인간성에 대한 독특한 추구와 상상력의 밀도, 공감의 항속성, 그리고 다음 시대의 문학의 형성에 끊임없이 빛을 줄 수 있는 영향성"(이재선, 「김동인 소설의 고전적 가치」, 4월호, 310쪽)을 두루 갖춘 작품, "시대를 초월해서 꾸준히 그 생명력을 발휘할 수 있는 작품 (……) 가장 개체적인 것이면서도 보편적이고 가장 지방적이면서도 세계적인 것"(조동민, 「우리 시대의 고전」, 4월호, 317쪽), "당대성과 영원성을 동시에 포괄한 작품"(박이도, 「50년대의 또 다른 목소리」, 5월호, 331쪽) 등으로 거의 비슷하고, 고전이 될 만한 작품으로는 「비 오는 날」, 「혈서」(손창섭), 「광장」(최인훈), 「환상수첩」(김승옥), 「장마」(윤흥길), 「장길산」(황석영), 「무녀도」, 「배따라기」, 「감자」(김동인), 「메밀꽃 필 무렵」(이효석), 「날개」(이상), 「카인의 후예」(황순원) 등의 소설과 「화사」(서정주), 「거울」(이상), 「꽃」(김춘수), 「풀」(김수영) 등의 시가 언급된다.

평이 아닌 학문적인 활동의 일환으로, 직관이나 감성에 의존하는 대신 엄밀한 방법론에 입각하고 논거에 의해 뒷받침되는 글을 쓴다. 학술적인 글쓰기에서 작품들에 대한 해석은 새로운 의미의 발견에 초점이 맞추어져 있다. 거기에도 당연히 연구자의 자의식과 문제의식이 개입하지만, 대개의 경우 연구는 해석의 새로움만으로도 의미를 갖는다.

작품을 고전으로 만드는 것은 연구가 아니라 비평이어야 한다. 여기서 이야기하는 것은 지금 이곳에서 의미 있게 논의될 수 있는 고전이다. 지금 세대의 자의식이 개입하고 지금 이곳 작가들의 글쓰기에 영향력을 행사할 수 있는, 그런 의미를 발견하고 발굴할 수 있는 작업이 필요하다는 뜻이다. 비평가는 자기 세대를 옹호해야 한다는 말을 흔히 듣는다. 자기 세대가 옹호할 만한 새로운 작가들의 출현을 대망하는 것은 모든 세대의 당연한 권리이겠지만, 자기 세대가 옹호할 만한 기존의 작가와 작품들을 역사의 지층 속에서부터 발굴해 내는 것 역시 마찬가지이다. 고전은 늘 새롭게 읽힌다. 새롭게 읽는 그 작업을 통해 모든 뛰어난 사상가들은 자신의 사상을 새롭게 펼쳐 나가지 않았던가. 우리는 모두 거인의 어깨 위에 올라탄 난장이이다. 우리가 거인보다 더 높은 위치에서 세계를 바라볼 수 있는 것은 거인의 어깨 위에 올라타 있기 때문이다. 전통은, 그리고 그 가운데서도 가장 빛나는 고전은 제 눈을 갖지 못한 거인과도 같다. 그의 어깨 위에 올라탈 수 있는 자만이 거인보다 더 높은 곳에서 더 멀리 볼 수 있는 법이다. 우리의 세대론적 자의식이 개입하지 않은 채 읽는 기존의 작품들은 지금 이곳에서 글을 쓰는 데 아무런 작용도 할 수 없다.

우리 문학사의 수많은 세대론적 대결들에는 고전에 대한 해석을 둘러싸고 벌어지는 논쟁이 없다. 텍스트에 대한 해석의 차이를 통해 자기 세대의 미적 가치를 드러내고 이전 세대와 자기 세대를 적극적으로 구별하려는 시도가 없었다는 말이다. 이것은 그만큼 우리의 문학적 전통이 빈곤하다는 것을 의미하겠지만, 다른 한편으로는 우리가 늘 당대적인 것에만 관심을 기울였다는 뜻도 될 것이다. 엘리엇은 비평가의 임무를 "예술작품에 대한 해명과 취미의 교정"이라고 말한 적이 있다. 이 말의 뜻을 이전 세대의 작품들에서 알려지지 않은 어떤 의미를 탈은폐하고, 다만 제대로 된 이해에 이르지 못했기 때문에 감추어져 있을 수밖에 없었던 작품들을 새로이 발굴하여 거기에 정당한 가치와 이름을 주며 이들 작품에 주목할 수 있도록 우리를 제한하고 있는 그 모든 인식적, 미학적 요소들을 제거하는 것으로 이해해 볼 수 있다면, 바로 이런 방식의 읽기가 지금 우리에게 필요하다. 자기 세대를 옹호하기 위해서도, 문학적 전통을 확립해 나가기 위해서도.

5 문학사적 감각과 비평(가)의 과제

오늘의 우리 비평이 회복해야 할 것이 있다면 그것은 바로 개별 작품들이 놓이는 장으로서의 한국문학 전체에 대한 감각이다. 이를테면 엘리엇이 "현존하는 기념비적 작품들은 그 작품 사이에서 하나의 이상적인 질서를 형성하고 있는데, 이 질서는 그들 속에 새로운(진정으로 새로운) 예술작품이 도입됨으로써 수정을 받게 된다. 현존 질서는 새로운 작품이 출현하기까지는 완전하다. 신기한 것이 추가된 후에도 질서가 유지되어 나가려면 현존하는 '전체' 질서는 다소라도 변경되어야 한다. 그리하여 전체에 대한 개개 예술 작품의 관계, 균형, 가치가 재조정된다. 이것이 낡은 것과 새로운 것 사이의 순응이다."[10]라고 했을 때처럼 이런 질서에 대한 감각의 회복이 우리에게도 필요하다.

오늘날 우리 문단이 직면해 있는 위기, 누군가의 뼈아픈 지적처럼 실제로는 문학 자체의 위기와는 상관없는 비평의 위기가 본질인 바로 그 위

---

10   T. S. 엘리엇, 「전통과 개인의 재능」, 앞의 책, 14쪽.

기는 비평이 비평의 존립 근거인 작품을 스스로 방기한 데서 왔다 해도 과언이 아니다. 지금 와서 새삼스레 생각해 보는 것은, 유종호와 김현이 문학적 전통의 빈곤을 지적하면서도 한국문학의 전통을 확립해야 한다는 당위로 나아간 것은 한국문학이 필요 없다는 대답을 가능한 한 지연시키기 위한 술책이 아니었을까 하는 점이다. 생각해 보면 한국문학의 필요에 대한 물음은 그 전에도 있었다. 1930년대에 이미 이헌구는 "희랍의 三代 劇作家의 作品도 읽으며, 셰익스피어도 읽고, 단테도 읽으며, 몰리에르, 괴테, 룻소, 발작 等의 數多한 古今의 文豪의 作品을 읽으며 (중략) 그 어떠한 藝術的 感興을" 느끼는 처지에 이렇게 "無數한 世界的 名作을 두고도, 왜 하필 三十년밖에 안 되는 朝鮮의 貧弱한 文學에서 그 무엇을 찾으려 하며, 또 조선문학에 그 무엇을 寄與하려는가?"[11] 자문했다. 이헌구는 문학이 자국어를 매재(媒材)로 한다는 사실을 들어 이 물음에 가까스로 대답했다. "朝鮮말, 글을 가장 잘 洗練시키고, 文化의 唯一한 實用道具로 形象化하려면, 이것은 오로지 文學의 힘이 아니고서는 到底히 不可能"[12] 하기 때문이라는 것이 그의 대답이었던 것이다. 이헌구가 이런 결론을 내리게 된 데는 식민지 시절의 상황이 크게 작용했을 것이다. 나라를 잃고 민족의 생존마저 위태로워진 처지에 문학이 대수였을까. 중요한 것은 민족정신의 요체라고도 할 수 있을 한국어가 아니었겠으며, 한국문학은 바로 한국어를 매재로 하는 한다는 사실만으로도 읽고 말할 만한 가치가 충분하지 않았겠는가.

　오늘의 한국어라는 개별 언어를 매개로 하고 한국이라는 특정한 지역 속에서 생산되고 유통되는 것으로서의 한국문학이 아니라 이런 차원을 넘어서는 세계문학이 문제가 되는 오늘의 상황에서 문제는 좀 더 복잡해진 듯하다. 어쨌든 선배 비평가들은 자기부정의 모순에 빠지지는 않았

11　이헌구, 「조선 문학은 어디로」, 『모색의 도정』(정음사, 1965), 8쪽.
12　같은 책, 9쪽.

다. 그들의 결론을 변주하면서 글을 맺을 수밖에 없다. 한국문학은 좀 더 풍성해져야 한다. 이를 위해 비평에 주어진 임무 가운데 하나는 문학사적 감각을 가지고 글을 쓰는 것이다. 어떤 작품을 문학사적 배경도 유산도 없이 출현한 후레자식으로 만드는 대신 작품들의 관계망 속에 놓아 정당한 자리를 부여하고 의미를 부여하고, 새로운 점이 있다면 어떤 점에서 그런지 알려 주고 그 가능성을 확장할 수 있도록 해 주며, 그렇게 함으로써 우리 문학이 축적되고 되풀이 읽힐 수 있도록 해야 한다. 이것이 비평가의 과제이다.

2000년대 비평의 존재 방식

1   문학의 위기로부터

어느 평론가의 이야기처럼 "문학의 위기에 관한 담론"은 이제 "일상적인 것이 되었다."[1] 문학의 위기란 예컨대 이런 식으로 설명이 된다. "80년대 후반을 정점으로 하여 문학에서도 정치성과 사회성의 비중은 점차 축소되어 왔다. 그와 동시에 문학이 사회적 담론의 장에서 차지하는 비중도 차츰 축소되었다. (……) 동시대의 문학작품을 읽고 토론하는 것이 영화나 TV드라마, 상업광고의 트렌드에 대해 말하는 것보다 중요하다고 주장할 수 없게 되었음은 물론, 무협지나 인터넷 소설, 칙릿의 새로운 경향에 대해 논의하는 것보다 더 중요하다고 말할 수조차 없게 되었다."[2] 이런 맥락에서 비평의 위기라는 말이 나오기도 했다. "문학의 주변화는 필연적으로 비평의 위기로 이어진다. 문학에 흥미를 잃은 사람들이 도대체 무엇 때문에 그것에 관한 비평에 귀를 기울이겠는가?" "비평이란 본질

---

1   서영채, 「역설의 생산: 문학성에 대한 성찰, 2009」, 《문학동네》, 2009년 봄, 297쪽.
2   서영채, 「공생의 윤리와 문학: 민주화 이후의 한국문학」, 《문학동네》, 2008년 봄, 353쪽.

적으로 문학에 의존하는 이차적이고 파생적인 글쓰기"[3]가 아니던가. 이 글은 2000년대 문학의 위기로부터 파생된 이 위기를 극복하는 과정에서 2000년대 비평이 제출한 몇 가지 문제들을 다룬다. 이 과정에서 2000년대 비평의 자기 인식 혹은 존재 방식을 확인해 볼 수도 있을 것이다.

2 에세이를 지향하는 비평

"최근 쓰이고 있는 실제 비평에서 우리는 대상 텍스트를 분석하고 평가하는 객관성에 머물지 않고 그 스스로 심미적 텍스트로 화(化)하려는 비평적 주체의 강렬한 욕망을 종종 읽게 된다. 다시 말해서 비평이 창작에 대한 사후적 해석이나 평가에 그치지 않고 스스로 창조적 영역을 구축하려는 욕망을 드러내고 있는 것이다. 그만큼 우리 시대의 비평적 주체들은 작품과 이론을 연결시키는 매개적 기능을 벗어나 스스로의 어조와 문체 미학을 구축하려는 의욕을 스스럼없이 갖는다. 심지어 우리는 비평에서 공적 영역의 자기 고백이 혼재해 있는 경우를 자주 목도하게 되는데 (……) 마치 소설에 사소설이 있듯이 비평에도 사비평(私批評)이 도래한 것은 아닌가 하는 의아심을 주는 대표적인 사례들이다."[4]라거나 "저는 요즘의 문학비평이 문학비평에서 비평으로 이동한다고 생각합니다. 인접 예술 장르나 인문학 텍스트에 대한 참조가 높아지고 있으면서 동시에 시와 소설 등에 대한 주석적, 해설적 예속으로부터 비평 그 자체를 독립시키려는 경향이 보인다는 것이죠."[5]라는 언급에서 확인할 수 있듯, 최근 비

---

3   김태환, 「문학, 비평, 이론」, 《문학과 사회》, 2006년 겨울, 271~272쪽.

4   유성호, 「수사(修辭)의 적실과 과잉 ─ 시와 비평의 '난해성'을 위하여」, 《작가세계》, 2003년 가을, 153~154쪽.

5   복도훈, 좌담 「젊은 비평, 젊은 고뇌」, 《문예중앙》, 2007년 여름, 242쪽.

평은 자주 1차적 글쓰기를 지향하는 경향을 보이고 있다. 에세이에 가까워지고 있다고나 할까.

전통적인 의미의 비평과 에세이의 차이는 글쓰기 주체와 글 속에 존재하는 '나'의 거리를 통해 확인할 수 있을 듯하다. 예컨대 에세이를 "실제 생활에서 취재하여, 실제 경험을, 실제 저자와 동일시되는 '나'가 기술하는, 늘 깨달음과 교훈을 내장한 단문들"[6]이라 했을 때, 에세이를 이루는 이 여러 가지 자질들 가운데 "실제 저자와 동일시되는 '나'가 기술"한다는 사실이야말로 가장 본질적인 요소라고 할 수 있을 것이다. 전통적인 의미의 비평은 이 '나'가 부재하거나 글쓰기가 요청하는 일반적인 존재 속으로 사라져 있다는 점에서 에세이와 구별된다. 에세이에서는 "실제 저자"와 '나'가 동일시되기에 "실제 저자"의 삶이 '나'가 얻은 "깨달음과 교훈"의 진정성을 판가름하는 기준이 되는 것과 달리, 전통적인 문학비평의 경우 비평이 제기하는 주장은 텍스트와의 관계 속에서 그 진위가 판가름되곤 한다. 가령 비평가가 어떤 작품에 대해 그 작품의 미학적 자질을 검토하고, 그 수준을 평가하고, 이를 비판 혹은 어떤 제언을 할 때, 우리는 그러한 이야기들이 비평가 자신에게로 되돌아가야 한다고 생각하지는 않는다. 비평가의 칼끝이 겨누는 대상은 비평가 자신과는 무관한 곳에 있기 때문이다. 적어도 비평가는 자신이 직접 작품을 쓰지 않으므로, 작품에 대해 이야기할 때 그는 자신이 쓰지 않는 것에 대해서, 혹은 앞으로도 쓰지 않을 것들에 대해서 이야기하고, 따라서 그것이 자기의 비평적 진술에 의해 비판받을 하등의 이유가 없었던 것이다. (가령 시와 시 이론을 동시에 썼던 어떤 시인들의 시는 종종 자기 시론의 실천 행위로 여겨지지 않았던가.)

이와는 달리 최근 비평은, 아마도 1차적 글쓰기를 지향하는 과정에서 부수되는 하나의 현상으로서, 텍스트 대신 삶을 향하거나 비평가 자신의

6   권혁웅, 「이 글들을 무어라 부를까?」, 《문예중앙》, 2007년 겨울, 10쪽

윤리적 태도를 직접 문제 삼고 있는 듯 보인다. 가령 허윤진은 이렇게 쓰고 있다.

> 비평은 무엇인가? 비평이 비평가를 타자적 요소들(작품, 작가)에 완전히 노출하고 그녀를 극단적인 수동성에 빠뜨리지 못할 때, 그녀의 자기 파괴 욕구를 생산하지 못할 때, 비평은 존재론적인 사건의 차원으로 격상될 수 없다. 비평가 자신조차 쇄신하지 못하는 비평이 다른 독자에게 미적인 충격을 줄 것이라고 생각한다면 그것은 오산이다. 비평 텍스트는 매 순간 비평가의 자살이 되어야 한다. 타자적인 요소들이 내합된 채로 발설의 욕망을 주체하지 못해 말을 더듬다가 결국 자기 파괴의 현장으로 가서 자기의 주검까지도 확인하고 돌아오는 과정이 비평이어야 한다. 나의 존재가 너로 인해 흔들리고 있다는 비참한 수동성이 낳는 고통을 토로하고, 존재를 걸고 세계의 은밀한 억압을 발설함으로써, 타인에게 또 다른 불안을 낳는 존재가 비평가다. 비평가들이여, 죽음이 두려운가? 이미 죽은 자들의 시체를 먹어 치운 자, 무엇이 두렵겠는가?[7]

비평은 능동적이기보다는 수동적인 행위에 가깝다. 비평가는 매번 작품을 읽을 때마다 자살을 감행하는 존재(가 되어야 한)다. 허윤진과 비슷한 문제의식을 공유하고 있는 다른 글을 참고하면, '좋은 소식'이 그러하듯이 문학은 도래하는 것이라는 점에서, "문학으로부터 좋은 소식을 듣고 서늘한 열기에 휩싸인 우리가 그것을 어딘가로 전하고 싶을 때, 게으른 내 정신과 육체의 지각이 빠지직 쇄신하는 충격에서 일어나 새 발걸음을 떼려 할 때" 비평(가)이 태어난다는 의미에서, "모르는 자리, 오히려 그동안 안다고 믿어 왔던 앎이 무너지는 자리에서" "자기가 만난, 자기에게 도

---

7 허윤진, 「춤추는 우울증」, 『5시 57분』(문학과지성사, 2007), 147~148쪽.

래한 문학에 대해 가까스로 입을" 여는 행위라는 의미에서, 비평의 주체
는 작품 내부에 "숨겨져 있다고 믿어지는 무언가를 끄집어내어 표상하는"
대신 "어떤 확신으로 텍스트에 끼어듦으로써" "주체성"을 획득한다는 의
미에서 "텍스트로부터 촉발되는 비평의 '원동력'은 이끌림(수동)으로 나
아가기(능동) 말고 다른 게 없"다. "비평적 감식안이란 결국 이 '수동의 능
동성'/'능동의 수동'이다."[8]

3   미학적 호명과 비평적 물음의 분리

이광호는 무중력의 공간을 부유하는 듯한 젊은 작가들의 작품에 '사
소한 정치성'을 부여한다. 그들의 작품은 정치에 무관심한 듯, 혹은 정치
적 자장으로부터 벗어나 있는 듯 보인다. 그러나 그들의 작품은 겉으로
보는 것과는 달리 정치성을 지니고 있거나 정치의 영향을 받고 있다. 이
를테면 두 가지 층위가 있다. 겉으로 드러나 보이는 것과 실제로 존재하
는 것. 이 둘에 관한 물음은 다음 두 가지로 대별된다. "이들의 감각과 상
상력을 무중력의 미학으로 호명하는 것과, 이들의 텍스트와 사회 현실과
의 관련성을 비평적으로 질문하는 것은 차원이 다른 문제이다. 앞의 것이
이들 텍스트의 미학적 차별성에 대한 호명 방식이라면, 뒤의 것은 그것에
대한 사회적인 분석과 해석의 문제이다." 이런 맥락에서 "어떤 텍스트를
객관적으로 실재한다고 여겨지는 사회 현실의 반영으로 읽는 작업과, 그
언술 방식의 심층으로부터 정치적·이데올로기적 무의식과 그 효과를 분
석하는 비평적 실천 역시 구별될 필요가 있다."[9]

8   백지은, 「비평이란 무엇이길 바라는가」, 《문학수첩》, 2009년 봄.
9   이광호, 「'2000년대 문학 논쟁'을 넘어서」, 《문학과 사회》, 2007년 봄, 246쪽.

이 글은 '혼종성', '무중력', '사소한 정치성' 등의 개념에 대해 임규찬,[10] 한기욱[11] 등이 비판을 제기하자 이를 다시 비판하며 쓴 글의 일부이다. 논쟁 과정에서는 이 점이 별반 관심의 대상이 되지 않은 듯한데, 이광호와 임규찬 등의 입장 차이는, 이광호의 구별을 빌려 이야기하자면, 무엇보다 미학적 호명과 비평적 물음 사이의 연관성에 대한 인식 차이에서 오는 듯하다. 이광호는 일단 이 둘을 분리하려 한다. 작품 자체에 내재해 있는 자질이라 할 수 있는 것과 그에 덧붙일 수 있는 의미가 분리 가능하다고 여긴다는 뜻이다. 가령 어떤 작품이 무중력 공간 속에 놓여 있다고 이야기하는 것과 이 작품을 현실적인 맥락에서 이야기하는 것은 별개의 사안이다. 독법 자체만을 놓고 보면, 이광호의 비평이야말로 정치적이다. 임규찬 등이 참을 수 없었던 것은 이러한 독법이 성립하기 위한 전제이다. 비평가에 의해 수행되는 과제, 즉 작품과 현실 사이의 어떤 상관관계에 대한 해명이 가능하기 위해서는, 그 이전에, 작품에 아무런 정치성도 없으며 작품이 현실과 아무런 관련도 없다는 사실이 전제되어야 한다. 그들에게는 문학의 정치성이란 문학에 본원적으로 주어져 있는 것이지 사후적으로 추인되는 무엇이 아닌 것이다. 그렇기에 일단 '무중력'이라는 호명 자체가 문제가 될 수밖에 없다. 한기욱이 '무중력' 개념을 "2000년대 작가들의 '내면 성향'이나 '심리 상태'"가 아니라 이광호 자신의 것으로 잘못 읽은 것도 이런 사정과 관련되는 듯 보이거니와, 이들이 미학적 호명의 층위에서 작품을 무중력 공간에서 건져 내려 애쓰는 것 역시 다른 데 이유가 있지 않다.

예컨대 한기욱은 이광호의 이런 비평 방식을 두고 "2000년대 문학작품들을 실제 이상으로 탈현실적이고 탈역사적인 맥락에서 읽기 쉽다."[12] 라고 비판하는데, 여기서 눈여겨보아야 할 것은 '실제'라는 말이다. '실

---

10   임규찬, 「비판의 윤리성과 최근의 비평」, 《창작과 비평》, 2006년 겨울.
11   한기욱, 「한국문학의 새로운 현실 읽기」, 《창작과 비평》, 2006년 여름.
12   같은 글, 214쪽.

제'는 작품 속에 내재한 어떤 의미 요소라고 보아도 틀리지 않을 것이다. 한기욱이 우선 지적하려 했던 것은, 작품 속에는 현실과 관련한 맥락이 '실제로' 존재하고 있다는 점이고, 그럼에도 이광호는 작품 속에 그런 것이 존재하지 않는다고 전제하고 있다는 사실이다. '무력한 자아' 혹은 '편집증적인 자아'라는 말로써 2000년대 문학의 무력함을 지적하는 김영찬의 입장을 비판하면서 "소설의 문맥"을 직접 언급해 가면서 "이런 자아를 '무력한 자아' 혹은 '편집증적인 자아'라고 규정할 수 있을까?" 하고 묻거나 "김애란과 박민규 등 젊은 소설가들이 '지금, 여기'에서 신자유주의적 자본주의라는 '역사적 현실의 중력'을 온몸으로 겪으면서도 그 체제의 논리에 쉽사리 포섭되지 않는 주체들을 보여 주었다."[13]라고 쓸 때도 이 점이 강조되고 있다.[14]

미학적 호명과 비평적 물음을 구별하는 이런 식의 독법은 이광호만의 것이 아니다. 예컨대 김영찬이 "2000년대의 사회 문화적 공간 속에서 문학 자체가 하나의 증상이 되어 가고 있다."라는 판단 아래 "이전에 가졌던 지위라든가 영향력을 잃고 점점 왜소해지고 또 그런 상태로 무력하게 존재할 수밖에 없거나 아니면 자발적으로 그렇게 되어 가는 옹색한 처지에 있는 문학"[15]을 "이 시대가 앓고 있는 고통을 자각적이든 아니든 언어를

---

13   같은 글, 217쪽.
14   미래파를 옹호하는 권혁웅의 입장에 대해 고명철 역시 이와 비슷한 맥락에서 비판을 가한 적이 있다. 고명철은 "그의 비평적 입장에 의해 옹호되는 '미래파'가, 그의 비평적 언어에 의해 마치 역사와 시대에 대한 채무 의식이 전혀 없는 것처럼 곡해될 뿐만 아니라" "창작의 미적 성취의 여러 가능성을 열어 놓는 게 아니라 어느 일방의 그것으로만 판단"한다고 비판하고, "과연, 권혁웅이 호명하고 있는 '미래파'의 시들이 탈역사(혹은 탈사회)의 시적 태도를 보이고 있는가? 혹시, 권혁웅 자신이 탈주체적 비평의 태도를 견지하고 있기에, 그 비평적 입장을 '미래파'의 시에 덧입히고 있는 것은 아닌가?"(고명철, 「탈주체적 비평을 넘어서야 하는 이유들」, 《실천문학》, 2007년 겨울, 196~197쪽) 하는 물음을 던진다.
15   김영찬, 좌담 「'문학의 시대' 이후의 문학 비평」, 「문학동네」, 2006년 가을.

통해 드러내고 보여 주고" 있다는 의미에서 "증상"으로 간주하는 독법을 취할 때, 혹은 진정석이 '사회적 상상력'의 퇴조 현상에 대하여 "그러나 상상은 현실의 결핍을 보상하는 문화적 장치이며, 사회적 상상력의 결여 역시 사회적으로 결정된 문화적 징후 가운데 하나일 뿐이다. 특정 세대의 문학에 사회적 상상력의 결여가 집단적으로 나타나고 있다면, 그 상상의 존재 방식에 대한 분석을 통해 현실적 조건에 대한 성찰로 나아갈 수 있는 것이다."[16]라고 쓸 때 이런 분리가 감지된다. 그리고 이런 분리가 때로 다소간에 과장된 호명을 가능하게 만들기도 한다. 예컨대 김형중은 이렇게 쓰고 있다. "이견이 있을 수 있겠으나, 비평은 대개 문학에 대한 지식이 아니라 새로운 문학적 정세를 산출하는 것을 자신의 목적으로 삼는 경우가 많다. 정리하자면 비평적 실천은 '구체적인 작품(군)들과 그것을 둘러싼 담론들을 대상으로, 주관성을 배제하지 않는 이론적 도구들의 작업을 통해, 새로운 문학적 정세를 산출'하(려)는 실천이다." 비평은 종종 "새로운 세대의 문학을 전략적으로, 수행 효과를 노리면서, 과장되게 호명하는 문학적 배팅을 마다하지 않는다. 사실 문학사는 그런 식으로 새로운 문학적 정세가 도래하게 된 예를 적잖이 제공한다."[17]

　　이는 새로운 세대의 문학에 우호적인 비평(가)에서 두루 발견할 수 있는 태도이지만, 이들과 대척적인 입장에 있는 비평 역시 알게 모르게 이러한 입장을 취하고 있다. 한기욱의 경우가 대표적인데, 예컨대 그는 "2000년대 문학의 기점에 해당하는 역사상의 계기를 무엇으로 잡을 것인가라는 물음"을 던지고 "1990년대와 2000년대를 가르는 결정적인 사건으로 1997년의 IMF 사태와 2000년 6월의 남북정상회담, 6·15공동선언"[18]을 꼽는다. 이것은 누가 보아도 자의적이다. 그러나 이런 비판 속에

16　진정석, 「사회적 상상력과 상상력의 사회학」, 《창작과 비평》, 2006년 겨울, 209쪽.
17　김형중, 「부재하는 원인, 갱신된 리얼리즘」, 《문학과 사회》, 2007년 봄, 269~270쪽.
18　한기욱, 앞의 글, 209쪽.

서 잊지 말아야 할 것은, 다른 비평가들이 그랬던 것과 동일한 방식으로, 이것이 일정 부분 수행적 효과를 노린 측면이 있다는 사실이다. 이를테면 이런 문제 제기는 역사적으로 중요한 사건을 통해 동시대의 현실을 의미화하고, 문학을 이와 관련지음으로써 "새로운 문학적 정세를 산출하려" 하고 있다는 점에서 김형중의 경우와 큰 차이가 없다는 것이다. 그가 "2000년대 한국문학 전반에 '직접적'인 흔적을 많이 남긴 쪽은 물론 IMF 사태"이며, "6·15공동선언이 2000년대 문학에 직접적으로 남긴 흔적은 제한적"이라고 보면서도 더 중요한 것은 6·15공동선언이 되어야 한다고 말할 때 이 점이 좀 더 분명하게 드러난다. "남녘 사람들에게는 IMF 사태가 6·15선언보다 훨씬 충격적으로 느껴지기 십상"이겠지만 "두 사건으로 말미암은 중장기적인 변화를 비교하면 6·15선언 쪽이 훨씬 심대할 것"[19]이라고 씀으로써 6·15선언의 영향권에 있는 작품이 나오기를 요청하고 있는 것이다. 왜냐하면 2000년대 한국 사회를 특징짓는 의미 요소는 여기에 있어야 하기 때문이고, 이런 맥락에 서야만 한국 사회의 미래를 좀 더 희망적으로 열어 갈 수 있기 때문이고, 문학작품 역시 이런 맥락에 서야만 그에 상응하는 역할을 감당할 수 있기 때문이다.

4   비평은 발견한다

문학이란 무엇인가. 이 물음은 최근 비평에서 가장 핵심적인 화두 가운데 하나이다.[20] 문학이란 무엇인가에 대한 대답으로 가장 자주 제출되

---

19   같은 글, 210쪽.

20   《창작과 비평》 2008년 겨울호의 특집 「문학이란 무엇인가」, 《문학동네》 2009년 봄호의 특집 「2009, 문학성의 새로운 구성」 등이 있다. 장르들 혹은 장르적인 것과 본격적인 것 사이의 경계와 관련한 물음을 던졌던 《문학과 사회》 2004년 가을호의 특집 「장르 문학과 장르적인 것에 관

는 것은, 문학은 그것을 구성하는 어떤 본질을 지니고 있는 것이 아니라 구성되어 나가는 것, 따라서 문학 자체는 텅 빈 중심 같은 것이라는 것, 문학은 문학의 외부와의 관계 속에서 그때그때 설정되는 것이라는 뜻이다. 문학이란 무엇인가에 대한 물음은 종종 문학은 무엇을 할 수 있는가 하는 물음과 뒤섞인다.[21] 문학이 할 수 있는 것에 대한 탐문이 좀 더 근원적인 의미에서 문학이란 무엇인가에 대한 물음을 요청했기 때문이라 여겨진다. 문학이 무엇인가에 대한 물음이 종종 문학은 무엇을 할 수 있는가 하는 물음의 형태를 띠게 되는 것도 마찬가지 이유일 것이다. 돌이켜보면 이광호가 문학은 무엇을 할 수 있는가 하는 물음 대신 문학은 무엇이 될 수 있는가 하는 물음을 던졌던 것이 불과 몇 년 전의 일이다. '문학이란 무엇인가'에서 '문학은 무엇이 될 수 있는가'로의 질문법의 이동에는 "문학의 근본적인 위기에 관한 자의식"이 배어 있다. 이광호는 이렇게 쓰고 있다. "'할 수 있다'는 의지와 기능에 관련된 성찰이라면 '될 수 있다'는 존재 전환에 관한 질문이다. 뒤의 질문은 상대적으로 수동적인 태도를 드러내는 것처럼 보인다. '할 수 있다'는 문제들에서 문학은 그 동일성과 자율성을 무기로 모종의 역할을 담당하지만, '될 수 있다'는 질문 방식은 문학 자체의 내적 균열과 변화 가능성을, 그러니까 징후의 존재론을 묻는다. '할 수 있다'는 명목과 수행의 차원과 관련되지만 '될 수 있다'는 존재론적 사건의 층위이다." 문학은 무엇이 될 수 있는가에 대한 이광호의 답은 이런 것이었다. "문학은 무엇이든 될 수 있다. 문학 아닌 것도 될 수 있다. 문학

한 이야기들」(좌담: 김봉석, 김영하, 박상준, 이상용, 김동식)과 《문예중앙》 2007년 겨울호 특집 「제4의 문학을 위하여」, 《창작과 비평》 2008년 여름호의 특집 「장르 문학과 한국문학」 등도 여기에 포함시킬 수 있을 듯하다.

21   《문학동네》 2009년 봄호의 「감각적인 것과 정치적인 것 사이에서 ─ 오늘날 시는 무엇을 할 수 있는가」를 주제로 한 좌담, 《문학들》 2009년 여름호의 특집 「예술과 정치, 그리고 미학적 모험」, 《문학수첩》 2009년 여름호의 특집 「문학은 무엇을 할 수 있는가」, 《문학과 사회》 2009년 가을호의 특집 「다시, 미학과 정치를 사유하다」 등을 들 수 있다.

아닌 것을 문학으로 만드는 것, 문학인 것을 문학 아닌 것으로 만드는 것이 문학의 역사이고, 문학적 현대성의 동력의 하나이다."[22]

그러니까 다시금 어떤 지형의 변화가 있는 것일까. 오래된 질문을 되살린 어떤 변화. 문학의 무력함에 대한 고백이 있었고, 사소해져 이제는 독자들의 관심을 끌지 못하게 된 문학의 지위 변화에 따른 절망이 있었던 터다. 그랬던 것이 이제 새로 문학이 무엇을 할 수 있는가 하는 질문을 던지는 마당이라면 변화가 없을 수 없을 것이다. 문학이 무엇을 할 수 있는가 하는 물음에 대해 누군가는 문학이 전통적으로 떠맡아 온 것들, 가령 '감동'이라거나 '문학의 품위' 같은 것을 언급하고, 다른 누군가는 문학은 이제 자신의 패배를 수락함으로써 오히려 자신의 가치를 입증할 수 있다고 말하기도 하고, 또 다른 누군가는 문학의 본질로부터 문학이 진정으로 떠맡아야 할 것들에 대해 말하기도 했지만, 최근 비평이 가장 공을 들여 입증하고자 하는 것은 문학에 내장된 정치성에 관한 부분일 것이다. 그리고 그 이면에는 어떤 부채감이 자리하고 있는 듯하다. "억압적인 현실을 증명할 수 있는 사례들은 무궁무진하지만 그 사례들에 대해서 문학이 할 수 있는 것은 별로 없다. 이러한 현실을 앞에 두고 문학과 현실, 문학과 정치를 사유할 때마다 '문학'은 알 수 없는 패배감과 근거 없는 자신감 사이에서 방황하게 된다. 최근 유행하고 있는 '문학과 정치(적인 것)'라는 비평적 담론 역시 매우 도전적인 것처럼 보이지만, 실상 이러한 현실에 대한 깊은 채무감에 사로잡혀 있다."[23]

그러나 이런 안간힘에도 불구하고 문학에 정치성을 부여하려는 시도는 이런 비판 앞에서 무력하다. "'비약 없이는' 언어적 변화로부터 정치적 변화의 도래를 약속받을 수 없거나, 언어적 변화와 정치적 변화가 병행적

---

22 이광호, 「문학은 무엇이 될 수 있는가」, 《문학과 사회》, 2000년 가을, 163쪽.
23 고봉준, 「문학이 할 수 있는 것과 문학'만'이 할 수 있는 것」, 《문학수첩》, 2009년 여름, 125쪽.

이다라고도 말할 수 없다."[24] "미적 제도의 분할선 안에서의 미적 실험이
이 분할선 자체를 흔들 수 있을까, 그렇게 질문해 본다면 저는 회의적이
에요."[25] 사실 이런 방식의 비판은 이 세기가 시작되는 초입 무렵 이미 제
출되었던 터다. 이런 식으로. "문학이라는 것 자체의 저항성은 담론 정치
에 국한되는 것 아니에요?"[26] "문학을 비롯해 담론적 저항을 곧장 현실 전
반의 저항 문제로 환원하는 것도 문제이지만, 다른 한편으로 담론적 저항
의 한계나 경계를 감안하지 않고 그것으로 모든 저항을 수행하고 있다는
생각이나 착각 또한 문제라는 것이지요. 중요한 것은 담론적 저항의 임계
점을 적절하게 인식하고 그 임계 안에서 최대의 저항적 방법이나 전략을
모색하는 것이라는 점입니다. 그렇지 않고 담론적 저항을 현실 문제에 대
한 종합 해결사 같은 식으로 과잉해서 하거나 과잉 의미화해서는 안 된다
는 것이지요."[27]

강계숙은 이 난제를 문학의 예술성과 정치성을 별개의 과제로 설정하
는 방식으로 해소해 보고자 한다. 강계숙은 이렇게 쓰고 있다. "잊어선 안
될 것이 있다. 문학은 '거지 있음(거지가 있다는 사실: 인용자)'을 말하는 자
기 행위에 대한 해석으로 존재하지 않는다는 점이다. 문학은 '거지 있음'
을 자신의 사건으로 되삶으로써 존재한다. 문학은 그 '되삶'의 생산이다.
'거지 있음'이 '추문'이며 그러한 '억압의 정체'를 폭로하겠다는 미리 계
산되고 준비된 해석에 개입하는 순간, 문학은 문학이 아닌 정치의 영역에
복속된다. 그러니 시의 정치성은 추구의 대상이 아니다. 그것은 시로 있음
으로써 사후적 확인을 요구하는 또 하나의 가능한 해석이다. 그러므로 시
여, 해석은 자율의 뒤에 있으니, 너는 충분히, 전적으로 자율이어도 좋다.

---

24   서동욱, 좌담 「감각적인 것과 정치적인 것 사이에서」, 《문학동네》, 2009년 봄, 381쪽.

25   김행숙, 같은 좌담, 383쪽.

26   이광호, 좌담 「다시 문학이란 무엇인가」, 《문학동네》, 2000년 봄, 397쪽.

27   이성욱, 같은 좌담, 397~398쪽.

아니 자율이어야 한다! 이 선언은 결코 정치를 등지지 않는다."[28]

　　문학의 정치성을 입증하는 것은 결국 비평가의 몫이다. 문학에 주어진 두 개의 과제는 서로 다른 두 집단에게 각각 양도된다. 미학적인 실험은 작가에게, 그 실험의 정치적 의미에 대한 발견은 비평가에게. 문학의 정치성은 본원적으로 주어지지 않는다. 정치적인 문학을 추구하는 것이 작가의 과제인 것도 아니다. 작가가 떠안아야 하는 과제가 있다면 그것은 미학적인 실험을 적극적으로 감행하는 것이다. 자율적인 원리에 따라 우리에게 주어진 문학적 관습들을 전복시키고 새로운 문학을 탄생시키는 것. 이것이 정치적으로 무슨 의미가 있을 것인가 하고 작가에게 물어서는 안 된다. 작가는 어떤 정치적 효과를 노리고 미학적 실험을 감행하는 것이 아니기에(감행해서는 안 되기에). 문학의 정치성은 작품에 주어져 있기보다 비평가에 의해 발견된다, 사후적으로. 이것이 바로 비평의 과제이다.[29]

5　비평의 소명, 혹은 술책

　　여기까지 읽고 나니, 문학성에 관한 논의와 문학이 할 수 있는 것에 관한 최근 논의들의 배후에는 문학을 위하여 비평이 할 수 있는 것은 무엇인가 하는 물음이 자리하고 있다는 생각을 지울 수 없다. 누군가는 이 대목에서 비평가의 소명 의식 같은 것을 읽어 내겠지만, 다른 누군가는 위기에 처한 문학을 구원하여 제 행위에 정당성을 부여하려는 비평가의 술

28　강계숙, 「'시의 정치성'을 말할 때 물어야 할 것들」, 《문학과 사회》, 2009년 가을, 388~389쪽.

29　심보선의 경우도 비슷한 맥락에서 참고할 수 있을 듯하다. "시가 어떤 사회적 기능을 수행한다고 할 때, 그 기능을 시인의 자의식으로 환원하는 것은 좀 문제가 있는 것 같습니다. 시의 사회적 기능은 시인의 자의식과 무관하게 그 시가 읽히고 해석되고 향유되는 과정에서 충분히 작동할 수 있다고 봐요."(좌담 「감각적인 것과 정치적인 것 사이에서」, 《문학동네》, 2009년 봄, 370쪽)

책을 발견할지도 모르겠다. 비평이 해야 할 것에 대해 고민하는 동안 정작 문학이 할 수 있고 또 해야 하는 것들에 대해서는 침묵하고 있었던 것이 아닌가 하고 의심할 수도 있겠다. 아무려나 이 수많은 말들의 향연 속에서 확인하는 것은, 처음 썼던 것과는 달리, 문학의 위기가 반드시 비평의 위기로 이어지는 것은 아니라는 점이다. 혹 비평의 위기라는 것이 있다고 해도, 적어도 그것은 문학이 겪고 있(다고 여겨지)는 위기에 비하면 부차적인 것일 터이다. 문학이 위기가 아니라 아예 종언을 고하게 되더라도 비평은 제 수명을 연장해 갈지 모른다. 그때 비평은 아마도 더 이상은 "문학에 의존하는 이차적이고 파생적인 글쓰기"가 아닐 것이다. 이것이 좋은 일인지 아닌지는 일단 별개의 문제로 하고.

비평 공론장의 꿈

1 문학 공론장과 비평의 역할

비평 공론장이라 했다. '비평'과 '공론장'이라는, 어쩌면 이질적인 범주에 속할 수도 있는 두 개념을 나란히 붙여 놓으니, 애초 이 말로써 사유해 보려던 것이 무엇이었는지 돌아볼 여유도 없이, 이 둘이 부딪치면서 만들어 내는 다양한 의미들과 맞닥뜨리게 된다. 둘은 여러 방식으로 이어 붙일 수 있는 조각들이어서 둘이 결합된 형태는 늘 자의적이고 임시적일 뿐이며, 이런 식의 마주침들 속에서 각자의 의미도 조금씩 달라지는 것이 아닌가 싶기도 하다. 아무려나 비평 공론장이라는 말에서 내가 맨 처음 떠올린 것은 아즈마 히로키의 책 『일반의지 2.0』[1]이다. 비평 자체의 특수성이랄지 비평 공론장과 정치적 의미의 공론장 사이의 차이, 비평이라는 말이 앞에 붙음으로써 반드시 고려해야 할 어떤 사항들이 있겠으나, 적어도 공론장 일반(비평 공론장을 포함해서)이 처해 있는 상황은 대체로 비슷하지 않을까 하는 생각에서다.

---

1 아즈마 히로키, 안천 옮김, 『일반의지 2.0』(현실문화, 2012).

아즈마는 이런 말로 시작한다. "이제부터 필자는 꿈을 논하고자 한다. 그 꿈은 미래 사회에 대한 것이다."[2] 프로이트를 통해 이미 잘 알려진 것처럼, 꿈을 정확히 분석하기 위해서는 꿈에 나온 말이나 영상을 그대로 받아들여서는 안 되고 배후에 감춰진 '사상' 욕망의 '원천'을 읽어 내야 한다. 민주주의에 대해 논하기로 한 마당에 꿈을 이야기하는 까닭이 어디에 있을까. 그가 보기에, 우리는 근대 민주주의 사회에 살고 있고 이 틀 안에서 국가, 정보, 공공성, 시민을 사유하고 있지만 그 기원에는 이 모든 틀을 뒤엎는 불가능한 '욕망'이 자리하고 있다. 그러므로 그것은 꿈에 대한 분석의 형태를 띨 수밖에 없다. "일반의지라는 '꿈의 사상'이 정보 기술이라는 '재료'를 이용해서 이제 막 새롭게 직조하기 시작한 근대의 꿈을 가시화"[3]하는 것, 이것이 아즈마의 기획이다.

이 첫 대목이 흥미로운 것은 문학 공론장을 지탱해 온 것 역시 이와 비슷한 종류의 어떤 꿈(이라고 할 만한 무엇)이었다는 생각이 들기 때문이다. 가령 1980년대 초에 쓴 글에서 김현은 이렇게 이야기한다. "공동체 의식이란, 대화에서 싹터 나오는 공감대의 확산이 발휘하는, 같이 있다, 같이 느낀다, 같이 판단한다라는 의식이다. 비평가, 잡지 편집자가 만들어 내려고 노력해야 하는 것은 그런 공동체 의식이며, 그런 공동체 의식이 생겨나야, 작가-작품-독자의 관계는 힘 있는 문화적 사실이 될 수 있다. 동인지나 계간지의 중요성은 그것들이 그런 공동체 의식을 만들기 쉬운 자리라는 데 있다. 이 글을 쓰면 반드시 누구누구는 읽어 줄 것이고, 누구누구가 읽어 준다는 것은 그와 같은 생각을 하고 있는 독자들이 읽어 준다는 것을 뜻한다라는 의식이 글 쓰는 사람에게 생겨날 수 있는 자리가 바로 동인지, 계간지 들이다. 그 의식을 만들어 내지 못하는 동인지나 계간지는 말의 엄정한 의미에서 동인지나 계간지라 할 수 없다. 그것들은 단지 발

2   같은 책, 23쪽.
3   같은 책, 26쪽.

표 기관일 따름이다."[4]

작가에게서 시작된 작품이 독자에게 이르도록 매개하는 역할을 하는 것은 동인지와 계간지 같은 매체들이다. 이 과정을 지탱해 주는 것은 "같이 있다, 같이 느낀다, 같이 판단한다라는" 공동체 의식이다. "이 글을 쓰면 반드시 누구누구는 읽어 줄 것"이라는 기대가 그 밑에 깔려 있는 것이다. 문학은 소비 상품이 아니다. 따라서 시장에서 유통되는 상품과 같은 성격을 띨 수 없다. 김현이 다른 글에서 쓴 것을 빌려 이야기해 본다면, 문학은 아무 쓸모가 없기 때문에 시장에서 통용되는 교환 가치를 지니고 있지 않다. 문학이 유통되기 위해서는 시장과는 다른 토대가 필요한바, 그것이 곧 "이 글을 쓰면 반드시 누구누구는 읽어 줄 것"이라는 기대, 믿음, 혹은 환상이다.

기대나 믿음, 환상 같은 요소들에 기초해 있는 공동체란 그 믿음이 배신당하거나 그들이 믿는 대상의 실체가 거짓임이 드러날 때 쉽게 무너지게 된다. 문학작품이라는 상품을 생산하고 유통하고 소비하는 과정이 한낱 믿음 위에 기초해 있는 것이라면, 이 믿음이 사라지는 순간 공동체는 붕괴되고 말 것이다. 문학 공론장은 환상 위에 기초해 있다. 동인지와 계간지를 중심으로 하는 하는 공동체에 대한 믿음이 워낙 두터웠던 탓인지 김현 자신은 이 공동체를 떠받치는 근거의 자의성/무근거성을 반성적으로 성찰해 볼 기회가 없었던 듯하지만, 그 근거가 한낱 믿음에 지나지 않는다는 사실은 이 공동체가 언제든 위기에 처할 수 있음을 암시한다. 최근의 비평이 더 이상 갖지 못하는 것도 이런 믿음이다. 최근의 비평은 아무도 읽지 않는다는 느낌 속에서 쓰인다. 이 역시 믿음에 속하는 것이어서 논리적으로 반박하거나 비판해 보아야 아무 의미가 없다.

---

4   김현, 「문학은 소비 상품일 수 없다」, 『우리 시대의 문학/두꺼운 삶과 얇은 삶: 김현 문학 전집 14』 (문학과지성사, 1993), 292쪽.

2 구성적 힘으로서의 비평의 위기

생각해 보면 우리 문학사에서 비평은 매우 독특한 지위를 누렸던 것 같다. 가령 비평에 대한 이런 시각이 꽤 익숙하게 받아들여져 왔다. "근대적인 문학 제도의 한 부분으로 우리가 수용했던 비평의 형식에는 그 '권위'가 완성된 어떤 것으로 애초에 이미 주어져 있었다. 한국 문학사에서 비평이라는 글쓰기 형식은 그 자신의 존재를 의심받지 않는 권위적 언술 행위로 처음부터 기능해 온 셈이다. 그리고 이런 사실에 주목할 때 비평의 '권력성'은 우리 비평사의 가장 중요한 전통 중의 하나로 드러난다."[5] 서양의 경우와는 달리 우리 문학사에서 비평은 처음부터 어떤 뚜렷한 지위를 갖고 있었고, 이것이 줄곧 이어져 왔다는 주장인데, 이런 주장은 어느 정도 타당성을 갖는 것이겠으나 비평이 이런 지위를 가질 수 있었던 배경을 이해하기 위해서는 이보다 좀 더 소급해 들어갈 필요가 있다.

역사적인 연원을 거슬러 올라가 보면, 근대문학이 시작될 때 비평(적 언술)이 먼저 있었다. 근대국가의 형성 과정에서 문학이 어떤 역할을 담당했는가에 대해서는 이미 여러 논의들이 있거니와, 강조해 두어야 할 사실은 문학의 이런 기능이 문학 내부로부터의 요구가 아니라 근대를 기획하던 문화-지식 구성체 내부로부터의 '호출'에 의해 비롯된 것이었다는 점이다. 가령 근대 초기 중국의 지식인들에 의해 제출된 소설론은 마땅히 있어야 할 문학이 부재하다는 인식을 공통적으로 지니고 있다.[6] 이 부재성에 대한 선언이 바로 문학에 대한 '호출'이었고, "근대문학은 바로 이

---

5   임영봉, 「한국문학의 제도성에 대한 비평의 성찰: '문학 권력 논쟁'에 대하여」, 《오늘의 문예비평》, 2005년 가을, 17쪽.

6   아래의 내용은 차태근, 「문학의 근대성, 매체 그리고 비평 정신」, 진재교·한기형 외, 『문예 공론장의 형성과 동아시아』(성균관대 출판부, 2008)를 참고했다.

러한 반복적이고 지속적인 '호출'에 대한 응답의 형식으로서 출현하였다."[7] 이 점에서 "문학이 근대성이라는 것을 획득하는 것은 문학의 내재적 성격을 새롭게 불러내는 것에 따르는 것이 아니라, 바로 문학이라는 양상이 호출되는 방식과 '호출'이라는 그 자체의 성격에 의해서"[8]라고 할 수 있다.

한편 새로운 소설에 대한 요청은 새로운 소설 독자층에 대한 요청과 짝을 이룬다. "소설과 소설가에 대한 호출은 동시에 새로운 소설 독자층을 양성하지 않으면 안 되었다. 즉 소설은 무엇이어야 하고, 소설가는 무엇을 해야 하는가와 함께 중요한 것은 소설 작품을 어떻게 읽어야 하는가 하는 것이었다. 이는 작품에 대한 단순한 감상이 아닌 작품에 대한 분석적 독법이 요구되는 것을 의미한다. 비평의 역할 가운데 하나는 바로 이러한 문학적 소양이 있는 독자를 교육 양성하는 것이었다."[9] 신문과 잡지 같은 매체가 비평의 이런 역할을 가능하게 한다. "신문 잡지가 표상하는 세계가 곧 현실이고, 문학이 표상하고자 하는 세계이며, 문학의 소스"였고, 소설은 "바로 이러한 세계를 압축적으로 표상해 내는 서사 양식이자 하나의 독특한 매체 그 자체"[10]임이 드러나고, 비평은 단순히 문학작품에 대한 감상이 아니라 "사회에 실천적으로 개입하는 하나의 중요한 통로"[11]임이 드러난다.

요컨대 비평은 근대문학, 그리고 근대문학이 놓일 담론적 공간을 가능하게 한 구성적 힘이었다고 할 수 있다. 우리의 경우 개화기에 나온 다양한 소설론과, 카프 소속 비평가들의 비평에서 같은 성격의 기획을 읽어

---

7   같은 책, 82쪽.
8   같은 책, 83쪽.
9   같은 책, 99쪽.
10 같은 책, 99~100쪽.
11 같은 책, 101쪽.

낼 수 있다. 해방 공간의 정치적 가능성이 폐색되고 문단이 재편되면서 비평의 의미와 기능이 조금 달라지기는 했지만, 1970년대 들어《창작과 비평》과《문학과 지성》이 등장하면서 이전의 기능을 회복했다. 앞서 살핀 김현의 글에서 우리는 마땅히 있어야 할 문학 공론장에 대한 낙관적인 요청이 현재하는 문학 공론장에 대한 확신이라는 형태로 바뀌어 있는 것을 확인했다. 근대문학이 시작될 때 문학을 위한 담론적 공간을 구성하는 힘이었던 비평은 이렇게, 비평 자신이 마련한 공간을 받아들이는 상상 혹은 믿음과 공모하면서 자신의 지위를 이어 간다. 비평이 단순히 문학작품에 대한 비평이 아니라 현실에 대한 비평을 동시에 수행했던 것 역시 근대문학이 처음 시작될 때의 상황과 다르지 않다.[12]

비평에 의해 구성된 공론장에 눈에 띌 만한 변화가 찾아온 것은 1990년 대였고, 부정할 수 없을 정도로 확실해진 것은 2000년대였다. 우리는 1999년부터 몇 년간 이어져 온 이른바 '문학 권력 논쟁'을 기억한다. 10여 년이 지난 지금 시점에서 되돌아보건대 이는 문학 공론장을 만들고 지탱해 온 비평의 구성적 힘이 뒤늦게 드러나면서 촉발된 논쟁이 아니었을까. 이미 살핀 것처럼 비평은 근대문학이 시작될 때부터 이미 권력이었다. 근대문학 자체를 호출해 낸 것이 비평이었기 때문이다. 매체가 지닌 권력적 속성에 대한 의심과 비판에 관해서라면 우리는 한 세기가량 앞선 시기에

12　이에 대해서라면, 멀리 갈 것도 없이 최근의 다음과 같은 회고를 참고할 수 있을 것이다. "1970년 대 초반까지 사회과학은 존재하지 않았다 해도 과언이 아니다. 존재했더라도 영아(嬰兒) 수준이 었다. 겨우 걸음을 뗄 정도였다. 사회과학 논문이 당시의 대표적인 두 대중 저널인《창작과 비평》, 《문학과 지성》에 평론과 소설 작품 속에 끼어 겨우 선을 보였을 정도였다. 감히 말하건대, 개화기 이후 1970년대 초반까지 지성계의 중심은 문학, 사학, 철학에 있었다. 특히 문학이 지성계를 대변 했고, 민족의 통한과 역사적 전망을 창작으로 형상화했던 지식의 전위 부대였다. 문학인이 지식인 이었다. 윤치호, 최남선, 이광수, 오세창, 양기탁을 비롯하여 염상섭, 김동인, 박종화, 임화, 유진오 에 이르기까지 모두 문학이 본업이었다. 문학과 사회과학이 한 몸이었고, 그 중첩된 인식 공간에서 시대적 고뇌가 분출됐다. 사학자 신채호도 소설을 남겼다."(송호근, 『인민의 탄생』(민음사, 2011))

서도 그런 예를 발견해 낼 수 있다.[13] 권력의 중심에 있었던 것은 몇몇 문예지나 거기 참여하고 있는 비평가 그룹이기 이전에 문학 공론장의 구성적 힘인 비평 자체였다고 보는 게 적실할 것이다. 논쟁 당시 언급된 여러 사실들은 타락한 형태로 모습을 드러낸 비평의 권력일 뿐 그것의 본질은 아니었다는 뜻이다. 가라타니 고진이 언급한 것처럼 어떤 것의 기원을 알 수 있게 되는 것은 그것이 끝날 때이다. 요점은 이것이다. 문학 권력 논쟁은 비평이 문학 공론장의 구성적 힘으로서 더 이상 기능할 수 없게 되었음을 여실히 드러낸 사건이다.

문학 공론장을 구성해 내는 힘을 잃어버린 비평의 이후 모습에 대해서는 자세하게 논의하지 않아도 좋을 것이다. 그저 김영찬의 글[14]에서 아무렇게나 뽑아 인용하는 것으로 충분해 보인다. "오늘날의 비평이 텍스트의 진실에 즉해 문학을 현실에 대한 사유 속에 위치시키고 판단하며 평가하는 비평의 고전적 덕목에서 멀어지고 있다는 것은 이미 공공연한 사실이 되었다."[15] "출판 자본에 의해 구축된 문단 시스템과 제도에의 복속과 그에 따른 자유로운 사유와 비판적 판단의 위축을 자발적인 대가로 치르고 있는" 비평은 "작품의 비판적 선별과 문학적 의제 설정 능력을 잃고 작품의 충실한 '해설'이 아니면 (일각에서 조소하듯) 심하게 말해 '홍보 대행'의 차원으로 그 자신의 지분을 축소해 가고 있는 문학 텍스트에 즉한 분

---

13 가령 이런 비판. "신문이 점차로 상품화됨을 따라서 그 자체의 성가(聲價)를 더 올리기 위하야, 그의 독자를 만히 엇기 위하야, 병적 사회 현상을 그대로 늦기여 그대로 발표하며 병적 류행 그대로 영합하고 추장(推獎)하야 반사회적 요구를 그대로 수응(需應)케 된다. 이에 이르러 그 신문은 간판으로는 비록 불편부당의 사회적 목탁이라 하지마는, 기실은 금력과 지적 권력의 결합으로써 계급적 사회의 지지를 위한 선전과 교화 기관으로서의 사회 목탁 노릇을 하는 것이다."(XY생, 「현하 신문 잡지에 대한 비판」, 《개벽》 제63호(1925년 11월호), 50쪽; 진재교·한기형 외, 앞의 책, 56쪽에서 재인용)

14 김영찬, 「끝에서 본 기원과 비평/문학 연구」, 《상허학보》, 2012년 여름.

15 같은 글, 133쪽.

석과 판단을 중시하기보다는 작품과 독립하여 (그 수준과 깊이를 논외로 하자면) 자신의 사유 공간을 자율적으로 구축하려는 경향"을 보이고 있다. "형식적인 측면에서 점점 에세이에 가까워지는 듯 보이는 것, 그럼으로써 저 자신 문학작품의 종속변수가 아닌 문학작품 그 자체가 되려는 충동을 보이게 보이지 않게 드러내고 있는 것도 그와 무관하지 않"을 것이다. "최근의 비평에서 나타나는 그런 에세이화 현상"은 "자신의 타율적 존재 조건에 대한 의식을 지워 나가면서 그 자신의 내부에서 자족적으로 순환하는 자기 충족적 자율성의 지향이 확산되고 있는 21세기 한국 소설의 경향과 정확히 짝을 이룬다." "이제 아무도 그것을 읽지 않는, 즉 비평에 대한 독자의 철저한 외면이라는 현상에서 드디어 온전히 (네거티브한 방식으로) 그 자신을 실현한다."[16]

김영찬의 이런 평가를 부정하기는 어려워 보인다. 그러나 이 모든 사태의 배경에 대해 좀 더 주의를 기울일 필요가 있다. 비평의 위기는 비평이 구성적 힘을 잃게 된 데서 비롯된 불가피한 현상이다. 2000년대를 넘어서면서 주어진 수많은 작품들을 통해 확인할 수 있었듯이, 작품은 이제 더 이상 비평이 구성해 낸 근대적 문학 공론장 안에 포섭되지 않는다. 이들 작품을 바라보는 비평은 이중적인 의미에서 위기에 직면해 있다. 하나는 작품이 더 이상 예전의 호명 방식으로는 호명되지 않는다는 것. 이는 해석의 위기이다. 다른 하나는, 이것이 보다 더 중요한 점인데, 작품이 비평의 구성적 힘, 비평의 자장으로부터 벗어났다는 것. 비평가는 이제 비평이 만들고 머물렀던 공동체를 상상할 수 없고, 작가와 작품을 향해 이 안에 머무르도록 지도할 수 없게 되었다. 관계는 역전이 되었다. 김형중의 말마따나 이제 비평이 취할 수 있는 가장 윤리적인 태도는 작품 앞에서 '기는' 것이 되었는지도 모른다.

16 같은 글, 134쪽.

근대문학이 처음 모습을 드러내던 시기 지식인들은 낙관적인 기대 속에서 미래의 독자를 상상하고 호명하면서 글을 썼고, 선배 비평가들은 눈앞에 있는 공동체에 대한 확신 속에서 썼지만, 지금의 비평가들은 사라지고 없는 과거의 독자들을 대상으로 쓰는 것 같다. 최근 들어 과거를 향한 회고가 유독 빈번한 이유가 여기에 있을 것이다. 공동체를 상상하는 일이 어렵지 않거나 자연스럽게 공동체 안에 있다고 느끼면서 쓰는(쓸 수 있는) 비평가는 행복하다. 소수의 비평가가 아직 이런 축복을 누리고 있는 것 같다. 그러나 대체로는 미래의 독자들을 상상하는 즐거움(또는 이들이 있으리라는 확신)이나 이들과의 만남을 실감하는 데서 오는 기쁨 대신 독자를 다시 만들어 내야 한다는 과제(혹은 부담)를 떠안은 채 겨우 쓰고 있다. 비평 공론장에 대한 논의를 하려는 우리의 상황이 이와 같다.

3　공론장의 복수화와 그로 인한 문제들

다시 아즈마 히로키를 참조해 본다. 「병존하는 비평」[17]이라는 글에서 아즈마는 일본의 비평이 형해화(形骸化)되었다고 주장한다. 이러한 판단의 근거는 비평이 고바야시 히데오로 상징되는 지적이고 사회적인 기능을 잃어버렸다는 데서 찾을 수 있다. 비평이 형해화된 것과 관련하여 1990년대 문예비평이 아카데미즘과 저널리즘으로 양극화되었다는 사실에 주목할 필요가 있다. 1980년대 중반 포스트모더니즘의 세례를 받은 대학의 문학 연구자들에 의해 진행된 비평의 아카데미즘화는 다양한 종류의 철학적 의장을 걸침으로써 지적 긴장을 지닐 수는 있었으나 결과적으로는 독자의 범위를 현저하게 한정시키고 말았다. 사회적 효과를 잃어버

17　아즈마 히로키의 이 글은 조영일이 옮겨 온라인 비평 공간 비평고원(cafe.daum.net/9876)에 올린 것을 참고했다.

린 것이다. 한편 1990년대 초 직업적 문예비평가에 의해 진행된 비평의 저널리즘화(이는 비평의 아카데미즘화에 대한 반발의 성격을 띠고 있다.)는 비평을 통해 전달하려는 내용보다는 독자에 대한 현실적 효과만을 중시함으로써 비평 자체의 긴장을 결여하고 마는 결과를 낳았다.

중요한 것은 이들이 제시하는 내용들 사이의 대립이 아니다. 이 둘의 분리와 병존이 지적 긴장과 사회적 긴장을 동시에 담당하는 비평이 등장하는 것을 방해하고, 이러한 상황 자체를 추인하고 있다는 데 문제가 있다. 아즈마는 일본의 비평이 이렇게 된 원인으로 "복수의 비평들을 병존시키고 공존하도록 만드는 상황, 메시지와 미디어적 분할이라는 조건"을 든다. 지금 문제 삼아야 할 것은 각각의 비평가들이 취하는 개개의 전략이 아니라 오히려 그들이 쌓이라는 사실이다. 비평적 메시지가 비평적으로 유통되지 않는 이유는 1990년대 이후 "사회 전체를 하나로 정리해 내는 의미 부여의 네트워크가 기능 부전에" 빠진 데 있다. 이로 인해 비평을 통해 전달되는 메시지들은 "공통의(즉 사회적인) 의미를 박탈당해 소비자의 감정이입에 의해 채워질 수밖에 없는 공허한 그릇, 무의미한 '정보'로서 떠돌게" 될 수밖에 없게 된 것이다.

비평이 사회적 기능을 잃게 된 보다 본질적인 원인은 "사회 전체를 하나로 정리해 내는 의미 부여의 네트워크"가 더 이상 작동하지 않게 된 데 있다. 비평이 담당해 오던 역할은 중지되었다. 이는 무엇보다 공론장 자체의 변화에서 비롯된다. 이 글을 앞서 언급한 『일반의지 2.0』과 나란히 놓고 비교해 보면 흥미로운 사실이 드러난다. 아즈마가 주목하는 것은 사회 전체에 작용하는 특권적인 공론장이 사라졌다는 사실과 함께 다양한 영역들에서 복수의 공론장들이 출현하고 있다는 사실이다. 아즈마가 오타쿠 문화에 관심을 갖게 된 것도 이런 변화와 관련된다. 오타쿠들이 모여 있는 저마다의 공간들이 각각의 공론장이라면, 이 복수의 공론장이 『일반의지 2.0』에서는 다시 하나의 거대한 공론장으로 수렴한다. 정보 기술의 발달이, 구글과 트위터가 다중의 의지를 일반의지로 만들어 준다. 루소가 꾸었던 꿈(일반의지)이, 필시 그가 조금도 생각해 본 적이 없는 그런 방식으로 구현되고 있는 것이다.

나는 지금 근대적 의미의 문학 공론장과는 다른 형태의 문학 공론장들을 떠올려 본다. 이를테면 문예지라고 하는, 활자 매체로써 표현되는 공론장 이외의 다른 공론장들, 신춘문예나 잡지 등 공식적인 절차를 거쳐 탄생하는 비평가 이외의 다양한 하위 주체들이 능동적이고 주체적으로 생산하는, 혹은 이들 하위 주체를 위한 공론장이 있을 수 있다. 이들이 문제되는 분명한 맥락이 있다. 예전에는 이 같은 공간이 혹 있었다고 하더라도 여기에 접근할 수 있는 방법이 제한적이었지만 지금은 그렇지 않다. 페이스북이나 트위터, 개인 블로그, 인터넷 서점의 서평 코너 등 다양한 방법으로 의사를 표현하는 것이 가능해졌다. 무의식 혹은 무의지적인 형태로 남기는 흔적들이 있다. 이를테면 연관 검색어, 구매 이력, 같은 책을 읽은 독자가 구매한 또 다른 책 등. 사용자의 관점에서도 중요한 의미 변화들이 있다. 문학에 관한 정보를 얻는 가장 손쉬운 방법은 인터넷에 들어가 검색을 하는 것이다. 그렇게 해서 나온 결과는, 누구에 의해 생산된 것인지, 충분히 믿을 만한 견해인지 돌아볼 틈도 없이 유통되고 있어서 이제는 오히려 정보를 어떻게 축소해서 제시해 줄 것인가가 과제가 된다. 비평은 이런 환경의 변화, 문학 외적인 변화에 대한 고려 없이 자기 자리를 마련할 수 있을까.

독자들이 더 이상 비평을 읽지 않는다고 하는데, 아마도 그 의미는 통상 우리가 이해해 오던 것과는 다른 방식으로 이해되어야 할지 모른다. 읽지 않는 것이 아니다. 읽기는 한다. 사실을 말하자면 읽어도 '너무 많이' 읽는다. 그 목록에는 비평도 들어 있을 테지만 그보다는 여러 하위 주체들이 쓴 글과 흔적들이 더 높은 곳에 있을 것이다. 가령 한 권의 시집, 한 권의 소설을 골라서 읽고 싶을 때, 평범한 독자들은 이제 비평의 권위보다는 그와 비슷한 정도로 평범한 다른 독자들이 누른 '좋아요' 개수에 더 크게 영향을 받는다. 그럴 뿐 아니라 독자들은 예전에 비해 훨씬 더 능동적이 되었다. 자신이 감각한 것을 언어로 표현해 낼 수 없어 비평을 곁눈질하던 독자들이 이제는 다른 이들이 남긴 흔적에서 자신이 발견한 것과 동일한 의미를 찾아내고, 책을 구매하거나 이곳저곳에 길고 짧은 독후감을 남기는 행위를 통해 그들 나름으로 작품을 평가하고 있다.[18]

문학적 논의를 위한 공론장은 복수로 존재한다. 비록 우리가 비평 외의 다른 공론장을 의식하지 않고 쓴다고 해도, 우리가 쓰는 비평은 이미 복수의 공론장들이 이루는 네트워크 속에, 수많은 데이터 가운데 하나로 들어 있다. 미래의 독자를 상상적으로 구성하면서, 혹은 이러한 독자가 현재한다는 분명한 확신 속에서 쓰는 글쓰기는, 적어도 현재 비평가들의 자의식 속에서는 더 이상 가능하지 않다. 근대적인 의미의 문학 공론장에 대한 불신과 맞물려, 현재의 독자들은 특정한 비평가 누구의 의견을 한 권의 책에 대한 정보를 얻기 위한 하나의 방편으로만, 그러니까 손에 거

---

18 2013년 가을에 있었던 《문학동네》의 대담에서 김홍중도 바로 이 점을 지적하고 있다. "책의 종언은 책을 아무도 안 읽는 시대가 오는 것이 아니라, 정확히 그 반대를 지시합니다. 그러니까, 책을 쓸 수 있거나 책을 낼 수 있다고 생각했던 몇몇 기관에서만 책을 내는 게 아니라, 보통 사람들에 의해서 아니면 출판사를 매개하지 않고 다른 테크놀로지를 통해서 책을 쓸 수 있는 가능성이 확산되는 현상을 가리킵니다. 지식인의 종언도 이와 마찬가지죠. 지식인이 다 없어지는 게 아니고 만인이 다 지식인이 되어 가는 시대를 가리키는 것이죠. 비평의 위기나 종언이 있다면, 그 또한 이와 같은 논리로 이해될 수 있습니다. 그것은 '크리티컬한' 관점을 갖고 있는 사람들이 줄어든다는 게 아니라 오히려 확장된다는 얘기로 이해해야 합니다. 또한 비평이라는 언술적 행위를 가능하게 했던 매체들도 폭발적으로 다양화되어서 모든 것에 대한 모든 이의 비평이 가능해진 시대가 온 거죠. 삶의 다양한 차원들과 현상들에 대해서 거리를 두고 그것을 성찰하는 언술적 행위가 이루어지는 공간이 확장되고 있다는 거지요. 소수의 비평가에 의해 독점되어 있던 비평적 주체의 자리가 대중들에게 전이되고 있는 듯이 보입니다. 대중은 가령 80년대에 비해서(민주화 이후에) 지적이고 문화적인 존재가 되어 가고 있습니다. 사실 하나의 시각에서 보면 그들은 대중이지만, 그들은 나름대로 각자의 영역에서는 전문가들이겠죠."(김홍중, 대담 「비평의 비애, 비평의 자랑」, 《문학동네》, 2013년 가을, 547~548쪽)

머물 수 있는 다양한, 출처를 알지 못해도 상관이 없는, 익명적인 정보들 가운데 하나로만 이들을 여기고 있는 것이리라. 그럴진대 오늘날 비평이란, 비평가란 어떤 의미를 갖는 것일까. 비평가 개인이 각자 생각하는 비평의 의미 말고, 비평 공간을 둘러싸고 있는 저 다양한 공론장들 속에서 자동 결정되는 그 의미 말이다.

영화 평론가인 달시 파켓은 언젠가 이렇게 쓴 적이 있다. "평론가는 다른 사람들이 영화에서 놓치는 점들을 관찰하고 주목하도록 훈련돼 있다. 평론을 통해 영화를 잘 설명하고 디테일을 관찰함으로써 독자로 하여금 영화를 다르게 보도록 도와주는 역할을 하는 게 바로 영화 평론가이다. 또한 영화 평론가는 종종 다른 영화, 또는 보다 광범위한 사회와의 흥미로운 연관성을 찾기 위해 애쓰기도 한다. 이런 연관성을 읽어 내는 것이 어떤 한 영화에 보다 의미를 부여할 수 있다."[19] 문학비평에 익숙한 이들에게 이런 식의 비평은 지나치게 기능적인 것으로 느껴질지도 모른다. 최근의 비평은 이런 기능을 떠맡기보다 비평가 자신을 표현하는 데 더 집중하려는 듯이 보이기 때문이다. 결과적으로 비평은 저널리즘적인 쪽에 대해서는 거의 아무런 역할을 하지 않거나 하지 못하게 되었다. 기능적인 도구로 전락하고 싶지 않아서, 혹은 상업주의적인 요구에 굴복한 결과라는 비판이 두려워 의미 있는 문학적 경험을 소개하고 이를 통해 작품을 독자에게까지 실어 나르는 역할을 마다한다면, 결국 남는 것은 이런 역할을 적극적으로 담당하려 나서는 시장밖에 없지 않을까.[20]

---

19 달시 파켓, 「영화 평론가의 두 가지 유형」, http://magazine.movie.daum.net/w/magazine/film/detail.daum?thecutId=5983 참고.

20 맥락은 조금 다르겠지만 권희철의 다음 주장은 음미해 볼 만한 가치가 있다. "상업주의에 투신할 것이냐, 고귀한 문학의 자리를 지킬 것이냐가 문제가 아니다. 그것은 선택의 문제로 성립되지 않는다. 다만 시장의 바깥에서 보고 듣고 말할 수 있다는 저 환상의 지위를 내려놓을 수 있느냐 없느냐가 문제가 된다. 오해를 줄이기 위해 덧붙이자면 이러한 논의는 '그래서 우리가 상업적이 되는 것은 어쩔 수 없는 일이다'라는 체념과는 아무런 관련이 없다. 시장에 대한 파괴적인 시선을 얻기

4 비평 공론장의 미래

최근 들어 문학 관련 팟캐스트 방송이 여럿 생겼다. 방송을 들어 본 개인적인 느낌을 말하자면, 재미있고 흥미로운 경험이었다. 작가의 소소한 일상과 글을 쓸 때의 버릇, 여러 흥미로운 이야기들이 자연스럽게 소개되고, 비평이 작가와 작품을 다루는 방식과는 다르게, 그러나 작가와 작품에 대해 비평이 포착해 내지 못하거나 애써 포착하려 하지 않는 어떤 지점들이 드러난다. 물론 이런 것들이 전혀 새로운 것은 아니라고 할 수 있다. 작가와 작가, 혹은 작가와 평론가가 모여 앉아 나누는 이야기들이 이미 지면에 많이 있었다. 하지만 거기에 목소리가 실려 있지는 않았다.

목소리에 실리는 톤과 리듬, 휴지(pause) 같은 것은 문자 위에 실리지 않는다. 문자로 이루어진 텍스트는 모든 것들을 평면 위에 구현한다. 따옴표 안에 싸인 문장들과 그 바깥에 있는 문장들 사이에, 따옴표 안에 싸인 문장들 사이에서 형성되는 어떤 돌출부들, 입체감이 느껴지지 않는 것은 아니지만, 문자 자체의 특성에서 오는 한계(이자 가능성) 자체는 돌파할 수 없다. 다양한 매체를 통해 전달되는, 이전에는 없었거나 몹시 제한적이었던 방식의 담론이 비평 바깥에서 비평이 하지 못했던 이야기들을 들려준다. 이런 식의 담론이 비평에 비해 부차적이라 할 수 있을까. 비본질적인 것이라 할 수 있을까. 오히려 그건 비평의 보족적인 형태가 아닐까.

이상적인 비평 공론장이란 어떤 것일까. 이로써 우리가 얻을 수 있는 것은 무엇일까. 비평가는 자신의 비평적 양심에 따라, 그리고 자신이 가지고 있는 문학적 신념을 따라 (그러니까 출판사의 눈치를 보거나 작가와의 개

위해서라도 교환의 논리 자체를 비틀어 버리기 위해서라도 후광을 잃은 채 세속의 진흙탕길로 뛰어들 '용기'를 가져야 한다는 것뿐이다. 그런데 저 고고한 비평의 불만이 함축하는 태도에는 이 겸허한 용기가 결여되어 있는 것처럼 보인다는 것이다."(권희철, 「너무도 여리고 희미한 능력」, 《21세기문학》, 2013년 봄, 381~382쪽)

인적인 친분, 기타 여러 가지 이해관계 등을 고려하지 않은 채) 작품을 정밀하게 읽고, 공정하고 엄정하게 평가하며, 이들 작품이 우리 문학사에서 차지할 자리를 적절하게 마련해 준다. 비평가 개인이 가진 고유성이 작품에 대한 다양한 해석과 이견들을 이끌어 낼 것이고, 이들은 서로 경쟁하고 보완하면서 해석의 폭과 깊이를 더할 것이다. 문학에 관심이 있고, 우리 작가들의 작품을 읽고 싶어 하는 독자들은, 혹 그들이 이제 막 이 세계에 입문한 터여서 충분한 정보를 가지고 있지 않은 경우라면, 비평의 도움을 받아 자신이 읽을 작가와 작품의 목록을 작성할 수도 있을 것이다. 그 결과 비평이 주목하는 작품들이 독자들의 사랑을 받을 것이고, 다른 작품들에 비해 상대적으로 더 많이 읽힐 것이다.

그런가. 이것이 우리가 꿈꾸는 것일까. 이것이 가능한가 하는 물음은 일단 제쳐 두자. 이런 식의 그림이 놓치고 있는 것은 우리 주위에서 일어나는 여러 가지 변화들이다. 비평은 이제 더 이상 문학 공론장을 구성하거나 뒷받침할 수 없다. 비평가와 일반 독자의 관계 역시 단순히 정보를 제공하고 이를 수용하는 그런 일방향적인 관계로 규정할 수 없다. 어쩌면 비평 공론장에 대한 논의를 통해 우리가 일차적으로 깨뜨려야 하는 것도 바로 이러한 관계일지도 모른다. 일반 독자들이 전문적인 비평가들에 비해 표현이 서툴 수는 있겠으나(대체로는 그럴 것이다.) 표현의 정교함과는 별개로 이들도 자신이 좋아하는 작품을 판별해 낼 기본적인 능력이나 감수성은 갖추고 있다고 보아야 하지 않을까. 실제로 이들은 예전에는 없던 다양한 루트를 통해 자신의 생각과 취향을 적극적으로 표현하고 있다. 페이스북이나 블로그, 인터넷 서점의 서평을 통해 독자가 생산한 다양한 논의들은 이미 전문 비평가들의 비평과 더불어 문학-공론장의 일부를 이루고 있다고 해야 하지 않을까. 비평은 이런 물음 속에서 그 의미와 역할이 다시금 되물어져야 할 것 같다. 그러면 비평은 어떠해야 하나. 아직은 할 수 있는 말이 많지 않다. 목하 고민 중이라는 것 외에는.

본격문학과 장르 문학의 구분을 넘어

1   본격문학의 귀환, 그 징후적 성격

최근 들어 '본격문학 대 장르 문학'이라는 대립 구도를 종종 만나게 된다. 돌이켜보건대 우리 문학사에서 본격문학이니 순수문학이니 하는 말이 홀로 쓰인 경우는 거의 없다. 본격문학 혹은 순수문학은 그 반대편에 대중문학이나 통속문학 같은 것들이 놓여 있었을 때만, 그러니까 이들에 대한 대당(對當) 개념으로만 쓰였던 것이고, 평소에는 그저 문학이었을 따름이다. 본격문학은 문학의 지붕 아래 얌전하게 공서(共棲)하던 대중·통속문학이 난데없이 자기 몫의 지분을 요구해 올 때, 나는 그대들과 아무런 상관이 없노라고 금을 긋기 위해 스스로에게 붙인 이름이다. 그런만큼 본격문학이나 대중·통속문학은, 현상적으로 이런 부류에 속하는 문학이 있는 것과는 별개로, 규정하기가 그리 쉽지 않다. 대중문학에 관한 많은 논의들이 개념적 정의의 실패로부터 사유를 시작하는 것은 '본격문학' 또는 '대중문학'이 내포하는 어떤 불가능성을 암시하고 있다. 특정한 작품을 예로 들어 본격문학적이거나 대중문학적인 속성을 부분적으로 설명할 수는 있겠지만, 무수하게 흩어져 있는 작품들을 본격문학과 대중문학이라는 두 가지 범주 안에 솜씨 좋게 가려 넣는다는 것은 거의 불가능하다. 대중문학에 관한 논의들이 대개 대중문학이라 할 수 있는 작품을 선별하는 데서 시작했던 것은 당연한 일이다. 합의된 바가 없기 때문에 대중문학이란 이런 것이라고 우선 합의해야 했던 것이다.[1]

그러니 본격문학의 귀환은 그 자체로 징후적이다. 문학이 놓인 삶의 자리에 대해, 문학의 존재 방식에 대해 반성해야 할 시점이 되었다는 뜻이기 때문이다. 본격문학 대 대중문학의 대립과 관련한 우리 문학사의 논쟁을 살펴보면 금방 드러나는 것처럼, 이 논쟁은 문학의 존재 방식에 대한 질문을 내장하고 있다. 가령 1930년대의 통속소설에 관한 논의는 일제 군국주의의 팽창으로 대표되는 시대적인 흐름 속에서 성격과 환경의 부조화를 어떻게 처리할 것인가 하는 문제를 그 배면에 깔고 있다. 통속소설은 성격과 환경의 부조화를 안이하게 해결해 버리고 있거니와 이 점이 바로 통속소설이 대중적일 수 있는 조건이다. 이들은 시대가 요구하는 것에 가장 잘 반응함으로써, 가장 민감한 지점에서 본격문학 혹은 순수문학이 놓여 있는 장의 조건을 건드린다. "시대가 요구하는"이라고 썼지만 이 것은 역사적 전망에 따라 미래를 선취하는 것 같은 긍정적인 의미를 내포하지 않는다. 문학을 정치권력의 보조적인 도구로 만들거나, 21세기 식으로 하면, 일개 문화 상품으로 전락시키려는 시도가 이 표현에 담겨 있다.

1 가령 이동하는 '한국의 대중소설에 대한 검토'라는 과제 앞에서 느낀 낭패감을 이렇게 적고 있다. "그 낭패감은, 쉽게 말하자면, 대중소설이라는 낱말을 과연 어떻게 규정지어야 할지 종잡을 수 없다는 사실에서 왔다. 도대체 대중소설이란 무엇인가?"(「한국 대중소설의 수준」, 『문학의 시대』 제2권 (풀빛, 1984), 53쪽) 이어서 대중소설의 윤곽을 제시한 후 박완서의 『그해 겨울은 따뜻했네』, 이문열의 『레테의 연가』, 이청준의 『낮은 데로 임하소서』를 대상으로 정하여 논의를 시작한다. 이와 비슷한 방식으로 오생근의 「한국 대중문학의 전개」(《문학과 지성》, 1977년 가을)는 박완서의 『휘청거리는 오후』, 최인호의 『도시의 사냥꾼』, 한수산의 『부초』를, 송승철의 「대중과 대중소설」과 김태현의 「위기의 시대와 상품소설」(『문학의 시대』 제2권)은 각각 박범신의 『풀잎처럼 눕다』와 최인호의 『적도의 꽃』, 『고래사냥』을 논의의 대상으로 삼는다.

따라서 문학의 자율성을 옹호하는 사람들에게, 문학이 자율적일 수 있기 위하여 맞서야 할 상대가 있다면 그것이 무엇인지를 가장 분명하게 알려주는 것이 바로 대중·통속문학들이라고 할 수 있다. 이 점에서 대중문학은 문학의 존재 방식에 대한 바로미터, 그것도 가장 민감한 지점을 건드리는 성감대라고 해도 좋다.

그러나 조금 과장되게 말한다면, 대중문학이라는 타자와의 대면 속에서 본격문학이 자기 상실을 경험한 적은 거의 없다. 대중문학과의 선명한 대비를 통해 본격문학은 자신에게는 '본격'이라는 이름을 그리고 상대에게는 '대중' 혹은 '통속'이라는 이름을 주고 서로간의 차이를 확인한 다음, 재빨리 문학으로 회귀한다. 문학이라는 장의 내부에서 발견한 대중문학이라는 타자는 문학으로의 귀환을 위해 소모되었을 뿐, 본격문학이 대중문학을 위해 자기를 포기한 예는 찾아보기 어렵다. '본격문학 대 장르문학'이라는 대립 구도와 마주하면서 느끼는 물음거리란 이런 것이다. 장르 문학이 본격문학의 맞은편에 놓이게 되었다는 것은 대중문학을 대신한 자리에 장르 문학이 놓이게 되었음을 뜻할 것인데, 그렇다면 본격문학과 장르 문학의 경계에 관한 논의들은 어떤 결실을 맺을 수 있을까? 이번에도 본격문학은 아무 일 없었던 듯이 무사히 고향으로 돌아올 수 있을까, 아니면 이번만큼은 장르 문학이라는 타자를 기쁜 마음으로 받아들이거나 아예 싸움에서 패해 자기 자리를 물려주게 될까. 아무래도 답하기에는 곤란하고 예측하기에는 어려운 물음이 될 수밖에 없을 것 같다. 그러니 일단 길을 떠나 보아야겠다.

2 지금, 본격문학과 장르 문학의 구도

다시 한번 하는 이야기이지만 대중문학이 장르 문학으로 바뀌었을 뿐이다. 여전히 반대편에는 본격문학이 있고 둘 사이의 위계도 그대로이니, 근본적인 구도는 달라지지 않았다. 그러나 인정하기 싫겠지만 사정은 그렇지가 않다. 새삼스레 소설의 위기를 들먹이고 싶은 생각은 없다. 그것은 어제오늘의 일이 아니기 때문이다. 장르 문학의 상업적 성공에 대해서도 달리 언급할 것이 없다. 상업적 성공이라면 적어도 이념적으로는 본격문학의 관심사가 아니었기 때문이다.

최근 몇 년 사이 문단 내부에서 보이는 장르 문학에 대한 관심은 예사롭지 않다. 멀리 갈 것도 없이 작년 하반기 이후의 작품들만 놓고 보아도, 박민규의 「크로만, 운」(《문학과 사회》, 2007년 가을), 「龍龍」(《창작과 비평》, 2008년 봄), 원종국의 「두 사람이 보이는 자화상 — Mix-and-Match 4」(《문학과 사회》, 2007년 가을), 윤이형의 「마지막 아이들의 도시」(《작가세계》, 2007년 가을), 「큰 늑대 파랑」(《창작과 비평》, 2007년 겨울), 이명랑의 「2012년, 은하 스위트」(《문학사상》, 2007년 9월), 남한의 「갈라테아의 나라」(《문학수첩》, 2007년 겨울), 오현종의 「창백한 푸른 점」(《문학동네》, 2007년 겨울), 복거일의 「애틋함의 로마」(《문학과 사회》, 2007년 겨울), 박상우의 「독서형무소」(《세계의 문학》, 2008년 봄) 같은 작품들이 SF와 판타지, 무협소설의 문법을 차용하고 있다.[2] 물론 소설이란 것이 워낙 잡스러운 물건이라 "다른 모든 문학 장르, 나아가서는 다른 예술들까지도 거의 다 흡수해 버리는 경향이"[3] 있기는 하지만 이 경우는 조금 다르지 않은가 여겨진다. 이들은 장르 소설일까 아니면 장르 소설적인 소설 혹은 장르 소설의 상상력을 빌려 온 소설일까. 혹 발표 매체가 달랐다면 우리가 느끼는 실감과 ○○소설이라는 규정 역시 달라졌을까.

---

2   이런 추세를 반영이라도 하듯, 주요 문예지들은 '장르 문학 혹은 라이트노블'(《작가세계》 2008년 봄호), '새로운 소설 장르'(《문학사상》은 2007년 10월호 이후 현재까지 '비주얼 노블', '생태 소설', '판타지 소설', '역사 추리 소설', '과학소설' 등을 차례로 연재하고 있다.) 같은 기획을 내놓고 있다.
3   롤랑 부르뇌프·레알 웰레, 김화영 옮김, 『현대소설론』(문학사상사, 1990), 29쪽.

평론가 강유정은 박민규와 윤이형, 오현종의 소설들을 예로 들어 "이들의 소설은 외양적으로는 로봇과 우주, 사이보그를 그려 내지만 실상 그것을 통해 드러내 보이고자 하는 것은 '미래' 혹은 '거기'가 아니라 지금 이곳의 삶"이며, 이들이 빌려 오는 SF적인 요소는 "관습적 장르적 장치로서의 SF가 아니라 한국문학이 지금껏 중심으로 받아들인 적 없는 문체로서의 SF"[4]라고 평가한다. 의미 있는 지적이기는 하지만, 현실을 반성하도록 하는 데 주안점이 있는 SF를 SF적인 외양을 가졌으나 SF와는 다른 소설로 간주한다면 과연 순수하게 SF이기만 한 작품의 수는 얼마나 될까. 비근한 예로 장르 문학 전문 잡지인 《판타스틱》 2008년 3월호에는 동아일보 신춘문예 단편 부문 당선작인 조현의 「종이냅킨에 대한 우아한 철학 — 냅킨 혹은 T. S. 엘리엇의 「황무지」 중 'Ⅳ. Death by Water'에 대한 해석」을 두고 "인간사의 리얼리티를 진지하게 예술적으로 승화시킨 '순문학'을 중시하는 신춘문예에서 SF소설을 선정하다니!"[5]라며 놀라워하는 반응이 보인다. 본격문학 독자들에게는 SF적인 소설인 것이 장르 문학 독자들에게는 그저 SF인 것으로 받아들여지고 있는 것이다.[6] 이쯤 되고 보면 본격문학과 장르 문학의 경계는 우리가 생각하는 것만큼 뚜렷하지 않은 것 같다. 혹 경계가 있다면 그것은 다만 본격문학과 장르 문학을 구분하는 매체들 사이의 경계가 아닐까.

4   강유정 「한국 소설의 새로운 문체, SF(Symtom Fiction)」, 《작가세계》, 2008년 봄, 247쪽.

5   http://www.fantastique.co.kr/issue/issue_interview_view.asp?num=14.

6   새뮤얼 딜레이니(Samuel R. Delany)는 "그녀의 세계가 폭발했다"(Her world exploded)라는 문장을 예로 들어, 본격문학의 독자들과 SF 독자가 작품을 읽는 방식의 차이에 대해 설명한 적이 있다. 본격문학 독자들은 대개 "도대체 얼마나 격렬한 감정을 경험했기에 세계가 폭발했다고까지 한 것일까"라든지 "왜 이 여자는 이토록 동요하고 있는 것일까"라는 생각을 하는 반면, SF 독자들은 그녀가 거주하는 행성 내지 거주지(이를테면 우주선)가 실제로 폭발했다고 간주하고 폭발의 원인에 대해 관심을 가지리라는 것이다.(김상훈, 「현대 SF의 진화 — 포스트고딕에서 슬립스트림으로」, 《Happy SF》 창간호, 2004, 17~18쪽)

문단 바깥으로 눈을 돌리면 장르 문학의 움직임은 더더욱 예사롭지 않다. 과학소설 전문 무크지 《Happy SF》 창간호에는 'SF는 주류 문학의 대안이 될 수 있는가'라는 야심 찬 제목의 좌담이 실렸는데, 사회자 임형욱은 이 자리를 마련한 의도를 이렇게 말하고 있다.

> 제가 전제로 '본격문학이 위기다라고 하는 상황에서 SF나 판타지가 본격문학의 대안이 될 수 있는가'라고 질문하는 것은 '둘 사이에 관계성이 있고, 둘 사이에서 어느 한쪽이 헤게모니를 잃어버렸을 때 다른 대안의 헤게모니로서 SF나 판타지가 자리잡을 수 있겠는가'를 물은 것인데, '만약 그것이 가능하다고 본다면 본격문학에서 가지는 위기의 근원이 무엇인가, 이유가 무엇인가, 그리고 그 위기의 근원을 SF나 판타지가 극복할 수 있겠는가?' 하는 것을 나누어 보자는 것입니다.[7]

누군가의 위기는 또 다른 누군가에게는 기회가 되는 법이다. 본격문학이 맞고 있는 위기의 실체에 대해서는 문단 내부에서도 여전히 논란이 많지만, 만약 이것이 상업적인 실패와 독자들의 외면을 뜻하는 것이라면 본격문학의 위기는 장르 문학이 복용할 만한 좋은 약임에 틀림없다. 적어도 장르 문학이 독서 시장에서 비교 우위를 점하고 있다는 것은 부인할 수 없는 사실이다.

요컨대 본격문학이 지금 장르 문학을 마주해서는 대중문학을 대극(對極)에 놓았을 때와는 다른 상황에 놓이게 되었다. 전에는 본격문학이 대중문학에 '대중'문학이라는 낙인을 찍고 그것이 본격문학에 미달하는 이유를 설명했지만, 이제는 종종 장르 문학이 "주류 문학에 있는 사람들이 본격문학이라는 틀 안에 갇혀서 SF를 잘못 해석하고 있고, 잘못 평가하고

---

7   임형욱, 좌담 「SF는 주류문학의 대안이 될 수 있는가」, 《Happy SF》 창간호, 2004, 53쪽.

있고, 왜곡하고 있다." "무지와 무식의 소치로 폄하하고 있다"[8]라며 주류 문학에 시비를 걸어 오곤 한다. 그런가 하면 시장에서는 "본격문학과 대중문학의 경계를 넘나드는 새로운 중간소설"과 팩션, 칙릿, 추리소설, 판타지, 스릴러, 로맨스 소설 등 "문학성과 대중성을 겸비한 작품들"[9]을 대상으로 하는 상을 제정하여 둘 사이의 경계 허물기를 측면에서 지원하고, "장르 소설의 승리" 선언과 함께 "본격소설이 장르 소설의 한 장르에 속할 날도 멀지 않았다는 전망"[10]을 조심스레 내놓기도 한다. 그러니 지금 본격문학은 예전과 달리 수세에 몰린 채 장르 문학과의 경계에 대해 묻고 있는 것이라고 보아야 한다. 30년 전 오생근이 한 말을 빌려 이야기하자면, 장르 문학을 "강 건너 불 보듯, 무조건 비판적으로 경멸할 수 있었던 시대는 이미 지난 것 같다."[11]

3   본격문학과 장르 문학의 장르적 관습

장르 문학이라는 말은 좀 묘한 데가 있다. 장르 '문학'이라고 했지만 사실상 장르 문학은 장르 '소설'이다. 대중문학이나 통속문학의 하위 항목에 시와 소설 모두가 들어갈 수 있는 것과는 달리 장르 문학은 오직 소설만을, 그러니까 판타지 소설, 과학소설, 추리소설, 로맨스 소설, 무협 소설, 호러(공포) 소설, 밀리터리 소설 같은 것들만을 하위 항목으로 거느리고 있다. 재미있는 것은 이 개별 장르 문학들을 모아 봐야 장르 문학의 일반적인 특징이 도출되지는 않는다는 점이다. 개별 장르 문학들 사이에는

---

8   같은 글, 74쪽.

9   2007 대한민국 뉴웨이브 문학상(http://www.newwaveaward.com) '문학상 소개'.

10   김상온, 「장르 소설의 승리」, 《국민일보》 2007년 11월 7일.

11   오생근, 앞의 글, 825쪽.

공통적이라고 할 만한 점이 거의 없다. 가령 무협과 판타지 사이에는 어떤 공통점이 있을까? 혹 그런 것이 있다고 하더라도 그것이 나머지 소설 장르들을 아울러 장르 문학이라고 지칭할 만한 준거가 되지는 못한다. 이들 사이에 공통점이 있다면 그것은 이들이 각각의 장르적 관습에 충실하다는 점이다. 관습들 사이에는 공통적이라고 할 만한 요소가 거의 없거나, 혹 있더라도 그것은 비본질적이다. 그러므로 장르 문학 내부의 유사성이란 일종의 가족 유사성의 형태를 띨 수밖에 없다. 이 점에 대해 우지연은 다음과 같이 이야기하고 있다.

> 장르를 결정짓는 가장 중요한 기준은 '어떤 독자를 위하여 복무하는가', '독자에게 어떤 방식으로 복무하는가', '진지성', '예술적 가치' 등속이 아니다. 말 그대로 그 기준은 '장르적 코드'다. 그것도 수많은 에피고넨을 탄생시킬 수 있는 힘을 가진 '코드'여야만 한다. 한 개별 작품이 100만 부가 팔렸다고 해도 그것이 하나의 '장르'를 이루지는 못한다. 그러나 100만 종의 유사품들이 만들어진다면 그것은 장르다.[12]

장르 문학은 장르적 관습을 자각적으로 인지하고 이를 다시 작품을 재생산하는 데 활용한다. 본격문학 편에서 가장 크게 문제 삼는 것이 바로 이 점일 것이다. "상품 미학은 철저히 전략적이다. 히트 상품이 등장하면 어김없이 동종의 유사품들이 등장하여 유행이 만들어진다. 그럼으로써 히트 상품은 히트 장르로 확산되고 이에 따라 독자들의 기대 수준이 예측 가능한 것으로 변한다. 한 장르를 선택하는 것은 그 바깥의 다른 작품들을 선택하는 것보다, 작가에게나 독자에게나 손쉬운 일"[13]이라는 상품 미학에 대한 비판은 또한 장르 문학에 대한 비판이기도 할 것이다. 그러나

---

12 우지연, 「꿈꾸는 세계가 있는 자만이 장르를 지지한다」, 《북페뎀》, 2004년 여름, 40쪽.
13 서영채, 「멀티미디어와 서사」, 『소설의 운명』(문학동네, 1996), 125쪽.

엄밀하게 이야기하자면 모든 문학은 관습에 의존해 있다. 어떤 경우든 이러한 규약 없이 텍스트가 쓰이거나 읽힐 수 없다. 독자 역시 자기도 모르는 사이에 이런 규약들을 적용하며 텍스트를 읽는다. "소설 속에 담겨 있는 '서사적 관습'이란, 독자들이 이야기를 그럴듯하다고 여길 수 있도록 개연성과 핍진성(verisimilitude)을 갖게끔 하는 제반의 문학적 의례들을 의미한다. 이 의례들은 '문학사'를 통해 작가들에 의해 창조되고 비평가와 연구자 들에 의해 축적되어 왔다."[14] 그러니 누구도 이 의례들에서 자유로울 수 없다. "장르란 본질적으로 작가와 독자 간의 계약 (……) 암묵의 동의와 계약에 기초하고 있는 문학적 기관"[15]인 것이다.

만약 본격문학 내부에서 장르 문학이 장르적 관습에 충실하다는 이유로 이를 비본격적인 문학으로 비판한다면, 비판의 정당성은 무엇보다 그 자신의 실천에서 와야 할 것이다. 그러나 최근의 상황을 보면 본격문학으로 분류되는 소설들이 장르 문학 못지않게 어떤 서사적 관습에 의존해 있음을 보게 된다. 장르 문학에 관한 좌담에서 김영하는 이에 대해 다음과 같이 매우 신랄하게 비판하고 있다.

요즘의 한국 순수문학의 주인공들은 관습적으로 음울합니다. 그가 왜 음울한지, 실직을 해서 그랬는지, 실연을 당해서 그랬는지, 아니면 그냥 우울증인지, 굳이 설명하지 않아도 된단 말이죠. 일종의 장르적 규칙과 유사합니다. 뿐만 아니라 왜 다들 가난하게 반지하방이나 옥탑방에 사는지 굳이 설명하지 않죠. 다들 알고 있다고 전제하는 거죠. 가족 관계는 희미하고 취미 생활도 비슷한 경향을 보입니다. 이를테면 스쿼시나 골프, 수상스키 같은 걸 즐기는 주인공들은 없잖아요. 만약 순수문학의 장르적 규칙이라는

14   천정환, 『근대의 책 읽기』(푸른역사, 2003), 390쪽.

15   F. Jameson, "Magical Narrative: Romance as Genre", *New Literary History Vol.7*,(The Johns Hopkins University Press, 1975), 135쪽.

게 있다면 그런 취미는 이미 배제돼 있는 겁니다. 반면에 프라모델 조립처럼 혼자 할 수 있는 취미 활동은 허용이 되죠.[16]

김영하의 지적대로라면, 우리 소설은 또 다른 의미의 장르 문학이 되어 있는 셈이다. 더더욱 나쁜 것은 본격문학이 따르는 장르적 관습(만약 이런 것이 있다면)이 독자들에게 그다지 매력적으로 느껴지지 않는다는 점이다. 독자들이 즐기는 것은 장르적 관습 자체가 아니라 그 속에 담긴 이야기이다. 장르적 관습은, 그것이 이야기를 실어 나르는 도구로서 유용하기 때문에 지속적으로 유통된다고 보아야 한다. 공포 영화를 예로 들자면, 관객들은 익숙한 장르적 관습이 등장하기 때문에 놀라는 것이 아니라 그러한 관습이 관객을 놀라게 할 만한 요소를 가지고 있기에 놀라는 것이다. 장르적 관습이 관객에게 인지되고 상투적인 것이 되며 심지어 조롱과 풍자의 대상이 되기조차 하는 것은 나중의 일이다. 장르적 관습이 통용되는 것은 비단 상품 생산을 위한 편의 때문만은 아니다. 장르적 관습이 바뀌지 않기를 바라는 한편으로, 장르 문학의 독자들은 늘 새로운 이야기를 원한다. 그들이 장르 문학을 읽는 것은 단순히 장르적 관습이 반복되는 데서 오는 재미 때문이 아니라 이야기 자체의 새로움 때문이다. 언급된 본격문학의 관습적 장치들은 흔해서 새롭지도 않고, 이야기를 실어 나르는 틀로서 매력적이지 않을뿐더러 다양한 이야기들을 소화해 내기에도 모자라 보인다.

예컨대 "우리의 일상생활과는 떼 놓을 수 없을 정도로 보편화된 기계, 이를테면 휴대폰이나 컴퓨터를 통해서 인간관계나 인식의 개념 자체가 바뀌었"고 "인간의 개념 자체가 기계적으로나 감각적으로 확장이 된 상황이지만, 순문학 입장에서는 이것을 상상하기"[17] 힘들다고 비판하거나

---

16   김영하, 좌담 「장르 문학과 장르적인 것에 관한 이야기들」, 《문학과 사회》 2004년 가을, 1155쪽.

17   김상훈, 좌담 「SF는 주류 문학의 대안이 될 수 있는가」, 앞의 책, 70쪽.

"적어도 SF는 조금 더 보편화될 필요가 있다. 과학과 과학적 상상력은 이제 현대사회로부터 떼어 놓을 수 없는 대상이며 대중은 SF에 관심이 없다고 해도 이미 독자이기 때문이다."[18]라고 말할 때, 이들이 강조하는 것은 SF야말로 과학기술 시대를 살아가는 우리의 현실을 그리는 데 더없이 적절한 장르라는 사실이다. 우리 시대를 특징짓는 것이 과학기술이고 보면, 이 문제를 "문학의 고찰 대상으로 삼을 능력이 있는 작가들이 나오지 않는 이상 20세기식의 순문학이 21세기적 현실에 적용하기는 힘들 것"[19]이라는 이들의 진단이 억지스럽기만 한 것은 아니다. 확실히 본격문학은 현재 우리가 직면한 복잡한 현실을 형상화하는 데 그다지 성공적이지 못하다. 가령 일본의 사회파 추리소설이 종종 소재로 삼는 신용 불량, 개인 파산, 사채, 투기 같은 자본주의사회의 병폐들만 해도 본격문학에서는 잘 다루지 않거나 다루더라도 독자들의 큰 관심을 끌지 못하는 경우가 많다. 장르 문학이 더 많이 읽히는 것이 반드시 장르 문학의 통속성 때문은 아닐 것이다. 본격문학에는 더 많은 새로운 이야기가 필요하다. 혹 그 이야기가 본격문학에서는 시도된 바 없는 형식이나 장르를 요청하고 있다면, 이를 수용해 오는 것이 작가의 과제이기도 할 것이다. "좋은 장르와 나쁜 장르는 없다. 좋은 작품과 나쁜 작품이 있을 뿐."[20]

4 장르 문학의 모험과 문학의 미래

누구나 다 아는 대로 장르 문학의 출현에는 컴퓨터 통신과 인터넷의 발달이 중요한 역할을 했다. 1990년대 초 하이텔 동호회를 비롯한 통신

---

18 듀나, 「SF문학의 오늘 ─ '일반'의 부재」, 《문학과 사회》, 2004년 가을, 1115쪽.

19 김상훈, 좌담 「SF는 주류 문학의 대안이 될 수 있는가」, 앞의 책, 70쪽.

20 이영도, 「장르 판타지는 도구다」, 《문학과 사회》, 2004년 가을, 1107~1108쪽.

문학을 통해 그동안 보지 못했던 많은 장르들이 양산되었고, 여기에서 이 영도와 듀나 같은 작가들이 자신의 작품을 독자들에게 알리게 되었으며, 이들 동호회를 매개로 장르 문학의 독자들이 팬덤을 형성했기 때문이다. 본격문학에 관한 논의가 대개 평론가 집단에서 생산되고 유통되며 간혹 어쩌다 일반 독자들에게까지 수용되는 것과는 달리, 장르 문학의 독자들은 "스스로 작품(원서)을 발굴하고, 번역하고, 번역과 편집에 대해 평가하고, 그 정보를 신속하게 공유하고 축적하는 수준에 다다라"[21] 있으며, 장르 소설 내부에서 계보를 만들고 영웅을 만들고 일급에서부터 차례로 작품들을 분류하면서 그 나름의 문학사를 쓰기도 한다. 뛰어난 소수가 만드는 이코노믹스의 시대는 가고 공유와 공개에 기초한 보통 사람들의 집단적인 능력이 세계를 변화시키는 위키노믹스의 시대가 될 것이라는 전망대로라면, 충성도 높은 팬덤을 거느리고 있는 장르 문학은 적어도 양적인 면만 놓고 볼 때 위키노믹스를 구현하는 대표적인 사례가 될 것이다.

이러한 현상의 의미는 비단 경제의 관점이나 양적인 면에만 국한되지 않는다. 예술을 예술이게끔 하는 것이 어떤 작가의 생산품이 지닌 자명한 '예술성'이 아니라 어떤 생산품을 사회적 '예술 영역'에 위치시키는 복합적인 힘이라는 사실은 이제 널리 알려진 지식에 속하거니와, 본격문학이 본격문학으로서의 권위를 누릴 수 있었던 것은 이를 문학이라는 시장 내에 상징 자본의 형태로 유통시킬 수 있었기 때문이다. 장르 문학은 본격문학이라는 상품만이 유통되는 이 시장에 들어올 수 있는 여지가 없다. 교환가치가 인정되지 않기 때문이다. 인터넷 동호회를 중심으로 하는 장르 문학의 팬덤들은 문학 시장 내부에 또 다른 시장을 만들고 독자적인 화폐를 유통시킨다. 이들이 마니아가 될 수밖에 없는 것은 마니아가 됨으로써만 작품에 내재한 고유한 가치를 입증할 수 있기 때문이다. 대상의

---

21   임형욱, 「절반의 성공, 절반의 실패를 넘어서」, 《북페뎀》, 2004년 여름, 262쪽.

가치를 입증하는 가장 좋은 방법은 대상을 향한 주체 편의 열정을 보여 주는 것이기 아니던가. 마니아와 장르 문학은 하나의 순환을 이루고 있다. 마니아는 스스로 마니아가 됨으로써 장르 문학의 가치를 증명하고, 장르 문학이 읽을 만하다는 사실은 이들이 있음으로써 증명된다.

그러나 장르 문학과 독자의 이 밀월 관계는 종종 장르 문학에 제약이 되기도 한다. 장르 문학 내부에서는 "당대의 대중적 서사 욕망을 읽어 내는 것이 장르 문학 생산자(작가, 출판인을 포함한)들의 우선적 과제"[22]라거나 "'독자의 경향에 맞춰서' '그들이 원하는 바에 따르되' 잘 써야 한다."[23]라고 종종 이야기하는데, 본격문학의 입장에서 볼 때 이것은 작가 의식을 팔아 독자를 사는 일종의 매문(賣文) 행위가 될 것이다. 장르 문학이 오랫동안 대여점을 중심으로 유통되었다는 점도 부기해 두자. 신무협을 대표하는 작가 좌백에 따르면, 100여 명의 전업 무협 작가와 400여 명의 작가군, 60여 개의 출판사가 생산하는 800권의 책은 7000개에 이르는 대여점을 통해 소비된다. "이 좁은 시장에 저 많은 작가와 책들이 존재할 수 있는 이유 (……) 게다가 그 전업 작가들 중 몇몇은 작년에 원고료만으로 몇 억을 벌었느니 하는 소리가 들려오고(몇십만 부 판 것도 아닌데), 그것이 거짓이 아닌 구조적 원인"은 "대여점을 중심으로 한 기묘한 창작과 유통 구조"에 있다.[24] 이 시스템 속에서 장르 문학이 생산되고 소비된다면 아무래도 장르 문학은 시장 친화적일 수밖에 없고, 시장에 대한 비판적인 거리를 유지하기 어렵다.

장르 문학의 진정성에 대한 물음이 제기되는 주요한 이유도 결국은 여

---

22   우지연, 앞의 글, 48쪽.
23   문현선, 「무협 소설에는 미래가 있을까」, 《북페뎀》, 2004년 여름, 189쪽.
24   인용 순서대로, 《북페뎀》 2004년 여름호 중 김성곤, 「왜 지금 판타지인가」, 35쪽; 조성면, 「도전으로서의 추리소설」, 176쪽; 문현선, 「무협 소설에는 미래가 있을까」, 187쪽; 한미화, 「여성에 의한, 여성을 위한 장르 소설」, 195쪽.

기에 있다. 실제로 많은 장르 문학들이 보기 민망할 정도로 작가 의식의 빈곤을 드러내고 있어 이런 물음이 근거 없지 않음을 증명해 주고 있다. 그러나 이 물음은 자칫하면 장르 문학에 대한 편견에서 나와 그 편견을 확인하는 식의 논의로 이어지기 쉽다. 장르 문학의 발생론적 배경이나 존재론적 조건으로부터 장르 문학의 비진정성을 곧바로 연역해 낸다면, 똑같은 논리로 소설책을 상품의 형태로 만들어 판매하는 상황으로부터 '소설=상품'이라는 등식을 이끌어 내는 것도 가능하다. 가령 "상품 미학의 지배는 필연적이되 그 필연성을 당연한 것으로 받아들이지 않는 일, 필연적이며 지배적이기 때문에 오히려 '공세적'으로 저항하는 일, 또 그 안으로 잠입하여 폭파를 기도하는 일, 그것이야말로 우리 시대의 문화 논리가 추구해야 할, '차선'이 아닌 최선의 지향점이 아니겠는가"[25] 하고 물을 때, 이런 모험은 결국 실재하는 개별 작품들을 통해 수행될 수밖에 없다. "대중문화의 장르적인 존재 방식 자체가 작품의 질적 수준을 직접적으로 제한하는 것은(도) 아니"[26]라면, 장르 문학 일반에 대한 판단을 유보하고 개별 작품들이 그려 나갈 모험을 지켜보는 것도 의미 있는 일일 것이다.

실제로 장르 문학 내부에서는 의미 있는 변화가 시도되고 있다. 아마도 이것은 장르 문학 편에서 느끼는 위기의식과도 관련이 있을 것이다. 위기의식은 각 방면에서 두루 표출되고 있다. "현재 국내의 상황은 문학적 주제와 예술성이 부재한 저급 판타지가 주류를 이루고 있는 실정 (……) 최근 일부 언론에서 국내 판타지의 퇴조를 지적하고 있는 이유도 바로 그런 문제에서 비롯된 것이며, 고급 판타지를 산출하지 못할 경우 독자들과 평론가들의 외면으로 인해 판타지 문학은 필연적인 쇠퇴의 길을 걷게 될 것이다." "추리소설의 미래는 그렇게 낙관적이지 않을 뿐만 아니라" "입지가 축소되는 것은 순문학만이 아니다. 장르 문학 또한 입지가

25 서영채, 「문화 산업의 논리와 소설의 자리」, 앞의 책, 69쪽.
26 같은 곳.

줄어들고 있는 것이 현실이다. 과연 무협 소설에는 미래가 있는 것일까. (……) 무협 소설의 미래는 장밋빛으로 보이지 않는다.""그러나 2004년 현재 로맨스 시장은 그리 낙관적이지 않다. (……) 2002년 하반기 이후부터 대여점과 총판에 의존했던 장르 소설은 심각한 위기를 맞고 있다. 총판의 위기와 대여점의 축소가 갈수록 심각해지고 있기 때문이다."[27]

위기에 대응하여 장르 문학 내부에서는 장르적 관습을 해체하거나 다른 장르와의 이종교배를 시도하기도 하고 "작품성과 문학성을 추구하는 것이 진정한 상업성과 대중성을 획득할 길"이라는 믿음 아래 상업성과 대중성을 작품성이나 문학성과 동시에 추구하려는 시도를 보이기도 한다.[28] "세련된 문체, 소외된 인물의 조명, 변방이나 비주류 사회의 묘사 등"을 통해 무협 속의 문학성을 추구했던 신무협은 그 대표적인 예이다.[29] 이런 시도는 "패턴을 자기 파괴하는 동시에 역설적으로 자기 장르의 패턴을 새롭게 확인하고 장르 독자의 원형적인 서사 욕망을 충족시키는 거사를 이루지 못한다면" "소수 독자의 적극적 지지와 다수 독자의 아연한 외면을 받을 확률이 높"[30]고, 대개 작품성이나 문학성이 상업성이나 대중성과 상충한다는 점에서 모험에 가깝다. 실제로 신무협은 마니아 독자층을 형성하기는 했지만 대중의 욕구에 발 빠르게 부응하지 못해 무협 소설의 침체를 가속화하는 원인이 되기도 했다. 그러나 이런 실패에도 불구하고 이들의 모험은 옹호할 만한 가치가 있다. "장르적인 문법의 제한이라는 존재 조건 속에서도 작가만이 가질 수 있는 스타일과 언어의 고유성, 나아가 우리 시대의 삶에 대한 진지한 문제의식을 획득"해 내는 것이 "장르 속에

---

27 인용 순서대로, 《북페뎀》 2004년 여름호 중 김성곤, 「왜 지금 판타지인가」, 35쪽; 조성면, 「도전으로서의 추리소설」, 176쪽; 문현선, 「무협 소설에는 미래가 있을까」, 187쪽; 한미화, 「여성에 의한, 여성을 위한 장르 소설」, 195쪽.

28 좌백, 「통신 무협과 신무협」, 《문학과 사회》, 2004년 가을, 1122쪽.

29 우지연, 앞의 글, 43쪽.

30 문현선, 앞의 글, 183~184쪽.

서 장르를 넘어서는 일"이고, 이것이 "상품이라는 외적 형식 속에서도 상품의 논리를 넘어서는 일에 해당된다."[31]라는 평가가 비단 에코의 『장미의 이름』 같은 작품에만 예외적으로 적용되는 것이 아니라면, 이들에게도 정당한 몫의 평가가 주어져야 할 것이다. 중요한 것은 본격문학과 장르문학 가운데 어디에 속해 있는가 하는 것이 아니라 "새로운 문학(성)을 만들어 내려는 무시무시한 모험 정신"[32]이기 때문이다.

31   서영채, 앞의 책, 68~69쪽.

32   장은수, 「새 문학 위한 치열한 모험 정신 필요한 때」, 《조선일보》, 2001년 4월 23일.

윤리의 표정

1 범람하는 윤리

윤리가 범람하고 있다. 윤리는 최근의 우리 비평이 가장 사랑하는 말 가운데 하나가 되었다. 윤리는 '태도'나 '자세' 같은 향취 없는 말을 좀 더 그럴듯하게 포장하기 위한 수사적인 장치가 되기도 하고, 도덕과 다름없는 뜻으로 쓰이기도 하고, '어떻게 할 것인가'에 대한 답으로 제출되는 모든 행위들을 가리키기도 한다. 이 다양한 호명 방식 속에서 때때로 윤리라는 기표는 비평가의 의도와는 상관없는 의미상의 간섭과 충돌 속에서 확정된 기의 없이 부유하는 듯한 인상을 주기도 한다. 그런 가운데 일부는 레비나스, 데리다, 푸코, 바디우, 가라타니 고진 같은 이론가들에 기대어 보다 일관성 있게 윤리 담론을 만들어 가려는 시도를 하고 있기도 하다. 윤리를 이야기하는 사람들의 수만큼이나 많은 담론과 기의들이 출현하는 상황에서 어떤 삶이 윤리적인가에 대한 합의된 생각을 도출하기란 쉬운 일이 아니다. 아니, 사실은 무엇이 윤리인지 합의하는 것부터가 쉽지 않다.

분명한 사실은 한 시대를 풍미하던 이념의 맞은편에 윤리가 놓여 있다는 것, 이념이 "종언을 고했다고 단언할 만큼 실효력을" 상실한 자리에서 "'윤리'라고 하는 새로운 비판적 자의식"[1]이 출현했다는 정도일 것이다. 이념과 윤리의 차이에 대해 요령 있게 정리해 놓은 서영채에 기대어 말하면 "이념이 집단 주체의 것이라면 윤리는 개별 주체의 것이다. 우리가 만들어 가야 할 세계의 빛나는 모습을 그려 내고자 하는 것이 이념의 일이라면, 윤리는 우리 욕망의 심연을 투철하게 응시하고자 하는 시선의 산물이다."[2] 이념이 공동체적이라면 윤리는 개인적이고, 이념이 선험적인 좌표에 의존하는 것이라면 윤리는 그 좌표를 개인이 직접 만들어 간다. 성급한 예단인지는 모르겠으나, 이념에 기대어 자기 증명을 시도했던 이들이 이제 새로운 환경 속에서 그것을 되풀이하기 위해 선택한 것이 윤리라면, 그런 점에서 윤리에 대한 관심은 결국 자기 보존 원리의 일종이 아닐까. 윤리에 관한 최근의 비평들은 대체로 타자를 담론의 일부로 포함시키지 못한 채 사실상 자기와의 관계 속에서 윤리를 다루거나 타자에 대한 얕은 수준의 이해만을 드러내고 있거니와, 이러한 현상은 윤리가 담론화되기 시작한 배경 자체에서 기인한 것은 아닐지. 이 글은 간단하게나마 이 점을 살펴보려 한다.

2   이토록 사소한 윤리

김현이 아무 짝에도 쓸모없는 문학으로부터 쓸모를 발견했을 때[3], 그러니까 문학은 쓸모가 없기 때문에 억압하지 않으며 모든 쓸모 있는 것들

---

1   최성실, 「'뜨거운 사물'을 향한 트랜스─리터러처 ── 우리 시대 한국 문학비평」, 《문학과 사회》, 2006년 겨울, 300쪽.
2   서영채, 『문학의 윤리』(문학동네, 2005), 7쪽.
3   김현, 『한국문학의 위상』(문학과지성사, 1977).

의 억압적인 성격을 폭로할 수 있다고 주장했을 때, 이것은 문학의 사소함을 견디기 위한 그 나름의 방편이었을 것이다. 우리 소설사를 흥미성과 이념성이라는 두 가지 대립항을 매개로 하여 서술하고자 했던 김윤식, 정호웅[4]의 경우도 사정은 다르지 않아 보인다. 민족적인 과제를 짊어지는 쪽이건 소설의 예술성을 담보하기 위해 기법과 형식들에 매달리는 쪽이건, 소설을 사소하지 않게 만드는 것이 이념성이라는 것은 두말할 나위가 없다. 거기에 비하면 흥미성이란 일종의 얼룩 같은 것이어서, 이념성에 의해 매개되지 않을 때 그것은 본의 아니게 소설의 비밀을 누설하는 꼴이 되고 만다. 소설이란 처음부터 사소한 것이었다는 비밀을. 가라타니 고진[5]은 정치적 문제에서 개인적 문제까지 온갖 것을 떠맡았던 문학이 그러한 과제에서 해방되면 그저 오락이 된다고 말했지만, 기실 문학이 이런 과제들을 짊어지려 했던 것부터가 이미 자신의 사소함을 웅변하고 있는 것이 아닐지.

이른바 "무중력 공간"을 둘러싸고 벌어진 최근의 논쟁을 보면서 생각하게 되는 것도 결국은 이런 것이다. 이광호가 김애란을 비롯하여 "2000년대에 와서 공식적인 글쓰기를 시작한 작가들은, 상대적으로 정치적 죄의식과 역사적 현실의 중력과는 무관한 자리로부터 글쓰기의 존재를 설정"[6]하고 있다는 전제 아래 "이런 글쓰기의 공간을 '무중력 공간'"이라고 불렀고, 이에 대해 임규찬[7]이 비판을 제기했던바, 아마도 임규찬은 이광호의 생각처럼 우리 소설이 그렇게 "무중력 공간"에 놓여 있다면, 그러한 소설이란 그야말로 사소한 것이 아니겠는가 하고 판단했던 듯싶다.

4   김윤식·정호웅, 『한국소설사』(예하, 1993).
5   가라타니 고진, 조영일 옮김, 『근대문학의 종언』(도서출판b, 2006).
6   이광호, 「혼종적 글쓰기 혹은 무중력 공간의 탄생」, 『이토록 사소한 정치성』(문학과지성사, 2006), 101쪽.
7   임규찬, 「비판의 윤리성과 최근의 비평」, 《창작과 비평》, 2006년 겨울.

소설을 사소하지 않은 물건으로 만들어 주는 것은 결국 역사나 현실 같은 것들인데 그런 것을 결여하고 있는 소설은 더 이상 중요하지 않다는 논법이 성립될 수 있기 때문이다.

임규찬은 이광호 식의 논의가 결국 소설이 사소한 것임을 추인하는 것밖에 되지 않으리라고 여겼을 텐데, 그러나 소설이 사소해져서는 안 된다고 본 것은 이광호의 경우도 마찬가지가 아니었을까. 그가 발견한 '사소한 정치성'이라는 것이 사실은 '중력'을 만들어 내는 장치의 일종이고 보면, 결국은 그에게도 소설이 사소한 것이 되어서는 안 된다는 자의식이 있었다는 뜻이 되기 때문이다. 그렇다면 그가 '사소한 정치성'이라고 명명하는 그것은 사소해진 소설을 견디는 그 나름의 방식이라고 할 수도 있겠다. 최근의 비평에서 이광호는 젊은 작가들의 소설을 분석하면서 '윤리'라는 이름을 부여하고 있는데 그 방식이 '사소한 정치성'을 이야기할 때와 매우 흡사하다. 윤리는 '사소한 정치성'에 관한 담론이 호출해 낸 또다른 기표라 해도 과언이 아니다. 그는 이렇게 말한다.

문제는 그 불행에 대한 인물들의 '무심한' 태도이다. 그들은 그 불행에 분노하거나 증오하거나 절규하는 것 대신에, 어떤 '초연성'의 공간을 통해 자기 존재를 재배치한다. 이것은 단지 불행에 눈감는 행위, 혹은 불행으로부터 도망가는 행위로만 볼 수 없다. 여기에 현대성과 자아 정체성과 관련된 다른 주체의 미학, 혹은 자아의 윤리학이 숨쉬고 있기 때문이다. 그들은 불행의 파토스를 넘어서려는 미적 존재론을 준비한다.[8]

이것은 불행 앞에 무심함을 드러내는 젊은 작가들에 대한 주석이다. 어떤 경우에도 절망하지 않는, 그래서 존재의 심연을 드러내거나 속악한

---

8 이광호, 「너무도 무심한 당신 — 젊은 소설에서 읽은 초연성의 존재 미학」, 《세계의 문학》, 2007년 겨울, 347쪽.

현실과 대비되는 내면을 주장하는 대신 그저 가볍게 현실을 딛고 일어서려는 이들에게 이광호는 '윤리'라는 이름을 붙여 준다. 그에 따르면 이들의 태도가 윤리적일 수 있는 것은 이들이 불행의 파토스를 규율함으로써 "자율성을 지니게 되며, 그것이 스스로의 존재 방식을 성찰하는 계기가"[9] 되기 때문이다. 이들의 초연함은 "수동적 신체 이상을 넘어서는 자율성의 최소 공간을 스스로 만들어" 내는 행위, 곧 "수동성의 능동성, 비의지의 의지"[10]의 표현으로 읽을 수도 있다는 것이다. 가벼워서 사소하게 보이는 젊은 작가들의 소설에는 이렇게 후기의 푸코가 탐색했던 "자유의 실천으로서의 자기 윤리학"에 견줄 만한 "새로운 존재 미학의 가능성"[11]이 내재해 있다. 그러니 어찌 이들의 소설을 사소하다고 치부해 버릴 수 있으랴.

그런데 이러한 해석에 혹 일말의 불안이 드리워져 있다고 보면 과한 이야기가 될까. 가령 "젊은 작가들의 소설에서 불행 앞에 무심한 존재들은 성찰성 없는 '밀폐된 최소 자아로의 회귀'를 보여 주는 것이 아닐 것이다."[12]라고 이야기할 때, 이 부정형으로 된 문장이 우리에게 알려 주는 것은 혹 이들 젊은 작가들의 초연함이 "성찰성 없는 '밀폐된 최소 자아로의 회귀'"일지도 모른다는 이광호 자신의 불안 섞인 의혹이 아닐까. 이들 젊은 작가의 초연함이 자유나 자율성의 표현이 아니라 사실은 모든 것이 결정되어 있는 세계에서 지어 보이는 체념의 몸짓일지도 모른다는 의혹, 그들은 아무것도 하지 않는 것이 아니라 사실은 아무것도 할 수 없는 것이라는 의혹, 그러므로 거기에는 윤리도 무엇도 아무 것도 없다는 의혹.[13] 스

<hr>

9 같은 글, 338쪽.

10 같은 글, 349쪽.

11 같은 글, 348쪽.

12 같은 곳.

13 초연한 인간은 어느 것에도 가치를 두지 않는 듯이 행동하지만, 실은 대상이 갖는 무게를 누구보다 잘 알고 있기에 다만 타자의 인정을 이끌어 내기 위한 미끼로 초연함을 써먹는 것일 뿐이

스로 드러내고 애써 부정하지 않으면 안 되는 이 모든 의혹들이 윤리를 호명해 낸다. 그러므로 이 경우 윤리란 사실상 아무것도 아니다. 거기에는 다만 문학의 존립 근거를 마련하기 위한 고투의 흔적들만이 묻어 있을 따름이다.

3   자기 보존의 기율

윤리가 문학의 존립 근거를 마련하기 위한 시도의 일환이라는 점은 서영채의 경우를 보아도 분명하게 확인할 수 있다. "탈이념의 공간에서 문학은 오로지 윤리적이 됨으로써만 자신의 가치를 보존할 수 있을 것"[14]이라는 서영채의 진단에서, '탈이념'이라는 말은 후기 자본주의사회와 맞바꾸어도 별 문제가 되지 않을 것이다. 서영채가 윤리를 다루는 맥락에서 문제적인 것은 후기 자본주의의 문화 산업 논리이다. 그는 아래와 같이, 문학이 놓여 있는 상황을 구체적으로 적시한 바도 있다.

자본주의사회에서 문학이 지니고 있는 근본적 역설은, 그것이 자본제적 현실에 대한 타자이면서 동시에 상품의 형식으로 유통될 수밖에 없다는 점이다. 문학은 근본적으로 자본제의 안과 밖에 동시에 존재할 수밖에 없는 것이다. 내부에만 존재한다면 문학은 상품 미학에 침윤됨으로써 자신의 존재 근거를 망실해 버리고, 외부에만 존재한다면 문학은 소통되지 못한 채 불모성에 빠져 버린다.[15]

다. 초연함이 자율적일 수 없는 이유이다. 이에 대해서는 René Girard, "Nietzsche, Wagner, and Dostoevsky", *To Double Business Bound*(Johns Hopkins University Press, 1978) 참조.

14   서영채, 앞의 책, 22쪽.

15   같은 책, 35쪽.

부연하면 이렇다. 서영채가 보기에 우리 시대의 문학은 "패배한 노래"이며, "현실적 승자"인 오디세우스가 아니라 "패자"[16]인 세이렌 편에서 있다. "자본제라는 시스템 속에서 노동력을 팔며 살아가는 한에 있어 우리는 모두 오디세우스나 그의 부하들의 후예"이고, "우리 시대의 노래란 사라져 버린 세이렌의 노래를 동경하는 병든 노래일 수밖에 없으며" 그런 한에서 "문학은 무엇보다도 패배의 기록이며, 외적 패배를 통해 내적 승리에 도달하고자 하는 욕망의 산물"[17]이다. 문학이 문화 시장에 스스로를 노출시키는 것은 그 시장의 일부로 편입되는 것, 다시 말해 문화 시장이라는 교환 관계 속에서 자신을 상품으로 확인하는 것이 될 터이다. 이에 대해 윤리를 사유하는 문학은 상품화를 거부하고 자신의 존재 가치를 스스로 증명하고자 한다. 그것은 무에서 유를 창조하기(creatio ex nihilo), 또는 무성생식에 비견될 수 있다. 문학(하기)의 윤리는 주체의 자기 보존을 "위협하는 '실재'를 무장해제하고 그 타자 속에 희생된 주체를 다시 '복원'하는 작업"[18]의 일종이다. 윤리를 매개로, 무성생식을 통해 문학이 자기 증명을 시도함으로써 얻고자 하는 것은 문학의 자기 보존이다.

윤리가 결국 자기와의 관계에서 출현하는 것이므로, 윤리 담론은 종종 주체성 담론으로 화한다. 가령 "문학적 글쓰기의 윤리는 스스로의 준칙을 만들 수밖에 없는 지경에 처한다. 물론 자율적인 것으로서의 문학적 글쓰기가 종국적으로 기댈 수밖에 없는 것은, 그 자신을 산출한 모더니티의 모럴, 주체성의 절대 자유다."[19]라고 이야기하거나, 성석제 소설의 깡패들

---

16 같은 책, 29쪽.
17 같은 책, 29~30쪽.
18 정은경, 「상처에서 욕망으로 — '상처 없는 문학은 불가능한가'라는 물음에 대한 몇 가지 단상」, 『우리 시대의 시적 징후와 상처』, 《작가와 비평》, 제4호(2005년), 244쪽.
19 서영채, 앞의 책, 45쪽.

에게서 어떤 윤리성을 발견해 낼 때가 그렇다. "흡사 충성과 복종이라는 코드만으로 이루어진 사이보그나 기계 같은 존재들"[20]인 깡패는 "자기의 이해관계를 돌보지 않는다는 뜻"에서 "윤리적"이며, 특히 "자본주의 시대의 생활 감각과는 반대 방향으로 나아갈 수밖에 없다."[21]라는 점에서 "그 존재 자체만으로도 자본제의 교활함을 되비추는 거울이"[22] 되기조차 한다. 이들의 윤리는 자기 내부의 욕망을 제어하고 수양을 일삼아 어떤 심원한 경지에 이르고자 하는 장인(匠人)들의 기율과도 닮아 있다. 이들에게는 일종의 미학화된 윤리가 있다.

그러나 주체성을 내세우는 모든 인간들이 그러하듯이, 이들은 "모든 외적 제약에서 벗어나고자 하는 절대적 주체성의 화신"[23]이 될 수도 있고, 이러한 주체성의 발로는 "애국심이나 민족주의", "전제주의나 전체주의"로 나타나거나 "파시즘적인 폭력의 상징"[24]으로 화할 수도 있지 않겠는가. 그렇다면 이런 윤리란 좀 위험한 물건이 아닌가.

이 점에 대해 서영채는 매우 자각적이다. 그는 성석제 소설에서 "깡패가 긍정적으로 묘사될 때는, 그보다 더 어두운 세계를 배경으로 깔고 있거나, 깡패가 자본제의 일상적 감각과 반대되는, 태도의 윤리성의 상징으로 형상화되고 있을 때"이며, "이를 웃음과 결합시켜 리얼리티의 수준을 슬쩍 떨어뜨림으로써" "태도의 윤리성이 자기 목적적인 폭력이 되는 것을 제어한다."[25]라고 덧붙인다. 깡패의 윤리에서 허용할 수 있는 범위가 어디까지인지 분명하게 밝혀 두고 있는 것인데, 여기에서 흥미로운 점은 "태도의 윤리성이 자기 목적적인 폭력이 되"지 않게 만드는 조건

---

20 같은 책, 229쪽.
21 같은 책, 225쪽.
22 같은 책, 231쪽.
23 같은 책, 229쪽.
24 같은 책, 232쪽.
25 같은 책, 233~234쪽.

으로서의 "그보다 더 어두운 세계", 보다 구체적으로는 "자본제"를 근간으로 하는 "일상"이다. 기실 이러한 조건이란 수식(數式)에서의 상수(常數) 같은 것이어서 빼거나 더할 수가 없다. 그러할진대 깡패의 윤리는 언제나 윤리적일 수 있는 가능성을 그 속에 내장하고 있다 해도 과언이 아니다.

이러한 논리는 문학(하기)에 요청되는 윤리를 말할 때도 그대로 적용될 수 있을 것이다. 자신을 자본제의 타자로 발견하는 문학은 스스로 주체가 될 수 없으며, 그런 점에서 문학의 자기 보존은 곧 타자의 보존이기도 하다는 역설이 성립된다. 자본제가 상수로 존재하는 상황에서 문학은 그 자신이 타자이기 때문에 스스로 주체가 되어 타자를 배제하거나 억압할 수 없다. 자본제라는 조건 속에서 자기 보존을 꿈꾸는 문학은 항상 윤리적일 수 있다. 그러나 이러한 구도 속에서 타자는 사실상 깃들 수 있는 둥지를 얻지 못한다. 주체성의 표현이 "세계의 윤리적 취약성"[26]을 반성하게 만드는 가장 확실한 길이라면, 타자는 부차적일 수밖에 없기 때문이다. "장인은 자기 직분 외에는 책임의 영역을 애초에 차단하는, 윤리적 시험으로부터의 회피술에 의해 가까스로 비윤리적이지 않을 수 있다."[27]라는 비판 이면에서 읽을 수 있는 것도 어쩌면 이 점이 아닐까.

4   우리가 읽어 온 것이 진리라면

신형철만큼 지속적으로 윤리에 대해 이야기하는 비평가도 없을 것이다. 윤리에 대해 많은 것들을 이야기하고 이를 위해 다양한 이론들을 가져오지만, 결국 그가 최종적인, 어쩌면 가장 본질적인 대목에서 입지점으

---

26   같은 책, 233쪽.
27   이수형, 「윤리의 가능성」, 《창작과 비평》, 2005년 가을, 388쪽.

로 삼고 있는 것은 바디우가 아닐까 하는 생각을 하게 된다. 예컨대 서정성에 관한 논의에서 신형철은 이렇게 말하고 있다.

소위 '서정성'이 스타일이 아니라 메커니즘이라는 것은 두말할 필요가 없다. 고전적인 정의대로 서정성의 원리를 '세계의 자아화'라고 할 때 이 메커니즘은 '자아와 세계의 동일성'을 확인하고 '자아와 세계의 일체감'을 향유하는 것으로 귀결된다. 그러나 이와 같은 메커니즘이 자아와 세계가 격절되어 버린 현재에도 무리 없이 가동될 수 있는 것은 아니다.[28]

서정성은 왜 타기되어야 하는가? 더 이상 유효하지 않기 때문이다. 그렇다면 서정성이 더 이상 유효하지 않은 이유는 무엇인가? 이 물음에 답하기 위해서는 서정성이 더 이상 유효하지 않은 '조건'으로서의 "현재"에 주목해야 한다. 현재는 시간적인 개념이 아니다. 현재와 상관적인 것은 "진리"이다. "착하거나 아름답지 않"으며, "언제나 위협적"이고, 자아가 "알고 싶어 하지 않는"[29] 바로 그런 진리. 이러한 진리란 바디우가 '진리의 윤리학'[30]을 이야기했을 때의 바로 그 진리가 아닐 것인가. 진리는 그것이 개시되기 전의 상황과 그 이후의 상황을 단절시켜 놓는다. 이러한 진리는 추상명사일 수 없다. 그것은 밝혀진 하나 혹은 몇 개의 진리들이다. 가령 "'포스트' 담론들"이 개시한 진리가 있다. 신형철이 "주체란 본래 분열되어 있는 것이고, 애초 해체되어 있는 것입니다.(우리가 그 많은 '포스트' 담론들을 헛읽은 것이 아니라면 말입니다.)"[31]라고 했을 때, 중요한 것은 괄호 안에 담긴 조건 절이다. 이를테면 "상상적 자아를 소거하여 남

28　신형철, 「문제는 서정이 아니다 ─ 웰컴, 뉴웨이브 포─에티카」, 《문학동네》, 2005년 가을, 347쪽.
29　같은 글.
30　알랭 바디우, 이종영 옮김, 『윤리학』(동문선, 2001).
31　신형철, 「전복을 전복하는 전복」, 《실천문학》, 2006년 겨울, 113쪽.

는 텅 빈 장소"에서 "점멸"[32]하는 "무의식"이 '주체'라고 말하는 정신분석의 지식들을 충실하게 읽고 그것과 정직하게 대면한다면, 주체란 본래 분열되어 있는 것이고 애초부터 해체되어 있는 것이라고 생각하는 것이 윤리적이다.

진리의 윤리학에서 윤리적인 인간은 새롭게 개시된 진리를 놓고 그러한 진리가 열어 놓는 한계와 가능성을 정직하게 대면한다. 그것이 낳을 수 있는 이득이나 손실은 고려 사항이 아니다. 다만 그것이 진리이므로, 타산적인 어떤 것도 생각하지 않고 받아들일 뿐이다. 혹 어떤 진리가 하도 "치명적"이어서 "선이라는 이름의 하드디스크"를 "말소"[33]하게 되더라도 말이다. 그러한 위험까지를 감수할 수 있어야만 윤리라는 이름에 값할 수 있다. 신형철이 '그렇게 쓸 수밖에 없는 불가피성'에 대해 말하면서 그렇게 쓰도록 추동한 그것, 욕망이라 해도 좋고 충동이라 해도 좋은, 그렇기 때문에 바로 이 점에 관해서는 조금도 양보하지 말아야 할 바로 그것을 '에티카'라고 부르고, 에티카의 유무로 '있는 작가'와 '없는 작가'를 구분할 때도 사정은 마찬가지이다. '있는 작가'들은 "너의 끈질김을 초과하는 것을 끈질기게 밀고 나가기 위해 네가 할 수 있는 모든 것을 행하라. 중단 속에서도 끈질기게 밀고 나가라. 너를 포획하고 단절시킨 것을 너의 존재 속에서 포착하라."[34]라는 바디우의 격률을 가장 충실하게 따르는 윤리적 인간들일 것이다.

진리들의 윤리학이 신형철이 제기하는 윤리의 형식적인 층위를 이룬다면, 주체의 성격에 기대어 서정을 비판하고 '뉴웨이브'를 고평하는 것은 윤리의 내용을 채우는 시도의 일부이다. 주체에 관한 이야기의 두 가지 판본이 있다. 타자에게 가닿을 수 없는 어떤 지점에 대해 인정하고, 그

---

32 같은 글.

33 신형철, 「몰락의 에티카 — 21세기 문학 사용법」, 《문학·판》, 2006년 겨울, 135쪽.

34 알랭 바디우, 앞의 책, 61~62쪽.

불가능성을 긍정하며, 다만 말할 수 없는 것을 간신히 말하는 것에 대해 이야기하는 것은 약한 판본이다. "타인에게서 타자성을 거세할 뿐만 아니라 자아의 허구성을 살찌"[35]우는 서정이 그나마 윤리적일 수 있는 순간은 어떤 불가능성을 그대로 남겨둘 때이다. 예컨대 윤동주나 장석남, 나희덕 같은 시인들은 머뭇거리는 지점을 드러내고, 타자를 서정적 자아에게로 합일시키지 않고 내버려 둠으로써 서정에서 가능한 최고치의 윤리를 이끌어 낸다. "여하한 종류의 타인들에게서도 자신의 거울상을 찾아내"고 언제나 "보고 싶은 것만을"[36] 보는 "자아"를 물리치고 "그곳에서 비로소 무의식이 점멸"하는 "상상적 자아를 모두 소거하여 남는 텅 빈 장소"[37]인 주체의 시를 안출하는 시인들, 그가 '뉴웨이브'라고 명명하는 시인들에 대해 이야기하는 것은 강한 판본이다. 이들은 주체에 관한 가장 최근의 진리들에 가장 충실하게 반응하는 인간이다. 이들에 대해 이야기할 때 윤리는 이중적으로 작동한다. 개시된 진리를 실천하고 있다는 점에서 이들은 윤리적이며, 아울러 바로 이 점을 포착하여 윤리적이라고 명명하는 비평 행위 또한 윤리적이다.[38]

두 가지 판본 모두에서 주체는 어떤 무능함을 드러낸다. 무능함으로 표현되는 이런 윤리성은 주체의 자기 이해의 산물이다. 타자를 주체에게

---

35 신형철, 「문제는 서정이 아니다」, 앞의 책, 355쪽.

36 같은 글, 354쪽.

37 같은 글, 355쪽.

38 이 경우 그것을 진리로 보증해 주는 것이 무엇인지 묻는다면 어떻게 될까? 만약 '포스트' 담론들이 진리가 아니거나 기껏해야 나중에 거짓으로 판명될 운명의 임시적인 진리라면, 조금 더 나아가 개시된 진리를 정직하게 받아들이는 것만이 능사가 아니라 그것이 과연 진리인가를 따져야 하는 것이 진정한 의미에서 윤리적인 태도가 아닐까 하고 묻는다면 말이다. 확실히 신형철에게 이런 물음이 중요하게 다루어지지는 않는 것 같다. 진리란 객관적인 실체이기보다 개인에게 받아들여진 바로서의 진리를 의미한다고 생각한다면, 이런 물음이 의미 없는 것일지도 모르겠다. 이에 대해서는 별도의 긴 논의가 필요할 듯하다.

종속시킬 수 없는 것은, 가령 타자의 "절대적 외부성" 때문이 아니라 주체가 스스로 분열되어 있고 해체되어 있기 때문이다. 주체에 관한 진리들을 외면하지 않는다면, 타자와의 관계는 이 지점 이상을 넘어설 수 없고, 또 그것을 기대해서도 안 된다. 정확히 이곳에서 멈추어 서는 것이 윤리적이다. 결과적으로 신형철의 비평이 마주 대하는 타자들은 주체에 의해 대상화되지도 않고, 타자성이 훼손되지도 않은 채 가장 잘 보존되어 있다. 주체의 자기 이해가 타자가 자기동일성의 표현으로 귀착되는 것을 막은 덕분일 것이다. 그러나 이 무능한 주체에게는 타자와의 관계 맺음에서 요구되는 윤리적 책임이나 의무(레비나스, 가라타니 고진)를 물을 수 없다. "익명의 상태에 대해서는 '책임'을 물을 수 없"고 "책임성은 주체성을 전제로"[39] 하기 때문이다. 그러므로 주체를 무능한 상태로 내버려두는 것만이 능사는 아니다. 타자에 대한 책임을 이야기할 수 있기 위한 최소한의 주체성에 대한 논의가, 주체성에 대한 변호가 요청되어야 하지 않겠는가.

5　그리하여 타자를 얻었으나

타자와의 이 아슬아슬한 관계에서 김형중은 조금 더 나아간다. 김형중은 이렇게 말한다. "윤리란 그런 것이다. 타자에게 나의 관습에 따라 정체성을 부여하고 그로써 낯익은 존재를 만들어 동일자에 포섭하는 것이 아니라, 타자의 절대적 외부성을 용인한 채로 나 또한 그에게 타자가 될 때만 윤리는 발생한다."[40]라고. 이어서 김형중은 타자들과 "함께 윤리적으로 살아갈 수 있는" "새로운 주거 공간"[41]을 요청하고 그에 대한 대답 가

39　서동욱, 「문학비평가로서 레비나스」, 《세계의 문학》, 2006년 봄, 374쪽.
40　김형중, 「성(性)을 사유하는 윤리적 방식」, 《창작과 비평》, 2006년 여름, 254쪽.

운데 하나로 윤성희의 소설에[41]나오는 "의사가족(pseudo-family)"[42]을 호출하면서 이렇게 평가한다.

종종 일찍 죽은 쌍둥이 언니를 추억하며, 고속도로 휴게소에서 혼자 어묵 국물을 마시는 버릇이 있긴 하지만, '나'는 이 혈연도 없고, 섹스도 없고, 그래서 서로가 서로에게 아무런 억압도 되지 않는 가족들과 잘 산다. 어떠한 인연도 없던 네 사람이 우연히 만나 우애를 나누고 가족이 되어 살아가는 이 모습은 관습적인 의미의 가족이 아니다. 차라리 일종의 타자들의 연대 집단이라고 해야 맞을 듯싶다.[43]

이들은 "타자들이 함께 기거할 수 있는 비합리적인 주거 공간으로서의 가족"이고, 그런 한에 있어 "윤리적인 가족"[44]이다. "타자의 절대적 외부성을 용인"하는 것을 가리켜 윤리라 하였으니 확실히 이런 형태의 가족은 윤리적이라 할 수 있을 것이다. 타자의 "절대적 외부성"을 용인하고 이러한 타자와의 교통을 요청하는 김형중의 생각에 이견을 달기는 어려울 것이다. 그러나 여기에는 어떤 불충분함이 있는 듯 보인다. 타자에 대해 그 "절대적 외부성"을 인정한다고 할 때 그로써 얻게 되는 것은 무엇인가. "절대적 외부성"에 대한 인정이란 사실상 오가는 것이 아무것도 없이 다만 인정이라는 재화만 주고받는 것으로 종료되는 일종의 상징적 교환에 불과한 것은 아닌가. 거기에서 남는 것은 타자의 외부성을 인정했다는 주체의 자족감 외에 아무것도 없지 않은가. 주체가 그렇게 자족해하고 있는 동안 타자는 자신의 목소리를 드러내거나 자신이 거주할 수 있는 조금의

<hr>

41 같은 글. 258쪽.
42 같은 곳.
43 같은 글. 259쪽.
44 같은 글. 258쪽.

자리도 갖지 못한 채 그저 "하나의 공동체 바깥에 유령처럼 떠돌"[45]고 있는 것은 아닌가. 그렇다면 타자와의 연대란 타자에 대한 무관심과 다를 것이 없지 않은가.

이 점에서 "있음의 사실성을 긍정하는 것에 불과한 차이의 윤리란 고작해야 현존하는 사물과 세계의 상태를 순순히 받아들이도록 강요하는, 세련된 말장난에 불과"[46]하다고 지적한 누군가의 비판은, 김형중에게도 그대로 적용될 수 있을지 모른다. 김형중의 사유 속에서 타자와의 연대는 그저 타자와 이웃해 있다는 것 외에 별 의미가 없다. 이러한 사실과 짝을 이루고 있는 것이 있는데, 그것은 타자와의 연대를 통해 그려지는 원이 한없이 넓다는 점이다. 윤성희에 이어 강영숙의 『리나』를 언급하면서 김형중은 "성과 양육과 생계를 공유하고 한 주거 공간에 사는 이들은 분명 가족임에 틀림없다. 심지어 지극히 윤리적인 가족이기도 한데, 국적과 성차와 나이와 장애는 이들이 가족으로서 연대감을 형성하는 데 하등의 고려 사항이 되지 않기 때문이다."[47]라고 말한다. 그가 긍정하는 세계 속에는 타자에 대한 생래적인 거부감이나, 연인이 다른 사람을 사랑하는 것을 견디지 못하는 질투심 같은 것들이 깃들 곳이 없는 것 같다. "국적과 성차와 나이와 장애"를 넘어서는 연대를 윤리적인 요청으로 제출할 수 있을지는 몰라도 이런 것들이 "가족으로서 연대감을 형성하는 데" 아무런 장애도 되지 않는다고 이야기하고 만다면, 이것은 좀 지나칠 정도의 낙관주의라고 해야 하지 않을까.

이 도저한 낙관주의는 김형중이 제기한 타자의 "절대적 외부성"이라는 개념 자체를 의심쩍게 만든다. 타자가 "절대적 외부성"을 지니고 있다고 하나, 사실상 이 타자는 주체에게 아무런 위해도 가하지 않고, 주체가

45　홍기돈, 「경계와 윤리, 그리고 포월」, 《창작과 비평》, 2006년 가을, 372쪽.

46　서동진, 「차이의 윤리라는 몽매에서 어떻게 벗어날 것인가」, 《문학·판》, 2005년 가을, 96쪽.

47　김형중, 앞의 글, 259쪽.

보고 싶고 듣고 싶어 하는 것만을 되돌려주는, 주체의 마음에 들고 주체와 다를 것도 없는, 이른바 "좋은 타자", "바로 우리와 동일자"[48]가 아닌가. 가령 그가 "타자가 나에게 완벽한 외부이듯이, 나는 타자에게 완벽한 외부"[49]라고 말할 때 이 점이 좀 더 분명히 드러날 것이다. 타자가 나의 "절대적 외부성"을 인정하는 것은 내가 타자의 "절대적 외부성"을 인정할 수 있는 근거와 조건이 된다. 이런 한에 있어 주체와 타자는 대등하며, 서로를 향해 마주보고 있는 거울상으로 존재한다. 김형중의 윤리 담론에 타자에 대한 책임 같은 개념이 들어설 자리가 없는 것은 당연하다. 책임이란 비대칭적인 관계에서 출현하는 것이기 때문이다. 책임질 것이 없으므로 타자와의 연대는 여하한 장애 요소에도 불구하고 항상 가능하다. 그렇다면 그것은 결국 가장된 타자, 타자로 명명된 자기와의 연대에 불과한 것이 아닐까.

6   윤리가 출현하는 자리

소설의 한 장면을 읽는다. 주인공은 대구 지하철 참사가 일어난 지 사흘째 되는 날의 분향소 풍경을 담은 TV 화면에 정신을 집중하고 있다. 그의 마음 한구석에 이런 생각들이 지나간다.

그러나 텔레비전 화면을 계속 보기가 거북해 무언가 다른 일을 하기로 마음먹고 소파에서 엉덩이를 들어 올린 걸 보면, 내 윤리 감각이라는 것이 실은 불편함에 대한 자각에 지나지 않는 것인지 모른다. 그리고 어쩌면 나는, 겉으로 내색하지 않으려고 힘들게 참고 있긴 했지만, 공연히 불편함을

---

48   같은 글, 250쪽.
49   알랭 바디우, 앞의 책, 33쪽.

느끼게 하는 저 텔레비전 수상기 안의 낯선 현실에 대해, 그리고 그 낯선 현실의 간섭을 받아야 하는 상황에 대해 웬만큼 짜증스러워하고 있었던 것도 같다. 거기다가 또 그런 느낌을 거북하게 받아들이고 있었던 것 같기도 하다. 불편함이나 거북함은 내세울 만한 것이 못 된다. 그것은 타인으로 인해서 발생하긴 하지만 타인을 향하는 것이 아니라 타인을 저어하고 인정하지 않으려는 심리와 닿아 있다. 그 심리의 기반은 이기심이므로 타자의 존재에게 향하도록 되어 있는 윤리적 감각과는 도무지 상관없는 것이다.[50]

이 섬세한 감각이 그만의 것은 아닐 것이다. 우리는 수시로 이런 상황에 처한다. TV를 켜고 인터넷에 접속하는 순간, 우리는 한 번도 가 본 적이 없고 앞으로도 그러기 쉬울 수많은 나라와 지역으로부터 재난과 사고의 소식들이 여과되지 않은 채 쏟아지는 것을 감내해야만 한다. 정보의 양은 꼭 그만큼의 책무를 우리에게 부과한다. 타자의 고통을 알리는 정보의 홍수 속에서 누군가는 짜증을 내고, 누군가는 다른 누구에게 탓을 돌리고, 누군가는 잘못한 것이 없이 죄책감을 느끼고, 누군가는 해 줄 수 있는 것이 없어 절망하고, 또 누군가는 제발 저들의 고통을 나에게서 멀리 해 달라고 호소한다. 반응은 다양하지만 그 이면에 있는 것은 다르지 않다. 타자의 고통에 모종의 윤리적 책임을 느끼고 있다는 것. 정체를 알 수 없는 이 부채 의식의 근원에 있는 것이 무엇인지 대답하기는 쉽지 않다. 들뢰즈라면 이를 '상처 받을 수 있는 가능성'이라는 말로 설명하겠지만, 그렇더라도 그 가능성의 근거는 여전히 의문거리로 남아 있다.

가라타니 고진은 『윤리21』에서 "'자유로워지라', '타자를 수단으로서만이 아니라 동시에 목적으로 대하라'라는 윤리적 의무"[51]에 대해 이야기한다. 그에게 윤리적인 것은 곧 실천적인 것을 의미한다. "태어나지 않은

50   이승우, 「실종 사례」, 《세계의 문학》, 2007년 가을, 164쪽.
51   가라타니 고진, 송태욱 옮김, 『윤리21』(사회평론, 2001), 191쪽.

타자에 대한 윤리적 의무"가 있음을 주지시키는 그의 논의는, 윤리적 의무가 포괄하는 대상이 어디까지 미칠 수 있는지 보여 주는 일종의 시금석이다. 이미 『탐구』에서 어린아이와 외국인을 예로 들어 사유 실험을 한 바 있듯이, 그에게 타자는 주체와 비대칭적인 관계 속에 있다. 그가 내세우는 '윤리적 의무'가 바로 이 비대칭성에서 출현하는 것임은 그리 어렵지 않게 짐작할 수 있다. 절대적 주체성의 화신이나 분열되고 해체된 주체들에게는 이러한 의무를 물을 수가 없을 것이다. 전자에게는 독아론으로 포섭할 수 없는 타자를 상상할 수 있는 능력이 없고, 후자에게는 책임을 질 수 있는 주체성이 없기 때문이다. 레비나스라면 타자와의 비대칭적 관계 속에서 타자에 대한 윤리적 의무를 짊어지는 이러한 주체를 '나그네와 고아와 과부'의 얼굴, 곧 고통 받는 사람의 얼굴로 출현하는 타자들에 대해 책임을 지고 그들의 짐을 대신 짊어져 주는 주체의 모습으로 설명할 것이다. 레비나스에게 "윤리적인 것, 또는 윤리적이 된다는 것은 타인의 고통과 고난에 자신을 노출시키는 것을 의미한다."[52] 고통 받는 타자의 호소에 응답할 때 비로소 나는 "'응답하는 자'로서 '책임적 존재' 또는 윤리적 주체로 탄생"[53]할 수 있다. 주체와 비대칭적인 관계 속에 있는 타자는 이렇게 우리에게 윤리적 의무나 책임을 불러일으킨다.

그러나 지금 고통은 누구의 것인가? 그것은 타자의 것이 아니라 나의 것이 아닌가? 소설에서 고통을 이야기할 때 그 고통은 거의 항상 초점화자의 것이고, 고통에 대한 사유는 자기 내면에 대한 응시의 형태로만 등장한다. 가령 소설 속의 의사들은 돈만 밝히는 속물이거나 속물이 되어 버린 자신에 대한 연민과 자기모멸에 빠진 채 잃어버렸던 자기를 찾기 위해 방황하는 인물로 그려진다. 모름지기 의사란 환자들의 고통을 돌보는 자가 아니던가. 그러나 이들이 다루는 환자들의 고통은 그 고통이 자신의

---

52 강영안, 『타인의 얼굴』(문학과지성사, 2005), 225쪽.
53 같은 책, 183쪽.

고통과 조응하는 경우가 아니라면 사유의 대상이 되지 않는다. 이들은 자신이 짊어지고 있는 고통만으로도 충분히 버거워서 미처 타자의 고통에 관심을 둘 만한 조금의 여유도 없어 보인다. 아니, 어쩌면 이들은 타자의 고통에 응대하는 것이 버거워서 짐짓 아픈 것처럼 엄살을 부리고 있는 것일지도 모른다. 자신의 고통에 초연한 인물들이라고 해서 예외는 아니다. 이들은 자신의 고통에 초연할 뿐 아니라 타자의 고통에도 또한 초연하다. 자신의 고통만을 사유의 대상으로 삼을 때 거기에서는 '윤리적'이라 부를 수 있는 사건이 일어날 수 없다.

윤리를 이야기하는 비평들도 결국은 이와 같은 일을 하고 있었던 것이 아닐까. 윤리라고 명명한 것들은 기실 자기연민에 빠져 스스로를 위로하고 돌보는 몸부림에 지나지 않았던 것이 아닐까. 물론 자기를 단장하고 아름답게 가꾸는 것을 윤리라 부르는 것이 꼭 잘못된 것만은 아닐 것이다. 가령 푸코가 그러했듯이 말이다. 그러나 이와는 다른 기원을 갖는 윤리에 논의를 위한 정당한 자리를 마련해 주는 것도 유익할 것이다. 레비나스가 보기에 예술은 주체를 모든 책임성으로부터 자유롭게 해 주는 즐거움의 원천 이상도 이하도 아니다. 주체는 예술 속에서 타자뿐 아니라 그 자신에 대한 책임성으로부터도 자유로운데, 왜냐하면 예술은 주체를 비인격적 익명적 '있음'의 상태, 즉 책임질 수 있는 인격이 없는 상태로 되돌려놓기 때문이다. 오직 비평만이 타자와의 관계라는 윤리적 조망을 도입하는 방식으로 작품에 인격성을, 주체를 지반으로만 성립 가능한 책임성을 부여할 수 있다.[54] 레비나스의 이런 생각대로라면 우리의 비평은 비평이 떠맡아야 할 책임을 방기하고 있다는 비판을 면하기 어려울지도 모른다. 물론 누구나 여기에 동의하는 것은 아니겠지만, 최소한 타자로부터 촉발되고 타자에 의해 매개되며 타자를 향해 반응하고 타자를 책임지는

---

54   이에 대해서는 서동욱, 「예술의 비인격적 익명성 — 레비나스와 들뢰즈의 예술 철학」, 『차이와 타자』(문학과지성사, 2000), 389~391쪽 참조.

윤리에 대해 사유할 필요가 있다는 요청으로서는 의미가 있을 것이다. 우리 비평은 좀 더 "윤리적 불면"[55]에 시달려도 좋을 것이다.

55   강영안, 앞의 책, 185쪽.

앓는 시대의 소설과 윤리

1 윤리 담론의 위기

윤리를 다루는 최근의 비평들은 실로 경이롭다. 완전히 다른 타자, 절대적으로 외부에 있는 타자들에 대한 무조건적 환대를 요청하는 목소리 앞에서, 조건을 내세움이 없이 어떤 종류의 한계도 두지 말고 모든 종류의 타자들을 기쁘게 맞이하라는 저 윤리적 호소 앞에서, 타자들을 충분히 환대하지 못하는 나는, 문화적 차이를 환기시키는 습관들과 인종의 차이를 일깨우는 표지들과 대면하여 미처 제지할 겨를도 없이 내밀한 거부감을 표시해 오는 내 몸의 감각들은, 몹시 부끄럽고 민망하다. 타자를 환대해야 한다는 윤리적 당위에 공감하기에, 나는 나의 의지가 한계를 드러내고 나의 욕망이 제 발길을 돌리지 못하는 바로 그곳에서 절망한다.

그런 한편으로 나는, 나를 절망하게 하는 이 지점 위에서, 나의 한계와 마주한 채로, "인간 정신이 도달할 수 있는 전망이 아무리 넓어도, 인간의 상상력이 그려 볼 수 있는 충성심이 아무리 크다 해도, 인간의 정치력이 조직할 수 있는 공동체가 아무리 보편적이라 해도, 성인에 가까운 이상주의자들의 포부가 아무리 순수하다 해도, 인간의 도덕적 혹은 사회적 성취

물 중에서 터무니없는 이기심의 영향을 받지 않는 것은 하나도 없다."[1]라는 라인홀드 니부어의 도저한 비관주의에 기대어, 이 고상하고 숭고한 윤리적 명제에 일말의 의혹을 보내 본다. 혹 이것은 근대사회의 이기심(자기 속에 있는 이기심을 포함한)의 위력을 과소평가하는 저 어리석은 '빛의 자녀들(The Children of Light)'의 인간 본성에 대한 지나친 낙관에서 온 것은 아닌가 하고.

타자를 환대해야 한다는 윤리적 요청을 사이에 두고 울려 나오는 이 두 가지 목소리 사이에서 소설을 읽는다. 소설이 관심을 갖는 것은 당위가 아니라 더운 피와 육체를 가진 인간이기에, 타자를 환대해야 한다는 윤리적 요청의 가능성과 불가능성이, 혹은 이러한 요청이 전혀 예상치 못한 곳에서 길을 잃고 헤맬 수 있음을 보여 줄 수도 있기에, 이들의 행보는 당위를 이야기하는 비평보다 우리에게 알려 주는 것이 더 많을 수 있기 때문이다. 나는 최근의 소설들을 읽으며, 작가들이 타자에 대한 절대적 환대로 요약되는 최근의 윤리 담론에 신물이 나 버린 것은 아닌지, 그래서 처음의 요청과는 반대 방향을 향해 질주하고 싶은 욕망에 들려 있는 것은 아닌지 의구심을 느낀다.

윤리가 창안하는 행위의 주체가 되는 것은 윤리 담론을 제안하는 그 자신이다. 윤리 담론에서 주체가 된다는 것은 어떻게 타자들을 환대할 것인가를 고민한다는 것을 뜻한다. 그 자신이 어떻게 대접받을 것인가 하는 것은 일단 괄호 쳐 두어야만 한다는 뜻이다. 그러나 최근 소설들에서 인물들은 윤리 담론의 주체가 아니라 수혜자가 되고 싶어 하는 듯한 모습을 자주 노출시킨다. 이것은 우리의 윤리 담론이 봉착해 있는 어떤 위기 상태를 드러내는 하나의 징후일지도 모른다. 이 점에 관해 이야기하기 위해서는 좀 먼 길을 돌아와야 할 것 같다.

---

1 라인홀드 니부어, 이한우 옮김, 『세속적 인간과 비세속적 인간』(문예출판사, 1993), 30쪽.

2   불행의 파토스 — 나는 아프다

김애란을 비롯한 젊은 작가들의 작품에서 자기 삶에 드리워진 불행을 그저 무심하게 대하는 태도를 발견하고, 여기에 "불행의 파토스를 넘어서려는 미적 존재론"이라는 이름을 붙여 준 것은 평론가 이광호였다. 그는 "불행을 살아 내는 그들의 자존의 방식"에서 "최소한의 방식으로 자율적 자아의 가능성을 탐색"하고 "수동적 신체 이상을 넘어서는 자율성의 최소 공간을 스스로 만들어" 내는 "수동성의 능동성, 비의지의 의지", "현대성의 또 다른 존재 미학"[2]을 발견했던 것인데, 이러한 존재 미학을 체현한 인물들이 주목받는 사이 과도할 정도로 흘러넘치는 불행에 어찌할 바를 알지 못하는 이들이 하나둘씩 모습을 드러내고 있다. 특히 우리를 당혹스럽게 하는 것은 이들이 자기 삶에 드리워진 불행을 스스로 "규율"하거나 이를 통해 "스스로의 존재 방식을 성찰하는 계기"[3]로 삼을 수 있는 능력을 거의 상실했다는 사실이다. 두 작품을 예로 들어 본다.

먼저 김이설의 「막」(《문학동네》, 2008년 겨울)을 읽어 보자. "엄마가 집을 나간 뒤로 아버지는 몇 년씩 종적을 감췄다 나타나곤 했다. (중략) 떠돌이 아버지는 집에 들를 때마다 한바탕 난동을 피웠다. 매번 동네 사람들의 신고로 파출소에서 찾아왔다. 그런 집이 좋을 리 없었다. 열댓 살부터 집 밖을 들락거렸던 오빠는 언젠가부터 아예 들어오지 않았다. 나 역시 고등학교를 졸업하자마자 집을 나갔다."[4] 이렇게 삶을 시작한 인간이 종내에는 행복해질 것을 기대한다면 세상 물정 모르는 이야기가 될 것이다. 아니나 다를까, 그녀의 삶은 초라하기 그지없다. 시립회관과 군

---

2   이광호, 「너무도 무심한 당신-젊은 소설에서 읽은 초연성의 존재 미학」, 《세계의 문학》, 2007년 겨울, 349쪽.

3   같은 글, 338쪽.

4   김이설, 「막」, 《문학동네》, 2008년 겨울, 122~123쪽.

민회관을 순회하며 공연을 하는 지방 소극단 단원인 그녀는 극단 수입만으로는 먹고살 수가 없어 가끔씩 몸을 팔아 생계를 충당하고, 중앙 극단에 오디션을 찾아다니는 것 정도를 "제대로 살기 위해 애쓴다는 자위"의 표시로 삼고 있을 뿐이다. 그녀의 앞에는 불행이 제 몸을 부풀릴 뿐 행복을 알리는 기미조차 보이지 않는다. 아버지는 할머니를 때려 숨지게 한 죄로 경찰서에 붙들려 갔고, 그동안 이런저런 빌미로 엄마의 돈을 뜯어 내 오던 오빠는 엄마의 집에서 난동을 부리다 뜨거운 물을 뒤집어쓰고 중환자실에 누워 있다. 소설의 마지막 문장은 그녀 삶의 과거와 현재, 그리고 미래를 축약해서 보여 준다. "목적지가 어디였는지 기억나지 않았다."[5]

그렇다면 이상섭의 「아직, 아직은」(《웹진문장》, 2008년 12월)은 어떠한가. 그녀가 겪고 있는 모든 불행은 동생인 마야가 사고로 척추 손상을 입으면서 시작되었다. 마야는 끝내 상태가 호전되지 않았고, 그 와중에 회사로부터 계약 해지 통보를 받았고, 마야의 보상비는 바닥났지만 진료비 청구서는 어김없이 날아들었고, 관리비는 석 달째 밀려 급기야 전기마저 끊어졌다. 더욱이 참을 수 없는 것은 마야가 질러 대는 비명 소리다. "현관문이 열리자 마야가 기다렸다는 듯 더 앙칼진 비명을 질러 댄다. 제발 조용히 좀 안 할래? 정말 죽고 싶어 그런 거야? 죽여 줄까? 그녀도 모르게 거친 말이 쏟아진다. 내가 늘 네 곁에 있어야만 하니? 나도 살아야 하잖아. 너만 바라보고 있으면 어떻게 먹고살아, 이 병신아. 차라리 죽고 싶으면 죽어 버려! 나도 네 뒤치다꺼리에 이제 신물이 난다구. 마야가 알아들은 것일까. 거짓말처럼 마야의 비명이 툭 끊긴다." 이광호의 말을 빌려 "불행에 대한 의식이 과도한 정념으로 드러날 때, 우리는 다만 불행에 몸부림치는 하나의 짐승"[6]일 뿐이라고 한다면, 마야도 그녀도 이미 짐승의 상

5 같은 글, 138쪽.
6 이광호, 앞의 글, 337~338쪽.

태로 내몰려 있다 해도 과한 말이 아니다. 이들에게는 내세울 만한 자존심도, 애써 돌보아야 할 인간적인 위신도 없다.

　이 갑작스러운 변화를 어떻게 이해해야 할까. 삶을 불행하게 만드는 온갖 고통스러운 현실에 초연했던 그들은 어떻게 이렇게 한순간에, 이토록 무기력하게 고통에 사로잡히게 된 것일까. 최수철의 근작 「피노키오들」(《작가세계》, 2008년 겨울)에서, 아픔을 느끼는 감각을 잃어버린 주인공이 염려했던 바로 그 일이 생긴 것일까. 아무리 "몸에 자극과 충격을 가해" 보아도, "어떤 물건을 가지고 어떤 식으로 시도해 보아도 매번 아무런 느낌이 없"고 "심지어 송곳으로 팔을 찔러 보아도, 뭔가 깃털처럼 부드러운 것이 부드럽게 살갗을 스치는 듯한 감각이 일어났다 금방 스러지는 것"뿐이어서, 무엇인가 "과도한 실험까지 나아"갔다가 "통증의 감각이 되살아"나 "그 상처들이 한꺼번에 비명을 질러"[7] 대고 있는 것일까. 그게 아니라면 누군가의 지적처럼 초연함(무관심)은 그저 "손쉽게 다루거나 제거하기에는 너무 강렬한 상처들로 충만해" 있는 현대사회에서 "자신의 생명을 보존하기 위한 일종의 보호 본능"[8]일 뿐이었던 것일까. 또 다른 이유는 없는 것일까.

3　타인의 고통에 연루되어 있다는 고통

　김사과의 최근작 「정오의 산책」(《문학동네》, 2008년 겨울)을 읽어 본다. 어느 날 오후 점심을 먹고 느긋하게 산책을 즐기는 한에게 벼락같이 어떤 깨달음이 찾아온다. "자신이 지금까지 얼마나 시시한 고통 속에서 바보 같은 삶을 살아왔는"가 하는 깨달음. 어떤 현실적 맥락이나 논리적인 필

7　최수철, 「피노키오」, 《작가세계》, 2008년 겨울, 214쪽.
8　오창은, 「'배제의 표식'에서 '치유적 상상력'으로」, 《작가와 비평》 8호, 199쪽.

연성도 없이, 그럴 만한 계기가 있는 것도 아닌 채로 주어지는 깨달음. 어떤 종류의 예후도 없고, 기미도 없었던, 순간적인 각성. 이 깨달음은 "언어로 설명할 수 없는" "너무나도 미묘하고 희귀하며 완벽하게 주관적인" 일이어서 "종교나 예술에서 말하는 계시나 깨달음"[9] 같은 것이라고밖에 설명할 도리가 없다. 생각해 보면 그의 삶이 그다지 행복하지 않았던 것은 분명하다. 열두 살 때 아버지가 죽었고, 열아홉 살이 되던 해 어머니가 재혼하여 집을 나갔고, 등록금을 마련하기 위해 동분서주 일자리를 알아보아야 했고, 조부모인 정과 회와 함께 살면서 생활이 좀 나아지는가 싶더니 회가 폐암으로 쓰러졌고, 그나마 수술이 성공적이라는 것으로 위안을 삼고 생활비를 벌어 가며 가까스로 졸업을 하고 나니 회의 암이 재발하였고, 수술은 "다시 한번, 성공적"이었지만 얼마 되지 않는 월급을 회의 약값과 융자금 분할상환금과 그 이자로 사라져 버리는 처지란 얼마나 신산스럽고도 궁색한가.

그러나 그는 이제까지 별다른 불만 없이 잘 살아오지 않았던가. 오늘 아침만 해도 세계는 얼마나 근사해 보였던가. "바람은 신선한 습기를 머금고 있었고 해는 선명한 색을 띠고 있었다. 눈부시게 파란 하늘에서는 구름을 찾아볼 수가 없었다. 투명한 햇살 아래에서 모든 사물들은 고유의 색깔로 빛나고 있었다. 멀리 보이는 빌딩과 하늘의 경계도 모호함 없이 명쾌했다."[10] 작가적 서술의 형태로 전달되는 이 개인적인 이력을 덜어 내고 나면, 평소와 다름없이, 찬란하게 시작된 아침과 정오의 산책과 더불어 주어진 이 난데없는 깨달음을 매끄럽게 연결시키기는 거의 어려워 보인다. 여기에는 충분히 언표화되지 못한 어떤 계기가 있었던 것일까?

한의 생각을 조금 더 따라가 보면 타인들 역시 "자신과 마찬가지로 절망적으로 바보같이 시시한 고통 속에서, 필사적으로 신음하고" 있었다는

9　김사과, 「정오의 산책」, 《문학동네》, 2008년 겨울, 305쪽.
10　같은 글, 289쪽.

자각이 이어진다. 이어 "그런 그의 앞에 갑자기 타인들이 고통을 가득 짊어지고 몰려들기 시작"하고, 그의 입술은 슬픔으로 일그러지기 시작한다. "사무실 안을 가득 채운 고통의 밀도 때문에 어떤 기쁨도 그 안으로 끼어들 여지가 없었다. 그 안의 타인들은 천천히 부식되어 가는 쇳덩이들 같았다. 숨을 쉴 수가 없었다." 산책을 즐기는 동안 그를 사로잡았던 "기쁨의 파도는" 가라앉는다. "회사로 돌아오는 길에 너무 많은 타인의 고통을 목격했던 것이다. (중략) 세계를 짓누르는 고통의 질과 양으로 인해 그의 미소에는 우주의 암흑과도 같은 슬픔이 더해졌다."[11] 생각해 보니 "그는 열아홉 살 이후로 지금까지 언제나 허덕이며 다음 공을 쳐 내느라 정신이 없어서 단 한 번도 타인의 슬픔이나 고통 따위에 신경을 쓴 적이 없었다. (중략) 그런 그의 앞에 갑자기 타인들이 고통을 가득 짊어지고 몰려들기 시작했으니 놀란 한의 입술 끝이 슬픔으로 일그러지기 시작한 것은 당연한 결과였다."[12] 이 깨달음의 정체는 무엇일까? 분명하지는 않지만 한이 자기의 불행을 자각하는 것과 타인의 고통을 인식하는 것은 거의 동시적이다. 그렇다면 이 둘은 서로 연관되어 있는 것일까?

이승우의 소설 「실종사례」(《세계의 문학》, 2007년 가을)의 한 장면이 혹 이를 이해하는 데 도움을 줄지 모르겠다. 주인공은 대구 지하철 참사가 일어난 지 사흘째 되는 날의 분향소 풍경을 담은 TV 화면을 지켜보고 있다. 그의 마음 한구석에 이런 생각들이 지나간다.

어쩌면 나는, 겉으로 내색하지 않으려고 힘들게 참고 있긴 했지만, 공연히 불편함을 느끼게 하는 저 텔레비전 수상기 안의 낯선 현실에 대해, 그리고 그 낯선 현실의 간섭을 받아야 하는 상황에 대해 웬만큼 짜증스러워하고 있었던 것도 같다. 거기다가 또 그런 느낌을 거북하게 받아들이고 있었

11 같은 글, 307쪽.
12 같은 글, 307~308쪽.

던 것 같기도 하다. 불편함이나 거북함은 내세울 만한 것이 못 된다. 그것은 타인으로 인해서 발생하긴 하지만 타인을 향하는 것이 아니라 타인을 저어하고 인정하지 않으려는 심리와 닿아 있다. 그 심리의 기반은 이기심이므로 타자의 존재에게 향하도록 되어 있는 윤리적 감각과는 도무지 상관없는 것이다.[13]

이 대목은 타인의 고통이 우리의 마음을 얼마나 불편하게 만드는지 잘 보여 준다. 이 불편함은 레비나스가 던지고 있는 이런 물음과도 닮아 있다. "이웃에 다가가게 되면, 나는 단숨에 그의 종이 된다. 이미 늦었고, 늦은 것에 대해 죄책감을 느끼면서, 내게 명령을 내리는 권위를 표상이나 개념에 의해 내면화함이 없이 나는 외부로부터 명령을 받은 사람, 그것도 외상적인 명령을 받은 사람이 되어 버린다. 나는 다음과 같은 질문을 던질 틈도 없다. 도대체 이 권위는 나에게 무엇인가? 그가 명령하는 권위는 어디에서부터 나오는 것인가? 무엇을 했기에 나는 단번에 그의 채무자가 되었는가?"[14]

타인의 고통은 우리를 흔들어 놓는다. 왜 고통당하는 그들에게서 상처를 받는가 물으면 우리의 대답은 궁색해진다. 타인의 고통에 대한 공감의 능력이 신이 우리 영혼에 아로새겨 놓은 그의 형상의 발로인지, 이타적 형태로 발현되는 이기적 유전자의 작용 때문인지, 지배 이데올로기에 의해 그렇게 교육받은 결과인지 알 수 없으나, 적어도 타인의 고통이 우리를 불편하게 만든다는 사실만큼은 틀림이 없어 보인다. 우리를 더더욱 견딜 수 없게 만드는 것은 우리가 공감을 표시해 주어야 할 대상이 우리가 감당할 수 있는 범위를 훌쩍 뛰어넘어 버렸다는 사실이다. 타인의 고통은

13   이승후, 「실종사례」, 《세계의 문학》, 2007년 가을, 164쪽.
14   에마뉘엘 레비나스, 「존재와는 다른 것, 또는 존재 사건 저편」, 110쪽; 알랭 핑켈크로트, 권유현 옮김, 「사랑의 지혜」(동문선, 1998), 137쪽에서 재인용.

그 즉시 중계된다. 거기에는 한계가 없다. 전 세계가 이런 고통들을 타전해 온다. 가족이나 같은 동네에 사는 이웃이 아니라 무려 "세계"의 고통이라니. 나는 여기에서 어떤 선택권도 없다. 모든 전파들은 나를 향해 타전되어 오고 나는 이 앞에서 속수무책으로 당할 수밖에 없다. 그들의 고통은 나에게는 존재의 조건이 되었다, 이미.

한에게 찾아온 난데없는 깨달음 역시 자신이 타인의 고통에 연루되어 있다는 사실에 대한 자각으로부터 온 것이라고 보면 어떨까? "세계의 고통"이 "포화 상태에"[15] 이르렀다고 한이 느낄 때, 그것은 현존하는 고통의 양에 관한 것이 아니라 자신에게 타전되고 감각되는 고통의 양에 관한 것이리라. 타인의 고통이 어떻게 한순간에 한의 감각을 사로잡게 된 것인지 우리는 잘 알지 못한다. 다만 확인할 수 있는 것은 우리가 그저 타인이라고 부르는 이 추상적이고 익명적인 존재들, 무한정 확장되는 이들의 중심에 조부모인 정과 회가 놓여 있다는 사실이다. "정과 회를 떠올렸다. 그러자 마음이 약간 무거워졌다."[16] "정과 회를 떠올리자 한은 순식간에 그 둘의 고통에 짓눌려 숨을 쉴 수가 없었다." "그가 매달 벌어들이는 고통으로 가득 찬, 아니 고통 그 자체인 푸른 지폐들, 그의 집, 그의 성실성, 그의 희생, 그따위 것들로는 그 자신과 정과 회를 고통에서 해방시킬 수가 없었다. 그게 문제의 핵심이었다."[17] "한에겐 그런 그들을 책임질 의무가 있다. 그건 죽음보다도 무거운 한의 의무이다."[18] 그리고 마침내 한의 깨달음은 이들 앞에서 "마치 지진과도 같"[19]은 그 무엇으로 쏟아져 나온다. 추상화된 관념으로 감싸여 있지만, 사실은 "아주 많이 살아 있으며 앞으로도 아

---

15   김사과, 앞의 글, 314쪽.

16   김사과, 같은 글, 302~303쪽.

17   김사과, 같은 글, 311쪽.

18   김사과, 같은 글, 312쪽.

19   김사과, 같은 글, 316쪽.

주 오랫동안 살아 있을 거라는 것을"[20] 아는 그들에 대한 "불편함"과 "짜증", "거부감"의 표현에 지나지 않을 그 무엇으로.

4   나의 고통이라는 위장술

한의 불행은 타인의 고통에 연루되어 있다. 자기 삶이 불행으로 가득 차 있다는 깨달음은 타인의 고통에 대한 자각과 더불어 찾아온다. 타인의 고통은 주체가 행복한 채로 살아가는 것을 불가능하게 만든다. 우리가 누리는 행복이 혹 그들이 당한 고통의 대가로 주어진 것은 아닌지 심문하기 때문이다. 내 의지와 상관없이, 내가 아무런 죄를 범하지 않았음에도 불구하고 내 존재에 개입하여 나를 기소하는 그들. 이 점에서 고통당하는 타인들은 나에게는 불편한 짐이다. 인류 최초의 살인자인 카인이 동생 아벨을 때려죽인 것도 사실은 자기 안에 존재하는 동생으로부터 도망가기 위해서, 자신이 동생을 지키는 사람(인질)이라는 이 불평등한 관계를 단절하고 싶어서가 아니었던가.[21] 이 경우 타인의 고통을 회피하고자 하는 누군가에게 그 자신이 겪는 고통과 삶의 불행은 좋은 알리바이가 된다. 가령 서유미의 「시계가 잠들면 요괴가 눈 뜬다」(《문학수첩》, 2008년 가을)에서처럼.

이 소설은 서두에 놓인 귀 큰 요괴의 우화만큼이나 우화적이다. 한 여자가 있다. 그녀는 아무도 듣지 못하는 소리까지 다 들을 수 있다. 여기저기서 들려오는 크고 작은 소리들 때문에 그녀는 머리가 아프고 압박감 때문에 자주 구토를 한다. 어느 날 여자는 언니의 울음소리를 들으면서 "사람들이 자신만의 고통에 빠져 있다는 것을 알게 되었다. 그 고통이라는

20   김사과, 같은 글, 313쪽.
21   알랭 핑켈크로트, 앞의 책, 138쪽.

것이 누군가에게 털어놓을 수 있는 것도 있지만 영원히 말할 수 없는 것일 때도 있다. 아마도 언니는 누구에게도 말할 수 없어서 우는 것 같았다. 그래서 사람들이 오래오래 자거나 자주 울거나 술에 취하거나 툭하면 싸우는 모양이었다. 모두 고통에 대한 자신만의 출구를 가지고 있거나 열심히 찾고 있었다. 어른이 되어 간다는 건 출구를 찾아가는 과정인지도 모른다. 여자는 자신에게 없는 것이 무엇인지 비로소 알 것 같았다. 그것은 바로 출구였다. 여자는 출구가 없는 미로 속을 더듬거리며 걷는 기분이었다."[22] 그녀를 참으로 고통스럽게 하는 것의 실체는 타인의 고통이다. 그녀의 귀에 전해지는 타인의 고통들로부터 그녀가 빠져나갈 수 있는 출구는 어디에도 없다. 그녀는 타인의 고통에 헐벗은 채로 놓여 있다.

이 저주 받은 상황으로부터 그녀를 벗어나게 해 주는 것은 그녀가 앓고 있는 그 고통이다. 크고 작은 소리들이 그녀를 견딜 수 없을 만큼 고통스럽게 만들 때 그녀는 귀를 틀어막는다. 그녀 자신이 고통스럽기에, 타인의 고통을 실어 나르는 어떤 소리도 거부할 권리가 그녀에게는 있다. 아이의 울음소리, 철저하게 수동적인 존재에게서 터져 나오는 도움을 향한 그 절실한 호소가 다만 귀를 아프게 하는 소음에 지나지 않는 것으로 여겨진다고 한들, 누가 그녀를 비난할 수 있을까. 고통의 무게를 재는 그녀의 저울이 고장 나 있어 그녀의 고통과 타인의 고통을 한쪽은 과하게 한쪽은 모자라게 계량한다 한들, 어느 누가 나서서 그 저울을 탓할 수 있겠는가 말이다. 그러나 어쩐지 그녀의 고통은 방어적인 것이라는 느낌이 든다. 그 고통은 타인의 고통에 대한 인식으로부터 촉발된 고통, 그러나 타인의 고통을 공감하는 데서부터 온 것이 아니라 타인의 고통이 나에게 주는 불편함을 방어하기 위한 도구로서 고안된 것은 아닌가. 타인의 고통에 대한 공감의 표현이 타인의 고통이 나에게 의미하는바 책임을 면제받기

---

22   서유미, 「시계가 잠들면 요괴가 눈 뜬다」, 《문학수첩》, 2008년 가을, 291~292쪽.

위한 위장술의 일종으로.

타인의 고통에 대한 무능력과 자기 고통에 대한 놀라울 정도의 민감함은 짝을 이루고 있다. 타인의 고통에 대한 무능력 너머에서 마주치게 되는 것은 자기 보존의 욕구이다. 이들에게는 타인의 고통을 감내할 만한 능력이 없다. 타인의 헐벗은 얼굴이 제기하는, 나를 책임지라는 요구에 대해 되돌려줄 만한 무엇을 가지고 있지 않다. 이 감당할 수 없는 윤리적 무게가 이들을 질식하게 만들고 있는 것이다. 이제 타인은 참을 수 없는 존재가 된다. 내가 짊어져야 할 타인의 무게가 환대를 거두어 자기 보존에 몰두하도록 부추긴다. 이 경우 나에게 타인을 영접해 맞아들일 거처가 없다는 사실은 좋은 알리바이가 된다. '나에게는 타인을 책임질 만한 여력이 없다. 그대도 보고 있듯이 내가 머무는 이곳은 내 한 몸 누일 만한 곳조차 못 되지 않는가.' 그리하여 뭇사람들을 감동시켰던 "아프냐, 나도 아프다."라는 대사는 그 의미가 수정될 수밖에 없다. 타인의 고통이 나의 것으로 느껴지는 데서 오는 공감(共感)의 표현이 아니라, 타인에게 나의 고통을 환기시켜 어떤 요구도 해 오지 못할 것을 알리는 반감(反感)의 표현으로. "제발 소리 좀 그만 낼 수 없어? 너만 괴로운 줄 알아? 피차 괴로운 건 마찬가지야. 근데 왜 너만 힘든 척해?"[23]

타인에게 환기시킬 목적으로 드러낸다는 점에서 이러한 고통은 다분히 전시적이다. 누군가에게 보이기 위해 자아내는 측면이 강하다는 것이다. 고통은 되돌려 받을 것을 염두에 둔 채 소통의 시장으로 나온다. 누가 거기에 반응을 해 올지, 과연 누군가가 그것을 자기가 느낀 것과 조금이라도 근사하게 감각해 줄지 조금도 기대하지 않은 채 그저 자기 고통을 응시한 결과로 나오는 것이 아니라, 되돌려 받으리라는 기대와 소망 속에서, 혹은 요구 속에서 출현하는 고통. 그러나 자기 고통을 전시한다는 것

---

23 이상섭, 앞의 글.

이 가능한 일일까. 고통을 전시하는 것은 소통을 전제로 한다. 자신을 타인에게 이해시키기 위해 자신의 고통을 타인이 감각할 수 있도록 하기 위해 고통을 호소하는 것이다. 이런 것은 불가능하다. 타인과 나 사이에는 교통의 불가능성과 감각의 비대칭성이 놓여 있다. 고통이란 그것이 육체적인 것이든 정신적인 것이든, 타인에게 이해시키기 위한 목적으로 언어화하여 발화하는 그 순간 갈 길을 잃고 만다.

고통 받는 인간의 집단화된 형태의 표상이 있던 때가 있다. 그들을 프롤레타리아라 부르든 어떤 누구라고 부르든 고통 받는 인간의 집단적 표상이 있었던 때, 사람들은 자기 고통을 직접 소통을 위한 상품으로 내놓는 대신, 이들의 고통을 매개하여 자기를 드러낼 수 있었다. 객관화된 방식으로, 그들을 제3자적인 시선으로 응시하는 가운데. 이들이 사라짐과 더불어 나는 내 고통을 직접 제시해야 한다. 나의 고통의 무게를 내가 직접 잰다는 것은, 참 얼마나 무렴한 일이란 말인가. 거기에는 자의식이 개입되지 않을 도리가 없다. 이것은 엄살이 아닌가. 고통의 무게를 저울질할 수 없으므로, 내 고통의 호소가 정당한 것으로 간주되기 위하여 나는 내 고통의 무게를 입증해야 한다. 어떤 객관적인 상황 속에서. 전혜정의 소설 「나의 피안친자에게」(《한국문학》, 2008년 겨울)에서처럼.

어느 날 벨 소리가 들리고 현관문을 열자 "이 미련한 천치 같은 년아!"라는 고함 소리와 주먹세례가 빗발친다. 남자는 자기를 때리는 사람이 누구인지도 알지 못하고 영문도 모르는 채로 얻어맞는다. "이 남자는 누구일까? 왜 이렇게 엄청난 폭력을 휘두르는 것일까? 왜? 왜? 왜?"[24] 지금 남자는 애매하게 맞고 있다. 누군가에게 얻어맞을 이유도 없거니와, 무엇보다 그는 사내가 아닌가. 그러나 달리 생각해 보면 이런 상황이야말로 애매하게 당하는 자신의 처지를 변호하기에 더없이 좋은 기회가 아닌가. 마

---

24 전혜정, 「나의 피안친자에게」, 《한국문학》, 2008년 겨울, 138쪽.

치 억울한 누명을 쓰는 내용의 꿈이 자신의 무고함에 대해 변호할 빌미를 마련해 준다는 점에서 일종의 소망 충족의 표현이 되듯이 말이다. 그러니 이 장면은 결국 이런 의미로 읽힌다. '나는 무고하다. 나는 아무 죄가 없다. 그러니 모든 잘못은 나를 오해한 당신에게 있다.' 노골적이게도 이 장면은 곧바로 남자의 아내가 사죄하는 장면으로 이어진다. "죄송합니다…… 아니…… 이렇게나." "……죄송합니다…… 너무 죄송해서 저는…… 어떻게……."[25] 이 모든 상황은 누군가의 시선 앞에 전시되고 상연된다. 그의 애매한 처지를 지켜본 관객마저 있으니 남자는 억울함을 보상받을 수도 있다. 남자의 아내의 시선이 남자의 욕망을 실현시켜 주기 위해 그곳에 있기 때문이다.

5   자기 고통의 전시가 주는 불편함

글의 도입부에서 최근 소설들에서 인물들은 윤리 담론의 주체가 아니라 수혜자가 되고 싶어 하는 듯한 모습을 자주 노출시킨다고 운을 떼었다. 인물들이 느끼는 불행이 타인의 고통에 연루되어 있으며, 그것은 결국 타인의 고통이 우리에게 환기시키는 어떤 윤리적인 요구를 무마하기 위한 방어적인 성격의 것이 아닌가 하는 생각을 펼쳐 보인 것은 이러한 생각을 뒷받침하기 위한 과정이었다. 자기 고통의 전시는 어떻게 윤리 담론의 수혜자가 되려는 욕망과 관련이 되는가. 이 시대의 윤리 담론에서 타자는 언제나 환대의 대상이 된다. 그리고 그 타자는 무엇보다 헐벗은 얼굴로 우리 앞에 모습을 드러낸다. 자기의 고통을 전시하는 것은 곧 그 자신을 환대 받아야 할 타자로 주조하는 것이나 다름없다.

25   같은 글. 139쪽.

최근 몇 년 동안 우리 소설이 공들여 천착해 들어온 중요한 문제 가운데 하나는 우리 앞에 등장한 낯선 존재들, 수많은 타자들을 어떻게 환대할 것인가 하는 것이었다. 이를 위해 누군가는 국경을 건너고, 누군가는 스스로 이방인이 되고, 또 누군가는 자기 삶의 자리를 내어 기꺼이 타자들을 맞이했다. 그러나 또 다른 누군가에게는 타자로서의 타인들을 환대하는 것은 자신이 돌려받아야 할 몫을 떼어 놓는 것이고, 타인들이 자신에게 베풀어 주어야 할 것에 대한 요구로 이해되는 모양이다. 이들은 자기가 받고자 하는 대로 남을 대접하라는 황금률이, 사실상 충족을 기대하고 바라는 것이기보다는 행위의 준칙을 마련하기 위한 절차로서 제시된 것일 뿐임을 모르려 하고 있다. 타인을 환대할 때 이들은 자기가 돌려받을 것에 대한 기대 속에서 대접하고, 성급하게 자기 자리로 돌아온다. 이제 남은 것은 타인들의 환대이다. 환대를 기대하는 의식 속에서 자기 고통에 대한 자각은 솟아난다. 타자들은 곧 헐벗은 존재이고 고통당하는 자이기에.

자기 고통을 전시할 때 그 고통은 타자로서의 타인의 고통과 경쟁할 수밖에 없다. 최근 소설에 점증하는 고통에 공감하는 대신 우려를 표하게 되는 이유이다. "아무것도 당신을 슬프게 하지 않을 때 불행을 흉내 내는 것이 왜 눈살을 찌푸리게 하는가. 그 이유는, 그럼으로써 진정 아무런 혜택도 받지 못한 자들의 위치를 빼앗는 것이기 때문이다."[26]

---

26   파스칼 브뤼크네르, 김웅권 옮김, 『순진함의 유혹』(동문선, 1999), 16쪽.

2부

윤리의
시험대

나르시시즘의 윤리학

― 김영하론

1 김영하의 문체: 나르시시즘의 깊이

김영하의 소설에서 나르시시즘에 대한 경사는 매우 뿌리가 깊은 것처럼 느껴진다. 그것은 심지어 문체에서까지 강하게 나타날 정도이다. 김영하의 문장은 스스로에 대한 확신으로 가득 차 있는 자만이 구사할 수 있는 그런 종류의 문장이다. 소설 속 주인공의 표현을 빌리자면 그는 "어떤 말이든 주저함이 없다. 모든 언어가 그에겐 이미 준비되어 있는 것처럼 보인다. 머뭇거림이나 에둘러 말하기 따위는 없다."(「도마뱀」) 그는 심지어 여성 화자의 입을 빌려 "남자들은 여자들이 무슨 생각을 하느냐고 자주 묻는다. 그러나 여자들은 남자들의 방식으로 생각하지 않는다. 남자들은 머리로 생각하지만 여자들은 몸으로 생각한다. 그래서 남자들처럼 분명하게 말할 수 없다. 그건 정말 한마디로 말해질 수 없는 어떤 것이다."(「도마뱀」)라고 거침없이 말하기도 한다. 여기에 남성 소설가로서의 자의식은 조금도 찾아볼 수 없다.

문체가 지닌 힘을 과소평가해서는 안 된다. 이것은 가령 함석헌의 『뜻으로 본 한국 역사』에서 뜬구름 잡는 것 같은 그 허황한 해석들을 그럴 법하게 들리게 만드는 힘이 탁월한 비유(문체)에 있다는 사실만 보아도 잘 알 수 있다. 때때로 사람들을 설득하는 것은 내용이 아니라 그것을 표현하는 방식이다. 김영하의 소설 역시 많은 부분을 문체의 힘에 의존하고 있다. 그의 소설 속의 아름다움의 본질, 아름다움의 근원은 문체이다. 헤밍웨이의 것이자 김영하 자신의 것이기도 한 "그토록 간결하고 명료한"(「바람이 분다」) 문장, 자신을 주저하게 만드는 어떤 종류의 자의식도 남겨놓지 않는 문장은 소설 속의 반(反)미적이고 반(反)윤리적인 세계를 받아들일 만한 세계로, 미적인 동시에 윤리적인 세계로 변모시킨다. 김영하의 문장에는 읽는 사람들로 하여금 자신의 미적이고 윤리적인 기준, 문학을 바라보는 감수성 등에 이끌리지 않고 모든 것을 받아들이게 만드는 마력이 있다.

어떤 면에서 김영하의 문체는 그의 소설에 포함되어 있는 어떤 요소들보다도 나르시시즘적이다. 흔히 그의 작품을 평가하는 범주 가운데 하나로 나르시시즘을 드는데, 이 나르시시즘은 무엇보다도 그의 문체에서부터 시작된다고 나는 믿는다. 지라르의 논법을 따르자면 나르시시즘이란 욕망의 삼각형적 구조 안에서 스스로를 욕망의 매개자로 만드는 것이다. 그것은 다른 누군가를 모방하면서 자신의 주체를 구성하는 평범한 존재가 아니라, 그 스스로가 다른 사람들이 모방할 수 있는 존재가 되고자 하는 것이다. 이때 매개자의 위치에 오르기 위해서는 타자의 시선(욕망)을 자신에게 모을 수 있어야 하는데, 이를 위한 방법적인 도구로서 흔히 자신이 신적인 존재라는 데 대한 전적인 확신과 타자에 대한 전적인 무관심이 요청된다. 김영하의 문체는 바로 이러한 성질을 완벽하게 구비하고 있는 듯이 보인다. 스스로에 대한 확신감만 내비칠 뿐 그것이 다른 사람에게 어떻게 이해될지는 조금도 헤아리지 않는 것처럼 보이는 그의 문체야말로 나르시시즘적이라고 할 만하기 때문이다. 김영하의 문체는 소설을 통해 신이 되고자 하는 욕망(『나는 나를 파괴할 권리가 있다』)을 구현하는 가장 효과적인 장치가 된다. 아울러 나르시시즘에 대한 경사가 문체에서부터 드러나고 있다는 사실은 김영하에게 이러한 욕망이 얼마나 뿌리 깊은가 하는 것을 보여 주는 방증이 될 것이다.

2 삐삐의 현상학: 그토록 뿌리가 깊음에도 불구하고

그러나 이토록 뿌리 깊게 나르시시즘이 자리 잡고 있음에도 불구하고, 김영하의 소설에는 나르시시즘과 상반되는 의식이 자주 발견된다. 이것은 매우 흥미로운 사실인데, 그의 등단작인 「거울에 대한 명상」만 해도 그렇다. 수많은 평자들이 이미 지적한 바와 같이 이 작품은 나르시시즘에 대한 찬사보다는 나르시시즘의 허구성을 폭로하는 쪽에 관심이 집중되어 있다. 비교적 최근작에 속하는 「너의 의미」역시 이와 다르지 않다. 나르시시스트를 자처하던 영화감독이, 사실은 누구보다도 속물적인 존재인 작가에게 한방 먹는 것으로 끝이 나는 이 소설에서 나르시시즘은 조롱의 대상이 된다. 그러나 '의식적'으로 나르시시즘을 비판하는 것은 문체에서까지 드러날 정도로 뿌리 깊은 그의 나르시시즘을 무화할 만큼 힘이 세지 못하다. 김영하 소설에는 나르시시즘에 대한 상반된 의식이 감수성의 차원에서까지 드러나고 있다. 이러한 감수성은 '뿌리 깊음'의 차원에서 볼 때 김영하의 문체와 충분히 맞세울 만하다.

우리는 한동안 김영하의 소설에 유독 삐삐가 많이 등장했다는 사실을 기억하고 있다. 삐삐의 소멸과 함께 김영하의 소설에도 삐삐가 사라졌는데, 그렇지만 김영하가 유행에 재빠르게 대처한 결과로서 소설 속에 삐삐를 가지고 들어온 것은 아니다. 이것은 김영하의 소설에서 핸드폰이 그다지 문제가 되지 않고 있다는 것을 생각해 보면 좋은 비교가 된다. 삐삐와는 달리 김영하는 핸드폰을 매개로 한 사유를 전개하지 않는다. 「엘리베이터에 낀 그 남자는 어떻게 되었나」에서, 삐삐에서 핸드폰으로 대세가 기울어 가는 현실과 핸드폰이 없는 데서 비롯한 에피소드들을 그리고 있기는 하지만 이것은 어디까지나 핸드폰의 부재가 문제가 되는 것이지 핸드폰의 있음 자체를 사유하는 것은 아니기 때문이다. 김영하 소설에서 삐삐만이 문제가 되는 것은 삐삐가 김영하가 가진 특정한 종류의 감수성과 잘 맞아떨어지기 때문이다. 그 특정한 종류의 감수성이란 바로 나르시시즘과 대척적인 위치에 놓이는 바로 그 감수성이다.

김영하가 삐삐를 소설 속으로 가지고 들어오는 것은 삐삐를 매개로 한 관계 이면에 존재하는 특수한 규약을 반성의 대상으로 삼기 위해서이다. 이를 증명하듯 김영하는 삐삐가 원활한 커뮤니케이션을 이끌어 내지 못하는 순간을 자주 문제 삼는다.

> 너 이 빌어먹을 놈의 자식아. 회사가 밥을 공짜로 처멕여 주는지 알아?
> 삐삐를 치면 응답을 해얄 거 아냐? 너, 삐삐는 네 돈으로 샀냐? 회사에서 차
> 팔라고 달아 준 삐삐 차고 어디서 자빠져 있는 거야? 너 당장 이리 못 와?[1]

삐삐를 매개로 한 관계는 "삐삐를 치면 응답을 해"야 한다는 규약을 따르고 있다. 이 규약을 따르지 않을 경우 삐삐는 커뮤니케이션 수단으로서 제 기능을 발휘하지 못한다. 물론 유선전화나 무선전화도 상대방이 전화를 받지 않으면 커뮤니케이션이 이루어지지 않는다는 점에서 삐삐와 차이가 없다고 할 수도 있다. 그러나 유선전화나 무선전화의 경우는 송신자의 행위가 수신자의 수신 행위(받든 받지 않든 상관없이)와 더불어 완결되는 데 반해, 삐삐의 경우는 송신자가 송신 행위를 함으로써 일단 하나의 행동이 완결된다. 수신자가 메시지를 수신한 후 이것을 따를 것인가 따르

---

1 김영하, 「삼국지라는 이름의 천국」, 『호출』(문학동네, 1997), 170쪽.

지 않을 것인가 하는 것은 별개의 문제이다. 따라서 삐삐는 수신자가 선택할 수 있는 폭이 유선전화나 무선전화보다 더 넓은 커뮤니케이션 수단이라고 할 수 있으며, 수신자의 선택 자체에 대해 물을 수 있는 가능성이 유선전화나 무선전화에 비해 더 크다. 그런 만큼 "삐삐를 치면 응답을 해"야 한다는, 너무도 당연해서 규약이라고조차 하기 어려운 이 사실이 하나의 규약으로서 인식될 수 있는 것이다.

그렇다면 이 경우 "삐삐를 치면 응답을 해"야 한다는 규약 자체는 어디에 근거를 두고 있는가? 어쩌면 이런 물음이 김영하가 최종적인 목표로 삼고 있는 질문일 수도 있을 것인데, 사실상 이 규약을 뒷받침해 주는 근거란 존재하지 않는다. 위의 인용에서 보듯이 "삐삐를 치면 응답을 해"야 한다는 것은 권력을 쥔 자의 입장에서 보자면 지극히 자연스럽고 당연한 것일 수 있다. 아마도 권력 아래 놓여 있는 사람 역시 이러한 요구에 응하는 것을 자연스럽게 여길 수도 있을 것이다. 그러나 이때 이 권력관계라는 것은 자신의 권력적 위치에 대해 한 번도 반성해 보지 않은 결과로서 생겨난 하나의 환상일 뿐이며, 이러한 위치에 대해 반성하기 시작하는 순간 "삐삐를 치면 응답을 해"야 한다는 규약은 그 근거를 상실하고 만다. 장면을 달리해서 「호출」과 「어디에도 있고 어디에도 없는」을 한번 들여다보기로 하자.

호출을 해 봐?

나는 수화기를 들었다가, 그리곤 몇 개쯤 버튼을 누르다가 다시 수화기를 내려놓았다. 지금은 좀 곤란하다. 아마도 지금쯤이면 그녀는 잠들어 있을 때이고, 그러니 내 호출을 그리 달가워하지 않을 것이다.[2]

삐삐를 왜 버렸는데?

2 김영하, 「호출」, 앞의 책, 28쪽.

그가 절 버렸기 때문이에요.

그 사람이 사준 삐삐였나보군.

맞아요. 그 사람이 사줬어요. 그가 절 떠났다는 게 확실해진 어느 날, 길을 가다가 쓰레기통에 집어던져 버렸는데요. 밤만 되면 그 삐삐가 울리는 환청이 들렸어요. 삐삐는 없어. 네가 버렸잖아. 아무리 되뇌도 잠이 들 만하면 어디선가 그 삐삐가 울어 대는 거예요. 그럴 때면 벌떡 일어나서 전화로 확인해 보지만 '메시지가 없습니다'라는 차가운 목소리만 나오는 거예요. 밤새 그러다가 새벽에 차를 몰고 그 쓰레기통을 찾으러 대학로까지 갔던 거예요. 있을 리가 있나요. 새벽녘에 쓰레기통을 뒤지고 있는 제 꼬락서니가 어땠겠어요? 가관이었죠.[3]

이들 작품에서 호출하는 자와 호출을 기다리는 자 모두는 상대방이 호출에 응할 것인가, 또는 상대방이 과연 호출을 할 것인가 하는 문제에 대해 아무런 확신도 갖지 못한다. 호출하는 자는 상대방이 호출을 귀찮게 여기거나 호출에 응하지 않으리라는 짐작 때문에 섣불리 호출을 하지 못한다. 그리고 호출을 기다리는 자는 삐삐를 버림으로써 상대방이 호출을 할 것인가 하는 문제로부터 자유로워지고자 하지만 오히려 이 문제에 더욱 얽매이고 만다. 이들에게 "삐삐를 치면 응답을 해"야 한다거나, 이것과 쌍을 이루는 '삐삐를 가지고 있으면 호출을 해야 한다'는 규약은 규약으로서 성립하지 않는다. 그것은 이들이 권력을 쥔 자의 편이 아니라 권력 아래 놓여 있는 자의 위치에 서 있기 때문이다. 이들에게 상대방이 호출에 응해야 한다거나 자신에게 호출을 해야 한다는 것은 필연적 사실이 아니라 단순한 우연에 불과할 뿐이며, 「호출」의 경우에서 보듯 상대방 역시 호출을 기다리고 있으리라는 것은 단지 상상 속에서나 가능할 뿐이다.

3 김영하, 「어디에도 있고 어디에도 없는」, 『엘리베이터에 낀 그 남자는 어떻게 되었나』(문학동네, 1999), 197∼198쪽.

문제는 여기에서 그치지 않는다. 삐삐를 매개로 한 커뮤니케이션이 매우 자의적인 규약에 근거를 두고 있다는 사실보다 더 큰 문제가 되는 것은 이를 발견할 수 있게 한 의식상의 조건이다. 가령 가라타니 고진의 독아론(獨我論) 비판에서, 독아론을 비판할 수 있는 방법론적 도구는 어린 아이, 배우는 자, 구매자를 어른, 가르치는 자, 판매자보다 각각 우월한 자로 여길 수 있는 감수성 아래서만 유용하다. 어른, 가르치는 자, 판매자가 더 우월하다고 여기는 통상적인 인식 속에서는 이제까지의 모든 대화들이 독아론적이었다는 사실 자체가 드러나지 않는다. 따라서 가라타니 고진의 독아론 비판에서 문제적인 것은 독아론에 대한 비판에 앞서 그것을 가능하게 한 조건(감수성)으로 보아야 한다. 김영하의 경우 역시 삐삐의 규약을 문제 삼고 있다는 사실보다는 이러한 발견이 특수한 감수성의 소산이라는 데 강조점이 두어져야 한다. 삐삐의 규약은 권력을 쥔 자가 아니라 권력 아래 놓여 있는 자를 주체로 했을 때만, '나에게 옳은 것이 다른 사람에게도 옳다'는 확신을 갖지 못한 자에게만 발견되는 것이기 때문이다. 이런 위치에 설 수 있고, 이러한 관계에 대한 상상을 할 수 있는 인간이란 김영하의 소설에서 표 나게 드러나는 나르시시스트와는 종류가 다른 인간이라고 보아야 옳을 것이다. 나르시시즘적 인간들에게는 이러한 상상력 자체가 존재하지 않기 때문이다. 이런 맥락에서 볼 때 삐삐를 매개로 한 이와 같은 사유는 김영하의 소설에 나타나는 나르시시즘의 근원성을 의심하게 만드는 방증이 될 수 있을 것이다.

3   마니아적 열정: 김영하식 윤리와 글쓰기의 동력학

김영하의 소설에 등장하는 나르시시스트의 세계는 이처럼 나르시시즘과 상반되는 감수성과 공존하고 있다. 그렇다면 김영하 소설의 나르시시즘이 근원적이거나 자생적인 것이라고 보기는 어렵지 않을까. 지극히 나르시시즘적으로 보이는 김영하의 문체는 나르시시즘의 자연스러운 표출이 아니라 오히려 나르시시즘의 허구성과 취약성을 감추는 외피일 수도 있겠으며, 김영하 소설의 나르시시즘은 나르시시즘의 허구성이나 취약성을 인식한 가운데, '그럼에도 불구하고' 선택된 것이라 할 수도 있겠다는 이야기다. 이 경우 김영하 소설에서 나르시시즘은 어떤 필요성에 따라서 선택된 것일 뿐 자생적인 것이라고 보기는 어려울 것이다. 그렇다면 이어지는 물음은 김영하가 나르시시즘을 선택하게 된 불가피성이 어디에 있는가 하는 것이 된다. 여기에 답하는 것은 김영하 소설에서의 나르시시즘의 기원과 그 형성 과정을 재구성하고, 이러한 과정을 뒷받침하는 논리적 근거를 해명하는 일이 될 것이다. 이에 대한 단초는 역설적이게도 나르시시즘과 가장 무관한 듯이 보이는 곳에서 발견되는 듯하다.

　김영하의 소설에서 나르시시즘과 가장 무관한 듯이 보이는 인물들은 대개 1980년대 주위를 어슬렁거리거나 1980년대를 회상하는 자리에 놓여 있다. 나르시시스트에게서는 찾아보기 힘든 감상적인 태도나 감정의 과잉이 유독 이들에게는 많이 보이고 있는데, 예를 들어 「도드리」의 경우 1980년대를 회상하는 서술자의 서술 방식이나 문체는 김영하 소설에서는 이례적일 만큼 매우 감상적이며, 「베를 가르다」역시 1980년대를 기억하는 대목에서는 어김없이 감상이 배어 나온다. 이들의 감상적인 태도는 나르시시스트의 자만심 가득하고 자의식을 결여한 모습과는 극단적인 대조를 이루고 있다고 해도 과언이 아니다. 이들이 감상에 젖을 수밖에 없는 이유는, 이들에게 1990년대가 그야말로 타락한 세계로 느껴지기 때문이다. 이들이 1990년대를 타락한 세계라고 느끼게 되는 것은 구체적으로 다음과 같은 사실들 때문이다. 1990년대 현실에서는 「전태일과 쇼걸」에서처럼, 1980년대라면 동시에 놓고 생각할 수조차 없었을 영화들이 한 극장에 나란히 내걸릴 수 있다. 또 학생운동을 주도하던 선배가 능력 있는 여자를 만나 그 여자가 경영하는 학원의 봉고차를 운전하고 다닐 수도 있고, 영화로 학생운동을 했던 사람들이 달콤한 상업용 영화를 만들 수도 있으며, 1987년 5월의 봄에 '베 가르기'를 했던 친구는 무당이 될 수도 있다. 뿐만 아니라 "운동권의 전유물로 여겨져 왔을 어휘들을 차용하는 광고들"이 등장하고 이들 광고는 "쓰러진 레닌의 동상도, 급진적 이념에서 배태된 수사도 모두 소화해 버린다."(「호출」)

이처럼 1990년대 현실에서는, 극단적으로 대립되거나 전혀 관련이 없는 것처럼 보이던 두 개의 이미지들이 아무런 충돌 없이 나란히 놓일 수 있다. 이러한 상황에서라면 어떠한 행위들도 그에 상응하는 적절한 의미를 부여받지 못하게 된다. 하나의 행위가 상반되는 다른 행위들과 나란히 놓일 수 있고 서로 교환 가능한 것이 될 때, 특정한 행위(시니피앙)와 특정한 의미(시니피에) 사이의 상관관계는 성립하지 않는다. 따라서 어떠한 행위가 가치 있고 진정한 것인지에 대해서도 판단을 내릴 수 없게 된다. 상황이 이러할진대 겉으로 드러나는 행위만으로 사람을 평가할 수 있는 방법은 이제 없어진 셈이다.(아마 1980년대 주위를 배회하던 많은 작가들이 내면세계로 침잠해 들어갔던 데도 이러한 사정이 있을 것이다. 시니피앙과 시니피에 사이의 상관관계가 없어졌다면 시니피앙이 아닌 시니피에를 직접 내보이는 방법밖에 없으리라는 위기의식이 내면에 대한 강박을 낳았으리라는 것이다.) 이런 가운데 주인공들은 진정성의 문제에 대해서 무관심한 듯한 포즈를 취해 보인다. 예컨대 「호출」의 경우, 주인공은 그저 편집자의 요청대로 광고계에 일어나고 있는 변화들을 분석해서 글로 써 주기만 하면 될 뿐 타락한 현실에서, 타락한 현실을 이용하며 살아간다는 자의식 같은 것은 가지고 있지 않다. 그는 "어쨌든, 이 원고를 넘기고 나면 약 20만 원가량의 돈이 생"기는 것으로 족하다고 생각할 뿐이다. 그는 자신의 행위로 인해 자신이 어떻게 평가받을 것인가 하는 데 대해서는 전혀 관심이 없다. 어차피 시니피앙과 시니피에가 일대일로 대응하지 않는 상황이라면 자신이 어떠한 몸짓을 해 보이든 애초의 의도대로는 평가받지 못할 것이기 때문이다. 이러한 태도가 극단으로 나아갈 때 반(反)윤리적이고 반(反)도덕적인 도발적인 몸짓들이 나타난다. 예컨대『나는 나를 파괴할 권리가 있다』에는 어머니의 장례식 날, 검은색 리본이 드리워진 어머니의 영정 앞에서 아들인 K가 여자 친구와 섹스하는 장면이 나온다. K의 이러한 행위는 두말할 것 없는 패륜이지만 이것은 윤리나 도덕을 향한 도발이기 이전에, 시니피에가 부재하는 현실을 향한 도발이다. 여기에는 다른 모든 행위들과 마찬가지로 반(反)윤리적이고 반(反)도덕적인 듯이 보이는 행위에 대해서도 그러한 의미를 일대일로 대응시켜서는 안 되지 않겠느냐는 물음이 내포되어 있는 것이다.

여기까지 이르고 나면 나르시시즘을 선택 가능한 하나의 윤리적 태도로 바라볼 수도 있다. 어떤 시니피앙이든 왜곡해 버릴 수 있는 현실에서, 이러한 사실에서 비롯되는 부조리를 극복하기 위한 방편으로 나르시시즘이 선택될 수도 있으리라는 것이다. 나르시시스트가 자기 충족적인 세계를 지향한다는 점에서 모든 판단의 근거나 준거를 자기 자신에게 두고 있다면, 이것은 어떤 행위(시니피앙)를 할 때 이에 대해 의미를 부여할 수 있는 유일한 존재는 바로 자기 자신이 되며, 자신을 제외한 다른 어떤 것도 여기에 영향을 줄 수 없다는 태도를 의미한다고 볼 수 있겠기 때문이다. 김영하 소설에서 자주 발견할 수 있는 마니아들, 곧 어떤 의미에서 나르시시스트와 거의 흡사하다고 할 수 있는 이들에게서 이러한 사실을 분명하게 확인할 수 있다.

김영하의 소설에는 자주 마니아들이 등장한다. 예컨대 「내 사랑 십자드라이버」와 「총」의 경우 주인공은 십자드라이버와 총에 대한 애착이 무척 강하며 그에 대한 지식 역시 매우 풍부하다. 특히 「내 사랑 십자드라이버」의 경우 십자드라이버에 대한 주인공의 애착은 십자드라이버가 마주 대하는 대상인 기계들에까지 이어지며, 주인공은 심지어 기계를 마구 다루는 인간들을 경멸하기까지 한다. 이들 외에, 특정 분야에 대한 풍부한 지식을 가지고 있다는 것을 마니아의 주요한 자질 가운데 하나로 인정한다면 김영하의 소설은 사실상 거의 대부분 마니아들을 주인공으로 하고 있다. 국악에 대한 풍부한 지식을 드러내고 있는 「도드리」, 로댕과 미켈란젤로에 관한 소론을 펼치고 있는 「손」, 낙뢰와 관련한 다양한 지식을 제시하고 있는 「피뢰침」 그리고 「마라의 죽음」, 「유디트」, 「사르다나팔의 죽음」 등의 그림을 소설 쓰기의 주요한 매개로 삼은 『나는 나를 파괴할 권리가 있다』 등이 모두 그러하다. 이들 마니아는 타자에 대한 무관심과 특정한 대상들에 대한 강한 애착을 특징으로 하고 있다. 대상들에 대한 마니아적 애착과 열정은 대상을 향한 진정성을 드러내 주는 최소한의 장치이다. 드러나는 행위(시니피앙)에 행위자의 의도(시니피에)를 결부시키지 못하는 현실에서도 유독 이들에게만은 다른 해석이 내려질 수 있다. 이들의 행위에 대해서만큼은 그것이 뜻하는 바가 무엇인지 알 수 있다. 하나의 시니피앙이 하나의 시니피에를 향해 나아가지 못하는 상황을 극복할 수 있는 유일한 가능성이 이들을 통해 드러나는 것이다.

이처럼 김영하 소설의 나르시시즘 또는 마니아적 열정은 시니피앙과 시니피에 사이의 상관관계가 붕괴되어 어떠한 행위도 진정성을 인정받을 수 없는 상황에서, 진정성을 담보해 낼 수 있는 방법론으로서 선택된 것이다. 그런 만큼 김영하 소설에 나타나는 나르시시즘에의 열망과 마니아적 세계에 대한 집착은 결국 진정성에 대한 열망의 다른 이름인 셈이다. 그렇다면 김영하의 소설은 마니아들의 세계에 이르러 완성이 되는 것일까? 그렇지는 않다는 사실에 비극성이 놓여 있다. 마니아들의 세계란 일회적이다. 그곳에는 순간적인 정열만 존재할 뿐이며, 정열이 다하는 순간 세계 역시 붕괴되거나 소멸되고 만다. 그것은 예컨대 「피뢰침」에서와 같은 형식으로 나타날 수 있다. 여기에는 전격(電擊) 세례를 경험한 이들이 이를 다시 한번 경험하고자 고투하는 모습이 그려진다. 이들의 경험은 매우 희귀하며, 어떤 의미에서 '궁극적인 경험'(야스퍼스) 또는 '진정한 경험'이라고 할 수도 있을 것이다. 그러나 전격 세례의 경험은 전문(電紋)의 형태로 경험 사실만을 남길 뿐 현재의 삶에는 아무런 영향력도 끼치지 못한다. 반복이 주어지지 않는 한 이들의 삶은 다른 모든 사람들의 삶과 다를 것이 하나도 없다. 결국 일회적인 마니아적 열정, 단 한 번의 궁극적인 경험은 진정성을 보장해 주지는 못한다는 것이다.

따라서 마니아적 열정은 반복되어야만 한다. 그것은 계속해서 다른 대상들과 접하면서 새로운 열정들을 만들어 낼 수 있어야 생명력을 유지할 수 있다. 김영하 소설에서 마니아들의 세계 자체가 이 작품에서 저 작품으로 옮아갈 수밖에 없는 이유는 바로 이러한 사실에서 비롯된다. 그것은 강박의 산물이다. 그러한 반복이 없이는 진정성 역시도 새로운 위기에 봉착할 수밖에 없기 때문이다.

4 타자들의 귀환: 새로운 글쓰기를 향하여

김영하의 소설이 다종다양한 세계를 거느리고 있는 것은 그의 소설이 마니아적 열정의 산물이기 때문이다. 많은 평자들이 지적하고 있는 것처럼 그의 소설에는 1980년대의 뒷자락을 살아간 386의 감성과 1990년대 이후 등장한 신세대들의 키치적인 상상력이 공존하며, 전통과 아방가르드가 공생한다. 그의 소설은 또 통념적인 소설의 형식을 크게 일탈하거나 소설의 문법 자체를 실험하는 실험의 장으로 쓰이다가도 어느 순간에 이르러서는 가장 전통적인 소설의 형식을 산출하기도 한다. 이러한 사실이야말로 김영하다운 면모라고 할 수 있을 것인데, 이는 어떤 것이든 마니아적 열정의 대상으로 만들 수 있는 그의 능력에서 기인한 것이라 할 수 있다. 마니아적 열정은 종종 주체의 바깥에 놓여 있는 세계(타자)를 주체에게 완전히 종속시켜 결과적으로 세계가 소거되고 주체만 남게 되는 듯한 형국을 낳는다. 그 결과 그의 소설은 다종다양한 세계들을 거느리고 있으면서 진정한 의미에서의 세계는 존재하지 않는 희귀한 예를 보여 준다. 이 점에서 김영하의 신작 소설집 『오빠가 돌아왔다』는 무척 흥미롭다. 여기에는 이전과는 다른 방식으로 주체와 타자와의 관계가 모색되고 있기 때문이다.

『오빠가 돌아왔다』에서 공통적으로 발견할 수 있는 모티프 가운데 하나는 '누군가의 돌아옴'이다. 예컨대 집을 나갔던 오빠와 엄마가 4년 만에, 또는 5년 만에 돌아오고(「오빠가 돌아왔다」), 독일로 유학을 떠났던 대학 동창이 귀국을 하고(「크리스마스 캐럴」), 대학 졸업 후 만날 수 없었던 친구가 나타나고(「보물선」), 옛 친구가 2년 만에 불쑥 전화를 걸어오고 또 다른 친구는 직접 집을 찾아온다(「그림자를 판 사나이」). 이들 작품에서 돌아오는 이들과 맞이하는 이들 사이에는 압도적인 힘의 차이가 놓여 있다. 둘의 차이는 예컨대 돌아오는 오빠가 "마치 점령군처럼 당당하게 입성"(「오빠가 돌아왔다」)하고, 이사 용역 업체 직원이 신발을 신은 채 "5년 동안 물걸레질을 해 온 장판 위에 선명하게 발자국을" 남기며 거실로 들어오는 반면(「이사」), 친구가 전화를 걸어오기 직전에 스테파노가 전조와도 같이 "집 전체가 마치 달리는 지하철 안에 들어 있기라도 한 것처럼 가볍게 덜컹거"(「그림자를 판 사나이」)리는 것을 경험해야 하는 것과 같은 방식으로 형상화된다. 돌아오는 이들은 폭력적인 타자이고 맞이하는 자는 허약한 주체이다. 폭력적인 타자들과의 대면을 통해 주체가 경험하게 되는 생각과 감정, 삶의 제반 양태들의 변화 등이 바로 이들 작품을 규정하는 근본 구조이다.

이처럼 『오빠가 돌아왔다』(문학동네, 2004)에서 그려지고 있는 주체와 타자와의 관계는 이전과는 그 방식이 사뭇 다르다. 주인공들은 대개 타자에 비해 열등한 위치에 놓여 있으며, 타자를 완벽하게 거머쥐는 것은 고사하고 오히려 타자에 의해 위협받고 시달린다. 타자를 자기화할 수 있는 힘을 상실한 만큼 이들에게서 나르시시즘이나 마니아적 열정은 찾아보기 힘들다. 이들은 자기 자신만의 세계 또는 마니아적 열정을 매개로 한 주체-대상 관계를 더 이상 지탱하지 못하고, 폭력적이고 위협적인 타자들이 자신의 세계 속으로 틈입해 들어와 새로운 관계를 형성하는 것을 그저 지켜볼 수밖에 없다. 흥미로운 사실은 돌아오는 이들이 원래부터 없었던 존재이거나 주체에게 낯설기만 한 존재가 아니라는 점이다. '돌아온다'는 말에 내포되어 있는 것처럼 이들은 원래부터 있었던 존재였으나 다만 필요에 의해, 또는 무지에 의해 잊혀지거나 묻혀져 있었을 뿐이다. 「크리스마스 캐럴」의 진숙의 경우가 잘 보여 주는 것처럼 주체는 자신의 행복을 위해 "그 여자가 아예 없었다고, 지금도 없다고 생각"하는 것이다. 따라서 이들의 돌아옴은 억압된 상태로부터의 돌아옴이다. 그것은 주체의 폭력적인 힘에 의해 종속되고 주체에게 소유된 상태에서부터 원래의 타자성을 회복하고 바로 그 타자성으로 주체를 다시 마주대하는 것이다.

『오빠가 돌아왔다』에서 타자는 이제 더 이상 주체의 소유가 되지 못한다. 그렇다고 주체가 타자를 소유하기 위해 부단한 노력을 기울이는 것도 아니다. 이것은 어떤 의미에서 김영하의 소설 쓰기가 새로운 방식으로 전개되고 있음을 보여 주는 듯하다. 이에 관한 논의를 위해 「그림자를 판 사나이」를 꼼꼼하게 읽는 것이 도움이 될 것이다. 주인공 스테파노는 소설 쓰기에 어려움을 겪고 있다. 그가 소설을 쓸 수 없는 이유는 그에게 "누군가의 영혼에 어둠을 드리울 그 무언가가 없"기 때문이다. 약간의 비약을 허락한다면 이런 스테파노의 모습은 이제까지 가지고 있던 글쓰기의 동력을 상실한 김영하 자신의 모습이라 할 수도 있을 것이다. 대상을 자기화하거나 마니아적 열정으로 대상을 대할 수 있는 능력을 상실했기에 이제까지와 같은 방식으로는 더 이상 글쓰기를 할 수 없게 된 것이다. 이런 스테파노에게 새로운 글쓰기를 위한 힘을 제공하는 것은 그를 만나기 위해 찾아온 바오로와 미경이다. 스테파노와는 달리 "그들은 털어놓아야 할 뭔가가 있"다. 이 "뭔가"가 「그림자를 판 사나이」라는 소설을 구성한다. 결국 소설을 쓰기 위해 스테파노가 하는 일이란 이들로부터 이 "뭔가"를 들어주는 것일 따름이다. 그는 더 이상 나르시시즘과 마니아적 열정으로 가득 차 세계를 향해 자신의 영역을 넓혀 가는 그러한 존재가 아닌 것이다.

스테파노의 중단된 글쓰기는 주체 자신에게서 혹은 주체가 대상을 거머쥐고 소유할 수 있는 능력에서 오는 것이 아니라 바깥 세계, 곧 타자들로부터 온다. 그의 글쓰기는 자신을 찾아오는 타자들을 환대함으로써, 이들의 이야기를 듣고 이들의 상처에 공감함으로써 새롭게 시작되고 있는 것이다. 이 점에서 「그림자를 판 사나이」는 일종의 알레고리라고 할 수 있다. 그것은 이제까지의 김영하 식 글쓰기에 대한 반성의 의미를 내포하고 있다. 이제까지의 글쓰기가 타자를 주체의 소유로 만들고 주체의 영역을 확장해 나가는 과정이었다면, 이제는 자기화한 타자들을 불러내어 그 속에 담긴 타자성을 새롭게 반성하는 과정이 글쓰기의 의미로서 제시되고 있다. 잊혀졌던 타자에 대한 반성이 소설 쓰기의 새로운 동력이자 소설 쓰기의 새로운 방법론으로 대두되고 있는 것이다. 누군가의 돌아옴을 모티프로 하고 있는 여타의 작품들에 대한 앞서의 분석은 이들이 바로 이러한 방법론의 산물들임을 증명해 준다. 바야흐로 김영하의 글쓰기는 새로운 단계로 진입해 있는 것이다.

5 그의 변화를 대하는 우리의 자세

자기에 대한 사랑과 타자의 자기화에서부터 타자에 대한 새로운 인식으로의 이러한 변화를 어떻게 설명해야 할까? 그것은 갑작스러운 변화일 수도 있고 「그림자를 판 사나이」에서 보듯 글쓰기의 고갈 또는 글쓰기를 위한 새로운 동력을 얻고자 하는 몸부림에서 비롯된 것일 수도 있다. 우리는 앞서 김영하의 나르시시즘이 근원적인 것이 아니라 윤리학적 요청에 따른 산물임을 보았다. 그렇다면 이러한 사실을 타자에 대한 새로운 인식의 밑바탕으로 볼 수도 있을 것이다. 김영하의 나르시시즘이 필요에 따른 불가피한 선택이었다면 새로운 윤리학의 요청에 따라서는 언제든 포기될 수도 있는 것이 아니었을까 하는 것이다. 김영하의 나르시시즘에는 원래부터 윤리학적 요청이 있었던 것이므로, 윤리학의 자연스러운 방향성에 따라 타자를 새롭게 불러내게끔 방향 지어져 있었던 것일 수도 있으리라.

물론 이와는 전혀 다르게 이야기할 수도 있다. 한 평론가는 『엘리베이터에 긴 그 남자는 어떻게 되었나』를 두고 "기민한 변신의 과정"을 보여 준다고 평가한 바 있다. 조금 부정적으로 이야기하자면 이는 김영하의 본질은 변신 자체에 있는 것이고 변신에 수반되는 동기나 목적의식을 찾는 것은 무의미할 수 있다는 것을 의미할 것이다. 『오빠가 돌아왔다』 역시 이러한 혐의로부터 자유로울 수 없다. 특히 주체에 대한 반성과 타자성에 대한 새로운 인식들이 다양하게 논의되는 현재의 지적 흐름을 생각해 본다면 『오빠가 돌아왔다』의 변화 역시 "기민한 변신의 과정"의 일부로 볼 수 있는 가능성 또한 상당히 커 보인다.

그러나 이 변화의 원인이 무엇인가에 대한 답은 일단 유보하는 것이 적절해 보인다. 이것이 참으로 변화인 것인지에 대해서 다시 한번 물어야 할지도 모른다. 뿐만 아니라 앞으로 김영하가 쓰게 될 소설들은 많고도 많을 것이다. 그러므로 애써 이에 답하려 하기보다는 그의 소설들을 기다리고 지켜보는 것이 온당한 일이라 여겨진다. 타자의 환대라는 측면에서 보더라도, 아무런 예단 없이 이후 작품들을 맞이하는 것이 보다 많은 타자들을 만나는 길이고, 보다 많은 새로운 사유들을 이끌어 낼 수 있는 길일 것이다.

윤리의 기원
— 이승우론

1 환대의 가능 조건

환대는 어떤 경우에 가능한가. 우리는 어떤 경우에 타인들을 환대할 수 있는가. 다시 말해 환대의 가능 조건은 무엇인가. 타자에 대한 환대를 이야기하면서 누구도 묻지 않는 물음 가운데 하나가 이것이다. 환대의 의무에 대해서만 말하고 그것을 그저 당위로서만 제출할 뿐 도대체 타자를 무조건적으로 환대한다는 것이 가능한 일인가에 대해서는 묻지 않는다. 타자에 대한 무조건적 환대라는 윤리적 요구는 고상하고 그 뜻이 높지만, 바로 그런 이유로 지극히 비현실적으로 보이는 것 또한 사실이다. 더욱이 우리는 환대의 윤리가 타자를 맞이하여 기꺼이 자신을 내어주는 대신 자신을 대상의 자리에 놓는 요구로 전도되는 현실을 목도하고 있지 않은가.[1]

환대는 타자를 맞아들일 수 있는 최소한의 공간을 필요로 한다. 이를 윤리적 주체의 자리라고 불러 볼 수 있다면, 이러한 윤리적 주체는 어떻

---

1 이 점에 대해서는 1장의 마지막 글인 「앓는 시대와 소설의 윤리」를 참조.

게 정립될 수 있는가. 이런 물음을 던지면서 이야기하고자 하는 것은 어떤 일반론이 아니다. 모든 경우에 해당하는 어떤 조건, 가령 누구라도 타인들을 환대할 수 있게 만드는 그러한 조건에 대해 이야기하는 것은 나의 능력을 벗어나기도 하거니와 이 글의 관심사도 아니다. 이 글에서 확인해 보려 하는 것은 이승우 소설의 인물들에게서 발견할 수 있는 환대의 가능 조건이다. 이승우 소설에서 인물들은 타인의 고통에 쉽게 상처받고, 무엇인가를 해야 한다는 윤리적 의무감에 사로잡히고, 이들을 위해 자기 거처를 기꺼이 내어놓는다. 이러한 가능성은 어디서 오는가. 이것이 이승우 소설을 향해 던지는 이 글의 물음이다.

2 선택받은 자와 받지 못한 자

「오래된 일기」로부터 시작해 보자. 이 소설은 죄책감에 대해 이야기하고 있다. 근원을 알 수 없는 곳으로부터 출현하는 죄책감, 잘못한 일에 대해 그것이 자기 잘못에 기인하고 있다는 데서 오는 어떤 느낌. 죄책감은 가령 아버지의 죽음이라는 갑작스러운 사건으로도 찾아온다. '나'는 어느 여름날 얼음과자를 사먹기 위해 아버지의 지갑에서 천 원짜리 한 장을 훔친다. 아버지가 눈치채지 못할 것이라고 생각했고, 먹을 때는 달콤하고 시원했지만, 얼음과자가 점점 줄어들면서 염려와 불안이 깨어난다. 이어 아버지에게 맞을 일이 머릿속에 그려지고, 아버지가 집에 돌아오지 않고 사라져 버렸으면 하는 바람이 생긴다. "그 바람은 거의 무의식적인 것이었다. 나는 내가 무얼 원하는지도 분명하게 알지 못했다. 그저 종아리와 엉덩이에 떨어질 몽둥이의 공포로부터 벗어나고 싶을 뿐이었다."[3] 그런데 믿을 수 없는 일이 일어난다. 아버지가 정말로 돌아오지 않은 것이다. 이웃 어른의 트럭을 타고 돌아오던 아버지는 트럭이 언덕 아래로 굴러떨어

지면서 의식을 잃었고, 병원에 옮겨진 지 일주일 만에 돌아가신 것이다.[2]

　　아버지의 갑작스러운 죽음은 친척들을 비롯하여 그를 알고 있는 모든 사람들을 놀라게 하고 당황하게 했지만, 내가 받은 충격에 비교할 정도는 아니었다. 마치 하나밖에 없는 아들의 소원을 들어주지 않을 수 없다는 듯 지상에서의 삶을 급히 마감해 버린 것이 아닌가. 아버지가 죽은 것은 내가 사라져 주기를 바랐기 때문이라는 사실이 무슨 신념처럼 견고해졌다. 내가 그런 마음을 먹지 않았다면 아버지는 죽지 않았을 거라고 그 신념은 대들었다. 한 번도 탄 적 없는 그 트럭을 하필이면 그날 아버지가 왜 타고 왔겠는가. 너의 아버지를 죽인 사람이 네가 아니라고 말할 수 있는가. 내 안에서 태어나고 자라난 신념이 나를 취조하고 심문했다. 나를 변호하는 목소리는 어디에서도 들리지 않았다. 불합리한 재판이었다. 시간이 흐르면 죄책감이 엷어지지 않을까, 하고 은근히 기대해 보았지만 기대대로 되지 않았다. 마음의 법정에서는 시간도 내 편이 아니었다. 시간은 오히려 나에게 불리한 증언을 했다. 시간이 흐르면서 죄의식은 오히려 더 생생해지고 빤질빤질해졌다.[3]

　　아버지가 돌아오지 않았으면 하는 마음을 품었던 '나'에게 아버지의 갑작스러운 죽음은 내 불온한 욕망이 실현된 사건처럼 여겨진다. 둘 사이에는 어떤 합리적인 연결 고리도 없지만, 그렇게 생각한다고 해서 죄책감이 사라져 주지도 않는다. "우리가 속으로 무엇인가를 바라기만 해도 전능하시고 사랑이 많으신 하나님이 그 마음의 소원을 다 기억하고 있다가 적당한 때가 되면 이루어 주신다는"[4] 주일학교 선생님의 가르침은, 애초에 그 말이 의도했던 것과는 전혀 다른 방식으로 '내' 마음의 과녁을 명중

2　이승우, 「오래된 일기」, 『오래된 일기』(창비, 2008), 12쪽.
3　같은 글, 12~13쪽.
4　같은 글, 13쪽.

시킨다. "그는 신실하고 열정적이었지만, 기도에 대한 그의 신실하고 열정적인 가르침이 두려움에 사로잡혀 있는 한 불쌍한 영혼을 죄의식의 구렁텅이에 빠뜨렸다는 걸 아마 깨닫지 못했을 것이다. 물론 그의 탓은 아니다."[5] 그러나 이런 죄책감도 이어지는 내용에 비하면 오히려 부족한 데가 있다. 아버지의 죽음에 얽힌 일화는 이런 종류의 의식 형태를 설명하기 위한 실마리일 뿐, '나'를 양심의 법정으로 거듭 회부하는 의식은 따로 있다. 마음속 보다 깊은 곳에 놓인 존재는 사촌 형인 규이다.

규는 여러모로 '나'와 닮았다. 한날 태어났고 "체격과 얼굴은 물론 목소리까지" 똑같았고, 아버지가 돌아가신 후로 한집에서 살았다. 그러나 둘은 또 다르기도 해서 '내'가 9년 내내 우등생이었던 것과 달리 그는 한두 해를 빼놓고는 우등생이어 본 적이 없고, 소심한 '나'와 달리 그는 대범하다. 흥미로운 것은 둘을 대하는 큰아버지의 태도이다. 큰아버지의 인정을 받아야 하는 것은 '내'가 아니라 규였지만, 큰아버지는 "공부도 좀 닮으면"[6] 얼마나 좋겠느냐는 말로 '나'를 불편하게 하고 규를 언짢게 했고, '내'가 대학에 들어가게 되었을 때는 예비고사에 떨어진 규 대신 '나'의 입학금을 내 준다. 큰아버지가 등록금을 내 준 것이 "아들을 포기하고 조카를 선택한 결과는 아니"었지만 "나는 규의 등록금을 가로챈 것 같은 자격지심에 오래 시달렸다. 내가 대학에 갔기 때문에 그가 대학에 가지 못했다는 굴절된 관념이 머릿속을 들쑤시며 괴롭혔다. 규는 예비고사에 떨어졌다, 그는 아무 대학에도 원서를 쓸 수 없었다, 나 때문이 아니라 자기 때문에 대학에 가지 못한 거다, 하고 정당한 이유를 끌어다 설득해도 소용없었다."[7] 규와의 이런 관계는 훗날 다시 한번 반복된다. 규는 학교에 다닐 때 시를 썼고, 나중에는 소설을 썼다. '나'는 애초에 글을 써 보겠다

5 같은 곳.
6 같은 글, 14쪽.
7 같은 글, 15쪽.

는 생각을 한 바가 없다. 그러나 정작 신춘문예에 당선이 된 것은 '나'이다. 규가 쓴 소설을 읽고 몇 번인가 평을 해 준 일이 있고, 소설을 보는 눈이 정확하다며 규가 소설 쓰기를 권한 후 소설을 써 보고 싶은 충동이 일어나 일기 쓰듯 소설을 써 보았던 것인데, 덜컥 당선이 된 것이다. 이를 원고지에 옮겨 적어 잡지사에 보낸 것은 규였고.

　이런 구도는 어쩐지 낯이 익다. 최인훈의 1959년 작인 「라울전」을 읽어 본다. 라울과 바울은 같은 문하에서 동문수학한 사이이다. 둘은 성격이 판이한데, 라울이 스스로 '선택받은 자'라는 긍지와 사명감을 가지고 있는 반면 바울은 제사장 집안에서 태어났다는 사실을 제외하고는 제사장이 되어야 할 아무런 이유도 없다. 적어도 이런 조건만을 놓고 보면 신으로부터 선택받아야 하는 것은 라울이지만, 어려서부터 줄곧 신은 단 한 번도 라울을 선택한 적이 없다. 훗날 이런 관계가 다시 한번 되풀이된다. 나사렛 사람 예수에 관한 소문이 들리고, 바울이 예수를 볼 것 없는 사기꾼으로 치부했을 때, 라울은 구약의 경전과 사료를 뒤져 예수가 메시아임을 증명해 낸다. 그러나 이 모든 노력에도 불구하고 결국 예수의 앞에 나아가 그의 제자가 되는 것은 바울이다. 라울이 예수에게로 나아갈 시간적 여유를 얻기 위해 미적대는 사이 예수가 처형당했다는 소식이 전해져 왔고, 그 소식에 충격을 받고 허둥대고 있는 사이, 바울은 예수의 남은 제자들을 잡으러 가던 도중 다메섹이라는 곳에서 부활한 예수를 만나 단번에 그의 제자가 된 것이다. 라울은 자신의 운명을 저주하고, 의당 있어야 할 곳에서 자신을 내쫓고 바울을 대신 앉힌 신을 힐난한다. "신은, 왜 골라서, 사울(바울) 같은 불성실한 그리고 전혀 엉뚱한 자에게 나타났느냐? 이 물음을 뒤집어 놓으면, 신은 왜 나에게, 주를 스스로의 힘으로 적어도 절반은 인식했던! 나에게, 나타나지를 아니하였는가?"[8] 생각하면서.

<hr>

8　최인훈, 「라울전」, 『우상의 집』(문학과지성사, 1993), 70쪽.

이 둘의 관계를 유사 형제 관계로 읽어 보는 것은 어떨까. 우리는 형제 사이의 분쟁에 관한 오래된 이야기 가운데 하나인 카인과 아벨의 이야기를 잘 알고 있다. 사건은 야훼가 카인의 제사는 거절하고 아벨의 제사만 받아들이는 데서 시작된다. 야훼가 카인의 제사는 거절하고 아벨의 제사는 받아들인 이유가 무엇인지 이 사건을 기록한 성서 기자는 아무런 이야기도 들려주지 않는다. 카인으로서도 그에 대한 합당한 이유를 알 수 없었던 탓인지 야훼에게 따져 보지만 그가 어떤 대답을 돌려받았는지에 대해서도 기자는 침묵한다. 다만 카인이 아벨을 쳐 죽였다는 사실로부터 그 대답이 그에게 합리적으로 여겨졌던 것 같지는 않음을 짐작할 뿐이다. 아마도 그가 던졌던 질문은 왜 장자인 자기 대신 아벨을 선택하였는가 하는 것이 아니었을까. 장자임에도 선택받지 못한 것은 카인만이 아니다. 아브라함으로부터 이어지는 계보에 등재되어 있는 것은 장자인 이스마엘과에서가 아니라 차자인 이삭과 야곱이고, 야곱이 요셉의 두 아들을 축복할 때 그의 오른손이 향한 것도 장자인 므낫세가 아니라 차자인 에브라임이었으며, 예수의 비유에서 아버지의 환대를 받은 것은 성실한 큰아들이 아니라 물려받을 재산을 미리 챙겨 아버지의 집을 떠났다가 돈을 탕진하고 누추한 몸을 이끌고 집으로 돌아온 둘째 아들이다.

장자와 차자에 대한 야훼의 이 알 수 없는 태도에 관한 이야기는 《산문시대》의 동인이었던 작가 김성일의 의식을 오래도록 사로잡았던 주제이기도 하다. 장남이었던 그에게 장자에 대한 야훼의 알 수 없는 거부감은 감당하기 어려운 주제였고, 그가 나중에 회심하였을 때 해결해야 했던 것 가운데 하나도 바로 이 문제였다. 「흥부전」을 패러디하여 쓴 「홍보가」에 이런 심정이 잘 드러나 있다. 「흥부전」은 우리 고전이 그리고 있는 형제 관계의 전형적인 형태를 보여 주고 있는바, 욕심 많고 못된 형과 착하고 가난한 동생이라는 구도가 바로 그것이다. 왜 옛이야기들은 장자와 차자를 이런 방식으로 일관되게 그리고 있는 것일까. 혹 이러한 대립 구도 속에는 야훼가 장자와 차자를 차별했던 것과 동일한 형태의 의식이 개재되어 있지 않을까. 김성일은 이에 대해 한 인물의 입을 빌려 "부모들의 차남 사랑은 바로 차남에게 소홀히 했던 결과로 무의식 가운데 잠재하고 있는 아버지의 자책감과 그에 따른 보상 심리 때문"[9]이라는 답을 들려준다. 대답의 적실성 여부를 떠나 우리가 여기서 눈여겨보아야 할 것은 「흥부전」에서 장자와 차자를 대하는 아버지의 이해할 수 없는 태도를 읽어 내는, 선택받지 못한 장자의 자의식이다. 최인훈이 「놀부뎐」을 써서 놀부를 향한 세상의 온갖 오해에 대해 항변한 것도 같은 맥락에서 이해할 수 있지 않을까.[10]

마땅히 자신이 선택받았어야 한다고 생각하는 라울은 장자이되 아비로부터 선택받지 못한 자이다. 최인훈이 라울과 바울 가운데 라울에게 우호적이라는 것은 두말할 나위가 없다. 최인훈은 라울을 편애한다. 최인훈이 오직 라울에게만 자의식을 부여한다는 점, 라울이 시종일관 초점화자로 설정되어 있다는 점이 그 증거이다. 바울은 실성하여 사라진 라울에 대해 논평하는 마지막 장면에서만 시선의 주인이 된다. "옹기가 옹기쟁이더러 나는 왜 이렇게 못나게 빚었느냐고 불평을 한들 무슨 소용이 있으

---

9 김성일, 「흥보가」, 《월간문학》, 1987년 10월, 133쪽.

10 「화두」의 화자는 이들과 유사한 자기 처지를 두고 폐적자(廢嫡子), 곧 '적자였으나 적자의 자리에서 쫓겨난 자'라는 이름을 붙여 준다. 해당 대목을 옮겨 본다. "가족들이 미국으로 떠나고 나서 나는 H역에서 시작된 그 피난 대열에서 나 홀로 남겨진 전쟁고아처럼 느꼈다. M시에 오자마자, 전쟁이 난 그해를 넘기지도 않은 1950년 12월에 피난지의 생소한 학교에 찾아가서 나를 그 학교에 전학시켜 준 아버지 성의와 기대를 나는 갚지 못하였다. 법과대학에 입학하였기 때문에 나는 열심히 공부했더라면, 북쪽 끝에서 피난 온 가족에게 이 사회의 양지 바른 언덕의 한쪽 끝에 안주할 수 있는 밑거름이 될 수 있었을 터였다. 그랬더라면 나는 H에서의 아버지처럼, 집안의 착한 맏이 노릇을 했을 것이고 아버지의 아들일 수 있었을 것이다. 그런데 나는 그렇게 하지 못하였다. 고향에서의 아버지 나이를 지나고도 그때의 아버지의 경제적 위치는 그만두고 수입이랄 만한 것이 없는 나는 계급 탈락자로 느끼고, 그래서 가장으로서 아버지가 결단한 미국 이주에도 참가하지 않은 자기를 폐적자(廢嫡子)로 느꼈다."(「화두 1」(민음사, 1994), 101쪽).

라. 옹기쟁이는 자기가 좋아서 못생긴 옹기도 만들고 잘생긴 옹기도 빚는 것이니"[11]라는 저 유명한 말을 되풀이하는 장면에서, 서술자의 편견이 배어 있는 "차디찬 투로"라는 어구와 더불어. 적어도 「라울전」의 문맥에서 이 "차디찬 투로"라는 어구는 '확신에 찬 투로'의 변형일 수도 있지 않을까. 신의 선택과 관련하여 인간 편에서는 할 수 있는 이야기가 조금도 없다는 확신, 비록 그것이 불합리하고 불가해해 보이더라도 바울의 입장에서는 미안해하거나 죄스러워할 이유가 조금도 없다는 확신.

그러나 이것은 혹 바울에 대한 라울의 편견일 수도 있지 않을까. 어디 자의식이 선택받지 못한 장자들에게만 있을까. 선택받은 차자들에게도 자의식은 있는 법이다. 규는 이렇게 말한다. "너는 대학 갔지. 나는 못 갔다. 그게 대수냐? 대수지. 안 그래? 어이, 내 사랑하는 사촌. 자네는 인생에서 뭐가 제일 중요하다고 생각하나. 너는 대학…… 나는 안 된다. 나에게 안 미안한가?"[12] "부러 흘려 넘기려 했던 그의 말, '나에게 안 미안한가?'가 망치처럼 뒤통수를 때렸다. 의당 무슨 말인가를 해야 하는 상황이었음에도 나는 아무 말도 하지 못했다."[13] "규는 나를 불편하게 하고 있었다. 그리고 나는 내가 느끼는 불편이 불편했다. 사실은 병실에 들어오기 전부터 규의 목소리를 듣고 있었다. '나에게 안 미안한가?'"[14] 동일한 물음을 되풀이해서 떠올리고 있다는 사실부터가 이미 '내'가 규의 물음으로부터 자유롭지 못함을 증명해 주고 있다. 아마도 이 물음은 이런 뜻을 내포하고 있으리라. '마땅히 내가 물려받았어야 할 자리를 대신 차지하고 있는 그대는, 나에게 미안하지 않은가.' 이 물음이 '나'를 사로잡고 있는 한 '나'는 '내'가 선택받은 것을 당연하게 여길 수가 없다. 아마도 바울에

11   최인훈, 앞의 글, 73쪽.
12   이승우, 앞의 글, 22쪽.
13   이승우, 같은 글, 23쪽.
14   이승우, 같은 글, 26쪽.

게 자의식이 있었다면, 그 역시 이런 물음에 사로잡히지 않았을까.[15]

3   선택받은 자의 자의식

'내'가 느끼는 어떤 '부끄러움', '자책감' 같은 것들은 자신이 누군가의 자리를 대신 차지하고 있는 것이 아닌가 하는 심리적 사실에서 온다. '내'가 지금 앉아 있는 이 자리는 원래 다른 사람에게 돌아갔어야 할 자리이다. 큰아버지가 대신 내 준 대학 등록금이 원래는 사촌 형인 규에게 돌아갈 것이었던 것처럼, '나'의 자리 역시 그러하다. 미안하지 않느냐는 규의 물음은, 장자의 명분 없이 장자의 권리를 상속받고 차자로서 장자가 된 '나'를 윤리의 재판정으로 소환한다. 마땅히 받아야 할 정당한 몫보다 더 많은 것을 받았고, 그렇기에 받은 선물에 대해 그것이 정당하다고 주장할 명분이 없기에, 규의 물음 앞에서 '나'는 속수무책이 될 수밖에 없다. 혹 큰아버지가 '나'를 편애했다고 하더라도 그것이 '나'의 잘못은 아니다. 규의 육신이 병들어 누워 있게 된 것 역시 '나'의 잘못 때문은 아니다. 그럼에도 '나'는 "내가 너에게 무슨 짓을 한 거지?"라는 질문이 생겨나는 것을 어찌하지 못한다. "나는 아무 짓도 하지 않았다. 그렇지만 누군가 나로 인해 아파하는 사람이 있다면 내가 아무 짓도 하지 않았다고 말하는 것이 떳떳한 일일까."[16] 이승우가 이 문제를 얼마나 중요하게 여기고 있는지는 이번 소설집에서 반복적으로 제시되는 이와 유사한 상황들을 일별해 보는 것으로도 쉽게 확인할 수 있다.

먼저 「실종사례」를 읽어 본다. 소설은 지하철에서 일어난 화재 소식을 TV 화면으로 지켜보다 낯익은 얼굴을 발견하는 장면에서 시작된다. 화면

15   이승우, 같은 글, 29쪽.
16   이승우, 같은 글, 34쪽.

에서 보게 된 그녀는 9년 전 우리 부부에게 빌린 돈을 갚지 못하고 끝내 종적을 감추고 만 재석이네다. 돈을 떼어먹고 달아난 그녀를 9년 만에 보게 되었으니 화가 날 법도 한데, 사정은 그렇지가 않다. 그때 그들 부부는 돈을 꼭 갚겠다는 약속에 대한 일종의 담보물로 48만 원짜리 강원도 산간의 두 마지기 밭문서를 넘겨주었었다. 빌려 준 돈에 비하면 터무니없이 적은 액수였고, 밭문서를 건네는 그들 입장에서도 염치없는 일이었다. 그랬던 그 땅이 그로부터 4년여의 시간이 흐른 후 평당 80만 원을 호가하는 금싸라기 땅으로 변한다. 땅을 판 돈으로 우리는 빚을 갚고 30평짜리 연립주택을 살 수 있었다. 그러니 그녀의 출현이 마냥 반가울 리 없다. "나는 진작 그들을 찾아 생각지 못한 횡재 사실을 알리지 않은 걸 후회하고 반성했다. 물론 법을 위반하지는 않았다. 내 소유의 땅을 처분하고 그 돈으로 빚을 갚고 집을 산 나의 행동은 합법적이었다. 합법이라는 명분이 나를 정당화해 줄 거라고 나는 믿었다. 그러나 합법이라는 것은 아주 허술한 위장막에 불과했다. 합법이라는 피켓을 치켜든 나는 아주 초라하고 볼품없었다. 피켓의 글씨도 흐릿하게 지워져 읽기 어려웠다."[17] 땅을 팔아 얻은 돈은 합법적인 '나'의 소유였지만, 의식 깊은 곳에서는 이와는 상반되는 목소리를 내고 있었던 것이다.

소유권을 둘러싼 분쟁은 내면이라는 제한된 공간에서만 벌어지지 않는다. 「타인의 집」을 읽어 본다. 아내의 생일날 케이크와 선물을 사 들고 퇴근하던 그는 아침에 나올 때까지만 해도 멀쩡하던 자물통이 숫자판으로 바뀌어 있는 것을 보게 된다. 결혼식 다음 날부터 싸우기 시작해 내내 사이가 좋지 않았던 아내가 잠금장치를 바꾸었으리라 짐작하며 초인종을 누르자 "어딜 온 거야?"라는 남자의 목소리가 되돌아온다.

17 이승우, 「실종사례」, 앞의 책, 150쪽.

그는, 저기, 저, 하고 머뭇거리다가 나는 이 집 주인인데 누구세요? 하고 물었다. "주인이라고? 허허, 미친 소리! 이 집이 어떻게 네 집이야?" 안에서 돌아오는 반응이 그를 당황하게 했다. "윤선호가 나예요. 이 집 주인." 자기 집 앞에서 자기 집에 들어가기 위해 자기 이름을 밝히고 있다니, 슬그머니 짜증이 나려고 했다. 손님으로 온 누군가가 장난을 치는 거라는 짐작을 했지만, 어쩐 영문인지 마음 한쪽에서 그게 아닐지 모른다는 불안이 스멀거렸다. 윤선호든 누구든 이 집 주인은 아니지, 하는 대답이 스피커를 통해 전해졌을 때 불안은 급격하게 팽창했다. 지금 나에게 나를 증명하라고 요구하고 있는, 저 문 안의 질문자는 누구란 말인가. "둔하기는. 그렇게 사태 파악이 안돼? 너는 여기 못 들어와. 어떻게 그걸 몰라? 여긴 이제 너의 집이 아니야. 아니, 언제 너의 집이었던 적이 있었나? 몰아붙이듯 내쏜 다음 집 안의 질문자는 인터폰을 내려놓아 버렸다.[18]

목소리의 주인은 장인이었다. 장인은 두 사람 사이가 끝났으니만큼 이집은 이제 자기가 소유한다고 일방적으로 선언한다. "장인의 논리는 단순하고 명쾌하고 완고했다. 그 집을 살 때 집값의 절반에 가까운 돈을 빌려주는 형식으로 댔다는 것이 그 논리의 단순하고 명쾌하고 완고한 근거였다. 절반에 가까운 돈은 은행에서 대출을 받았다. 그러니까 실제 그의 돈은 아주 조금밖에 들어가지 않았다." 사정이 이러한 터라 그는 이 집이 자기의 것이라고 주장할 엄두를 내지 못한다. 「방」의 '내' 상황도 이와 비슷하다. 큰어머니를 돌보는 문제로 다툰 후 아들을 데리고 친정으로 간 아내는 방학이 되자 언니가 살고 있는 시애틀로 홀쩍 떠나 버리더니 어느 날 집을 팔아 돈을 부쳐 줄 것을 요구한다. 아마도 아내로서는 그럴 만한 권리가 있다고 생각했을 것이다. 친척에게서 경매 물건이 있다는 연락을

18   이승우, 「타인의 집」, 앞의 책, 78~79쪽.

받고 관심을 내비친 것도 아내였고, 친정에서 여유 자금을 얻어 와 대출을 끼고 그 집을 산 것도 아내였기 때문이다. '나'는 아내의 요구대로 집을 팔아 집값의 절반을 부쳐 준다. 집을 사는 과정에서 '내'가 기여한 바가 없고, 따라서 이 집이 '나'의 것이라고 주장할 명분이 없는 '나'로서는 이렇게 하는 것 외에 다른 도리가 없었을 것이다.

소설 속 인물들이 가지고 있는 재산이며 집은 사실상 이들의 것이 아니다. 이들은 남에게서 얻은 것을 가지고 몇 백 배의 차익을 남겼고(「실종사례」), 아버지가 세상을 떠난 뒤 큰아버지가 내어준 사랑채에서 지냈고(「오래된 일기」), 자기 돈 들이지 않고 집을 장만했고(「타인의 집」, 「방」), 집을 나올 상황이 되자 6년 전 헤어진 애인의 집으로 들어가 살거나(「타인의 집」), 집주인이 2개월 정도 비울 예정인 집으로 찾아 들어간다(「방」). 임시적이고, 여분의 것으로 주어진 자리, 비유컨대 장자권을 대신 물려받은 차자의 자리가 이들의 삶이 정립해 있는 곳이다. 그렇기에 이들은 주인이 돈을 돌려달라거나 방을 빼 줄 것을 요구하면 언제든 돈을 내어주고 짐을 싸서 집을 나갈 수밖에 없다. 주인은 점령군처럼 들어와 집의 소유권을 주장하는 장인의 모습으로 찾아오기도 하지만, "머리가 하얗게 세고 허리가 구부정하고 다리와 팔이 바깥쪽으로 구부러진 노인"(「방」)의 모습으로 찾아오기도 한다.

「방」을 좀 더 읽어 본다. 노인은 우리가 이사를 들어가던 그 무렵부터 종이 박스와 신문지를 모아 연립주택 공터에 쌓아 두었다가 고물상에 가서 팔기 시작했는데, 이상한 것은 이곳에 살고 있는 사람들의 태도이다. 무엇이라고 이의를 제기하는 사람이 아무도 없었기 때문이다. "그 궁금증을 해결해 준 사람은 2층에 사는 남자였다. 집이 지어질 때부터 살았던 2층 남자의 설명에 따르면, 노인은 그 건물을 지은 사람이었다. 한 층에 네 가구씩, 모두 열두 가구를 지어 여덟 집을 분양하고 두 집을 세놓았다. 한 집은 아들 내외에게 주고 자기는 1층에서 살았다. 그런데 아들이 사업을 한다며 집을 담보로 대출을 받아 쓰고는 부도를 내 버렸다. 하루아침에 집을 내놓고 거리로 나앉게 된 아들 내외는 어느 날 동네를 떠났다. 어떤 연유인지 노인은 아들과 함께 떠나지 않고 마을에 남았다. 어떤 이는 아들 내외가 노인 몰래 도망쳐 버렸다고 하고, 어떤 이는 노인이 아들과 함께 떠나는 걸 거절했다고 했다."[19] 사람들은 노인을 쫓아내지 않는다. 그럴 수 없는 것일지도 모른다. 노인은 한때 이 건물이 자신의 소유였다는 사실과 지금의 남루한 현실을 통해, 지금 이곳에서 살고 있는 사람들이 누군가의 삶이 스러지고 흩어진 자리 위에서 살고 있는 것임을 환기시킨다. 노인의 불행과 이들의 행복이 서로 자리를 맞바꾸고 있다고나 할까. 사람들이 노인을 보면서 느끼는 것은 아마도 "큰어머니에 대한 내 부채 의식과 의무감"[20]이나 규에 대해 '내'가 가지고 있던 죄책감(「오래된 일기」), 그들 부부에게 돌려주어야 할 빚이 있다는 데서 오는 불편함(「실종 사례」)과 비슷한 그 무엇일 것이다.

이승우 소설의 인물들은 "우리는 모든 사람에 앞서, 모든 사람에게 책임이 있고 나는 다른 모든 사람보다 책임이 더 많다."라는 레비나스의 이야기를 떠올리게 한다. 레비나스에게 주체가 된다는 것은 타인의 고난을 대신 짊어지는 것을 말한다. 메시아는 이러한 주체의 이념을 가장 잘 구현하고 있는 존재이고, 이런 맥락에서 "메시아, 그것은 나이고, 내가 된다는 것, 그것은 곧 메시아가 된다는 것(Le Messie, c'est moi, Être moi, c'est être Messie)"을 의미한다.[21] 이승우 소설의 인물들이 타인들의 삶에 자신이 책임질 것이 있다고 느낄 때, 가령 「무슨 일이든, 아무 일도」의 그녀가 동생 상규를 "짊어지고 가야 할 내 몫의 십자가"로 인식하고 "십자가는 자원해서 맡는다기보다 떠맡겨지는 편에 가깝다고, 그러니까 그것은 일

19 이승우, 「방」, 앞의 책, 173~174쪽.
20 같은 글, 165쪽.
21 강영안, 「타인의 얼굴」(문학과지성사, 2005), 231쪽.

종의 숙명인 것이라고, 그렇기 때문에 거부할 수 없는 것이라고"[22] 말할 때, 이들은 이미 메시아적 주체의 이념을 구현하고 있다. 십자가를 짊어지고 있는 자는 그리스도, 곧 메시아가 아니던가.

그러나 한때의 일을 내세워 소유권을 주장하는 이들과 십자가가 되어 어깨를 무겁게 하는 이들을 대하는 우리의 눈길이 언제나 호의적일 수는 없다. 환대(hospitalité)가 적의(hostilité)로 바뀌는 것은 한순간이다. 환대는 어떤 경우에 가능한가. 그러니까 "내가 나의-집을 개방하고, 이방인(성을 가진, 이방인이라는 사회적 위상 등을 가진 이방인)에게만이 아니라 이름 없는 미지의 절대적 타자에게도 줄 것을, 그리고 그에게 장소를 줄 것을, 그를 오게 내버려 둘 것을, 도래하고 두고 내가 그에게 제공하는 장소 내에 장소를 가지게 둘 것을, 그러면서도 그에게 상호성(계약에 들어오기)을 요구하지도 말고 그의 이름조차도 묻지 말 것을 필수적으로"[23] 내세우는, 그러한 절대적 환대는 어떻게 가능한가. 이승우 소설에서 환대는 집이 나의 것이 아니라는 인식, 그것은 다만 누군가를 위해 내어주기 위해 임시로 맡은 것일 뿐이라는 인식과 더불어 비로소 가능해진다. 자기 소유가 아닌 곳에서 임시로 살고 있는 이들에게는 문을 두드리는 누구나가 다 주인이 될 수 있고, 지금 문을 두드리며 도움을 호소하는 이가 한때 그곳에 살고 있었을 가능성을 배제할 수 없다는 인식이 환대를 가능하게 한다. 나 자신 한때 찜질방과 PC방을 전전하던 떠돌이였음을 잊고 이곳이 자기 소유임을 한 치의 의심도 없이 받아들이게 될 때, 집 앞에 서서 문을 두드리는 그들은 언제든 내가 맞아들여야 할 주인이 아니라 내 안락한 삶의 공간을 위협하는 침입자로 여겨지기 쉽다. 모든 타인을 잠재적인 적으로 간주하는 위험으로부터 벗어나는 길은 자신이 세 들어 사는 존재이고 자기에게 주어진 것이 순전한 선물이라는 사실을 기억하는 것이다. 미안하

22   이승우, 「무슨 일이든, 아무 일도」, 앞의 책, 54~55쪽.
23   자크 데리다, 남수인 옮김, 『환대에 대하여』(동문선, 2004), 70~71쪽.

지 않느냐는 규의 물음을 간직하고 큰어머니의 체취를 기억하는 것이 소중한 것은 바로 이 때문이다. 환대의 가능성이 거기서 나오기 때문이다.

환대를 가능하게 하는 것은 자신을 선택받은 차자로 여기는 자의식이다. 앞서 언급한 소설에서 김성일은 "세상에 불공평이 생기기 시작한 책임이 자기 자신에게 있으므로…… 그는 모든 비난을 감수하고 자기 아들을 이 세상으로 보내어 모든 것이 자기의 책임임을 고백한 것입니다. 그렇다면 여러분…… 구세주가 이 땅에 온 것은 측은한 둘째 아들 때문이며…… 그렇다면 세상의 장남들은 그들이 장남이기 때문에 아버지의 심정을 이해하고 침묵해야 할 것 같습니다."라는 이야기에 덧붙여 "그렇다면…… 홍보네 박에서 예수가 나왔다는 (생략) 말이 맞는 것"[24] 같다고 결론 내리는데, 이런 주장이 전혀 터무니없는 것만은 아니다. 메시아를 낳은 이스라엘 민족부터가 이미 장자의 권리를 대신 물려받은 차자의 후손들이다. 이삭과 야곱이 차자였음은 두말할 나위가 없고, 젖과 꿀이 흐르는 땅으로 묘사되는 가나안 역시 그들의 조상이 정당한 권리 없이 이방인으로 들어와 살던 곳이 아니던가. 이들에게서 메시아가 난 것을 우연이라 할 수 있을까. 이들로부터 메시아가 나오는 것은, 이들의 자리가 선물로 주어진 자리이기 때문이고, 그런 만큼 순수-증여의 형태로 이를 누군가에게 되돌려주어야 하는 의무가 이들에게 있기 때문이다. 자기에게 주어진 것이 순전한 선물일뿐더러 선물로 주어지기 위해서 다른 누군가로부터 옮겨져야 했음을 아는 이들은 차자의 자의식으로 충만해 있는 자들이고, 메시아는 이러한 자의식이 육체를 입어 나타난 자이기 때문이다.

24 김성일, 앞의 글, 133쪽.

4   윤리적 주체의 자리

선택받은 차자의 자의식은 인물들이 글을 쓸 수 있도록 만드는 원동력이 된다. 가령 「오래된 일기」의 나는 "글을 쓰면서, 규가 이 문장을 읽는다면 어떤 반응을 보일까를 늘 생각"[25]하고, 「방」의 나는 "큰어머니의 배설물과 땀과 약, 그리고 살갗에서 떨어진 살비듬이 한데 섞여 만들어 낸 냄새"를 맡고서야 비로소 "하지 않은 말들, 할 수 없었던 행동들"이 "일깨워졌고, 살아났고, 그런 것들이 글이 되었다."[26] 규와 큰어머니를 마주 대할 때마다 떠올리게 되는 미안한 마음이 글을 쓰게 한다. 이들이 글을 쓰기 위해 찾아가는 곳에서 이들은 집의 주인이 아니다. 이들은 쓰면서 자기의 자리를 거듭 확인한다. 자기는 장자가 아닌 차자임을 되새기고, 자신에게 주어진 것이 순전한 선물임을 확인하면서, 자기 때문에 받지 못한 그들을 기억하고자 한다. 이들이 쓰는 것은 쓰면서 그들에게 받은 것을 되돌려 주기 위함이다. 그러므로 이들이 쓰는 것은 그 자체로 윤리적이다.

마르트 로베르는 『기원의 소설, 소설의 기원』(문학과 지성사, 1999)에서 작가를 업둥이의 유형과 사생아의 유형으로 대별한 바 있다. 업둥이의 유형은 오이디푸스 이전의 잃어버린 낙원으로 돌아가기를 원하며 부모 양쪽을 모두 부정하는 경우이고, 사생아의 유형은 오이디푸스의 투쟁과 현실을 수락하며 아버지를 부정하고 어머니를 인정하여 아버지와 맞서 싸우는 경우이며, 이 둘은 각각 낭만주의와 사실주의 경향의 작가들에 대응된다는 것이 그의 설명이다. 이승우 소설을 몇몇 작가들의 다른 작품들과 겹쳐 읽으면서 드는 생각은, 업둥이든 사생아든 이들은 모두 근본적으로는 장자가 아니었을까 하는 점이다. 이들에게는 형제가 없으니 질투할 대상도, 아버지와의 관계에 영향을 끼치는 경쟁자도 없지 않던가. 그

---

25   이승우, 「오래된 일기」, 앞의 책, 29쪽.
26   이승우, 「방」, 앞의 책, 179쪽.

러니 이들의 옆에 선택받은 차자, 선택받았다는 사실을 오히려 죄스러워 하는 아들을 놓아 보는 것은 어떨까. 선택받지 못한 장자의 자의식이 자신을 그 자리에서 내쫓은 아버지에 대한 반항으로, 나아가 아버지를 상징하는 신, 역사, 권력 등과의 대결 의식의 형태로 표출된다면, 차자의 자의식은 자신을 그 자리에 앉혀 놓은 아버지에 대한 질문의 형태로, 자기가 그 자리를 대신해 버린, 내쫓긴 그 누군가에 대해 갖는 죄책감의 형태로, 거저 받았으므로 자기 받은 것을 다른 사람을 위해 내놓아야 한다는 윤리적인 형태로 표출되는 것이 아닐까.

그러나 너무 멀리 가지는 말자. 이승우 소설이 발견한 것은 선택받은 차자의 자리, 곧 윤리적 주체가 정립되는 자리이다. 이 윤리적 주체는 이제 겨우 자기의 자리를 확인했을 뿐이다. 이들에게는 타인과의 관계 속으로 좀 더 깊이 나아가는 일이 과제로 주어져 있다. 이 관계 맺음 속에서 새로운 형태의 서사들을 만들어 갈 때, 그때 이승우 소설이 발견한 차자의 자의식은 소설의 또 다른 기원이 될 수도 있을 것이다.

망각하지 못하는 자의 우울

─ 권여선론

1   술에 취해 젖어드는 시간

늦은 저녁 한 남자가 혼자 술잔을 기울이고 있다. 상 위에는 "빈대떡
에 막걸리, 찌개에 소주, 몇 가지 나물들과 김치"가 놓여 있고, 남자는 "맞
아 그때 그런 얘길 했었지", "그녀는 왜 그랬을까" 하는 식의 "소소한 과
거사"를 심상하게 부려 놓는다. 천천히 잔을 기울이는 동안 "홀연, 낫 놓
고 기역자를 모르듯, 기억 속의 내가 뭣도 모르고 살아온 모양이 환등처
럼 떠오"르고, 현실의 시간은 밤으로 접어든 지 오래건만 남자는 "기억의
한낮을 산다." 이렇게 남자의 하루는 저물어 간다. 아마도 "이틀이나 사
흘"이 지나면 남자는 또다시 이 술집에 기어 들어와 같은 일을 되풀이할
것이다. 남자가 떠올리는 기억의 자락들을 엿보아 판단하건대, 그가 살아
오면서 행한 일들 가운데 기억할 만한 것이란 오직 먹고 마시는 데 있었
던 듯하다. 그렇지 않다면 그의 기억 속에 살아 돌아오는 장면마다 술판
이 벌어지고 있는 이유가 도대체 무엇이란 말인가.

사람을 취하게 만드는 신비의 묘약을 음용하는 것은 「사랑을 믿다」의
이 멜랑콜릭한 남자만이 아니다. 권여선 소설의 인물들치고 술을 마다하

는 이는 눈을 씻고 보려야 볼 수가 없다. 이들은 혼자서 마시고(「푸르른 틈새」), 어울려서 마시고(「트라우마」), 식사를 겸하여 마시고(「12월 31일」), 장소를 옮겨 가며 마시고(「트라우마」), 낮이라 해서 굳이 마다하는 법 없이 마시고(「두리번거린다」), 정종(「분홍 리본의 시절」)·양주(「트라우마」)·막걸리(『푸르른 틈새』)·맥주에 안동소주를 섞어 만든 폭탄주(「사랑을 믿다」), 때로는 "맥주로 시작해서 소주 막걸리 양주 와인의 순서"(「반죽의 형상」)로, 혹은 "온갖 술을 맹렬히 뒤섞어"(앞의 글) 가며 주종을 가리지 않고 잘도 마신다. 이들이 소비하는 알코올의 양은 실로 어마어마하다. 이들은 영락없는 알코올 중독자들이다.

남자는 "남몰래 마음에 두고 좋아하지만, 그쪽은 이제 나를 한낱 친구로만 여기고 있었을 한 여자"에 대해 추억한다. 그는 지금 자신을 떠나간 그녀, 이제는 되찾을 길이 없어진 잃어버린 그녀를 현재로 불러들이고 있는 중이다. 그는 현재 속에서 과거와 현재라는 두 개의 시간을 동시에 살아가고 있는 것인데, 예로부터 알코올 중독자들은 이렇게 두 시간, 두 순간을 동시에 살며 존재해 왔다. 들뢰즈의 말을 빌리면 "알코올 중독자는 어떤 반과거나 미래의 삶도 살지 않으며, 단지 복합과거만을 가질 뿐이다." 알코올 중독자가 사는 시간은 복합과거를 이루는 현재조동사와 과거분사라는 두 개의 동사 또는 두 순간이다. 알코올 중독자에게 술을 마신 순간은 늘 잃어버린 시간으로, 상실된 것으로만 도래한다. 알코올 중독자들이 종종 경험하는 우울증은 현재(현재조동사) 뒤로 과거 시간이 무한하게 달아나는 이러한 시간 구조로부터 온다. "알코올 중독자는 잃어버린 대상의 자리를 메우기 위해 술을 마시나, 술 마시기는 어떤 대상도 돌려주지 않고 다시 숙명적으로, 복합과거 속의 과거분사 형태로 주체의 손아귀에서 빠져나가는 잃어버린 순간이 될 뿐이고 우울은 계속된다."[1]

---

1   서동욱, 「알코올 중독」, 《문학과 사회》, 2007년 겨울, 332쪽.

그러므로 술을 마시면서 과거를 응시하는 것은 이들이 상실된 대상을 잊지 못하고 있다는 것, 곧 우울증을 앓고 있다는 증거이다. 여기에 미처 삭이지 못한 기억들이 있다. 잊어 먹을 수 없는 기억들, 잊어서 먹어 버리고 마침내 소화시켜 배설해 버릴 수 있는 가능성이 조금도 없는 기억들, 그렇기 때문에 도로 뱉어내어 다시금 곱씹을 수밖에 없는 기억들. 반추(反芻)라는 말은 이런 기억을 설명하기에 얼마나 적절한가. 되씹는 것은 음식만이 아니다. 기억 역시 되씹음의 대상이 된다. 이들은 과거의 기억과 맞닿은 곳에서 과거를 환기시키는 무엇인가를 옆구리에 끼고서 무시로 이 기억들을 씹으며 살아간다. 오래전 철거 반대 시위에 참가한 적이 있었던 아파트 지역에서 세 들어 살면서, 대학 다닐 때 학생운동을 같이 했던 사람들과 어울려 가끔씩 술잔을 기울이곤 하는 윤(尹)(「트라우마」)이나, 그녀에게 건네주지 못한 유아용 그림책을 10년이 지나도록 간직하고 있는 '나'(「12월 31일」)는 물론이고, 이제는 다른 사람 소유의 여관이 된 고향집을 찾아가는 '나'(「처녀치마」)와 아버지가 고지기로 있고 그와의 기억이 아로새겨져 있기도 한 충남의 소읍을 찾아가는 '나'(「두리번거린다」)도 정도의 차이는 있겠지만 모두가 다 잠재적인 알코올 중독자, 우울증 환자들이다.

권여선 소설의 인물들에게 기억은 자연스럽게 떠오르는 무엇이 아니다. 간혹 기억을 촉발하는 매개랄까, 현재와 과거를 이어 주는 끈 같은 것들이 있기는 하다. 기억 속의 장면과 유사한 무엇인가가 먼저 있고 여기에 뒤이어 기억이 떠오르는, 일종의 비자발적인 회상의 방식이 없다고 말할 수는 없다. 그러나 대체로 기억은 자발적인 회상을 통해 의식에 표면화된다. 자발적이라고 했지만 기억을 떠올리기 위해 이들이 대단한 노력을 기울이는 것은 아니다. 이들의 기억은 망각에 의해 일시적으로나마 의식 저편으로 사라진, 그래서 그것을 의식에 떠올리기 위해서는 망각을 걷어 내기 위한 절차를 수행해야만 얻을 수 있는 그런 것이 아니다. 애써 기억해 내려고 하지 않아도 이 기억들은 언제나 이들의 머릿속에 있다. 망각할 수 없는 기억, 잊은 척할 수는 있어도 완전히 잊을 수는 없고 조금만 마음을 놓아도 언제든 자신의 존재를 알리는 기억, 이것이 이들의 기억이다. 권여선 소설에서 기억이 한 번에 소환되는 경우는 거의 없다. 이들은 잘게 쪼개져 조금씩 텍스트 속에 산포된다. 각각의 단편들을 이어 주는 선이 없지는 않고, 이들 단편이 하나의 서사를 만들고 시간적인 연속을 따라 현재로까지 이어지고 있기는 하나, 그것을 발견하는 것은 그리 쉽지 않다. 이들은 자신의 기억 속 한 가닥을 맥락 없이, 무심하게 툭 던져 놓는다. 그래서 기억의 단편들을 이어서 하나의 서사를 만들기 위해서는 인내를 가지고 텍스트를 해부해서 다시 짜 맞추어 보아야 한다.

예를 들어 보자. 『푸르른 틈새』의 초반부에는 시장에 암소를 팔러 나왔다가 냄비와 바꿔 간 농부의 이야기가 나온다. 암소를 냄비와 바꾸다니, 농부는 제정신이 아니었던 게 아닐까. 이 냄비가 여느 냄비와 다른 것이 있었다면 말을 할 수 있었다는 점인데, 농부는 이렇게 생각했던 것이다. "아니, 냄비가 말을 하다니…… 말을 할 수 있다면 아마 그 밖의 다른 것들도 할 수 있을지 몰라."[2] 과연 이 냄비는 이런 기대를 저버리지 않아 가난한 농부 부부를 위해 부잣집으로 뛰어가 "막 구운 푸딩이나 다듬은 밀이나 금화 따위를 가득 담아 돌아"온다. "가난한 부부는 암소를 냄비와 바꾸기 잘했다고 손을 맞잡고 기뻐"[3]하고. 그러나 이 뒷이야기를 듣기 위해서는 시간이 좀 필요하다. 한참 후에야 이 이야기가 나오기 때문이다. 그런가 하면 이 이야기 바로 다음에 나오는 "내가 열한 살이 될 때까지 우리 세 모녀의 생활은 선원인 아버지의 지휘봉에 의해 '열 달의 항해'와 '두 달의 휴가'라는 박자로 연주되었다."[4]로 시작하는 단락에서, 이 '열한

---

2 권여선, 『푸르른 틈새』(문학동네, 2007), 8쪽.
3 같은 책, 29쪽.
4 같은 책, 29쪽.

살이 될 때까지'라는 대목은 다소 뜬금없다. 왜냐하면 아버지가 실직하여 일을 그만두게 된 것은 "내가 대학에 입학하기 직전"인 "열아홉"[5] 살 때였으므로 아버지의 실직이 "연주"를 중단하게 만든 원인은 아니었다는 뜻인데, 그렇다면 왜 군이 '열한 살'이 언급되어야 하는지 알 수 없기 때문이다. 이 물음에 대한 대답을 우리는 나중에 가서야 비로소 들을 수 있다. 열한 살이 되던 해에 이모며 숙모 들이 들이닥쳤다는 것, 그리하여 '세' 모녀의 생활이 더 이상 유지될 수 없었다는 것. "엄청나게 불어난 식구들과 같이 살게 되면서 우리 세 모녀의 정답던 생활은 망가졌다."[6] 「수업 시대」의 다음 장면은 어떨까.

뿌연 안개 위로 기적처럼 수평선이 그어지고 수평선을 잘라먹는 앞 섬의 윤곽이 서서히 드러나던 그 아침에, 어머니는 소원대로 섬을 떠나는 내 등을 맵게 후려쳤다. 웃지 말어, 이 망할 년아. 내가 숙모를 면대를 못 허겠어. 하필 그때 나는 생리 중이었다.[7]

지금 화자는 낙태 시술을 받고 수술대 위에 누워 있다. 이제 막 깨어나 정신이 혼란스러운 가운데 고향을 배경으로 하는 옛일이 얼핏 떠오른다. 기억 속의 나는 웃고 있고, 어머니는 이런 나를 향해 민망해 견딜 수가 없다는 듯이 숙모 얼굴을 못 보겠다고 말한다. 왜 그랬을까. 한참 후에야 그 이유를 가까스로 확인할 수 있다. 업고 있던 돌잡이 "사촌을 빨랫줄에 매달"[8]아 버렸기 때문이다. "등의 수가 손가락 개수와 같았다 해도 업어야 할 아이가 모자라 등을 비워 두는 일은 생기지 않았을"[9] 자신의 처지가 불

5   같은 곳.
6   같은 책, 61쪽.
7   권여선, 「수업 시대」, 『처녀치마』(이룸, 2004), 174쪽.
8   같은 글, 184쪽.

만스럽기도 했을 것이고, 뭍으로 가고 싶어 하는 마음을 헤아려 주지 않는 어머니에게 반항하고 싶기도 했을 것이고, 장난기가 발동하기도 했을 것이다. 결국 그날 그 사건이 있고 나서 나는 오빠가 있는 뭍으로 가게 된다. 이것이 사건의 전모이다. 그런데 "하필 그때 나는 생리 중이었다."라는 건 뭘까. 그날 있었던 일과 무슨 관련이 있는 것일까. 아니다. 이번에는 페이지를 앞으로 넘겨보아야 된다. 지난겨울 그를 만났고, 그로부터 2개월이 지나 다시 그를 만났고, 또다시 두 달쯤이 지난 후 그가 전화를 걸어온다. 그날 밤 둘은 "식당에서 고기를 구워 먹다 말고 여관으로 갔다. 여관에서 우리는 서로에게 잔뜩 화가 난 사람처럼 굴었다."[10] 아마도 이 장면일 것이다. "하필 그때 나는 생리 중이었다."[11]라는 문장과 연결되는 것은. "서로에게 잔뜩 화가 난 사람처럼" 군 이유는 내가 생리 중이어서 그랬던 것이다.

권여선 소설의 인물들이 떠올리는 기억들은 마치 소화가 덜 된 음식물처럼 의식의 표면으로 떠오른다. 이 기억들은 어딘지 모르게 반복적이고 진부한 느낌을 준다. 이 점에서 이 기억들은 프루스트의 경험과는 대조적이다. 프루스트에게 마들렌의 맛이 그 무엇과도 바꿀 수 없는 행복감을 주는 이유는 마들렌을 통해 떠올리게 되는 과거의 기억들이 현재를 조명해 주기 때문이다. 반면 권여선 소설의 인물들에게 과거는 이렇게 경험된다. "과거 속에서 길 잃은 환자처럼 나는 현재의 주소를 알아내지 못해 당혹했다."[12] 권여선 소설에서 기억들은 언제나 잃어버린 것으로만 지각된다. 그것은 발견되는 것이 아니라 이미 있던 것, 그렇기에 전혀 새롭지 않은 것, 거기에 어떤 식의 변형이나 조작을 가할 수 없는 순전한 타자성

9 같은 글, 175쪽.

10 같은 글, 172쪽.

11 같은 글, 174쪽.

12 권여선, 「처녀치마」, 『처녀치마』, 33쪽.

으로서의 시간으로 인지되고 그렇기 때문에 거기서 발견하게 되는 것은 부재와 상실감이다. 과거는 현재를 충만하게 하는 대신 잠식한다. "과거는 피고름 흐르는 상처의 눈으로 현재를 쏘아본다. 현재의 시간 위로 과거의 빛줄기가, 잊혀지지 않은 낮의 상처가 관통하고 있다. 상처는 이야기를 불러일으키고 이야기는 상처를 환기시킨다. 그것은 고통에 찬 상호 승인이다."[13]

2   기억을 되씹는 자의 우울증

기억을 되씹어서 무얼 하자는 것일까. 되씹어서 어떤 새로운 맛을 기대할 수 있을까. 거기 배어 있는 시큼털털한 위액도 되씹어서 느낄 만한 값어치가 있는 것일까. 이를 애도를 위한 절차라고 여길 수도 있을 것이다. 혹 그럴 수 있을지는 몰라도, 먹어서 소화할 수 없다면 적어도 그 시도는 성공적이라고 볼 수 없다. 애도는 유예되어 있다. 그리고 애도에 이르기 위한 과정은 한없이 느리다. 이들은 왜 기억을 망각 속으로 놓아 보내 주지 못하는가. 혹 이런 이야기가 물음에 대한 실마리를 제시해 줄 수 있을까. 어느 인터뷰 자리에서 권여선이 한 이야기이다.

> 가장 힘들었을 때는…… 대학교 3, 4학년 때였다. 그때는 사람들이 많이 죽었다. 친한 친구였던 박혜정도 그때 죽었다. 아까 내가 술집을 하고 싶다고 했었는데…… 그때 같이 술집 하자고 약속했던 친구가 혜정이었다. 그렇게 친했던 나에게는 일언반구 없이, 그 전날 술 먹고 헤어지고 그 다음 날 저녁때 한강에 투신했다. 그때가 김세진, 이재호 학형이 죽고 한 달 있다가 이동수 학형이 아크로에서 분신한 날이었다. 시위도 있었고 축제 기간

13   권여선, 「푸르른 틈새」, 200쪽.

도 겹쳐서 사람들이랑 우르르 술 마셨는데, 내가 혜정이한테 모진 소리를 한마디 했던 것 같다…… 그건 혜정이한테라기보다는 나 자신에게 던진 가혹한 말이기도 했는데. 그게 계속 걸린다…….[14]

권여선이 언급하고 있는 박혜정이라는 이름을 들어 본 일이 있는지. 몰인정한 처사이기는 하지만 줄여서 소개하자면 그 이름의 주인공의 생은 이렇게 요약된다. 서울대학교 국어국문학과 83학번으로 1986년 5월 한강에 투신, 스스로 목숨을 끊었다. 사후 1996년 서울대학교 인문대에 열사 추모비가 세워졌고, 조촐한 추모 문집이 발간되었으며, 여기에 권여선이 그녀의 평전을 썼다. 추모비를 세운다거나 추모 문집을 발간한다는 것은 모두가 애도 작업에 속할 것이다. 애도는 성공적이었을까. 그럴 수 없으리라는 것을 권여선 자신의 말 속에서 짐작할 수 있다. 친구가 죽기 전날 친구에게 모진 소리를 한마디 했던 것 같다. 그런데 그게 계속 걸린다. 친구가 죽었기 때문이다. 자신이 내뱉은, 사실은 그 자신에게 던진 것이었을 가혹한 그 말 한마디에 대해 용서를 구할 조금의 여유도 주지 않고 친구가 떠나 버렸기 때문이다. 그러니 아무리 용서를 구하고 애도를 해 보아도 그것은 항상 시간적으로 뒤늦어 있고, 그런 만큼 양적으로는 항상 모자람이 있다.

『푸르른 틈새』에 나오는 두 개의 죽음은 이러한 구도를 그대로 반복하고 있다. 손미옥에게 주어지는 두 개의 죽음이 있다. 하나는 박해수의 죽음이고, 다른 하나는 아버지의 죽음이다. 박해수가 죽었다는 사실을 손미옥이 알게 되는 것은 그녀가 죽은 지 "오륙 년"이 지나서이고, 교통사고로 세상을 떠난 아버지는 "급사"한다. 단짝 사이였던 박해수를 헌신짝처럼 버린 자신을 "용서는커녕 절대적으로 머릿속에 떠올릴 용기"[15]조

14 같은 책, 305~306쪽.
15 같은 책, 116~117쪽.

차 가지지 못했던, 10년쯤이 지나 시위에 참가했다가 우연히 마주친 박
해수의 작고 연약한 모습을 보며 "그것이 설마" 자기가 "해수를 외면했
기 때문은"[16] 아닐 것이라고 겨우 자위하는 그녀, 한때 아버지의 등골을
빼먹으며 살았던 여인들이 "아버지의 은혜에 보답하는 길은 아버지의
몰락을 구경하고 어머니의 불행에 혀를 차는 것"[17]뿐이라는 듯이 아버지
를 경멸할 때 그 옆에서 같이 맞장구를 쳐 주었던 손미옥에게 박해수의
뒤늦은 부고 소식과 아버지의 갑작스러운 죽음은 치명적이다. 그들에게
잘못을 빌고 용서를 구할 방도가 없어졌기 때문이다. 화자가 충분한 애
도를 표할 조금의 시간적 여유도 주지 않은 채 그들이 서둘러 세상을 떴
기 때문이다.

　"앎이나 깨달음은 늘 그렇게, 한발짝 늦게 그녀를 찾아왔다. 똑같은 거
리가 등하교 때마다 5분가량 차이 나듯, 그녀가 아무리 아등바등 따라잡
으려 해도 삶과 그녀의 박자도 그렇게 어긋났다."[18] 그녀의 이 넋두리를,
어긋남과 뒤늦음을 애도의 어긋남과 뒤늦음으로 바꾸어 읽어도 무방하지
않을까. 애도할 시간을 놓치고 그들의 임종을 지켜보지 못한 죄로 이들은
애도 행위의 진정성을 스스로 입증하고 납득시켜야 하는 운명을 짊어지
게 된다. 혹 애도가 여행과도 같은 것이라면, 얼마나 멀리 가야 충분하게
애도를 표시한 것이 되는가. 애도의 완료는 일상의 자리로 되돌아오는 것
을 의미할 터인데, 그렇다면 출발지이자 귀착지여야 할 이곳은 얼마나 큰
원을 그리고 만나야 그들에 대한 사랑을 모자람 없이 담아낼 수 있는가.
얼마만큼의 나락을 경험해야 바닥에 닿아 처음 있던 그 자리로 돌아갈 수
있는가. 손미옥이 『아라비안나이트』의 최대 매력은 여기에 있다. 마신의
불행이 샤푸리야르 왕의 불행을 위로하면서도 가슴 저미게 상기시키는

16　같은 책, 116쪽.
17　같은 책, 196~197쪽.
18　권여선, 「가을이 오면」, 『분홍 리본의 시절』(창비, 2007), 19쪽.

불행의 심연이었던 반면에, 셰에라자드가 해 주는 이야기 속의 불행들은 인생이라는 양탄자가 휘감을 수 있는 무한한 불행들의 너비를 보여 주었던 것이다. 깊이를 길이로 바꾸는 날렵하고 미적인 범주 넘나들기, 이미지의 깊이로 시작하여 서사의 길이로 끝나는 것, 심도에 대해서 연장으로 대답하는 것, 불행한 의식의 심연을 무한하고 다양한 서사의 미로로 봉쇄하는 것, 길을 잃게 만드는 것, 칼을 묻었던 곳을 잊게 만드는 것."[19]이라고 했을 때, 이것은 애도의 충분성을 위한 깊이와 길이에 대한 언급이기도 하다.

애도의 충분한 깊이와 길이에 이르지 못한 주체에게 삶은 일종의 연기 같은 것으로 인식된다. "중증의 우울증 상태를 경험한 많은 사람들은 제2의 자아가 따라다니는 것 같다고 말한다. 제2의 자아는 일종의 유령 같은 관찰자로서, 본래 자아가 경험하는 치매 상태가 전혀 없는 냉정한 호기심을 갖고, 그가 다가오는 재앙에 어떻게 대처하는지 혹은 어떻게 무너지고 마는지를 관찰한다. 이 모든 행위에는 연극적인 요소가 있다."[20] 충분한 깊이와 길이에 이르지 못한 애도는 주체로 하여금 일상으로 돌아와 살아가는 모든 삶을 진정하지 못한 것으로 여기게 만든다. 충분히 멀리 가지 못하고 충분히 아래로 떨어지지 못했기 때문에 일상으로의 회귀는 늘 뒤를 돌아 자신이 나아가고 내려갔어야 할 그 자리를 바라보게 하기 때문이다. 그리하여 일상으로 회귀하고자 하는 자아의 뒤에는 언제나 그를 향해 손가락질하며 애도의 불충분성과 삶의 허위성을 고발하는 또 다른 자아가 유령처럼 따라다닌다. 자신의 방을 무대로 공간화하여 자신의 과거와 현재를 무대 위의 공연으로 형상화하고, 이렇게 무대화된 자아의 연기를 바라보며 여러 겹의 자아가 서로를 향해 말을 걸고 서로의 행동을

---

19 권여선, 「푸르른 틈새」, 174쪽.
20 윌리엄 스타이런, 임옥희 옮김, 「보이는 어둠 — 우울증에 대한 회고」(문학동네, 2002), 78쪽.

관람하는 연극의 연출자이자 관객이 되는[21] 손미옥은 이러한 원리를 구현하는 전형적인 인물이다.

이 제2의 자아의 시선이 주체 자신이 아닌 타인을 향할 경우 애도의 불충분성은 용서에 대한 거부의 형태로 나타난다. 「가을이 오면」에는 "여성적 우아는 세상에 대한 진정한 초연함에서" 오며 "타인의 고통에 대해 진정으로 초연할 수 있는 우아함이야말로 여성의 표징"[22]이라고 여기는 어머니가 나온다. 사업에 실패한 어머니는 자기의 이런 신념을 실천이라도 하듯이 딸을 버려두고 "온다 간다 말도 없이 혼자" 도망해 버린다. 몇 년을 은신하다 한적한 변두리 교회에 정착하여 "교회의 신도이자 가정부이자 자원봉사자"[23]로 있게 된 어머니가 그때부터 딸과 연락을 재개하여 매년 가을이면 딸을 불러 가을배춧국을 끓여 먹이곤 하지만 딸은 이런 어머니를 도무지 용서할 수 없다. "그게 무슨 뻔뻔스러운 속죄의 방식이란 말인가. 남의 편지를 훔쳐 읽는 것보다 더 큰 죄를 지은 주제에, 남의 돈과 남의 인생을 몽땅 훔쳐 가 탕진한 주제에 그따위, 그따위, 그따위 배춧국이 대수인가."[24] 딸이 참으로 견디기 힘들어 하는 것은 자신을 버리고 사라진 어머니가 아니라 자신은 용서해 주지도 않았는데 아무 일 없었던 듯 돌아와 잘 살아가고 있는 어머니, 그리하여 용서해 줄 권리를 누려 보지도 못하게 만드는 어머니의 모습이다. 충분한 애도를 통해 과거를 용서받지 않은 가운데 어머니가 살아가는 "고즈넉하고 무욕한, 호수의 동심원 같은 삶"[25]은 딸이 보기에 가장된 연기일 뿐이다.

때로 망각되지 않는 기억 속 존재들은 귀신이 되어 인물들 주위를 배

---

21 정여울, 「복수의 자아를 향한 다중적 퍼스펙티브 — 권여선의 「푸르른 틈새」론」, 《문학·선》, 2006년 봄, 132쪽.
22 권여선, 「가을이 오면」, 『분홍 리본의 시절』, 15쪽.
23 같은 글, 27쪽.
24 같은 글, 29쪽.
25 같은 글, 30쪽.

회하기도 한다. 「반죽의 형상」이 이렇게 읽힌다. 소설에는 "대학 4년, 회사 생활 4년을 함께하면서 거의 매일 점심을 같이 먹어 온 친구이자 동료"[26]인 두 사람이 등장한다. 나와 N이 그들인데, 왠지 이 둘의 관계가 수상쩍다. 같은 대학을 나오고 같은 회사에 다니는 것이야 그럴 수 있다 쳐도 상대에게 "무심"하거나 상대를 "경멸"하면서 "잠시라도 팔짱을 끼거나 허리를 안거나 손을 잡지 않고는 못 배기는"[27] 사이를 어떻게 이해하면 좋을까. N의 일거수일투족을 환히 꿰고 있고, 이제는 N을 떠나야겠다고 마음먹으면서 "매년 여름휴가가 시작되기 전부터" "긴 휴가를 계획하곤"[28] 하는 나는 또 어떻고. 혹 이런 장면이 도움이 될지도 모르겠다.

> 개강 후 만난 N은 놀랍게도 가시같이 말라 있었다. N은 열흘 동안 세 자리 숫자의 그 버스를 타고 내가 사는 아파트를 지나 한강을 건너 강변에 하루종일 앉아 있다 돌아오곤 했다고 했다. 나는 이유를 묻지 않았다. 열흘 내내 같은 번호의 버스를 탔지만 우리는 늘 반대 방향으로만 달리고 있었다. (……) 그때 손수건을 던졌어야 했다. 뒷자리의 남학생처럼 부주의하게 내 몸을 건드린 데 대해서가 아니라 세 자리 숫자의 그 버스를 타고 강변으로 가 수제비처럼 나를 조금씩 떼어 내 강으로 던진 열흘에 대해서, 너 아프잖아 너 아프잖아 마지막으로 나를 위해 목 놓아 울던 최후의 애도에 대해서.[29]

그해 여름은 무더웠고 소낙비와 태풍이 잦았다. 방학 동안 매일같이 학교로 나와 여학생 휴게실을 전전했던 두 사람은 방학이 끝나 갈 무렵부터 서로를 보지 못하게 된다. N이 여학생 휴게실에 나오지 않았기 때문이

---

26 권여선, 「반죽의 형상」, 『분홍 리본의 시절』, 156쪽.
27 같은 글, 159쪽.
28 같은 글, 173쪽.
29 같은 글, 169~170쪽.

다. 그 열흘 동안 N이 여학생 휴게실에 나올 수 없었던 이유는 무엇일까. 내가 한강에 몸을 던졌고, 살아서 돌아오지 못했기 때문이다. 나를 조문하느라 학교로 올 수가 없었고, 그런 다음에는 그 열흘 동안 매일 "강변에 하루종일 앉아 있"었고, 슬픔을 이길 수가 없어 "가시같이 말라" 버렸던 것이다. 무슨 이야기인가. 화자인 나는 귀신이라는 이야기이다. 마치 영화 「식스 센스」의 주인공처럼, 나는 지금 자신이 죽었다는 사실도 모른 채 N의 옆에 귀신이 되어 N과 말을 주고받고 N의 무심함에 치를 떨고 휴가를 떠날까 말까를 고민하고 있는 것이다. 혹 내가 들려주는 말을 N이 알아듣는지는 모르겠지만, 그렇더라도 둘이 말을 주고받을 때는 다른 사람이 알아들을 수 없도록 매우 작은 소리로 말해야 한다. 왜냐하면 간혹 "어느 칸에 누가 숨어 엿들을지 모르"[30]기 때문이다. 그러므로 N을 떠날 결심을 했다가 끝내 이를 실행에 옮기지 못하는 나의 이야기란 거꾸로 말하면 "최후의 애도"로써도 애도에 성공할 수 없었던 N의 욕망이 서사화된 것이기도 할 터이다.

  결국 문제가 되는 것은 잊을 수 없는 기억들이다. 기억을 잊어 먹는 대신 권여선 소설의 인물들은 먹는다. 우울증 환자들의 수많은 꿈과 환몽에서 나타나는 멜랑콜리 증세의 식인 행위는 주체가 없애 버리고 싶은 견디기 힘든 타자를 생생하게 더 잘 소유하기 위해 입안에 넣고 싶어 하는 욕망을 나타낸다. 이들은 자신이 사랑하는 대상을 상실하기보다는 차라리 조각내고, 분해하고, 자르고, 삼키고, 소화하는 쪽을 택한다.[31] 권여선 소설의 경우 인물들은 자주 타자인 대상을 소유하기 위해서라기보다는, 입에 맞지 않지만 먹어야만 하는 그것을 씹지도 않고 꿀꺽 삼킨다.[32] 눈앞에

---

30 같은 글, 157쪽.

31 줄리아 크리스테바, 김인환 옮김, 『검은 태양』(동문선, 2004), 23쪽.

32 권여선 소설에서 먹는 행위가 모두 이런 의미를 가지는 것은 아니다. 이와는 상반되는 먹기가 있는데 이에 대해서는 나중에 다룰 것이다.

서 그 음식물이 사라져 없어지도록. 그 상징적인 행위를 통해 도저히 사라져 주지 않는 기억들을 자기 것이 되지 않은 채로, 타자인 상태 그대로 머릿속에 안장하려 하는 것이다. 씹지 않고 삼켜야 하기 때문에 이들이 음식에서 맛을 느낄 수가 없는 것은 당연한 이치이다. "그는 자신이 맛치일지 모른다는 생각마저 들었다. 그에겐 맛이라는 것도 결국 규칙적이고 의례적인 무내용의 교환에 불과했다. (……) 오래전부터 그에게 맛이란 말은 빈칸 같은 단어였고 생각을 중단시키는 블랙홀이었다는 것을 그는 그때 비로소 깨달았다. 마치 죽음을 모르듯 그는 맛을 몰랐다."(「당신은 손에 잡힐 듯」) 소화되지 않은 음식물들은 틈나는 대로 자신의 존재를 확인시킨다. "생목"(「그것은 아니다」)이 오르고 "구역질"(「문상」)이 나고 "토사곽란"(「수업시대」)을 일으키고 구토(「트라우마」, 「나쁜 음자리표」)를 하고 "견딜 수 없는 복통"에 이은 "설사"(「반죽의 형상」)를 할 때, 사실상 자신의 존재를 확인시키는 그것은 음식물이 아니라 소화되지 않은 기억들이다.

3   분열하는 자는 창조한다, 그러나……

분열은 권여선 소설의 인물들이 앓는 고질적인 병이다. 분열의 전형적인 예들은 『푸르른 틈새』에 잘 나타나 있다. 평론가 정여울은 『푸르른 틈새』에 드러난 자아의 분열적 형태를 사회적/공동체적 자아, 신화적 자아 혹은 영웅적 자아, 심리적 자아 혹은 내면적 자아, 탈주체적/타자적 자아의 네 가지 계열로 나누고 있는데,[33] 어쩌면 이들은 대립되는 두 가지 계열로 다시 나누어 볼 수 있을지 모른다. 손미옥은 스스로 "여성적이고자 하

---

33 정여울, 앞의 글, 135쪽.

는 욕망은 나를 부드럽게 어루만졌고, 중성적이고자 하는 욕망은 나를 심각하고 진지한 고민에 빠뜨렸다. 당시의 내게 여성성은 유혹과 매력이었고, 중성성은 당위이자 압력이었다. 누구나 그랬듯이 나는 둘 사이에서 방황했으며, 누구나 그런 건 아닐진대 나는 둘 중 어느 것도 제대로 수용하지 못하고 한동안 어정쩡한 태도를 취했다."[34]라고 쓰고 있는데, 사회적/공동체적 자아와 신화적 혹은 영웅적 자아, 탈주체적/타자적 자아가 중성적이고자 하는 욕망을 드러내는 하나의 축을 이루고 있다면, 여성적 욕망을 추구하는 자아가 그 맞은편에 있다.

분열하여 대립하는 두 개의 자아가 벌이는 싸움이 얼마나 치열한지는 이미 분명하게 드러나 있거니와, 이 싸움은 의식 내부에서만 벌어질 뿐 아니라 신체적인 불균형이라는 형태로 표출되기도 한다. 권여선의 소설을 읽노라면 유독 반복되는 모티프가 많은 것을 확인하게 되는데, 그 가운데 하나가 신체적인 불균형이다. 「두리번거린다」의 그녀는 "한쪽[왼쪽]이 찌그러져 붙은" "애꾸" 같은 가슴을 가지고 있다. 그 "찌그러져 붙은 가슴"에는 "들불 놓은 자리처럼 검게 탄 빛이"[35] 드리워져 있어서, 어찌 보면 "멋지게 윙크하는 모양"[36] 같아 보이기도 한다. 짐작건대 무슨 사고가 있었던 것 같은데 소설의 내용만으로는 정확하게는 알 수 없다. 「나쁜음자리표」의 화자는 전체적으로 신체의 왼쪽 부분에 이상이 있다. 귀에는 "철망이"[37] 박혀 있고 환청이 들리며, 팔에는 "의수"[38]가 끼워져 있고, 허벅지에는 "연필심처럼 박혀 있던 지독히 떫은 통증"[39]과 "질긴 고무로

---

34 권여선, 「푸르른 틈새」, 76~77쪽.
35 권여선, 「두리번거리다」, 「처녀치마」, 142쪽.
36 같은 글, 152쪽.
37 권여선, 「나쁜음자리표」, 「처녀치마」, 231쪽.
38 같은 글, 226쪽.
39 같은 글, 225쪽.

왼쪽 허벅지를 조였다 풀었다 하는 듯한 저린 통증"⁴⁰이 무시로 찾아온다. 무슨 사고가, 아마도 교통사고가 있었던 것 같은데, 이 역시 자세하게 서술되지는 않고 있다. 「솔숲 사이로」의 늙은 원장은 상의 주머니에 꽂아 둔 펜 꽂이가 햇살을 받아 빛나는 순간을 "왼쪽 유두에 따끔한 불꽃이 튀는 듯한 이 순간"⁴¹이라고 표현한다. 이들의 균형 잡히지 않은 신체는 이들이 앓고 있는 어떤 정신적인 불균형이 가시적으로 드러난 징후들이다.

이들은 대상을 바라볼 때도 분열된 자아의 눈으로 제각기, 그리고 동시에 본다. 이 점에서 이들은 인식적인 사시(斜視)인 셈인데, 권여선 소설에서 우리가 발견하게 되는 낯선 표현과 인식들이 바로 여기에서 나온다.

"네가 말하는 우리, 그 <u>우리</u>란 우리 속에 나는 절대로 안 들어가 있다는 걸 우선 밝혀 두고 싶다."⁴²나 "엄마 같은 인간이 무슨 <u>기도</u>를 하냐고! <u>기도</u> 안 차는 소리하고 자빠졌다고!"⁴³ "나는 흐응, 얕게 코웃음을 쳤다. 어쩐지 질이 안 좋은 여자다 싶더니 알고 보니 정말 질 상태가 아주 좋지 않은 여자였노라고 선배 특유의 말투를 흉내 내 비아냥거리고 싶은 심정이었다."⁴⁴ "혼빙간음(……) 워낙 정신을 잃는 방식이 발작적이어서 아무도 沈이 '혼수' 상태를 '빙자'하는지 아닌지를 '가늠'할 수 없어 생겨난 별명이었다."⁴⁵ 등의 예에서 보듯, 권여선 식 언어유희의 묘미는 "동음이의어적인 효과를 십분 발휘"⁴⁶하는 데 있다. 하나의 음가로부터 파생되어 나오는 서로 다른(사실은 상반되는) 의미들은 분열되어 있는 자아에 각각 대응된다. 분열되어 있는 자아는 언어유희 속에서 제각기, 그리고 동시에 대

40   같은 글, 233쪽.
41   권여선, 「솔숲 사이로」, 『분홍 리본의 시절』, 123쪽.
42   권여선, 『푸르른 틈새』, 48쪽.
43   권여선, 「가을이 오면」, 『분홍 리본의 시절』, 35쪽.
44   권여선, 「분홍 리본의 시절」, 『분홍 리본의 시절』, 72쪽.
45   권여선, 「트라우마」, 『처녀치마』, 63~64쪽.
46   권여선, 『푸르른 틈새』, 48쪽.

상의 서로 다른 부면을 바라본다. 이것은 우울증적 시간 경험 속에서 두 개의 시간을 동시에 사는 자아의 모습과 구조적으로 동일하다.

하나의 대상에 새로운 뉘앙스를 포착하여 덧대는 의식은, "내가 저분을 입으로 빨아서 그려."라는 가정부 여자의 말에서 김 교수(저 분)의 성기를 입으로 빠는 장면을 떠올리는 윤 양의 환상에서 분명하게 드러나듯, 어떤 외설적이고 "음란한 에로스의 분위기"[47]를 중요한 기제로 거느리고 있다. 이 외설적인 의식은 가령 "뗄 애 아비"와 "애 뗄 산부인과 의사"[48]를 나란히 놓고, "뜨거운 녹색 젤리 덩어리(낙태아)를" 만들 목적으로 "미역의 용도를 전용"[49]하며, "미역 건더기의 느낌"에서 딸의 출산을 대견해 하는 어머니의 눈빛 대신 "딸의 행위가 부적절하다고 판단한 어머니들이 딸에게 던지곤 하는, 미끈거리고 천덩거리는 바로 그 눈빛의 질감"[50]을 읽어 내는 데서 알 수 있듯이 "과묵하고 금욕적인" 의식이 차마 발견하기를 주저하고 발설하기를 거부하는 그것을 아무렇지도 않게 늘어놓는다. 권여선 식 언어유희에서 우리가 경험하는 (불)쾌감이 있다면 그것은 바로 금기를 위반하는 데서 오는 것일 터인데, 한계를 정하고 그것을 위반하는 재주넘기는 대상을 바라보는 분열된 시선의 산물이다.

권여선 소설에서 자주 보게 되는 것이 비유들에 대해서도 같은 이야기를 할 수 있다. "누가 틀어 놓고 잠그기를 잊은 수돗물처럼 그칠 새 없이 쏟아져 내리는 이야기"[51], "지독한 매질을 버텨 내다 마침내 잘못을 시인하는 오달진 계집애처럼 그녀가 불쑥 퉁명스럽게 똘똘 뭉친 소리로 내뱉었다."[52], "그때부터 비로소 소리가 들려왔고 온몸의 감각이 초원처럼 살

---

47 김영찬, 「괴물의 윤리」(해설), 『분홍 리본의 시절』, 246쪽.

48 권여선, 「수업 시대」, 『처녀치마』, 183쪽.

49 같은 글, 160쪽.

50 권여선, 「가을이 오면」, 『분홍 리본의 시절』, 10쪽.

51 권여선, 「처녀치마」, 『처녀치마』, 24쪽.

52 권여선, 「12월 31일」, 『처녀치마』, 118쪽.

아났다."[53] "빗소리는 가끔 자그마하게 짤랑거리는 소리를 내기도 했다. 마치 장난꾸러기처럼 하늘의 손바닥과 땅의 손바닥이 물방울 구슬을 담고 짤짤이를 하는 소리 같았다."[54] 등 작품 곳곳에 비유적인 표현이 등장하지 않는 경우가 거의 없다. 언어유희가 하나의 대상으로 반대되는 두 가지 뉘앙스를 새겨 넣는 것이라면, 비유는 이질적인 두 개의 대상을 하나로 묶어 내는 데서 성립한다. 권여선이 구사하는 비유는 하나로 불러들이는 대상의 이질성이 사뭇 크다는 것이 특징인데, 방향은 다르지만 이를 가능하게 하는 인식의 기저는 언어유희의 경우와 동일하다고 보아도 좋다. 혹 더 많은 시선을 한꺼번에 끌어들인다면 "곪은 부위처럼 민감한 그것, 오래전에 단념했다고 믿었던 그것, 그러나 어느 틈에 농익어 진물을 흘리는 그것, 입안에 다소 끈끈하고 신 침을 고이게 하고 미간을 오그라들게 하는 그것, 툭 건드려진 뒤부터 움찔움찔 움직이며 몸을 비트는 그것"[55]에서처럼 대상에 대한 다양한 묘사들이 계열체를 이루며 동시에 표현되기도 할 것이다. 권여선은 분명 "멜랑콜리를 창조적 재능으로 전환시키는"[56] 작가 가운데 하나이다.

그러나 인물들이 앓는 우울증에서 창조성만을 읽어 내는 것은 이들의 고통을 충분히 헤아리지 못하는 처사이다. 우울증은 주체 자신을 소모하고 갉아 먹음으로써 비로소 생산하고 증식한다. 무엇보다 분열된 자아들은 대립하고 길항하며 맞은편에 있는 자신의 대립물을 죽이기 위해 기를 쓰고 덤빈다. 대립물은 자신의 또 다른 부분이기도 하기에 죽이는 것은 또한 스스로 죽는 것이기도 하다. 『푸르른 틈새』에는 상상적인 형태의 두 개의 자기-살해가 있다. 먼저 중성적이고자 하는 욕망이 실행하는, 여성

53   권여선, 「나쁜음자리표」, 『처녀치마』, 225쪽.
54   권여선, 「반죽의 형상」, 『분홍 리본의 시절』, 162쪽.
55   권여선, 「분홍 리본의 시절」, 『분홍 리본의 시절』, 72쪽.
56   리처드 커니, 이지영 옮김, 『이방인, 신, 괴물』(개마고원, 2004), 309쪽.

성에 대한 자기-살해가 있다. "여성적인 향기를 포기했던 열아홉 이후 나는 단발머리를 고수했고 그때껏 살아오면서 축적했던 여성적 특징들을 조금씩 버렸다."[57] 그리고 글쓰기 주체가 실행하는, 중성적이고자 하는 욕망에 대한 자기-살해가 있다. 손미옥이 반성적 자리에 서서 서술 행위를 할 때, 되살아오는 것은 중성적인 욕망이 지워 없애고자 했던 여성성이다. 자신을 돌아보며 지나간 시간들을 반추하는 손미옥의 목소리는 그녀가 걸터앉아 있는 침대만큼이나 축축하게 젖어 있다. 이 목소리는 "컴퓨터에 몰입하다 깨어나서 반찬 접시에 담뱃재를 떨었다는 걸 알고 손뼉을 치며 웃"고, 책 하나를 찾기 위해 온통 헤집어진 책장을 바라보며 "영 게을러서 말이지……" 하고 심드렁하게 웃는, 어쩌면 중성적이고자 하는 욕망에 사로잡혔던 과거의 손미옥과는 어딘지 거리감이 있어 보인다. 지금 손미옥은 한때 죽었다가 살아 돌아온 자의 목소리로, 자신의 죽음을 응시하고, 자신을 죽음으로 내몰았던 또 다른 자신에 관해 이야기를 시작하려 한다. 그러므로 이 이야기는 자신의 죽음에 대한 애도인 동시에 자신에 대한 복수이기도 하다. 복수는 언제나 등가적인 것의 교환으로 성립되는 법, 그렇다면 복수는 중성적이고자 하는 욕망이 실행했던 자기-살해와 대칭적인 형태의 또 다른 자기-살해가 될 수밖에 없다.

　손미옥이 자기 내부의 여성성을 제거하고 중성적인 존재가 되고자 했던 것은 마음이 여렸기 때문이기도 하고 촌스러웠기 때문이기도 하지만 무엇보다 귀가 지나치게 얇았기 때문이다. 중성적이고자 하는 욕망은 아무리 "귀를 쫑긋 세우고 열심히 경청"해 보아도 민자네들이 들려주는 "외설스러운 우스갯소리"[58]의 의미를 알아들을 수 없어 "농담들의 의미를 뒤늦게나마 혼자 힘으로 밝혀 보려" 애쓰던 어린 시절부터 "남학생들이 흘리는 음담패설에 그 정도쯤이야 하는 얼굴로 함께 웃었고, 벌레를 보고도

57　권여선, 『푸르른 틈새』, 202쪽.

58　같은 책, 68쪽.

심상찮게 툭 털어내든가 눌러 죽였고, 남자 화장실 문이 잠기지 않아 한 손으로 문고리를 부여잡고 다른 한 손으로 어렵사리 바지를 내리거나 올리면서도 볼일을 보고 나와서는 아무렇지 않게 침을 한번 캑 뱉"[59]는 대학 시절에 이르기까지 손미옥이라는 주체를 형성하는 중요한 동기로 작용하는데, 거기에는 항상 욕망을 매개하는 타자가 있다. 대학생활 내내 손미옥을 사로잡고 있었던 "당위이자 압력"으로서의 중성성에 대한 강박은 여성성을 구축(驅逐)하고자 하지만, 마침내 글쓰기 주체가 되어 귀환하는 데서 알 수 있듯이, 여성성은 끝내 사라지지 않고 질긴 목숨을 이어 간다. 그리하여 손미옥은 원래의 모습으로도 바뀐 모습으로도 온전하지 않은 반인반수의 괴물 형상으로 살아갈 운명이 된다.

　비단 손미옥만이 그런 것이 아니다. 「가을이 오면」의 로라는 어려서부터 어머니에게 "주변 사람들에게 잘 보여야 한다"는 말을 귀가 따갑도록 듣는다. "그녀의 집에 몰려드는 여인들은 물론이고, 가게 주인이나, 노인, 심지어 그녀보다 어린 아이들에게까지. 그게 우아의 기본이었다. 그녀가 그들을 어떻게 보는지는 중요하지 않았다. 그들이 그녀를 어떻게 보는지가 중요했다."[60] "여성적 우아는 세상에 대한 진정한 초연함에서 오는 법"[61]이라는 격률을 가지고 있는 어머니가 로라에게는 그와 상반되는 교시를 내린 것은 로라의 외모가 가혹할 정도로 못났기 때문이다. "병신이 육갑한다고" "못생긴" 데다 "약골"[62]이기까지 한 로라에게는 초연함을 통해 타자의 욕망을 끌어들이는 묘수를 발휘할 도리가 없었기 때문이다. 그러나 정작 초연함이 필요한 것은 로라 쪽이 아니었을까. 그녀의 외모는 애초부터 타자의 욕망의 대상이 될 수 없었을 터이니 오히려 자족하는 법을 배우는 편이

59　같은 책, 76쪽.
60　권여선, 「가을이 오면」, 『분홍 리본의 시절』, 16쪽.
61　같은 글, 15쪽.
62　같은 글, 32쪽.

낫지 않았을까. 그랬다면 내면의 화장술이라도 배웠을 것이 아닌가. 어느 편도 되지 못한 그녀에게 주어진 운명은 처연하여 끝내 자기를 모멸하고 증오하는 데로 이르고 만다.

이들의 자기-살해의 기획에는 타자가 연루되어 있다. 왜냐하면 자기-살해를 실행하고자 하는 욕망은 근본적으로 타자의 욕망에 매개되어 있고, 그런 이유로 상실된 것으로서의 자기에 대한 애도는 곧 그러한 욕망을 사주한 타인에 대한 비난이 되기 때문이다. 권여선 소설에서 자학과 가학이 뒤섞인 눈뜨고 보기 힘든 광경이 연출되는 것은 바로 이러한 심리적 요인 때문이다. 앞에서 지켜보는 박태석이 오히려 무안할 정도로 어머니에게 짜증을 내고, 아니라는 사실을 뻔히 알면서도 지갑 속 돈의 행방을 집요하게 추궁하는 로라나, "뻔뻔하고" "지긋지긋"하며 "머릿속에 살짝 떠올리는 것만으로도 깊고 은밀한 접촉을 당한 듯 불쾌해지는 질감의 소유자"[63]로 섹스가 끝난 후 "찰거머리처럼 달라붙"[64]어서 "자동인형의 섬뜩함으로" "누구한테 배웠어요?"[65]라고 거듭 되묻는 우정미는 버려짐으로써만 모든 것이 "제자리를" 찾는다고 생각하여 자신의 "내부를 불지옥으로 만드는"[66] 여인들이다. 그러나 이들의 자학은 자신들을 괴물로 만든 타자들에 대한 가시 돋친 비난을 품고 있으니 "나를 봐요! 당신들은 모조리 죄인이에요! 나를 봐요! 당신들의 죄가 만들어 낸 이 괴물을 좀 보라고요!"[67]라는 항변이 바로 이에 해당한다. 이들의 자학은 스스로 나락에 빠짐으로써 자신을 나락으로 내몬 타인들에게 양심의 가책을 느끼도록 만들고자 하는 술책인 것이다.

63 권여선, 「문상」, 『분홍 리본의 시절』, 178~179쪽.
64 같은 글, 196쪽.
65 같은 글, 198쪽.
66 권여선, 「가을이 오면」, 『분홍 리본의 시절』, 40쪽.
67 권여선, 「문상」, 『분홍 리본의 시절』, 199쪽.

그렇다면 구원받기 위해(혹 이들이 이런 걸 원한다면) 이들이 궁극적으로 받아들여야 할 것은 "잃어버린 것들은 잃어버린 것이며, 치료는 진정한 애도, 즉 우리 안에 사로잡고 있거나 혹은 희생양화해 버린 타자를 해방시킬 준비가 갖추어진 상태에서의 애도뿐"[68]이라는 진실일 것이다. 이들이 상실했다고 여기고 한없는 애도를 보내는, 그리하여 늘 실패하는 애도를 반복해서 실행할 수밖에 없는 자기란, 가령 손미옥의 경우를 들어 이야기하자면, 그 역시도 타자의 욕망에 매개되어 있던 것이 아닌가. 한영과 연애를 시작하면서 되살아난 여성성이라는 것도 결국은 한영이라는 타자의 눈에 만족스러워 보이던 대상이었던 것이 아닌가. 그렇다면 구원을 가져다주는 실마리가 되는 것은 이런 인식이다. "실을 다 풀어내고 나면 자아의 꽃씨가 일찍이 한 번도 본 적 없는 어떤 놀랍고 화려한 처녀를 꽃피워 놓았을 것이라고 나는 믿었다. (……) 실 끝을 쥐고 이곳까지 찾아온 그 남자도 여관 마당에 서서 느꼈을 것이다. 산다는 일엔 애당초 그 어떤 아름다운 실마리도 없다는 걸, 누군가 우연히 제 손가락 마디를 이용해 실을 감고 조심스럽게 덧감아 나가면서 만들어 놓은 빈 공간, 누군가의 손가락이 빠져나가 버린 그 허사의 자리에 자신이 도착했다는 걸."[69] 또는 "그녀는 오지 않고 나는 사랑을 믿지 않는다. 돌이켜보면 엄청난 위로가 필요한 일이 아니었다. 사랑이 보잘것없다면 위로도 보잘것없어야 마땅하다. 그 보잘것없음이 우리를 바꾼다. 그 시린 진리를 찬물처럼 받아들이면 됐다." 내 텅 빈 자리에는 아무것도 있지 않음을 받아들이는 것, 거기에는 다만 사소한 무엇이 있을 뿐임을 인정하는 것, 이것이 구원의 단초가 될 것이다.

---

68   리처드 커니, 앞의 책, 22쪽.
69   권여선, 「푸르른 틈새」, 46쪽.

4 먹고 마시기, 구원을 위한 절차

『푸르른 틈새』에는 이런 인상적인 장면이 있다.

>   어느 날엔가 나는 꽃무늬 커튼을 친 어두운 방에서 가구에 둘러싸인 채 동그마니 앉아 있었다. 움직일 수 있다고, 내부에서 무언가 꿈틀거리고 있다고 믿고 싶었지만 믿음과는 달리 습기를 잔뜩 머금은 젖은 나무토막처럼 나는 꼼짝도 할 수 없었다. 오랜 세월이 흐르도록 이렇게 서서히 젖어 가고 싶다는 축축한 욕망이 혈관을 타고 번졌다. 먼 훗날 누군가 이 방에 들어와 내겐 전혀 개의치 않고 이 방의 가구들과 함께 나를 들어내어서 어디론가 싣고 가 낱낱이 부수어 주기를, 그렇게 해체된 채로 햇볕 받으며 말라 가기를, 골수부터 관절까지. 마디마디까지 곰팡이로 뒤덮였던 몸이 콱콱 쪼개지고 틀어지며 버쩍버쩍 말라 가기를 나는 꿈꾸었다. 그때 여자의 목소리가 구원처럼 들려왔다.
>   "찹쌀떡이 왔어요, 꿀떡이 왔어요, 바람떡이 왔어요오오…… 쑥떡이 왔어요, 계피떡이 왔어요, 시루떡이 왔어요오오……"[70]

손미옥의 우울이 극에 달했을 때 "구원처럼" 여자의 목소리가 들려온다. 그 목소리는 먹을거리들을 잔뜩 늘어놓으며 먹으라고 말하고 있다. 먹을거리가 왔고, 그와 더불어 구원이 왔다. 먹는 것이 구원을 가져다줄 수 있다면, 『푸르른 틈새』는 서사 자체가 구원을 향해 나아가고 있는 셈이다. 왜냐하면 『푸르른 틈새』는 이사를 앞두고 냄비를 사는 장면에서 시작하여 치킨 수프를 끓여 먹는 장면으로 끝이 나고 있기 때문이다. 소설의 마지막 장면은 권여선 소설로는 보기 드물게 희망적이어서 손미옥의 삶에

---

70 같은 책, 154~155쪽.

짙게 드리워져 있던 우울의 그림자는 사라지고 없다. 젖은 방을 떠난다는 것이 하나의 이유가 될 수 있겠지만, 그것이 본질적인 이유는 아니다. 마지막 장면에서 우리가 발견하게 되는 희망은 한 상 잘 차려 먹는 데서 온다. 먹는 것이 그녀에게 구원을 가져다준다. 이사를 앞두고 일주일 동안 그녀가 해 온 것은 지나간 시간들에 대한 회상만이 아니다. 아무것도 하지 않고 다만 멜랑콜릭한 분위기 속에서 과거를 되씹고 있는 것처럼만 보였던 그녀는 냄비를 사 들고 들어올 때부터 이미 한 상 잘 차려 먹기 위해 준비를 해 오고 있었던 것이다. 오랜만에 고향을 찾아왔다 돌아가는 「처녀치마」의 화자 역시 마지막 장면에서 이렇게 말한다. "집에 돌아가면 즉시 냉장고에서 남은 우유를 꺼내 마시고 목욕을 하고 얼큰한 국밥을 사 먹으리라."[71]

먹음으로써 이들이 회복한 것은 자기 자신이다. 기억을 잊어 먹는 대신 먹어야 했고, 기억을 소화시킬 수 없음으로 인해 뱃속에 들어갔던 음식들마저 게워져 나와야 했던 소설 속 인물들을 생각해 보면 이것은 놀라운 변화이다. 이들은 "그 고기를 구워 먹으면 절대로 질투하지 않게 된다는 어떤 동물"[72]이라도 먹은 것일까. 그럼으로써 질투라는 이름의 난마로 뒤얽힌 기억 속의 그들을 잊어 먹을 수 있게 된 것일까. 아니다. 무엇을 먹느냐 하는 것은 중요하지 않다. 먹는다는 것 자체가 구원이다. 작가 박완서가 참척의 슬픔 속에서 먹을 수 없었던 것도 밥이고, 슬픔을 벗고 나와 먹을 수 있게 된 것도 밥이다. 밥은 구원이 된다. 먹을 수 있다는 것은 애도를 완성하고 일상의 자리로 돌아옴을 의미하기 때문이다. 자기를 되찾은 자만이 먹을 수 있다. 그러니 구원을 위해서는 잘 먹어야 한다. 물론 이것이 다는 아니다. 잘 먹어야 한다고 했거니와 잘 먹는다는 것은 무엇인가. 권여선 소설의 인물들은 언제 맛을 느끼는가. 더불어 먹을 때, 대접할

71 권여선, 「처녀치마」, 『처녀치마』, 47쪽.
72 권여선, 「나쁜음자리표」, 『처녀치마』, 218쪽.

때, 대접받을 때이다. 혀를 통해 전달되는 맛은 누군가와 함께 먹을 때 비로소 출현하고, 더불어 먹는 음식은 언제나 이들을 유혹한다. 그가 볶아준 "김치볶음밥은 경이로운 맛이었다."[73] 그녀가 어머니를 만나러 가면서 전철 안에서 생각하는 것도 "어머니가 끓이고 있을 배춧국"이다. "텃밭에서 갓 뽑아낸 햇배추를 빗금 치듯 툭툭 칼로 내리쳐 된장 푼 쌀뜨물에 살캉하게 끓여 먹는 그 맛. 마늘 한쪽이나 멸치 한 마리도 불필요할 따름인, 그 순하고 깊고 구수하고 달큰한 맛."[74] 그러니 권여선 소설의 인물들에게 바라는 것은 이것이다. 잘 차려 드시고 대접받기를 마다하지 않으시길, 그리고 그 기막힌 요리 실력으로 잘 대접하시기를.

73   권여선, 「가을이 오면」, 『분홍 리본의 시절』, 25쪽.
74   같은 글, 28쪽.

부재(不在)의 흔적들
― 한유주론

1 서사의 규약

서사의 '규약'이라는 말이 있듯이, 서사는 서사를 가능하게 하는 약속을 필요로 한다. 쓰는 편이나 읽는 편이나 모두 약속을 따라 쓰고 읽는다는 것인데, 그렇다면 새로운 서사 문법이 문법으로 정착되는 과정은 곧 독법이 내면화되는 과정이라고 말할 수도 있을 것이다. 새로운 서사 문법이 독자를 혼란스럽게 하는 이유는 서로 다른 문법들이 충돌하기 때문이고, 규칙이 다른 만큼 의미상의 등가적 교환이 이루어질 수 없기 때문이다. 합의된 약속 위에 서 있지 않은 교환은 교환 자체를 불가능하게 만들기도 한다. 한유주 소설을 읽어 내기가 쉽지 않은 이유도 여기에 있다. 한유주 소설은 전통적인 서사 문법과 독자에게 내면화되어 있는 독법을 무시하거나 배신한다. 그것도 아주 심하게. 따라서 한유주 소설을 읽기 위해서는 무엇보다 한유주 소설이 우리에게 제안하는 새로운 규칙을 익혀야만 한다. 이 규칙에 익숙해지고 나서야 비로소 의미에 가닿을 수 있기 때문이다.

그런데 한유주 소설이 제안하는 규칙은 규칙으로 스스로 정립되어 있기는 한 것일까? 이런 물음을 던지는 것은 한유주의 몇몇 작품들이 우리가 규칙으로 발견하고 애써 거기에 의미 부여해 온 것이 오독의 결과였음을 깨우쳐 주는 경우들이 있기 때문이다. 한유주의 소설을 따라 읽다 보면 서사 문법의 파괴가 자의식의 산물인지 미숙함의 결과인지 알기 어려운 때가 종종 있다. 물론 미숙함의 결과일지라도 그로부터 새로운 가능성을 도출하는 것이 불가능하지는 않지만, 한유주 소설이 성공한 기법들을 반복하는 과정 속에서 스스로 원래의 방법론을 훼손하기도 한다면 이 문제에 대해 한 번쯤 짚어 보고 넘어가야 하지 않을까. 혹 이 과정에서 비평적 개입이 필요하다면, 아직 실현되지 않았거나 이미 실현된 여러 가능성가운데 가장 의미 있는 것을 제안할 수도 있을 것이다. 이를 위해서는 일단 한유주가 실험해 보이고 있는 여러 기법들을 최대한 꼼꼼하게 검토해 보는 일이 필요할 듯하다. 그 속에 어떤 일관성이 있는지, 그녀가 제안하는 새로운 규칙이 기존의 규칙과 만나 어떤 의미상의 혼란을 초래하는지, 또 원래의 의도로부터 벗어나 어떤 새로운 해석 가능한 지평으로 나아가는지 살펴보아야 하리라는 것이다.

2 에세이와 소설의 사이에서

한유주 소설의 낯섦은 어디에서 오는 것일까. 그것은 무엇보다 이제까지 우리가 만나 보지 못했던 낯선 화자에게서 오는 것이 아닐까. 주네트가 구분한 대로 동종 화자와 이종 화자라는 말을 사용해 본다면, 동종 화자는 인물과 쉽게 구별이 되지 않고, 이종 화자는 이야기 배경에 머물러 있어 눈에 잘 띄지 않는다. 한유주 소설을 읽으면서 새삼스레 화자에 관해 질문을 던지게 되는 것은 한유주 소설의 화자가 이런 구분만으로 쉽게 설명할 수 없는 요소를 지니고 있기 때문이다. 언술의 방식이 고백(동종 화자)이냐 증언(이종 화자)이냐의 차이가 있을 뿐 엄밀하게 이야기하면 화자는 언제나 텍스트 배후에 1인칭적으로 존재한다. 한유주 소설의 경우 화자는 동종 화자인 경우는 말할 것도 없고 이종 화자인 경우에도 인물들의 시선을 훔치거나 그들의 내면을 엿보는 데 거의 관심이 없을뿐더러 인물을 중심으로 서사를 엮어 가는 대신 순간순간 떠오르는 단상들만을 점점이 흩뿌려 놓아 오히려 그 존재감이 두드러진다. 화자가 이야기 층위에 직접 들어와 있지는 않더라도, 자서전적 글쓰기가 그런 것처럼, 텍스트 바깥의 작가를 직접 환기시키는 면이 있기 때문이다.

한유주 소설의 화자들에게 관심을 기울이면 맨 먼저 부딪치는 것은 이들이 몹시도 분열증적이라는 사실이다. 우선 서사의 층위에서. 한유주 소설에는 과거를 뜻하는 시간 표지와 현재형이 결합된 문장들이 종종 등장한다. 예컨대 이런 문장들. "일주일 전 국경을 넘을 때 우리는 애써 가짜 여권을 내밀지 않는다."[1] "열흘 전 우리는 쓸모없게 된 물건들을 모두 버린다."[2] "베를린에 오기 전, 우리는 파리에 있다."[3] 과거를 회상하는 대목에서 현재형 문장들이 사용되는 예를 찾는 것은 그리 어렵지 않다. 우리말의 시제가 불분명하기도 하거니와 장면을 실감나게 제시하기 위해 현재형을 사용하는 것은 더 이상 새롭지 않은 수법이 되었다. 그러나 한유주의 문장은 이 경우와는 다르다. 과거와 현재가 한 문장 안에 나란히 있기 때문이다. 과거형으로 표현함으로써, 말하는 사람은 과거의 자신을 현재의 자기 속으로 통합시킨다. 과거형으로 표현되는 문장 속의 사건들은 지금 내가 여기 있기까지의 전사(前史)를 이루고 있다. 그러나 한유주의 문장에서 이런 방식으로 과거를 불러들이는 일은 더 이상 가능하지 않다. 지금 독자가 마주하고 있는 것은 현재의 시점으로 불러들여진 과거, 그러

1   한유주, 「베를린·북극·꿈」, 『달로』(문학과지성사, 2006), 124쪽.
2   같은 글, 125쪽.
3   같은 글, 127쪽.

니까 현재와 물리적으로뿐만 아니라 인과적으로도 이어져 있는, 그리하여 서사적 줄기의 일부가 되는 과거가 아니라 그보다 앞선 과거는 물론이고 이어질 현재와 미래들로부터도 자유로운, 그 자체로서 완결된 과거이다. 그 결과 이 문장을 발화하고 있는 화자는 무한한 과거들로 파편화되거나 과거의 수많은 '나'들과 아무 상관이 없다.

잠언 형태의 수많은 단상들이 산포되는 장면에서 우리가 생각해야 할 것도 바로 이 점이다. 가령 "우리의 세대는 수사학이 선인 세대야. 우리는 아무것도 가진 것이 없는 세대지. 우리의 과거는 전파로 얼룩져 있고 그러므로 우리는 어떠한 반성도 회의도 추억도 갖지 못한다. 텔레비전의 화면은 한 가지 전파만을 송신하고, 그마저도 뒷면을 갖고 있지 않으므로, 우리에게는 영혼이 없다. 오직 전파만이 영혼의 속도로 직진하고 있을 뿐이다. 그것이 우리의 야만이다."[4] 같은 문장들은 "동시대의 언어 현실과 문화에 대한 작가의 절망감"[5]을 드러내는 대표적인 예로 인용되곤 하는데, 사실 이들 문장에서 우리가 먼저 읽어야 할 것은 한유주라는 작가의 사상 혹은 그것의 수준 같은 것이 아니라 이 다양한 단상들을 쏟아 내는 화자/인물들이다. 이들을 매개하지 않은 채 단상들을 작가에게로 곧장 연결하는 것은 한유주 소설을 소설이 아니라 에세이로 읽겠다는 것과 다르지 않다.

3 편재하는 시선과 재현의 윤리

텍스트 표면에 드러난 사유들을 떼어 내 의미화하려는 시도 속에서 작품은 진리의 담지자로 간주된다. 하지만 이것은 이미 오래전부터 우리

---

4 한유주, 「그리고 음악」, 『달로』, 118쪽.
5 우찬제, 「수사학 시대와 독백의 다성성」(해설), 『달로』, 231쪽.

가 물리치려 했던 독법이 아닌가. 우리는 사유의 의미를 묻는 대신 이들의 주인이 누구인지 먼저 물어야 한다. 한유주 소설이 서사일 수 있다면 그 근거 가운데 하나는 이 다양한 사유들의 출처인 화자/인물을 재구성할 수 있다는 사실일 것이다. 조금 손쉬운 경우를 예로 들어 이야기하자면, 인물-화자를 내세운 「서늘한 여름 사냥」(《문학수첩》, 2009년 봄)의 경우, 화자가 발화하는 각각의 문장들은 한유주의 여느 소설과 그리 다르지 않지만 소실점이 분명하다는 점에서 뚜렷한 차이를 보인다. 문장들 하나하나가 인과적이거나 논리적인 순서로 결합되어 있지는 않지만, 이들은 모두 이 문장들을 발화하고 있는 화자에게로 수렴되고, 화자가 처해 있는 상황이며, 화자의 심리적 상태 같은 것들을 알려 주는 역할을 한다. 구체적으로 말해 각각의 부유하는 문장들은 누군가를 죽여야 하는 임무를 받았지만 실제로 이 일이 수행되지는 않는 상황에 놓여 있는 인물의 심리 상태를 보여 주기에 부족함이 없다. 그러니 이 경우 중요한 것은 문장들을 통해 제시되는 인물의 생각 자체가 아니라 생각을 쏟아 내고 이어 나가는 방식, 이러한 형식 자체로써 인물에 대해 알려 주는 방식 바로 이것이다.

우리가 분열되었다고 표현한 이 화자는 "코기토마저 의심하는 포스트모던적 회의주의"를 구현하고 있는 것으로, 나아가 "총체적 회의의 자리에서 다시 '나'를 구성"[6]하는 윤리적 가능성을 내장하고 있는 것으로 읽히기도 하지만, 때로 이들은 전능한 위치에서 모든 담론들을 자기에게로 끌어모으는 또 다른 시선의 소유자로 등장하여 이런 기대를 무색하게 한다. "옛날 어떤 사람들은, 후손을 원했고, 그래서 눈을 감고 노래를 부르며 등 뒤로 이미 죽은 사람들의 뼈를 던졌다. 뼈는 사람이 되었다. 뼈는 뼈를 낳고, 또 다른 뼈를 낳았다. 시간이 영혼과 살점과 가죽을 썩게 했지만, 뼈는

---

6   김미정, 「종언과 개시(開始): 종언 '이후' 소설에 대한 단상」, 《너머》, 2007년 여름.

마지막 순간까지 끈질기게 남아 있다가, 사라지기 직전이 되어서야, 눈에 띄지 않는 화석을 남겼다. 한 사람이 죽으면 남겨진 사람들은 오열했고, 사진과 머리카락을 간직했고, 그렇게 남겨진 화석들이 빗돌처럼 차올랐고, 비가 오면 강과 바다로 씻겨 내려갔다. 뼈는 희고 또 희어서, 어느 화창한 날이면 오히려 푸르게 보였고, 달빛 아래서는 거무스름하게 보였다. 누구나 말끔한 뼈를 갖고 싶어 했다."[7] 같은 대목이 그렇다. 대개 이런 문장들은 은유나 수사학적인 표현, 또는 화자의 통찰이나 인식의 단면이 담긴 잠언구로 읽히지만, 여기에서는 화자가 실제로 보고 있는 일에 대한 기술인 것처럼 느껴진다. 아마도 역사 서술을 하는 듯한, 혹은 화자가 직접 본 것을 증언하는 듯한 어조가 이런 느낌을 자아낼 터인데, 이러한 태도는 가령 "산란기의 태양은 하늘을 거슬러 올라가며 무수히 많은 알들을 낳는다." 같은 문장에서처럼 한유주 소설을 곧바로 신화적인 차원으로 옮겨 놓기도 한다.

분열된 화자는 이렇게 소설 속 상황 전체를 조망하는 편재하는 시선으로 되돌아온다. 「달로」의 화자인 '나'가 우주적 시공간을 유영하고, 「죽음의 푸가」의 화자가 역사의 긴 시간대를 넘나들 수 있었던 것도 바로 이런 이유 때문이거니와,[8] 이들은 수많은 이야기를 듣고 옮기면서 "이 모든 이야기를 나는 어디선가 전해 들었고"를 반복할 뿐 이야기의 출처와 내용에 대해서는 아무것도 보증해 주지 않는다. 이들은 모두 유령-허깨비 화자이다. 살아 돌아오는 과거가 유령(「암송」, 「유령을 힐난하다」)인 것이 아니라 부재하는 곳에서 모두를 바라보는 화자가 바로 유령이다. 윤성희를 비

---

7   한유주, 「암송」, 『달로』, 204∼205쪽.

8   이 점과 관련해서는 심진경의 이런 견해를 참고할 수 있다. "한유주 소설의 화자들은 종종 말과 글, 영화와 사진, 죄와 벌, 전쟁과 죽음 등에 대한 텍스트와 그것에서 촉발된 단상을 통해 지금의 인류와 문명이 어떻게 형성되었는지에 대해 개괄한다. 한유주 소설의 조망적 시점은 그렇게 해서 획득된 것이다. 역설적으로 들릴지도 모르지만 그것은 자폐적이기 때문에 더욱 얻기 쉬운 관점이다."(심진경, 「뒤로 가는 소설들」, 《창작과 비평》, 2007년 봄, 375쪽)

롯하여 유령 화자를 등장시키는 최근의 소설들이 망각하고 있는 것도 바로 이 점이다. 이들은 볼 수 있는 것과 볼 수 없는 것을 분별하지 못하고, 자기가 재현한 것에 대해 책임지지 않는다.[9]

혹 재현의 윤리를 물을 수 있다면, 예컨대 전상국의 최근작 「지뢰밭」(《창작과비평》, 2008년 봄)과 「남이섬」(《문학과사회》, 2009년 봄) 쪽이 훨씬 윤리적일 수 있다. 이 두 작품에서 느껴지는 것은 한국전쟁을 직접 경험한 마지막 세대가 가지고 있는 시대적·세대적 책무감이다. 직접 경험이라 했거니와 이것은 경험의 우위에 근거하고 있고, 경험의 직접성에서 오는 확실성을 동반한다. 언제든 절대적인 진리로서 주장될 수 있는 이유이다. 그러나 전상국의 경우 경험은 절대적인 진리로 제시되는 대신 가능한 하나의 세계로, 그러므로 불확실성을 내장하고 있는 불완전한 세계로 그려진다. 내가 기억하고 있는 것이 진실이 아닐 수 있는 가능성을 열어 놓고 있다. 이 서로 다른 기억들을 한자리로 불러 모음으로써 소설 속 인물들이 하려는 것은 이들이 말하지 않음으로써 애써 망각하는 가운데 묻힌 진실을 드러내는 것이다. 하나인 진실이라기보다는 여러 기억들이 그 주위를 맴돌고 있는 근사치로서의 진실, 무엇보다 은폐됨으로써 존재마저 잊혀진 그들 억울한 존재들에 관한 애도를 수행한다. 이러한 윤리를 가능하게 하는 것은 주체 자신의 경험적 확실성이고, 이 경험을 반성해 볼 수 있는 윤리적 능력이고, 모든 사태들을 새롭게 구성할 수 있는 서사적 능력이다.

그러므로 화자(주체)를 지우는 것이 능사가 아니다. 스스로 분열되어 있으되 담론들 사이의 차이를 지우고 이들을 자기에게로 그러모으며, 그 속에서 주체와 타자가 무분별하게 뒤섞이는 한유주 소설의 화자를 반성해 보아야 하는 이유이다.

---

9 이 점에 대해서는 졸고, 「무중력과 그 이후, 소설의 모험」, 《문학들》, 2008년 겨울 참조.

4   고유명, 단독성, 익명성

한유주 소설의 화자들에게는 개별자들을 돌볼 여유가 없다. "신은 가끔 고개를 숙여 지상의 만물을 굽어살피면서도, 키 작은 동상의 뒷모습은 그저 무심히 지나쳤을 뿐이다. 신이 이미 그가 누구인지, 혹은 누구였는지도 이미 잊었으므로 그에게 구원이란, 저 건너편을 열심히 기웃거려야만 간신히 그 끝자락이 아련하게 드러나는 그 무엇에 불과했다."[10]라는 서술에서 보듯 신이 개인들 하나하나에 관심이 없는 것처럼, 분열되어 있으면서 편재하는 시선으로 되돌아오는 한유주 소설의 화자들 역시 개인들에게 별로 관심이 없다. 개별 주체를 받아들일 수 있는 능력이 없거나 개인들에게 관심을 갖기에는 지나치게 바쁜 탓일 것이다. 이들이 소설 공간 속으로 불러들여 주어로 내세울 수 있는 것은 '사람들', '어떤 사람들', '누군가', '아무도'와 같은 모호한 집합명사밖에 없다. 이들은 다만 익명의 파편적 다수, 균질적인 덩어리, 차가운 일반성에만 관심이 있을 뿐이다.

당연히 이들에게는 고유한 이름이 없다. "마르타 아르헤리치"(「그리고 음악」), "비틀스, 러빙 스푼풀, 터틀스", "글렌 굴드"(「지옥은 어디일까」), "커트 코베인", "마리안 페이스풀, 마를레네 디트리히", "글렌 굴드"(「유령을 힐난하다」) 같은 음악가들의 이름이 적시되는 것과는 달리, 인물들은 이름으로 불리는 경우가 거의 없고, 혹 있더라도 이름은 이름으로서의 기능을 하지 못한다. 예컨대 '환영'(「그리고 음악」)이나 '환희'(「죽음에 이르는 병」) 같은 이름은, 한유주 자신이 이야기하고 있듯이, "얼핏 들으면 이름처럼 들리지만" 일종의 "알레고리처럼"[11] 느껴지는 것이 사실이다. 아

---

10   한유주, 「죽음의 푸가」, 『달로』, 63~64쪽.
11   손정수·손홍규·김중혁·김애란·한유주, 대담, 「2000년대의 한국 소설, 혹은 경계를 넘어서는 글쓰기의 열망」, 《문장 웹진》, 2006년 6월.

마 '연옥'(「유령을 힐난하다」)에 대해서도 같은 이야기를 할 수 있을 것이다. '짐'과 '베티'라는 이름은, "짐과 짐이 거실의 소파에 나란히 앉는 동안, 베티는 식탁을 정리하고, 베티는 화장실을 찾는다. 음식물이 점점이 남아 있는 접시들을 쌓고, 욕조에 걸터앉아 담뱃불을 붙이면서, 베티는 눈물을 흘리고, 베티는 운다. (중략) 베티는 얼굴을 가다듬고, 접시에 비스킷을 담는다. 앞치마를 벗는 베티. 베티가 화장실에서 나와 거실로 미끄러지듯 들어섰을 때, 텔레비전 위의 검은 시계는 8시를 가리키고 있다. 베티는 훗날 그 순간을 다시 떠올릴 때마다, 그때가 오전 8시였는지 오후 8시였는지를 분명히 기억하지 못했다."[12]라는 문장에서 보듯, 문장 안에서 동일한 이름을 가진 두 쌍의 인물들을 구별 지어 주지 못한다. 그런가 하면 "이름은 손경욱, 국적은 대한민국입니다."[13]라는 문장으로 소설의 첫머리를 여는 「세이렌 99」는 "이름은 세이렌, 국적은 세이렌입니다."[14]라는 문장으로 소설을 마무리한다. 손경욱이라는 이름이 지워지고 "김 아무개, 신 중위, 세모, 너구리……" "야마시타, 다나카…… 같은 일본인 이름"[15]을 거쳐 마침내 '세이렌'이라는, 지시 대상이 분명하지 않은 이름을 얻게 되는 과정이 이 소설의 중심 서사이다.

이름이 지워져 있는 것은 이들만이 아니다. 「달로」에는 "불사의 강에 몸이 담겨졌던 어느 사람처럼"[16], "북쪽 금지된 탑의 문고리를 잡아당겼다가, 방 안에서 천천히 돌아가던 물레에 손가락을 찔린 까닭으로, 긴긴 잠에 가느다란 목을 내주었던 어느 왕의 딸처럼"[17], "호기심을 이기지 못

---

12 한유주, 「흑백 사진사」, 《작가세계》, 2007년 여름, 216쪽.
13 한유주, 「세이렌 99」, 「달로」, 71쪽.
14 같은 글, 93쪽.
15 같은 글, 70쪽.
16 한유주, 「달로」, 「달로」, 71쪽.
17 같은 글, 23쪽.

하고 금기의 상자를 열었던 때처럼"[18] "어느 강을 지나는 어부들의 눈앞에 나타났던 노래하는 마녀들처럼"[19], "이야기를 팔아 하루 목숨을 살았던 어느 나라의 나이 어린 왕비처럼"[20] "화산이 불붙은 자신의 몸을 뱉어냈을 때, 불길에 잠겼던 무수한 사람들이, 녹지 않고 남은 뼈와 무너져내리던 벽돌과 기왓장에 마지막 순간의 비명을 새겨 놓았던 것처럼"[21] 같은 표현들이 반복적으로 사용되고 있다. 화자는 신화와 옛이야기들에서 빌려 온 인물들을 고유한 이름으로 부르는 대신 인물들과 관련한 이야기의 일부를 가지고 이들을 부른다. 고유한 이름 대신 그 이름과 결부된 술어로써 누군가/무엇인가를 부르는 것은 사물이 이름을 갖기 전의 시원(始原)으로 거슬러 올라가려는 시도로 보이기도 하고, 대상을 평범하지 않게 부르고자 하는 수사적 욕망의 일환으로 보이기도 하는데, 이렇게 함으로써 사라지는 것은 결국 이들 각각의 고유한 이름이다.

고유한 이름이 사라지면서 같이 사라지는 것은 개별 주체들의 단독성이다.[22] "어느 날 긴 줄의 끝에 누군가가 세워졌다. 그는 앞선 사람의 등허리에서, 그리고 더 앞선 사람의 어깨 너머로, 병든 징후로 푸른 줄무늬가 새겨진 물고기 떼 사이에서, 죽음이 조용히 손수건을 꺼내 드는 모습을

18 같은 글, 25쪽.
19 같은 글, 26쪽.
20 같은 곳.
21 같은 글, 29쪽.
22 가라타니 고진은 단독성의 문제를 고유명의 문제와 관련하여 논의한 적이 있다. 가라타니가 말하는 단독성(singularity)은 특수성(particularity)과는 구별되는 개념으로, 일반성에 속하지 않는 개체성을 말한다. 예컨대 바둑이라 불리는 개가 있다면 이 개의 '이'것임(thisness)이 단독성인 것이다. 이때 "어떤 것의 단독성은 우리가 그것을 고유명으로 부르는 한에서만 출현한다."(25쪽) 어떤 단어가 고유명일 수 있는 것은 우리가 이 단어를 통해 단순히 개체의 개체성이 아니라 단독성을 지시하기 때문인데, 레비나스의 용어를 빌려 오자면 타인의 얼굴(=단독성)을 의식할 때 우리는 비로소 그를 고유명으로 부를 수 있다. 이에 대해서는 가라타니 고진, 권기돈 옮김, 『탐구 2』(새물결, 1989)의 1부 「고유명에 대하여」, 12~68쪽 참조.

보았다. 살아남았는가? 혹은, 살아남아야만 하는가? 일 초의 순간은 너무나 길었고, 무수히 많은 문장들이 그 일 초 사이, 그의 머릿속에서 눈물을 흘리다가, 곧 흔적도 없이 자취를 감추었다. 이편에 서면 죽음이 그대를 축복하리라, 누군가가 떨리는 목소리로 그에게 속삭였다. 그는 채 일 미터도 되지 않는 거리를 움직였고, 그 간극이 삶과 죽음을 갈라놓았다. 그는 저 건너편으로……, 그리고 그를 대신한 누군가가 이편에서 목숨을 잃었다."[23]에서처럼, 고유한 이름으로 부르는 대신 그저 "누군가"라고 부르는 가운데 파울 첼란은 익명적인 '그들' 중의 하나가 된다. 첼란의 비극적인 삶의 형상은 '그들' 전부의 비극을 대표하는 일반성 속에서만 다루어지거나, 어느 누구여도 상관없는 알레고리적 형상으로 환원되고 마는 것이다. 고유명의 삭제는 불가피하게 그 이름 뒤에 놓인 고유한 삶의 이력/역사들마저 같이 지우는 결과를 낳는다.

돌이켜 보면 한유주는 '뒷면'에 관심이 많았다. 사라진 그들("혹자는, 그들은 사라졌다, 말하기도 했다."[24]), "언제나 일보의 전진, 승리의 명제만을 송신"하는 "음성의 뒷면"[25]에 숨겨져 있는 그들, "저 건너편"에 "영원히 부재중"[26]인 그들. "사람들이 너무나 오래 입을 닫고 있었으므로 어느 순간부터 어떤 단어들이 사라지기 시작했고, 그들을 따라 문장이 사라졌다. 그렇게 모든 말들의 의미가 조금씩 희미해졌다."[27] 이 사라진 것들을 불러내는 작업. 그러나 소설 속의 익명적 인물 형상은 이러한 관심과는 완전히 상반된다. "뒷면"으로 사라져 갔던 그들처럼, 인물들의 단독성은 고유한 이름의 삭제와 더불어 익명성 속으로 흩어져 사라진다.

23   한유주, 「죽음의 푸가」, 『달로』, 42쪽.
24   같은 글, 40쪽.
25   같은 곳.
26   같은 글, 41쪽.
27   같은 글, 38쪽.

5   부정문의 성립 근거

최근 들어 한유주는 부정의 형태로 된 문장을 자주 쓰고 있다. 예컨대 이런 식. "나무 그늘 아래서 신문을 읽지 않았다. 커피를 마시지 않았다. 개를 끌고 산책을 하지 않았다. 두고 온 것들을 생각하지 않았다. 사람들을 생각하지 않았다. 일기를 쓰지 않았고 뜻을 알 수 없는 문장들이나 분명히 이해했다고 생각했던 문장들을 떠올리지 않았다."[28] 이 문장들은 우리를 당혹스럽게 한다. 우리는 대개 한 일에 대해 쓰지 않은 일에 대해 쓰지는 않는 까닭이다. 여기에서 우리가 읽어 낼 수 있는 것은 무엇일까. 무엇인가를 하지 않았다는 액면 그대로의 사실? 실제 사실과는 반대되는 가정? 혹은 "아무 일도 일어나지 않았다고 믿고 싶"[29]은 마음? 어느 쪽이라고 분명하게 말하기도 어렵거니와, 설사 답을 찾는다 한들 모든 부정문들에 두루 통용되지는 않는다면, 의미 있는 몇 개의 유형만 추려 논의해 보는 것도 좋지 않을까.[30]

가령 화자가 초대를 받아 찾아간 집을 둘러보면서 "벽에는 액자가 걸려 있지 않았다. 가족사진이 붙어 있지 않았다. 연필꽂이에 가위와 색연필이 꽂혀 있지 않았다. 누군가가 바이올린을 연주하지 않았다."[31]라고 쓸 때, 이 문장이 뜻하는 것은 "벽에는 액자가 걸려 있었다."의 부정이 아니다. 이 문장은 단순히 있음의 반대인 없음을 뜻하지 않는다. 이것은 액자 대신 다른 무엇이 걸려 있다는 뜻도, 벽에는 으레 액자가 걸려 있는 법인데 그렇지 않다거나, 당연히 이러저러했어야 할 일들을 하지 않았다는, 그

---

28   한유주, 「재의 수요일」, 《세계의 문학》, 2008년 여름, 157쪽.

29   한유주, 「되살아나다」, 『얼음의 책』(문학과지성사, 2009), 220쪽.

30   백지은은 한유주의 부정법이 언어 행위 이면에 있는 인식과 표상의 불가능성에 대한 집착에서 온 것으로 보고, 불가능을 전유하거나 불가능으로 가능을 대체하는 두 경우로 나누어 살펴본 바 있다. 이에 대해서는 백지은, 「독법의 문제와 문제의 독법」, 《자음과 모음》, 2009년 봄 참조.

31   한유주, 「재의 수요일」, 앞의 책, 169쪽.

러므로 그 없음이 오히려 이상하게 여겨진다는 뜻도 아니다. 화자가 기술하고 있는 것은 현실화되지 않은 것, 부재 자체이다. 거기 벽에는 액자의 부재가 현전해 있다. 그러니 왜 걸려 있지 않은 그것이 굳이 액자인지, 액자의 부재에 대해 이야기하고 있는 이유가 무엇인지 물어야 할 까닭은 없다. 걸려 있지 않은 것은 무엇이든 묘사의 대상이 될 있으며, 바로 이런 것들이 부재한다는 사태가 이 문장들을 통해 현실화되는 것이기 때문이다. 화자가 오래된 수첩을 뒤적이며 "택시를 탔던 것, 술을 마셨던 것, 만났던 사람, 짧은 메모들이 두서없이 적혀 있었고, 하지 않았던 일들은 하나도 기록되어 있지 않았고"[32]라고 쓸 때, 이 "하지 않았던 일들" "하나도 기록되어 있지 않았"던 일들을 묘사한다면, 아마도 이와 비슷한 문장들이 나오지 않을까.

부정문은 이런 형태로 등장하기도 한다. "2008년 다음에는 2009년이 왔다. 여름이 계속되지 않았다. 당신이 태어난 도시를 네 번째로 방문하지 않았다. 입 맞추던 아이들이 돌아오지 않았다. 당신에게 사과하지 않았다. 인사말을 잘못 발음하지 않았다. 미래의 수첩을 뒤적이지 않았다."[33] 이 문장의 의도를 짐작하게 해 주는 것은 "미래"라는 시간적 표지이다. 화자는 이미 "나는 당신이 태어난 도시를 세 번 방문했다."[34], "당신이 태어났다는 도시에는 세 번 다녀왔다."[35], "나는 당신이 태어난 도시에 모두 세 번 갔다."[36]라고 적어 두었던 터다. 그렇다면 지금 이야기하고 있는 네 번째 방문이란 아직 도래하지 않은 "미래"의 일이겠는데, "하지 않을 것이다."가 아니라 "하지 않았다."라고 함으로써 화자는 아직 현실화되지 않

32 한유주, 「되살아나다」, 앞의 책, 233~234쪽.
33 같은 글, 238쪽.
34 같은 글, 220~221쪽.
35 같은 글, 232쪽.
36 같은 글, 236쪽.

은 미래의 일을 현재로 불러들이고 있다. 그 일이 일어나리라고 확신할 수도 없을뿐더러 혹 일어나더라도 어쨌든 아직은 현실화되지 않았기에, 현재의 시점에서 "~하지 않았다."라고 쓰고 있는 것이다. 그렇기에 아직 도래하지 않은 사건일지라도 2009년에 대해서는 "2009년이 오지 않았다."라고 쓸 이유가 없다.(이 작품이 발표된 것은 2008년이다. 2009년은 미래의 일이다.) 일어날 것이 100퍼센트 확실한 일, 엄밀하게 말하면 자동적으로 그리 되도록 되어 있는 일에 대해서는 부정문을 쓰는 것이 아무 의미가 없기 때문이다.

부정문은 또 현실화되지 않은 세계, 일종의 가능 세계로부터도 온다. "아이들은 아무도 따라가지 않았다. 피리 부는 사나이는 나타나지 않았다."[37]라고 쓸 때, 부정의 형식으로 쓰이는 이 문장들은 동화 「피리 부는 사나이」를 현실 세계로 하는 가능 세계를 그리고 있다. 「피리 부는 사나이」에서 피리 부는 사나이는 아이들을 홀려 어디론가 사라졌지만, 지금 내가 현실로서 살아가고 있는 이 세계에서, 그러니까 「피리 부는 사나이」 편에서 보면 평행하는 우주에 해당하는 이 세계에서 피리 부는 사나이는 나타나지 않았고 아이들 역시 아무도 그를 따라가지 않았다. 부정문의 형태로써 환기하는 가능 세계들은 현실이 수많은 가능 세계 속에서 출현하는 것임을 알려 준다.[38] "~하지 않는" 대신 "~을 한" 사태들의 연속으로

---

37 같은 글, 219쪽.

38 「흑백사진사」를 가능 세계의 맥락에서 읽어 볼 수 있다. 소설은 태어난 지 넉 달 만에 헤어져야 했던 쌍둥이에 관한 이야기에서 시작된다. 쌍둥이 형제를 만나고 보니 아내의 이름과 아이의 이름, 심지어는 기르고 있는 개의 이름까지 같더라는 것인데(이 일은 실제 있었던 일로, 유전자가 인간의 삶을 어떻게 결정짓는가를 알려 주는 대표적인 사례로 꼽힌다.) 나와 매우 유사한 유전자를 공유하고 있는 쌍둥이 형제는 내가 현실화하지 못한 다른 가능성을 선택하고 현실화한 존재, 나의 또 다른 가능성이다. 쌍둥이 형제들이 각자의 가능 세계를 현실화한 것처럼, 이어지는 이야기들(유괴되었다가 풀려나는 이야기와 유괴범에 의해 목 졸려 살해당하는 이야기) 역시 각각의 가능 세계를 현실화하고 있다.

이루어져 있는 것이 현실 세계이다. 그러므로 현실 세계는 우연의 연쇄를 통해 형성된 세계이며, 그 이면에 무수한 가능 세계를 거느리고 있다. 가능 세계에 대한 소설화라고 했거니와, 우리가 아직까지 이르지 못한 세계로 발을 내딛고 거기에서 인간의 가능성을 탐색하는 것이 소설의 주요한 임무가 아니던가. 그렇다면 한유주의 이러한 시도는 이제껏 서사가 해 왔던 바로 그 일을, 소설의 육체가 아닌 언어로써, 내용이 아닌 형식으로써 수행하는 것이라 해도 좋을 것이다.

요컨대 부정문들을 가로지르는 것은 현실화되지 않은 사태들이다. 서사는 현실화된 사건들의 나열로 이루어진다고 할 때, 이러한 쓰기 방식은 서사 자체를 근본적으로 뒤흔들어 놓는다. 그런데 가능 세계는 현실 세계 또는 현실에 존재했던 세계로부터만 생각될 수 있다. 마찬가지로 현실성은 가능성 없이는 생각될 수 없다. 현실성은 모든 가능성 속에서 한 가지 가능성을 선별하고 배제하는 것을 가리키기 때문이다.[39] 한유주 소설의 부정문들은 현실화되지 않은 사태들이 현실화된 사태들로부터 소급적으로 구성되거나 이를 참조하는 대신 그것 자체로서 언표화되면서 종종 길을 잃는다. 예컨대 "바다에 가지 않는다. 파도가 보이지 않는다. 파도를 보지 않는다. 파도는 없다. 이 문장들을 옮겨 적을 종이가 없다. 보이지 않는 것들을 적어 내려갈, 달필로, 그러나 알아볼 수 없을 글자들로, 써 내려갈 수 있는 펜은 없다. 연필이 없다. 그러므로 아무것도 쓰지 않는다. 물을 생각하지 않는다. 석회 조각들, 타다 남은 양초 도막들, 젖은 성냥갑들, 풍경은 없다. 없는 풍경은 존재하지 않는다. 풍경을 훔치지 않는다. 없는 풍경에는 사물들이 없다. 사물들이 풍경을 장악하지 않는다."[40]에서처럼 의미 없는 반복을 일삼을 때, 현실화되지 않은 사태들을 음화로 그려 나가는 한유주의 매력적인 작업은 빛이 바래고 가능성의 상당 부분을 잃고 만다.

39 가라타니 고진, 앞의 책, 49쪽.
40 한유주, 「장면의 단면」, 『달로』, 168쪽.

6   반복의 이면

최근작인 「막」(《문학과 사회》, 2009년 봄)만 해도 그렇다. 서울에서 익산으로 가는 새마을호 1028열차 안의 풍경을 그리고 있는 「막」은 천안역에 도착하기 직전의 한 시점에서 곧장 시작된다. 소설의 첫머리를 장식하는 '그'라는 인물에 관해 쓰고 있는 대목에서 알 수 있듯, 화자는 지금 '막' 진행 중인 사태들에만 관심이 있다. 소설이 시작되는 시점에 이미 '그'는 기차를 타고 있었으므로 그가 언제 기차를 탔는지는 알 수가 없고, 그가 어디에서 내릴 것인지에 대해서도 알 수가 없다. 그의 옆자리에 앉은 여자의 목적지가 익산이라는 사실은 그녀가 좌석을 확인하면서 꺼내 드는 차표를 보아서 겨우 알 수 있다. "여자가 그 기사를 주의 깊게 읽지 않았다면, 그 광경이 포착되지 않았다면, 아니, 그 기사가 여자의 눈에 띄지 않았다면, 어떤 누군가가 그 신문을 남겨두지 않았다면, 탈영한 병사에 대해서 알 수 있는 바는 아무것도 없다."[41]에서처럼, 화자가 제시할 수 있는 정보는 매우 제한적이다. 화자는 오직 초점 화자로 설정된 누군가의 시선을 빌림으로써만 볼 수 있고, 그의 의식을 매개로 해서만 사유를 진행할 수 있다.

이런 엄격함은 "아이의 아버지는 이제, 아이를 때린 사람이다. 울던 아이는 이제, 뺨을 맞은 아이이다. 아이의 눈가가 개진개진 젖어 있다. 미안하다. 아이를 때린 사람이 뺨을 맞은 아이에게 말한다. 아이는 머뭇머뭇 고개를 주억거린다. 울던 아이의 아버지가 아이에게 미안하다고 말했다. 그들은 오늘을 잊을 것이다. 그저 한 아이와 한 아버지로 남을 것이다."[42]라는 문장에서처럼, 사건의 진행과 더불어 대상을 가리키는 지시어를 새로 부여하고, 사건이 잊히고 나면 더 이상 유효한 기능을 하지 못하게 하

41   한유주, 「막」, 《문학과사회》, 2009년 봄, 148쪽.
42   같은 글, 153쪽.

는 방식으로도 나타난다. 이 소설은 이제까지의 한유주 소설과는 대척점에 있는 듯 보인다. 시공간을 넘나들며 상황 전체를 조망하는 시선을 가졌던 전작의 화자들과는 달리, 이 화자의 시선은 극도로 제한적이다. 이 변화가 의미할 수 있는 바에 대해 할 수 있는 이야기들은 많은 것이다. 그러나 한유주 개인으로는 어떨지 몰라도 문학사적으로 이런 시도는 별로 새롭지 않다. 1990년대의 하일지 소설만 보아도 이 점을 분명하게 확인할 수 있다.

「서늘한 여름 사냥」은 어떤가. 이 소설을 지탱하는 것은 "나는 오랫동안 누군가를 죽이고 싶다는 생각을 해 왔다."라는 문장이다. 여러 번 반복되는 이 문장들은 김태용의 「포주 이야기」(《현대문학》, 2007년 11월)를 떠올리게 한다. 일흔 넘어 글을 배운 노인이 화자로 되어 있는 이 소설을 떠받치고 있는 것은 "나는 포주였다."라는 문장이다. 두 소설에서 이야기를 구성하고 있는 주요한 단락들은 과거형으로 된 이 두 개의 문장을 저마다 훈장처럼 내세우고 있다. 그러나 "나는 포주였다."라는 문장이, 포주라는 말이 연상시키는 죄스럽고 불결한 의미들과 결합하여, 두 개의 시간을 살아가는 두 명의 서로 다른 인물을 강하게 환기시키는 것과는 달리, "나는 오랫동안 누군가를 죽이고 싶다는 생각을 해 왔다."라는 문장이 하는 역할은 거의 없다. "나는 포주였다."가 현재와의 긴장 속에서 고백을 강제하고 있고, 이 점에서 뒤따르는 모든 문장을 자동적으로 불러내고 있는 반면, "나는 오랫동안 누군가를 죽이고 싶다는 생각을 해 왔다."는 단순한 반복처럼 보인다.

"나는 포주였다."로 문장을 시작하는 한 고백을 중단할 수 없는 「포주 이야기」의 화자와는 달리, "나는 오랫동안 누군가를 죽이고 싶다는 생각을 해 왔다."로 문장을 시작하는 「서늘한 여름 사냥」의 화자는 다만 현재의 자기 위치를 확인하고 있을 뿐이다. 요컨대 「포주 이야기」의 반복되는 문장이 그 자체로서 어떤 윤리적이고 미학적인 맥락을 가지고 있다면,

「서늘한 여름 사냥」의 반복되는 문장은 서사를 풀어내기 위한 실마리의 역할 정도만을 담당하고 있다. 기법은 비슷하지만 미학적인 성취 면에서는 제한적이라는 뜻이다.

7　새로움은 무엇을 주는가

문법의 새로움이 모든 것을 말해 주지는 않는다. 이것은 비단 한유주의 경우에만 한정되는 이야기가 아니다. 최근 우리 소설은 주어(Subject), 태(voice), 법(Mode), 시제(Tense), 표준어, 맞춤법, 외래어 표기법 규정 등에 이르기까지 다양한 방식으로 기존의 서사 문법을 전복시키고 있다.[43] 이러한 현상을 어떻게 볼 것인가. 분명한 사실은 새로운 서사 문법에 의미를 부여하는 것과, 새로운 문법으로 쓰인 개별 작품들의 미학적 성취를 평가하는 것은 별개의 사안이라는 점이다. 문법의 새로움이 미학적 평가를 대신할 수는 없다. 한유주 소설에 대한 기존의 평가가 보여 주고 있듯이, 문법의 새로움만을 동어반복적으로 이야기하면 작품들 사이의 편차에는 쉽게 눈멀게 된다. 이것은 작가의 입장에서도 독자의 입장에서도 불행한 일이다.

43　이에 관한 자세한 논의는 손정수, 「변형되고 생성되는 최근 한국 소설의 문법들」, 《자음과 모음》, 2008년 가을 참조.

보르항에 이른 길

— 이윤기론

하나의 질문

"한 사람 안에는 넓게는 인류사가, 좁게는 일문(一門)의 가족사가 보편 무의식으로 자리 잡고 있다고 나는 생각한다."[1] 아마도 이윤기 소설 전체를 아우르는 핵심적인 생각을 이만큼 압축적으로 보여 주는 문장도 달리 없을 것이다. 이윤기 소설은 한 사람의 삶으로부터 어떤 보편적인 차원을 이끌어 내고자 하는 욕망을 간직하고 있다. 한 사람의 삶은 어떻게 개별적이기를 그치고 보편적인 차원을 획득하는가. 한 사람에 대해 이야기하는 것이 어떻게 그를 둘러싼 세계 전부에 대해 이야기하는 것이 될 수 있는가. 이것이 이윤기 소설이 품고 있는 질문들이다. 이제 이 질문에 답하면서 이윤기가 써 내려간 소설들을 읽어 보려 한다. 대체로는 발표 순서를 따라 읽어 나가겠지만 필요할 경우, 시기를 달리하는 작품들을 한 자리에 놓기도 할 것이다. 그가 남긴 글 모두를 대상으로 삼겠다는 생각은 애초부터 갖지 않았다. 그랬다면 이 글은 시작조차 할 수 없었을 것이

1　이윤기, 「나비넥타이」, 『나비넥타이』(민음사, 2005), 189쪽.

다. 그렇지만 그가 남긴 번역물과 신화 해설서들이 작가론 서술을 위한 자료가 되어야 하리라는 생각은 하고 있다. 그러므로 이 글은 한 작은 출발점에 지나지 않는다.

1 체험의 보편성

이윤기 소설의 갈피마다에는 작가 이윤기가 남긴 삶의 흔적들이 고스란히 묻어 있다. 연보를 나란히 놓고 읽으면, 소설에 등장하는 다양한 에피소드들이 그가 살아온 삶의 자리 어디쯤에서 왔는지 누구라도 쉽게 짐작할 수 있을 것이다. 그는 월남전에 참전하고, 제대 후 건설 공사장을 전전하고, 잡지 기자 노릇을 하며 취재하고, 신화 연구에 몰두하고, 미국으로 건너가 공부하던 일들을 자기와 무관한 일인 양 가장하지 않고 쓴다. 자기 삶에서 직접 건져 온 것이거나 바로 곁에서 지켜본 누군가의 삶이 아니면 좀처럼 소설의 소재로 삼지 않으려고 결심한 것처럼 보인다. 그의 소설 속 인물들을 총칭하여 "이윤기적 자아"[2]라고 부르는 것은 조금도 어색하지 않다. 자신의 체험을 소재로 하고 있다는 사실이 확실히 이윤기 소설에서는 강점이 되고 있다. 그의 체험이 그만큼 특별하기 때문이기도 하지만 무엇보다 이렇게 누적된 체험들이 세계를 바라보는 그의 눈을 그만큼 웅숭깊게 만들어 주었기 때문이다.

이윤기 역시 이 사실을 잘 알고 있다. 그는 이렇게 쓸 수 있는 몇 되지 않는 작가이다. "사격장의 감적호(監的壕)에 들어앉아 있어 본 사람들은 알 것이다. 총탄은 사람 옆을 지날 때 '딱딱' 소리에 가까운 특이한 소리를 낸다."[3] "우리에게는 절규하는 부상병을 증오해 본 경험이 있다. 그 소리가

---

2 김경수, 「사다리로서의 소설과 소설 쓰기」(해설), 『나무가 기도하는 집』(세계사, 1999), 226쪽.
3 이윤기, 「크레슨트 비치」, 『나비넥타이』, 39쪽.

적을 불러들일 수 있기 때문이었다. 선한 목자 같았으면, 늑대를 불러들인다고 해서 부상당한 어린양의 우는 입을 틀어막지는 않았을 것이다. 그러나 우리는 선한 목자는커녕 홑 목자도 못 되었다. 우리는 어린양이었다."[4]

"알 것이다."라고, 누구나 그런 일을 겪어 본 것처럼 눙쳐서 이야기하고 있지만, 이 문장을 감싸고 있는 은근한 자부심까지 감출 수 있는 것은 아니다. 감적호에 들어앉거나 절규하는 부상병과 함께 있는 것이, 어찌 누구나 "경험"해 볼 수 있는 그런 일일까. 이윤기 소설이 우리에게 주는 매력 중 하나가 여기에 있다. 우리는 모든 상황에 처해 볼 수 없으므로, 특정한 상황에 처하게 될 때 우리가 어떤 존재가 될지 스스로도 알지 못한다. 상상을 통해 인간의 가능성을 탐문해 볼 수도 있지만, 이윤기 소설은 상상 대신 자신이 경험한 것을 가지고 이미 구현된 인간의 가능성을, 그러니까 우리가 흔히 볼 수 없었던 그 모습을 보여 줌으로써 인간에 대한 이해를 확장시킨다. 아마도 이런 경험들이 사람에 대한 이해를, 그러니까 사람을 마주 대할 때 그에게서 어떤 앎을 직관적으로, 직감적으로 얻게 하는 것이리라.

그러나 특별한 체험을 가지고 있는 작가들이 모두 좋은 작품을 쓰는 것은 아니다. 이윤기는 자기 체험을 명징한 언어로 표현해 낼 줄 안다. 이윤기 소설의 문장은 오컴의 면도날처럼 단순하고 명료하다. "저기다 싶으면 옆 돌아보지 않고 똑바로 가는 스타일"인 소설 속 인물들처럼 이윤기 소설의 문장 역시 본질로 직진해 들어간다. 조금도 머뭇거리지 않고 곧장 본질을 낚아챈다. 그러나 오해해서는 안 된다. 이윤기의 문장은 경제적이지만, 전하고자 하는 정보를 제시하는 것으로써 소임을 다했다고 여기고 간단하게 소비되고 마는 그런 유의 문장과는 거리가 멀다. "내가 알기로, 콧수염이라는 것은 거기에 어울리는 어떤 정서가 마련되기 전에는 기르지 못하는 물건이다." "사람의 상상력이, 쥐가 쥐구멍에서 직립한 채로 뒷

---

4   이윤기, 「하얀 헬리콥터」, 『나비넥타이』, 59쪽.

짐 지고 나오는 것까지 상상할 수 있을 만큼 풍부해야 하는 것은 아니다."[5] 이런 식으로 단순하고 명료하고 경제적이어서 오히려 미적으로 느껴지는, 몸통을 이루고 있는 요소 어느 한 곳에도 사치스러운 구석이 없는 그런 문장이 이윤기가 구사하는 문장이다.

「나비넥타이」에서 소설 속 화자는 "100리 길을 잘 걸어 내는 것은 다리 힘이 내는 주력이 아니다. 단조로움을 이겨 내는 데 절대로 필요한 완벽한 체념 상태와, 남은 거리를 줄이기 위해서는 오로지 걷고 또 걷는 수밖에 없다는 처절한 확신에서 오는 절망감이다."[6]라고 쓰고 있다. 한사코 버스 타기를 마다하고 100리 길을 걸어 시골과 대구를 오가는 노인에 관해 적은 것이지만, 이 간결한 몇 개의 문장이 젊은 날 대구에서 서울을 거쳐 부산까지 도보로 주파한 이윤기 자신의 체험에서 왔음은 너무도 분명하다. 이윤기는 우리를 대신해서 체험하고, 그렇게 해서 얻은 어떤 깨달음을 우리에게 나누어 준다. 그 깨달음은 비단 작가 자기에게만 진실이 아닌, 보다 보편적인 차원의 진실을 담고 있다. 평론가 이남호가 "소설의 문맥 안에서만 진실인 것이 아니라 소설의 문맥을 벗어나서도 진실"[7]이라고 했던 바로 그런 차원의 진실을 담고 있다는 점에서, 이윤기의 체험은 이미 보편성을 획득하고 있다.

2 신화적이고 역사적인

이윤기에게 『하늘의 문』은 여러모로 중요한 소설이다. 『하늘의 문』은 이윤기 소설에서 중요한 변곡점을 이룬다. 이 소설을 쓰면서 본격적으로

---

5   이윤기, 「나비넥타이」, 『나비넥타이』, 193쪽.
6   같은 글, 195쪽.
7   이남호, 「이윤기 소설을 읽는 아홉 가지 이유」(해설), 『나비넥타이』(민음사, 2005), 397쪽.

작가의 길을 걷게 되었다는 점에서도 그렇지만, 무엇보다 이 소설과 더불어 이윤기 소설에 큰 변화가 주어졌기 때문이다. 이 소설은 이윤기가 적어도 이 시기에 이르러 글쓰기를 통해 얻고자 했던 것이 무엇인지 압축적으로 보여 준다. 이 소설을 이야기할 때는 무엇보다 이전에 발표한 작품들을 화자의 경험 속에 끼워 넣고 있다는 점을 지적할 필요가 있다. 손쉽게 무임승차를 하려 한 것이 아니라면 이렇게 써야만 했던 이유가 있을 것이다. 작가는 「하얀 헬리콥터」를 비롯하여 삶의 한 단면을 예각화하여 드러낸 작품들을 화자의 경험 속에 포괄시킴으로써 더 큰 이야기의 일부로 바꾸고 있다. 전체 삶의 일부로 맥락화하고 있다고나 할까. 이를테면 『하늘의 문』은 이제까지 쓴 소설들이 놓이는 '삶의 자리'다. 삶의 한 시기에서 떨어져 나와 독자성을 가졌던 이야기들은 더 큰 이야기 구조 속에 놓임으로써 저마다의 기원을 찾아가고 맥락 속으로 편입된다. 그리고 무엇보다도, 이 과정에서 이윤기 자신의 삶 역시 더 큰 이야기 구조 속으로 편입된다.

더 큰 이야기 구조라 했거니와, 여기에는 신화적이고 역사적인 두 개의 차원이 있다. 먼저 신화적인 차원에 대해, 이윤기에게 신화가 얼마나 각별한지 굳이 이야기해야 할까. 그가 공들여 번역하고 오래 시간을 들여 공부한 것이 신화이다. 번역가, 소설가와 함께 그의 이름 옆에 나란히 놓이는 타이틀이 신화 연구가이다. 그는 서양의 많은 작가들이 그러했듯이 "끊임없이 신화를 자기 시대에 맞게 재해석하고, 신화로써 사람이 사는 이치의 규명을 시도"(『하늘의 문』)했다. 신화는 그의 소설 쓰기에도 일정 정도 영향을 끼치고 있다. 그의 소설 어느 곳을 펼치든 신화 이야기, 신화와 관련된 해석들을 만날 수 있다. "사람의 본래 모습을 그린 아득한 옛날의 신화 한 자락만 들은 적이 있었어도 내 세상은 그렇게 무너지는 것 같지 않았으리."[8] "나에게 고대 신화는 또 하나의 문이다. 출입문이나 창문

8 이윤기, 『그리운 흔적』(문학사상사, 2000), 117쪽.

은 현실적 구체성 안에 존재하는 문이지만 고대 신화는 구체적 현실성 밖에 존재하는 문이다. 고대 신화는 현실이 아니다. 하지만 고대 신화를 소재로 한 영화 「오르페우스」가 존재하는 것은 구체적인 현실이다. 고대로 난 이 문을 나는 '신화적 현실'이라고 부른다."[9] 그리고 무엇보다 신화는 소설을 틀 지우는 구조로 그 모습을 드러내기도 한다. 『하늘의 문』이 바로 그런 작품이다.

이윤기가 "오래도록 스승으로 삼던 신화학자 캠벨"[10]은 신화에서 본질적인 부분을 이루는 원질 신화(原質神話, monomyth)를 '분리', '입문', '회귀'의 구조로 간명하게 정리했다. 이에 따르면 영웅은 일상적인 삶의 세계에서 초자연적인 경이의 세계로 떠나고, 여기에서 엄청난 세력과 만나고, 결국은 결정적인 승리를 거두고, 이 신비스러운 모험에서 동료들에게 이익을 줄 수 있는 힘을 얻어 현실 세계로 돌아온다.[11] 오시리스, 프로메테우스, 붓다, 모세, 그리스도에 이르기까지 동서양을 막론하고 영웅을 주인공으로 한 이야기들은 대개 이런 구조로 되어 있다. 『하늘의 문』 역시 이 보편적인 구조에 비교적 충실하게 서사가 진행되고 있다. 주인공 이유복이 집안사람들이 대대로 살아온 고향을 떠나고, 하우스만 신부에게서 평범한 삶을 거부하라는 벼락같은 외침을 들은 후 중도에 학교를 작파하고, 검정고시를 거쳐 신학대학에 입학하고 연인과 동거를 시작하지만 안식을 얻지 못하고, 군에 입대하고 월남전에 참전하고, 제대 후 건설 현장을 떠돌고, 번역에 몰두하고, 미국 유학길에 오르고, "오랜 방황과 모색"[12] 끝에 고향으로 되돌아오는 과정은 '분리', '입문', '회귀'라는 구조를 그대로 옮겨 놓고 있다.

9   이윤기, 「하모니카」, 『노래의 날개』(민음사 2003), 133쪽.
10 이윤기, 「보르항을 찾아서」, 『노래의 날개』, 190쪽.
11 이에 대해서는 조셉 캠벨, 이윤기 옮김, 『천의 얼굴을 가진 영웅』(민음사, 2004), 44~45쪽.
12 이윤기, 『하늘의 문 1』(열린책들, 1994), 41쪽.

『하늘의 문』의 신화적인 차원을 다른 무엇보다 분명하게 드러내 주는 것은 아버지 찾기라는 과제다.

> 저는 수많은 옛이야기를 읽었습니다. 그러나 옛이야기의 주인공들이 어느 날 문득 "나는 누구인가, 나는 어디에서 왔는가."라는 의문을 제기할 때도 저는 그것을 제 이야기인 것으로 짐작하지 못했습니다. 열 살도 채 되지 못한 우리 설화(說話)의 주인공들이, "나는 왜 아버지와 형이 있는데도 불구하고 아버지를 아버지라고 부르지 못하고 형을 형이라고 부르지 못하는 것일까." 하고 스스로에게 묻는 대목에서도 그것을 제 이야기인 것으로 짐작하지 못했습니다.
> 그러나 아버지를 찾아 떠나면서 저는, 주인공이 이와 비슷한 물음을 던지는 순간부터 수많은 옛이야기가 갑자기 의미심장해지는 까닭을 알게 되었습니다. 저는 바로 이 물음이, 저 자신이 속하던 세계를 떠나게 한다는 것을 알았습니다. 그 세계가 보다 나은 세계, 보다 먼 세계, 보다 높은 세계가 아니어도 좋습니다. 저는 이 물음에 해답이 내려지는 세계이면 그것으로 좋습니다. 이 물음이 제 삶의 잠을 깨우고, 진정한 삶의 문을 열어 줄 것이기 때문입니다. 따라서 제 삶의 물리적인 변화를 가능하게 하지 않아도 좋습니다.[13]

오래된 옛이야기들이 알려 주고 있듯이 아버지에 관한 물음은 우리의 존재를 근원에서부터 새롭게 보도록 만든다. 이 물음은 길을 떠나게 하는 가장 근본적인 힘이 된다. 『하늘의 문』에는 아버지를 찾아 나서는 이야기가 겹으로 주어져 있다. 하나는 이유복의 것이고, 다른 하나는 그의 아들 마로의 것이다. 겹으로 되어 있기는 하지만 이 둘은 사실상 하나라고 할 수 있다. 마로의 이야기는 이유복에게는 없는 것, 곧 아버지는 왜

---

13 같은 책, 70~71쪽.

이곳에 있지 않은가, 아버지는 어디에 있는가 하는 물음을 구체화하거나 보충하는 역할을 할 뿐 그 자신이 탐색의 주체로서 전면에 드러나지는 않기 때문이다. 이유복은 유복자로 태어났다. 공교롭게도 아버지가 목숨을 잃고 한 달이 지나 부고가 전해졌고 그때 이유복이 태어났다. 그의 이름에는 운명처럼 유복자의 흔적이 새겨져 있다. 그런가 하면 그의 아들 마로는 어머니의 성씨를 물려받았다. 이유복이 아버지 노릇을 못한 까닭이다. 옛이야기들에서, 아버지와 한 지붕 아래 살지 않는 아들들은 업둥이이거나 사생아이거나 둘 중 하나이다. 이유복과 마로를 겹쳐 읽으면 이들 역시 둘 중 하나에 가깝다는 느낌을 받게 된다. 이 소설이 작가의 자전적 기록에 가깝다는 사실을 염두에 둘 때, 실제 사실과는 다르게 주인공 이유복을 유복자로 설정하고 성씨가 다른 아들을 그에게 안겨 준 것은 대단히 상징적이다. 마르트 로베르는 모든 이야기의 기원에 가족 로맨스를 놓고, 이를 토대로 소설을 업둥이적 유형과 사생아적 유형으로 나누었다. 이를 참고하여 이야기하면, 『하늘의 문』은 유복자 아버지와 성이 다른 아들의 아버지 찾기라는 겹으로 된 이야기 구조를 통해 드러나는바, 작가 자신의 삶을 모델로 하여 만든 개인 신화 혹은 가족 로맨스라 할 수 있을 것이다.

이와 관련하여 또 하나 기억해 두어야 할 것은 이유복의 아버지가 1945년 해방되던 해에 일본에서 돌아오는 귀국선 우키지마마루〔浮島丸〕호 침몰 사건 때 목숨을 잃은 것으로 되어 있다는 사실이다. 이는 이윤기가 태어난 것이 1947년이고, 아버지가 돌아간 것이 그 이듬해라는 연보의 기록과 일치하지 않는다. 그렇다면 이렇게 설정한 의도를 물어보는 것은 자연스러운 일이 아닐까. 확실히 1947년에 태어난 아들과 이듬해 작고한 아버지의 이야기, 해방둥이 아들과 해방 직후 한국 땅으로 돌아오던 중에 비극적인 사건으로 목숨을 잃은 아버지의 이야기는 큰 차이가 있다. 앞의 이야기에 별다른 울림이 느껴지지 않는 것과는 달리 뒤의 이야기는 해방 직후의 역사적 현실을 곧바로 환기시킨다.

우키지마마루호가 침몰한 것은 1945년 8월 24일의 일이다. 징용에 끌려갔거나 자유노동자로 일본에 갔던 사람들이 귀국을 위해 배를 탔고, 강제징용과 강제 노동의 증거를 인멸하기 위해 배를 폭파할 것이라는 소문이 떠돌고 있었고, 출항이 지연되다 8월 22일 아침부터 승선이 시작되었고, 무슨 이유에서인지 부산으로 가는 최단 거리 구간 대신 먼 길을 돌아가는 항로를 택했고, 8월 24일 오후에 침몰했는데 기뢰에 의한 폭발이라는 것이 공식적인 설명이지만 일본 해군이 고의적으로 포격했다는 것이 공공연한 비밀로 되어 있다. 우리나라에는 1985년 《신동아》 기사를 통해 처음 이 사건이 알려졌다. 우키지마마루호 침몰 사건은 우리 근대사의 비극을 압축적으로 보여 주고 있다. 여기에는 다른 나라의 도움으로 해방을 맞이하여 당당하게 돌아오는 대신 반강제로 등을 떠밀려 귀국길에 오를 수밖에 없었던 과거와 진실 규명과 보상 문제를 두고 일본 정부에 어떤 압박도 가하지 못하는 현재의 초라한 역사가 아로새겨져 있다. 그렇다면 우키지마마루호 침몰 사건이 배경이 된 아버지의 죽음은 더 이상 평범한 죽음일 수 없다. 그 죽음은 비범한 죽음이고 민족의 수난을 대표하는 죽음이다.

마찬가지로 아버지의 유골을 찾는 일 역시 개인적인 차원의 탐색에 그치지 않는다. 이유복이 아버지의 유골을 찾아 나선 것은 1988년의 일이다. 일본 땅에 묻힌 아버지의 유골을 찾는 일이 지연된 것은 나라 밖으로 나가는 것이 이유복에게 허락되지 않았기 때문이다. 숙부가 조총련의 핵심 인물이었던 까닭에 연좌제의 적용을 받아야 했고, 1983년에야 출국이 허락되어 미국에서 5년의 세월을 보낸 후 마침내 일본으로 들어가게 된 것이다. 아버지의 유골을 찾는 과정에서 도쿄의 한 선배는 숙부나 사촌의 행방을 알기 위해 조총련 지부를 뒤지고 다니지는 말라고 말한다. 숙부를 생각하면 여러모로 조총련 쪽에 문의를 하는 편이 빠르겠지만 조총련과

민단 사이의 역학 관계라든지 국내와의 관계를 생각할 때 이는 현명하지 못한 처사라는 것이다. 이처럼 아버지의 유골 찾기는 분단 현실을 관통하고 있다. 유골 찾기가 지연된 것도, 유골 찾기 과정이 어려워진 것도 모두 분단 현실 때문이었으니 마침내 유골을 찾아 국내로 돌아오는 것도 같은 맥락에서 이해해 볼 수 있겠다. 이를테면 민족 공동체의 복원에 대한 소망을 그런 식으로 표현해 본 것이라고나 할까.

3 비밀을 품은 삶

『하늘의 문』은 이유복의 개인사를 신화적이고 역사적인 차원 속에서 맥락화하고 있다. 냉정하게 평가하자면 이 시도가 반드시 성공적이었다고만은 할 수 없다. 신화적인 차원의 이야기 구조는 견고성을 지니고 있지만 그 속을 채우고 있는 에피소드들이 "구조에서 크게 다르지 않은 이야기들을 연속해서 반복하고 있는 까닭"에 "다소 지루하고 재미없〔게〕"[14] 느껴지고, 역사적인 차원을 충분히 드러내지 않았다는 인상이 들기 때문이다. 『하늘의 문』 이후 이윤기는 본격적으로 소설 쓰기에 매달리고 그야말로 신들린 듯이 소설을 써내기 시작한다. 평론가 한기는 "로맨스그레이의 늦바람"[15]이라는 촌평을 달기도 했다. 장편들을 포함하여 이즈음 이윤기가 발표한 소설들은 『하늘의 문』과 비교하면 다소 느슨한 형태로 되어 있다. 『하늘의 문』을 떠받치고 있는 견고한 구조를 찾아보기 어렵다. 『하늘의 문』이 구조를 만들어 놓고 내용을 채워 나가는 방식으로 쓰였다면, 이들 소설은 구조 없이 내용을 만들어 가거나 삶의 한 단면을 통해 인생 전체를 되돌아보게 만드는 형태로 구성되어 있는 듯하다. 이러한 과정을

---

14   장은수, 「이윤기, 또는 길 위에 선 영혼」, 《세계의 문학》, 1994년 겨울, 364쪽.

15   한기, 「개방의 문학, 정체의 문학」, 《문학과 사회》, 1995년 겨울, 1877쪽.

거쳐 삶은 좀 더 직접적인 관찰의 대상이 되고 있다.

삶을 무엇이라고 규정할 수 있을까. 이윤기가 이해하는 삶이란 이와 같다. "우리는 삶이라고 하는 복잡한 그림 속에서 양가감정이라는 이름의 숨은 그림을 찾아내지 못한 채 때로는 원망하고 때로는 그리워하고는 했다."[16] "삶의 굽이굽이에 매복하고 있는 듯한, 믿어지지 않는 일, 믿어지지 않는 광경이 그 삶을 아주 색다른 것으로 바꾸어 놓을 수도 있다는 것."[17] 우리 삶은 풀어야 할 수수께끼를 그 속에 품고 있다. 이 수수께끼는 예기치 못한 곳에서 그 모습을 드러내 우리를 당혹스럽게 만들기도 하고, 삶에 큰 파문을 일으키기기도 하고, 전혀 예상하지 않았던 곳으로 우리를 인도하기도 한다. 이런 인식은 다음과 같은 궁금증을 자아내기도 한다. "나에게는, 과거의 사람들을 만날 때마다, 나의 기억에 깊이 새겨진 채 그 긴 세월에도 마모되지 않은 특정한 사람의 특정한 형질이나 습관이 몇십 년의 세월이 흐르면서 무엇으로 변해 있는지 몹시 궁금해하는 버릇이 있다."[18] 그러므로 중요한 것은 시간이다. 시간이 문제이다. 시간의 흐름 속에서 삶을 관찰하는 일이 필요하다.

시간의 흐름 속에서 삶은 어떻게 그 모습을 드러내고 있을까. 몇몇 소설을 읽어 본다. 화자가 기억하는 두 친구가 있다. 고웅진과 고유진이 그들이다. 둘은 종형제 사이로 고유진이 한 해 먼저 태어나 형이지만 고웅진은 형 대접을 하지 않는다. 학교를 같이 다닌 것이 이유이기도 했을 터이다. 그런데 나중에 알고 보니 고웅진은 고씨 집안과는 아무 상관이 없는 아이였다. 그는 아버지가 모셨던 상관의 아들인데, 상관이 젊은 나이에 죽자 아버지가 그의 아내와 자식을 한꺼번에 데리고 와 살았던 것이다.(『햇빛과 달빛』) 어렸을 때부터 줄동창이었던 노수라는 친구에게는 누

---

16   이윤기, 『그리운 흔적』, 109쪽.
17   이윤기, 『나무가 기도하는 집』(세계사, 1999), 28쪽.
18   이윤기, 『햇빛과 달빛』(문학동네, 1996), 451쪽.

이가 하나 있었다. 친구의 동생인 까닭에 관심도 좀 있었고 친구의 부탁으로 뒷바라지를 해 준 일도 있는데, 나중에 알고 보니 그녀는 누이가 아니라 노수의 정혼자였다. 노수의 아버지가 고아가 된 친구의 딸을 거두어 데리고 있었던 것이다.(「나비넥타이」) 이런 식의 이야기는 그전에도 이미 쓴 적이 있다. 화자인 나는 동생 동주를 아버지가 바람피워 낳은 자식으로 알고 있었다. 아버지와 동주는 증오의 대상이었고, 어머니는 연민의 대상이었다. 그런데 나중에 알고 보니 동주는 겁탈당한 어머니가 낳은 사생아였다. 아버지는 이런 동주를 거두어 주었던 것이고.(「패자 부활」)

이런 이야기도 있다. 연인이 될 수도 있었던 두 사람이 있다. 둘은 고등학교를 같이 나왔고, 대학에 들어간 후로도 좋은 관계를 유지했지만 중간에 관계가 소원해졌다. 여자가 다른 남자와 결혼을 하고 딸을 낳아 살다가 이혼하는 동안 남자는 홀로 지냈다. 20년의 세월이 흐르고 두 사람은 새로운 사랑을 시작한다.(「사랑의 종자」) 중·고등학교 동기 동창인 두 사람은 나이 지긋해져서야 부부가 되었다. 남자는 줄곧 여자의 곁을 맴돌았지만 사랑을 얻을 수 없었고, 여자는 "남의 아내 되고 딸 낳아 기르며 살다가" 갈라설 때까지 쓰라린 세월을 겪고 나서야 남자에게로 왔다.(「뱃놀이」) 이런 식의 이야기 역시 전혀 새로운 것은 아니다. 젊은 날 혼인을 약속했던 처녀는 피치 못할 사정으로 남의 첩이 되어 살아간다. 청년은 다른 여자의 남편이 되기는 했지만 처녀를 잊지 못한다. 세월이 흘러 옛날의 처녀가 비단 장수가 되어 중늙은이가 된 옛날의 청년 앞에 나타난다. 하필이면 그날은 중늙은이 아내의 제삿날이었고, 중늙은이는 감기 기운이 있어 방 안에 온종일 틀어박혀 있느라 그녀의 얼굴을 보지 못한다.(「손님」)

이처럼 이윤기 소설에서 시간은 오래 감추어 둔 비밀을 드러내거나 운명을 완성시키는 계기가 된다. 감추어진 비밀은 반드시 드러나게 되어 있고, 운명을 거절할 수는 있지만 시간을 늦출 수 있을 뿐 그것을 아예 막을 수는 없다. 그러므로 이윤기 소설에서 시간은 비밀이 드러나고 운명이 실현되기까지의 과정을 의미한다고 할 수 있다. 이를테면 연단의 과정이라고나 할까. 시간의 불을 통과해야 비로소 인생의 진정한 의미를 이해했다고 말할 수 있다. "긴 세월이라는 이름의 월사금(月謝金)을 바치고 나서야 나는 그런 것들이 전혀 근거 없는 오해와 착각이었다는 것을 깨닫는다."[19]

4   신화로 고양되는 삶

『나비넥타이』 무렵의 이윤기 소설은 넓은 의미에서 전통적 세계에 감싸여 있는 듯하다. 이 세계는 『하늘의 문』의 주인공 이유복이 돌아온 세계이기도 하고, 애초에 그의 소설이 갈 수도 있었던 바로 그 세계이기도 하다. 그의 뿌리가 놓여 있고, 그의 인문적 지식이 맨 처음 싹을 틔운 세계에서 이윤기 소설은 다시 시작된다. 그리고 이윤기의 좋은 소설들은 대개 이 세계에 젖줄을 대고 있다. "나는 사람의 동아리라고 하는 것은 그 규모가 크건 작건 동아리가 공유하는 잠재력으로부터 특정한 요소를 선택하고, 이로써 단순하든 복잡하든 나름의 정교한 실존적 습관을 빚어내는데, 한 동아리의 이러한 습관이야말로 아무리 우수하다고 하더라도 다른 동아리에서는 결코 빚어지지 않을 만큼 독특하고 고유한 문화가 된다고 생각한다."[20] 이 세계는 그가 "실존적 습관"이라 부른 습관들로 가득 차 있다. 몇 가지 인상적인 대목을 들어 본다.

「손님」의 한 장면이다. 혼사 이야기가 거의 마무리된 다음의 상황이다. "그날 밤, 장모 자리는 열 살쯤 나이를 더 먹은 시늉을 했고, 장인 자리는 떡갈나무 껍질 같던 얼굴을 펴고 청년의 술잔을 받으면서 처음으로 술

19   이윤기, 「샘이 너무 깊은 물」, 『내 시대의 초상』, 30쪽.
20   이윤기, 「나비넥타이」, 『나비넥타이』, 224쪽

잔 밑에 딸려 보내던 왼손을 거두어들였다."²¹ 딱히 그래야 한다고 누가 알려 주는 것은 아니지만 피차간에 그게 의미하는 것이 무엇인지 아는 그런 몸짓들이 있다. 그렇게 함으로써 서로의 관계가 새로운 차원으로 접어들었음을 자연스럽게 드러내는. 이 장면에서는 술잔 밑에 딸려 보내던 왼손을 거두어들이는 장인 자리의 몸짓이 이 장면 역할을 한다. 이윤기는 이런 몸짓을 포착하는 데 능하다. 이걸 포착하여 쓸 수 있는 것은 그가 이런 데 그만큼 밝다는 뜻일 것이다. 「나비넥타이」에는 이런 장면이 있다. 노수의 부친상 때 조문을 간 화자는 노민이 머리를 풀어 오른쪽 어깨에 늘어뜨린 것을 보고 이렇게 말한다. "머리를 풀어도 딸은 왼쪽 어깨에다 늘어뜨리는 법이다."²² 나중에 밝혀지지만 노민은 노수의 누이가 아니었다. 박 교수의 딸이 아니었으므로 노민은 왼쪽 어깨에 머리를 늘어뜨려 놓았던 것이다. 이 장면은 뒤에 노수와 노민의 관계를 알려 주는 복선이다. 굉장한 묘미가 있다고 아니 할 수 없다. 『사랑의 종자』에는 미국에 있던 오라비가 서울에 와서 여동생에게 전화를 거는 장면이 나온다. 전화기에서 낯선 목소리가 들려오자 오라비는 곧바로 여동생을 바꿔 달라 하지 않고 먼저 그의 남편을 찾는다. 친정 오라비라고 동생만 찾으면 시집 식구가 불편하지 않겠느냐는 것이 그 이유였다. 그런가 하면 처음 전화를 받았던 장조카는 전화를 바꿔 주며 아이의 이름을 넣어 누구 '외삼촌'이라 하지 않고 "미국 계시는 오라버니"라고 알려 준다. 수화기 저편에서 들리는 이 이야기를 듣고 오라비는 "하는 것만으로도 제법"이라 생각한다. 예의란 이런 사소한 몸짓을 통해 표현되기도 한다.

이윤기가 긍정하는 인물들은 대개 이런 세계 속에서 살고 있다. 이 세계는 그들에게 몸에 어울리는 옷과 같아서 둘 사이에 겉도는 느낌이 거의 없다. 점묘의 형태로 드러나는 삶, 일화로 소개되는 그들의 모습들은 굳이

21   이윤기, 「손님」, 『나비넥타이』, 22쪽

22   이윤기, 「나비넥타이」, 『나비넥타이』, 221쪽.

더 큰 이야기 속에 편입되지 않아도 그 자체로 완결되어 있다는 느낌이다. 이들은 저마다 자신을 감싸고 있는 이 세계 속에서 편안함을 느끼는 듯하다. 이들의 이야기를 점묘의 형태로 흩뿌려 놓는 식의 소설은 이러한 인식으로부터 가능해진다. 대표적인 예가 『내 시대의 초상』에 실린 네 편의 작품과 「숨은 그림 찾기」 연작이다. 이들과는 조금 형태가 다르지만 『햇빛과 달빛』도 이 경우에 포함시키는 것이 어느 정도 가능하다. 이들은 비슷한 점이 있다. 이렇다 할 사건이 없고, 각 편마다 인물을 하나씩 등장시켜 그들과 관련된 일화들을 소개하고 이 일화를 중심으로 인물을 형상화하고 평가하며, 이들을 통해 인정세태를 살피고 있다는 점에서 그러하다. 경험적 자아와 허구적 자아가 거의 구별되지 않고, 화자가 작가 자신임을 감추려 하지 않으며 미적인 형상화 충동보다 직정적이거나 경세적 충동을 더 많이 드러내고 있다는 점에서[23] 이들 소설은 전통적 방식의 글쓰기인 전(傳)에 가깝다.[24]

---

23   전을 특징짓는 이 몇 가지 사실들은 이문구 소설을 분석한 최시한의 논문 「이문구 소설의 서술 구조」(《한국문학이론과 비평》 40집, 2008. 9)를 참고하여 작성한 것이다. 전에 가까운 이윤기의 소설들은 이문구의 소설과 여러모로 닮아 있다는 인상이다. 이것은 두 작가 모두 한학의 영향 아래 성장한 것과 관련이 있지 않을까 한다.

24   이러한 방식의 글쓰기를 뒷받침하는 의식이 종종 이미 썼던 이야기를 상호 텍스트적으로 쓴다는 의식 없이 다른 소설에 가져오게 만든 것은 아닐까. 김미현도 지적한 바 있듯이(「삶, 아주 낮은 하늘」, 《세계의 문학》, 1997년 겨울) 이윤기 소설에는 같은 내용이나 표현이 반복되는 경우가 많다. 예컨대 기동빈(『하늘의 문』)과 하동우(『그리운 흔적』)가 부적절한 행동을 하다 교외 단속 나온 교사에게 들켜 그 입막음을 위해 맥주 한 박스를 사 들고 찾아가고, 한 친구가 선교사로 나갔다가 아들놈이 회교도 아이들에게 맞고 온 것을 두고 속상해하고(「사랑의 종자」, 『하늘의 문』), '안경잡이' 신참이 군대 분위기에 어울리지도 않는 김민기의 노래를 불러 좌중을 숙연하게 만들고(「노래의 날개」, 『하늘의 문』), 한 병사는 화장실에 가솔린을 들이붓고는 담배를 피우다 폭사하고(「삼각함수」, 『하늘의 문』), 어느 등대지기는 옥자라고 하는, 있지도 않은 여인의 이야기를 천연덕스럽게 해 대고(「울도 담도 없는 집」, 『만남』), 말에 빗장을 지르는 데 일가견이 있는 친구(『하늘의 문』)와 한 교수(「손가락」)는 육개장을 끓이는 데 숙주나물을 넣는 게 좋은지, 대파를 삶아서 넣어야 좋은지 묻는 물음에 주인이 비만인지 오늘이 며칠인지 이런 질문을 한 다음 도사연하며 대답을 한다. 하한

「샘이 너무 깊은 물」은 이들 가운데 가장 이채로운 작품에 속한다. 이 소설에는 화자가 젊었을 때 살던 서울 광화문 어름 가동 골목의 '새미 할매'가 등장한다. 새미 할매에 대해 전해 내려오는 이야기가 있다. 새미 할매가 열다섯 살 때 샘가에 앉아 있는데 임금님이 가마 타고 지나가다 말에서 내려 물을 한 모금 달라고 했다. 임금님이 그 물을 달게 마시고는 나라는 지켜 내지 못했지만 샘물은 잘 지키라고 부탁했고, 그 일이 있은 후 새미 할매는 호호백발 노인이 될 때까지 그 곁을 떠나지 않고 샘물을 지켰다. 그 샘물을 오랫동안 지켜 오던 할머니는 눈이 많이 내린 날 거기서 숨을 거둔다. 새미 할매의 이야기는 서정주의 시에 나오는 신부와 몹시도 닮아 있다. 결혼식 첫날밤 신부를 오해한 신랑이 도망을 갔고, 오랜 시간이 흘러 집으로 돌아와 보니 신부가 그날 그 모습 그대로 앉아 있었고, 손을 갖다 대니 재가 되어 흩어져 버렸다는. 서정주의 시와 나란히 놓이니 새미 할매의 이야기는 시가 된다. 그걸 두고 숭고하다 할지 어리석다 할지 그건 잘 모르겠지만, 새미 할매의 이야기에서 서정주의 시에서 느끼는

욱이 산을 넘어 고향 땅을 밟으려다 마을 사람을 만나 길을 묻는 장면은 「뿌리 너무 깊은 나무」의 세대 아재와 벌이는 승강이와 판에 박은 듯이 같고, 남자는 남자대로 옛 애인 곁을 떠돌면서 가슴 앓이하고 여자는 여자대로 "남의 아내 되고 딸 낳아 기르며 살다가" 갈라선 후 마침내 부부의 연을 맺게 되는 부부의 이야기 「뱃놀이」는 「만남」의 후속편이라 해도 틀리지 않고, 주인공이 친구의 부탁으로 누이의 미국 생활을 도와주는 대목(「뿌리와 날개」)은 하하욱이 성학영의 딸을 돕는 대목과 별로 다를 것이 없으며, 복잡한 혼인 관계 때문에 축문(祝文) 읽는 일로 집안 어른들 사이에 다툼이 일었던 일화는 「하늘의 문」과 「좌우지간」에 화자를 달리하여 소개되기도 한다. 그런가 하면 「하늘의 문」에 기왕에 썼던 단편들이 화자와 그 주변 인물들의 이야기로 편입되고, '월남'이라는 관형사의 쓰임과 이러한 쓰임을 가능하게 한 한국인의 편견을 문제 삼은 글이 「뿌리와 날개」, 「삼각함수」에 나란히 실려 있는가 하면, 「하늘의 문」에 강의록 형식으로 실린 글의 일부가 그리스·로마신화 해설서인 「뮈토스」의 서문에 재수록된다. 어쩌면 이윤기에게 소설은 작가 자신이라는 중심을 참조점으로 하고 있다는 점에서, 그리고 이 경우 경험적 자아와 허구적 자아의 구별은 무의미해진다는 점에서, 전통적인 양식의 글쓰기와 맞닿아 있다는 느낌을 준다. 이런 식의 글쓰기를 가능하게 한 점에 대해서는 조금 더 상세한 논의가 필요하다.

것과 비슷한 그런 감정을 얻게 된다. 이를테면 어떤 보편적인 정서에 이르게 된다고나 할까. 이렇게 읽으니 어느 사이 새미 할매의 이야기는 전설이나 민담이 되어 있다는 느낌이다. 그래서 이런 고백이 예사롭지 않다. "우리 시대에는 전설 같은 것도 민담 같은 것도 발생할 수 없다고 저는 믿었어요……. 그런데 가만히 생각해 보니 그게 아닌 것 같아요."[25]

가장 최근에 쓰인 이윤기의 소설들은 지나칠 정도로 일상적이라는 느낌이 든다. 작품에 대한 미학적인 평가를 내리기보다는 이러한 글쓰기를 뒷받침하는 의식을 확인해 보면 어떨까. 북아메리카 초원 지대에 사는 수우족은 사우스다코타에 있는 하아네이산을 세계의 중심에 있는 성스러운 산으로 여긴다. 그런데 이들은 또한 이런 산은 도처에 있다고 여기기도 한다. 조셉 캠벨이 한 이야기이다. 비슷한 이야기가 몽골에도 있다. 보르항산은 몽골 사람들의 성산인데, 이들은 "전쟁 치르느라 저희 나라에서 멀리 떨어지면, 아무 산이나 하나 골라잡아 보르항산으로 터억 정해 놓고 거기에다 제사를"[26] 지낸다. 또 '하닥'이라고 하는 푸른 금줄이 있어서 이걸 걸어 놓으면 그곳이 거룩한 곳으로 바뀌게 된다. "우리는 금줄, 몽골인은 '하닥', 일본인은 '시메나와'라고 부르는 이것이 무엇인가? 속(俗)에 속하던 공간을 성(聖)의 공간으로 성별(聖別)하는 장치가 아닌가? 그렇다면 무엇인가? 몽골인들에게 성스럽지 않은 공간은 이 세상에 존재하지 않는다는 뜻인가? 보르항과 어워와 하닥을 명상하고부터는 몽골 땅 어디도 함부로 밟을 수가 없었다."[27]

보르항 오르기가 오랜 소원이었던 화자는 이런 깨달음 뒤에 이렇게 말한다. "나는 이제, 보르항에 오르지 않아도 좋을 것 같다. 보르항에 오르지 못했어도 내 마음속에 보르항을 닮은 어워를 세우면 될 것 같다. 어워를 세

25   이윤기, 「샘이 너무 깊은 물」, 『내 시대의 초상』, 48쪽.
26   이윤기, 「보르항을 찾아서」, 『노래의 날개』, 192~193쪽.
27   같은 글, 207~208쪽.

울 수 없다면 푸른 하닥은 언제든지 걸 수 있을 것 같다."[28] 우리 삶의 갈피마다에는 우리 삶을 갑자기 성의 차원으로 열어 주는 하닥이 있다. 우리 삶이 경험한 어떤 사실들이 인간사의 핵심을 건드릴 수도 있다. 우리 삶이 신화적인 차원으로 고양될 수도 있다. 그렇다면 소설 속 인물은 마치 새미 할매가 그러했듯 신화 속 이야기를 그의 삶 속에서 재현할 수도 있다. 아니, 그의 삶이 곧 신화이다. 그 삶이 되풀이될 수 있다는 점에서, 원형이 될 수 있다는 점에서. 캠벨이 원질 신화라고 부른 것이 바로 이것일 터이다. 우리 삶은 바로 이런 것들을 내장하고 있다. 기실 원질 신화란 모든 개인들이 삶 속에서 되풀이하는 패턴을 이야기하는 것이니까, 우리 삶을 자세히 들여다보는 것으로도 이러한 패턴을 발견할 수 있지 않을까. 그렇다면 보르항은 이윤기 소설이 이른 마지막 도달점이라 해도 좋을 것이다.

---

28 같은 글, 219쪽.

속악한 현실을 포획하는 문학의 언어

1   현실에 어울리는 문학적 언어

『88만원 세대』의 저자 우석훈이 소설을 썼다. 도대체 왜. 『모피아』(김영사, 2012)라는 제목이 붙은 소설의 내용은 이렇다. 2012년 치러진 대선에서 야권 후보가 승리하고 대통령이 된다. 대통령은 경제 민주화를 위해 애쓰지만, 모피아 세력이 경제 각 분야를 장악하고 있어 과정이 순탄하지 않다. 세계적인 경제 불황 속에 디폴트에 관한 소문이 나돌고, 외국에서 발행한 공기업 채권을 누군가가 대량으로 매입하고 있는 정황이 포착된다. 이들이 채권을 투매하면 곧이어 민간 회사채 투매, 원화 투매가 시작되고 짧으면 사흘, 길어도 일주일을 못 가 외환 보유고가 제로가 될 것이다. 이 일을 주도한 것은 전 경제부총리로 모피아의 대부인 이현도. 이현도는 경제 운용을 막후 조종하며 대통령에게서 경제 권력을 빼앗아 간다. 경제 특보인 오지환을 중심으로 팀이 구성되어 이현도의 공격을 막아 내기 위한 준비를 하고, 마침내 치열한 전쟁이 벌어진다.

이 대강의 이야기에서 이미 뚜렷해지듯이, 『모피아』는 이른바 '문학적'인 작품은 아니다. 허점도 뚜렷하다. 이야기가 그리 길지 않은 데 비해 등장하는 사람들의 숫자는 손가락으로 꼽기 힘들 정도로 많고, 그렇다 보니 인물들에 대한 성격화는 제대로 되어 있지 않고, 한국과 미국, 케이맨 제도, 스위스를 오가며 펼쳐지는 사건의 전개는 급작스러우며, 이현도의 공세 앞에 마지막 저지선이 뚫릴 즈음 오지환과 대통령의 충심 어린 호소가 인터넷으로 퍼지고 국내외 개인들로부터 소액이 입금되고, 분데스방크와 인민은행으로부터도 거액의 돈이 들어와 마침내 환율 전쟁에서 승리하게 되는 마지막 장면은 감동적이기보다는 시쳇말로 손발이 오글거리는 느낌을 준다. 그러나 이런 분명한 한계에도 불구하고, 이 소설을 아마추어 작가의 섣부른 시도로 치부해 버려서는 안 된다. 마땅히 눈여겨보아야 할 것이, 그래서 한번쯤 숙고해 보아야 할 무엇인가가 이 소설에는 있기 때문이다.

이 소설은 영화로 치면 블록버스터급 첩보물쯤 될 것이다. 전 세계를 무대로 하고, 전쟁(실제로 일어나지는 않지만) 장면을 찍기 위해 항공모함과 전투기도 띄워야 하고, 몇 번의 총격전도 소화해야 하니 비용이 만만치 않게 들 것이다. 이런 설정이 단순히 소설적 재미만을 위한 것은 아니다. 다양한 장르와 매체를 거친 끝에 결국 안착한 형태가 지금의 소설이라는 머리말에서 분명하게 드러나듯이, 『모피아』의 장르적인 특징은 이 소설이 마주하고 있는 세계 자체의 성격으로부터 어느 정도 기인한다. 이 소설이 다루고 있는 것은 이른바 전 지구적 자본주의의 한 단면이다. 자본은 한 국가의 경제 체제 안에서만 움직이지 않는다. 자본의 흐름을 좇기 위해서는 자본이 자유롭게 넘나드는 국경을, 자본을 따라 자본과 함께 넘나들어야 한다. 자본을 움직이는 것은 대개 거대 기업, 무기상, 자본을 이용해 더 큰 자본을 얻고자 하는 투기꾼들이기 때문에 이들이 움직이는 길을 따라가다 보면 그 결과는 어느 정도 이와 유사해질 것이다.

사실 전 지구적 자본주의라는 말의 의미를 말로 설명하기는 쉽지만 이것을 피부로 느낀다는 것은 생각처럼 쉽지 않다. 가령 우리가 공정무역

커피를 마시면서 커피 생산 노동자의 권익 향상에 약간이나마 도움을 주었다는 만족을 느낄 수는 있겠지만, 이를 위해서는 최소한의 상상력과 공감 능력이 필요하다. 마찬가지로 한 나라의 화폐 가치가 어떤 식으로 결정되는지, 이 과정에 어떤 세력들이 개입하는지 우리는 잘 알 수 없다. 전 지구적 자본주의가 끼치는 여러 가지 폐해들과 그 직접적인 양상들을 우리의 구체적인 일상과 현실 속에서 확인할 수 있는 사례들이 있기는 할 것이고, 일상을 살아가는 구체적이고 개별적인 인간들과 그들의 삶에 주목하는 소설들이 이런 사례들을 포착하여 전 지구적 자본주의에 대한 성찰을 이끌어 낼 수도 있을 것이다. 그러나 이 작업이 그리 쉬워 보이지는 않는다. 이른바 문단문학의 범주에 드는 작품들에서는 더 그럴 것이다.

그러니까 나는 지금 『모피아』가 다루려 한 이 세계에 어울리는 문학적 언어가 무엇일까에 대해 생각해 보고 있는 중이다. 이 속악한 부르주아 사회를 포착해 내기에 우리의 문학적 언어는 너무도 고상하지 않은지, 『모피아』 같은 거칠고 통속적인 형식이 어쩌면 이 사회를 그리기에 더 적절한 도구는 아닌지 물어보면서 말이다. 이른바 문단문학이 다루고 있는 세계가 우리가 살고 있는 세계와 조금 다르거나 이 세계를 충분히 포착해 내지 못하고 있다면, 이와는 다른 언어적 질서로 표현되는 문학에도 이따금 눈길을 줄 필요가 있지 않을까. 나는 아래에서 우리 사회의 어두운 구석 한편에서 법을 어기며 크고 작은 죄악들을 저지르는 인물들의 이야기를 읽어 보려 한다. 문단문학과 약간 거리를 두고 있거나 출신 지역이 아예 다른 이야기들을 읽으면서, 이들이 포착하거나 외면하고 있는 것이 무엇인지, 이들의 현실은 문학적으로 익숙하게 표현되어 온 현실과 어떻게 같으면서 다른지 확인할 수 있다면, 우리 문학이 나아갈 수 있는 하나의 방향을 제시하는 데도 조금쯤 도움이 되지 않을까.

2 　지금 이곳의 실상을 드러내다 — 미야베 미유키의 경우

　　마르크스주의 경제학자인 에르네스트 만델은 범죄소설의 역사를 다룬 책『즐거운 살인 — 범죄소설의 사회사』의 마지막 문장을 이렇게 끝맺는다. "범죄소설의 역사는 부르주아 사회의 역사와 얽혀 있기 때문에, 하나의 사회적 역사이다. 왜 〔범죄소설이라는〕 특정한 문학 장르의 역사에 부르주아 사회의 역사가 반영되고 있느냐고 질문한다면, 이렇게 대답할 수 있다. 부르주아 사회의 역사는 사유재산의 역사이기도 하며 사유재산의 부정, 즉 간단히 말해서 범죄의 역사이기도 하기 때문이다. 또한 부르주아 사회의 역사는 개인들의 욕구나 정서, 그리고 기계적으로 부과된 사회 개량주의의 형태 사이에서 폭발적으로 증가하고 있는 모순의 역사이기도 하거니와, 범죄 속에서 태어난 부르주아 사회 안에서 부르주아 사회 자체가 범죄를 조성하고, 범죄를 가져오기 때문이기도 하다. 결국에는, 아마도 부르주아 사회가 범죄 사회이기 때문이다."[1]

　　만델의 논의에 따르면, 악당 소설, 추리소설, 스파이 소설 등 범죄소설의 계보에 속하는 일련의 소설들은 자본주의적 생산양식과 국가 장치의 변화와 맞물리면서 생산되고 소비되어 왔다. 범죄소설은 다른 어떤 장르의 소설들보다 더 통속적이고 대중적이지만, 거기에는 범죄 사회로 규정되는 부르주아 사회의 모습이 일정 정도 반영되어 있는 만큼 그 자체로 사회학적 분석의 대상이 된다는 것이 만델의 생각이다. "범죄소설의 변화 과정은 마치 거울처럼 부르주아 이데올로기, 부르주아 사회의 사회적 관계, 아마도 자본주의적 생산 양식 그 자체의 변화 과정까지도 반영하고"[2] 있다. 그렇다면 이해하기에 따라 우리는 우리가 살고 있는 세계에 가장 예민한 촉수를 드리우고 있고, 이 속악한 부르주아 세계의 실상을 드러내기

1　에르네스트 만델, 이동연 옮김, 『즐거운 살인 — 범죄소설의 사회사』(이후, 2001), 241쪽.
2　같은 책, 240쪽.

에 가장 적절한 문학적 양식이 범죄소설이라고 이야기할 수도 있을 것이다. 이를테면 일본의 사회파 추리소설이 그 구체적인 사례가 될 것이다.

사회파 추리소설은 범죄 사건의 배후에 숨겨진 트릭을 해결하는 데 중점을 두기보다는 사건에 얽힌 사람들의 심리를 섬세하게 묘사하는 데 집중하고, 범죄가 발생하는 근본적인 원인을 개인이 아니라 사회의 문제로 돌리고 있는 점이 특징적이다. 우리에게 잘 알려진 작품으로는, 최근에 변영주 감독이 영화로 만들기도 했던 미야베 미유키의 소설 『화차』(문학동네, 2012)가 있다.

『화차』는 다른 사람의 신분을 통째로 훔치려 한 여성의 정체를 파헤치는 과정을 서사의 줄기로 하고 있다. 대강의 내용은 다음과 같다. 휴직 중인 형사 혼마에게 처조카인 가즈야가 찾아와 사라진 약혼녀(세키네 쇼코/신조 교코)를 찾아 달라고 부탁한다. 결혼을 앞두고 신용카드를 발급하는 과정에서 5년 전 개인 파산을 신청한 사실이 드러났고, 이 일로 말다툼을 한 후 약혼녀가 사라져 버렸다는 것이 그의 전언이었다. 쇼코의 행방을 추적하는 과정에서 놀라운 사실들이 밝혀진다. 세키네 쇼코라는 이름의 여성은 따로 있고, 약혼녀의 원래 이름은 신조 교코라는 것. 개인 파산을 한 것은 약혼녀가 아니라 진짜 쇼코였다는 것. 교코는 쇼코가 개인 파산을 한 적이 있다는 사실을 알지 못했다. 알았다면 신용카드를 발급받으려 하지 않았을 것이고, 가즈야와 결혼하여 비교적 안정적인 삶을 살 수 있었을 것이다. 쇼코-되기에 실패한 교코는 새로운 희생양을 찾아 나선다. 이 둘이 만나고, 혼마가 둘을 지켜보고, 쇼코의 어린 시절 친구였던 다모스가 교코에게 말을 건네는 장면에서 소설은 끝난다.

『화차』는 상당히 매력적인 작품이다. 치밀하고 탄탄한 스토리 구성과 허를 찌르는 복선, 문제를 설정하고 해결해 나가는 기술 등 미야베 미유키 소설의 특징들이 그대로 살아 있다. 사회파 추리소설이라는 이름에 걸맞게 동시대 일본 현실에 대한 관심의 끈을 놓치지 않고 있다는 사실 또한 이 소설을 빛나게 한다. 『화차』의 시간적 배경은 1992년이고, 소설이 간행된 것 역시 1992년이다. 소설 속 인물들의 삶 갈피마다에는 일본 경제가 최고 호황을 누리다가 급격하게 거품이 꺼져 가는 상황에서 마주하게 되는 크고 작은 문제들이 도사려 있다. 교코의 행적을 추적하는 과정에서 혼마는 교코가 왜 자기 신분을 버리고 새로운 신분을 얻으려 했는지 이해하게 된다. 교코의 아버지는 집을 구입하면서 빌린 돈을 갚지 못해 빚이 점점 불어났는데, 이 때문에 교코의 가정은 완전히 풍비박산이 나고 그녀도 수많은 고초를 겪었다. 이른 나이에 결혼을 했지만 빚쟁이들이 몰려와 가족들을 괴롭히자 3개월 만에 파혼할 수밖에 없었고, 몸을 팔게도 되었다는 것. 결국 마지막에 택하게 된 것이 남의 신분을 도용하는 것이었다.

소설의 한 대목에서 작가는 법률사무소 직원의 입을 빌려 이렇게 지적하고 있다. "당시 대란의 저류에는 주택자금 대출이 있었다고 봐요. 내 집을 갖고 싶어서 무리하게 대출을 받는 바람에 일상생활이 힘들어지고, 그래서 또다시 신용대출을 받는 유형이었죠."　"(땅값이) 너무 많이 올라서 이젠 아무리 노력해도 내 집 마련을 꿈도 꿀 수 없게 된 거죠. 그렇다 보니 거주 목적으로 집을 사려는 보통 사람들은 무리해서 대출을 받지 않아요. 현재 상황에서 부동산 관련으로 파산하는 사람들 중에는 투자 목적으로 빚을 내서 부동산을 사들인 경우가 압도적으로 많아요. 원룸맨션을 잘 굴려서 돈을 벌 생각으로 큰 빚을 내는 거죠. 그런데 어쩌다 보니 거품이 꺼지고 맨션 값이 폭락해 버린 거예요. 지금 팔면 원금도 못 받아요. 하지만 어쨌든 빚에 대한 이자는 내야 하잖아요."[3] 교코 일가족이 고향 땅에서 야반도주해야 했던 이유도 주택 대출 때문이었다. 교코의 아버지가 처했던 상황 역시 위에 적은 것과 비슷했을 것이다.

3　미야베 미유키, 이영미 옮김, 『화차』(문학동네, 2012), 219쪽.

쇼코의 경우도 마찬가지이다. 쇼코는 신용카드 사용대금을 납부하지 못해 결국에는 자기 파산을 하는 처지로까지 몰리게 된다. 사태가 이렇게 된 일차적인 책임은 카드를 무분별하게 사용한 쇼코에게 있겠지만, 모든 책임이 쇼코에게 있다고 보는 것은 온당하지 않다. 쇼코에게 법률 상담을 해 주었던 변호사는 혼마에게 이렇게 이야기한다. "금융시장은 본래 환상입니다." "그것은 말하자면 현실 사회의 '그림자'로서의 환상이죠. 때문에 자연히 한계가 있어요. 사회가 허용하는 한계가. 그걸 생각하면 소비자신용의 이런 비정상적인 팽창 양상은 아무래도 수상쩍어요. 본래 부풀 일이 없는 곳을 무리한 방식으로 부풀리지 않는 한, 이 정도로 급격하게 성장할 리가 없죠. 이 환상은 정상적인 크기보다 훨씬 크게 팽창하고 있습니다. 예를 들어 혼마 씨, 당신은 키가 꽤 크지만 그렇다 해도 이 미터는 안 되잖아요? 그런데 당신의 그림자가 십 미터나 드리운다면 아무래도 이상하지 않습니까?"[4]

변호사가 상담을 해 준 스물여덟 살의 직장인은 당시 신용카드를 서른세 장이나 가지고 있었고, 그가 진 부채 총액은 삼천만 엔에 달했다. "매달 이십만 엔을 버는 사람이 어떻게 삼천만 엔이나 되는 빚을 졌을까. 누가 그렇게 큰돈을 빌려 줬을까. 어떻게 빌릴 수 있었을까. 이게 바로 과잉 여신, 과잉 융자라는 겁니다."[5] 변호사는 신용을 기반으로 세워진 사회, 특히 미래를 저당 잡아 놓고서만 근근이 연명할 수 있는 사회의 허약성을 정확하게 지적하고 있다. 쇼코와 교코 일가족이 벌을 받아야 한다면 사회 또한 벌을 받아야 한다. 이들을 부추긴 것이 바로 사회이기 때문이다. 혼마는 교코를 목전에 두고서도 전혀 분노를 느끼지 않는다. 다만 교코를 만난다면 "지금까지 그 누구도 들어주지 않았던 이야기를. 당신 혼자 짊어져 온 이야기를. 이리저리 도망쳐 온 세월에. 숨죽여 살아온 세월에. 당

---

4 같은 책, 151~152쪽.

5 같은 책, 154쪽.

신이 남몰래 쌓아 온 이야기를."[6] 듣고 싶었다는 깨달음이 뒤늦게 주어진다. 쇼코가 그런 것처럼 교코 역시 이 사회의 피해자라는 생각이 없고서는 이를 수 없는 결론일 것이다.

『화차』는 쇼코와 교코를 통해 우리가 살고 있는 이 사회의 부조리와 불합리를 직시하게 한다. 『화차』는 1992년의 일본을 배경으로 한 소설이지만, 이 소설이 우리에게 보여 주는 것은 우리가 살아가고 있는 지금 이곳 대한민국의 현실이기도 하다. 이 현실은 문단문학에 속한 작품들이 자신의 언어로 포착해 내지 못한, 그러나 우리에게는 매우 중요하고 의미 있는 현실이 아닐까. 어쩌면 최근 소설에서 우리가 느끼는 불만의 일부도 이런 데 있을 것이다. 소설에 현실이 보이지 않는 것은 오래된 일이지만, 그리고 소설이 우리 현실을 더 이상 모사하지 않는다고 해서 소설이 마땅히 해야 할 임무를 다하지 않았다고 이야기할 수는 없는 노릇이지만, 빠르게 변해 가는 우리 현실이 그에 상응하는 문학적 대응을 요청해 올 때 문학은 적절하게 이에 반응하지 않는 것 또한 사실이 아닐지. 『화차』를 읽으면서 가슴 한편이 허전하게 느껴지는 것은 바로 이 때문이다.

3 우연은 힘이 세다 — 정유정의 경우

『화차』와 비슷한 종류의 작품을 문단에서 만나기는 쉽지 않다. 최대한 그 범위를 넓히더라도 사정은 달라지지 않는다. 우리의 경우 추리소설의 저변 자체가 넓지 않기 때문에, 소설적으로 재미가 있으면서 문학적으로 의미가 있고, 우리 시대를 바라보는 날카로운 안목을 지닌 작품을 찾기란 정말 어렵다. 그나마 성격이 조금 비슷한 작품을 택해 다소 느슨한 방식

---

6 같은 책, 483쪽.

으로 『화차』와 비교하면서 작품을 읽어 보기로 한다.

지금 내 앞에는 두 편의 소설이 놓여 있다. 정유정의 『7년의 밤』(은행나무, 2011)과 유현산의 『1994년 어느 늦은 밤』(네오픽션, 2012). 이 둘 사이에는 몇 가지 공통점이 있다. 하루 가운데 가장 어두운 시간대를 작품의 제목으로 삼고 있다는 것이 첫 번째 공통점이고, 우리의 어두운 욕망이 어둠을 틈타 폭력을 발산하는 현장으로 우리를 안내한다는 것이 두 번째 공통점이고, 이 현장으로부터 조금 떨어진 자리에서 폭력을 휘두른 인물(들)에 대해 돌아보고 있다는 것이 세 번째 공통점이고, 둘 모두 문단문학과는 조금 성격을 달리하고 있다는 것이 네 번째 공통점이다. 이 외에도 찾아보면 더 많은 것들이 보일 것이다. 『7년의 밤』에는 어린 소녀와 아내를 죽이고 많은 사람들의 목숨을 앗아 간 살인마가, 『1994년 어느 늦은 밤』에는 여공을 성폭행하고 부자를 토막 살해하고 인육까지 먹은 일당들이 등장한다. 인물의 성격에서부터 이미 이들 작품이 문단문학에서 흔히 볼 수 있는 형태와는 다르게 쓰였으리라 예감하게 한다.

『7년의 밤』은 미스터리물의 성격을 띠고 있지만, 이런 장르에 속한 작품들이 항용 그런 것과는 달리 '누가' 범인인가 하는 물음에는 별 관심이 없다. 소설은 누구에 의해 어떤 일이 일어났는지 미리 밝히고 이야기를 펼쳐 나간다. 최현수가 만취 상태에서 세령을 차로 친 후 가까스로 목숨이 붙어 있는 세령의 숨을 틀어막고 호수 속으로 집어 던지는 장면이 나오는 것은 대략 소설의 5분의 1 지점이다. 이후 소설은 이 사태를 마주한 인물들의 반응을 세심하게 그려 나가기 시작한다. 어찌할 바를 모르고 그 큰 몸을 부들부들 떨고 있는 최현수, 세령을 자기 나름의 방식으로 사랑했지만 그 사랑이 당사자에게는 크나큰 고통이었다는 사실을 인정하지 않으려는 오영제, 그리고 한 사람이 더 있다. 물속에 잠긴 세령의 시신을 맨 처음 발견한 승환. 승환은 이 사실을 발설하지 않았기에 그 자신이 살인자라는 오해를 사기도 한다. 소설은 이들의 내면을 번갈아 들여다보면서 그 속에 도사리고 있는 어둠과 욕망을 끄집어내고, 상대를 자극하기 위해 이들이 벌이는 계략들을 섬세하게 묘사해 나간다.

『7년의 밤』이 지닌 장점은 무엇보다 박진감 있는 서사에 있겠지만, 소설이 제기하는 질문들의 무게 역시 가볍지만은 않다. 처음 이야기가 시작되고, 시간을 거슬러 제시되는 7년 전의 이야기들은 서술자에 의한 사건 제시라기보다는 승환이 서원에게 넘겨준 그날의 이야기들이라고 보아야 한다. 서원은 지금 승환이 재구성해 놓은 7년 전의 이야기를 읽고 있다. 서원에게 기록을 넘겨준 승환이 의도한 것은 이것이겠다. 서원이 아버지를 용서하도록 하기. 서원의 아버지는 살인마이다. 세령을 죽인 후 세령호에 집어 던졌고, 어머니를 때려죽였고, 마을 사람들을 수장시켰다. 아버지로 인해 그의 삶은 완전히 망가졌고, 그는 친척들의 집을 이리저리 옮겨다니며 눈칫밥을 먹어야 했다. 승환과 재회한 후에는 사정이 조금 나아졌지만 어디 한 군데 정착이라도 할라 치면 그날의 사건을 다룬 잡지들이 어김없이 날아들어 제대로 학교를 다닐 수가 없었다. 그러기를 7년, 그사이 소년은 성인이 되었다. 아버지를 용서하는 것은 가능한가. 승환은 진실에 이르려 함으로써 이 어려운 과제에 도전한다.

승환의 기록을 읽어 나가는 가운데 서원이 확인하게 되는 사실들이 있다. 어쩌면 그건 서원이 전부터 알고 있었으나 애써 외면하려 했던 사실일 수도 있다. 아버지를 그토록 끔찍하게 싫어했던 이유이기도 했을 바로 그 사실. 아버지가 세령호 인근에 살고 있는 주민 대부분을 수장시킨 것은 서원의 목숨을 구하기 위해서였다. 서원은 이들의 목숨을 대가로 구원을 받은 것이다. 그렇다면 이런 물음이 드는 것은 불가피하다. 나의 삶은 그토록 많은 사람들의 목숨을 대가로 내주고 구했어야 할 만큼 가치가 있는가. 이는 종교적인 차원에까지 맞닿아 있는 물음이다. 서원은 아버지에게 복수하듯 악착같이 살아왔지만, 그의 '생의 의지'가 단지 그 때문만은 아닐 것이다. 서원은 이렇게 묻는다. "나로 인해 죽어 간 영혼들이 등에 올라앉아 있었다. 그들을 등에 진 채 평생을 살아갈 수 있을까?"[7] 그러니까 상황은 정반대일 수도 있다. 이를테면 아버지가 자신을 살리는 대가로 앗아 간 그 많은 사람들의 목숨이 가치 있도록 하기 위해 서원이 기어코 목숨을 이어 가려 했던 것으로 볼 수도 있는 것이다. 이 경우 서원과 현수 사이에는 사실상 아무런 적대 관계도 없다. 그것은 어디까지나 표면에 있는 것일 뿐 이면으로 들어가면 결국 남는 것은 아버지의 선택이 옳았음을 입증해야 하는 아들의 다급한 임무임을 확인하게 되는 것이다.

현수가 괴물이 된 것은 자신의 아버지를 받아들일 수 없었기 때문이다. 아버지를 받아들일 수 없었기 때문에 아버지같이 되지 않으려 했고 아버지를 부정하려 했기 때문에 결국 아버지같이 되었다. 아버지를 부정해서는 아버지와 다른 존재가 될 수 없다. 서원이 괴물이 되지 않기 위해서는 우선 아버지를 용서해야 한다. 아버지와 화해해야 한다. 사람들에게 아버지는 수많은 사람들의 목숨을 앗아 간 살인마이겠지만, 적어도 서원에게는 이것이 전부여서는 안 된다. 어떻든 아버지는 자기 나름으로 최선을 다해 아들을 사랑한 것이 아닌가. 서원은 이 지점에서 출발해야 한다. 여기서부터 아버지와의 관계를 새롭게 시작해야 한다. 아버지가 남긴 책의 제목처럼 "그 모든 것에도 불구하고 삶에 대해 '예스'라고 대답"[8]해야 한다. 아버지가 저지른 그 모든 일에도 불구하고 아버지에 대해 '예스'라고 대답해야 한다. 이렇게 하는 것이 자기 때문에 목숨을 잃어야 했던 많은 사람들에게 용서를 구할 수 있는 유일한 길이기도 하다.

이렇게 읽을 때 우리는 다음과 같은 사실을 확인하게 된다. 세령을 죽이고, 마을 사람들의 목숨을 앗아 간 최현수의 끔찍한 행위는 서원에게만 의미가 있고 서원을 통해서만 의미가 부여된다. 세상을 떠들썩하게 만든 이 사건은 인과관계의 측면에서 세상과 아무런 상관이 없다. 기묘한 아이

7   정유정, 『7년의 밤』(은행나무, 2011), 511쪽.
8   같은 책, 518쪽.

러니가 아닐 수 없다. 세상은 현수에게 "'미치광이 살인마'라는 이름을"[9] 붙이는데, 이런 이름에서 우리는 세상이 현수를 대하는 방식을 분명하게 확인할 수 있다. '미치광이'라는 이름을 붙이는 순간 우리는 현수가 저지른 일에서 아무런 합리적인 이유도 발견해 낼 수 없다. 무엇보다 이런 명명은 현수를 "정신과의사의 심층 분석"[10] 대상으로 다룰 수는 있어도 사회학적 분석의 대상으로는 다룰 수 없게 만든다. 소설에서 '세상'으로 지칭되는 불특정다수들은 현수를 '미치광이 살인마'로 부름으로써 이 사건의 사회학적 의미를 축소한다. 아니, 사실은 작품 자체가 이런 가능성에 대해 거의 아무것도 열어 보여 주지 않는다고 해야 옳을 것 같다.

가령 현수를 설명하는 문장들을 살펴보면 유독 그의 육체적 특징을 언급하는 대목들이 많다. 이를테면 그의 몸에는 아버지인 "최상사가 그의 몸에 남긴 유전자"가 있다. "통제가 안 되는 그의 왼손"은 자신이 "최상사의 아들임을 상기시키는 저주의 징표"[11]이다. 서원도 다르지 않다. 현수는 서원이 자기를 닮은 데라고는 왼손잡이라는 것밖에 없다는 데 안도하지만, 영제가 느끼기에 서원은 "타고나야만 가능한 유의 표정이요, 대담성"[12]이 엿보인다. 현수가 괴물이 될 수밖에 없었던 것은 피의 대물림 때문이지 다른 이유가 있어서가 아니다. 여기에는 외부적인 요인, 이를테면 사회의 구조적인 모순이라거나 불합리 같은 이유들이 개입할 수 있는 여지가 조금도 없다.

비슷한 맥락에서 현수의 아내 은주의 불행한 삶은 한낱 우연의 결과라 할 수 있다. 그녀는 집이라고는 도저히 부를 수 없는 곳에서 그악스러운 어머니와 씨 다른 동생들과 같이 살아야 했다. 고등학교를 졸업한 후 되

---

9 같은 책. 8쪽.
10 같은 책. 24쪽.
11 같은 책, 142쪽.
12 같은 책, 168쪽.

도록 집에서 멀리 떨어진 곳에 일자리를 구하고 식구들과는 절연하며 지냈지만, 모진 마음을 계속 품을 수 없어 허점을 보이고 결국 자기 삶의 공간으로 동생들과 어머니를 끌어들이게 된다. 어머니가 죽고 동생들도 다 자라 자기 자리를 찾게 되었을 때 이제는 행복해질 수 있으리라 생각했지만 이번에는 남편인 현수가 문제를 일으켰고, 악착같이 돈을 모아 집을 샀지만 그 이후의 이야기는 우리가 아는 대로 그렇게 전개되었다. 이 모든 일은 우연의 결과이거나 그녀의 성격이 남보다 조금 억센 탓이지 다른 이유 때문이 아니다. 이 역시 사회학의 대상으로는 다룰 수가 없다. 내가 이 매력적인 작품에 전폭적인 지지를 보낼 수 없는 이유가 여기에 있다.

4   현실의 맥락을 지우다 — 유현산의 경우

유현산의 『1994년 어느 늦은 밤』은 김영삼이 14대 대통령으로 취임하던 날(1993년 2월 25일)의 하루 풍경을 그린 다음, 이듬해 일어난 세종파 사건을 간단하게 소개하는 것으로 시작된다. "추석 연휴 마지막 날인 지난 21일, 경찰은 무고한 시민 네 명을 살해한 세종파 일당의 아지트를 수색했다. 두목 이세종의 이름을 딴 세종파는 1993년 7월 귀가하는 여공을 성폭행한 뒤 살해하고 한 달 뒤 조직을 배신한 동료를 살해했다. 공사판 등을 전전하며 범행 자금을 모은 뒤 1994년 8월 한 중견 기업 사장의 아들을 납치하여 살해했다. 같은 해 9월 양평 국도변에서 중소기업 사장 부자를 납치하여 현금 8000만 원을 갈취하고 아지트 지하실에서 토막 살해했다."[13] 세종파 사건을 소개하는 목소리는 건조하다. 거기서는 아무런 색채도, 맛도 느낄 수가 없다. 소설은 이 무채색의 그림에, 모든 것이 다 드

---

13   유현산, 『1994년 어느 늦은 밤』(네오픽션, 2012), 17쪽.

러나 있어 더 이상 무엇인가를 보태면서 설명할 필요도 느껴지지 않는 이 기사에 내용을 채운다.

관찰자적인 시선으로 쓰인 이 기사를 대신하는 것은, 세종파의 멤버들과 어린 시절부터 한동네에서 같이 자라 온 한동진의 이야기이다. 한동진은 세종파와 느슨하게 연결되어 있다. 한동진은 세종파의 멤버들인 이세종, 김다윗, 서기표, 신정수와 한동네에서 자랐고, 이들과 친하게 지냈다. 세종파가 결성되기 직전까지 한동진은 이들과 지속적으로 만났고, 세종파가 결성된 후 그들의 살인 행각에 수동적으로나마 동참하게도 된다. 하지만 그 관계는 이미 쓴 것처럼 느슨하다. 한동진은 세종파의 멤버들과는 여러 면에서 대조적이다. 이세종의 말에 따르면, 세종파 결성 직전 노량진 근처에서 재수생들과 벌어진 다툼은 한동진을 세종파 결성에서 제외하기 위해 의도적으로 벌인 일이었다. 이세종은 한동진이 자기 무리와는 다른 인간이라는 것을 알았고, 한동진이 자신들과는 다른 삶을 살아 주기를 바랐던 것이다.

세종파와 한동진 사이의 느슨한 관계는 소설을 이해하는 데 매우 중요하다. 세종파 멤버들과 오랜 시간을 함께했기 때문에 한동진의 이야기는 생생하고 사실적이다. 그러나 흥미롭게도 이 이야기를 시작하기 위해서는 예비적인 절차가 필요하다. 10년을 복역한 후 세상으로 돌아와 한동진이 가장 먼저 한 일은 세종파와 관련이 있는 사람들을 찾아다니고 그들로부터 이야기를 듣는 것이었다. 소설은 이들을 찾아가 이야기를 듣고, 이들이 10년 전의 일을 떠올리며 어쩐지 쓸쓸해 보이는 어떤 감회에 젖어 드는 장면을 보여 준 후 곧바로 화자 자신의 기억에서 길어 낸 이야기들을 들려준다. 이를테면 10년 전 사건을 지금 이곳에 재현할 때, 한동진은 항상 10년 후의 지금 이곳과 10년 전의 그때 그곳을 동시에 보고 있다는 자의식을 잃지 않는다. 이 자의식은 세종파 멤버들이 움직였던 동선을 따라 그 자신이 움직일 때, 이 두 장면이 중첩되는 형태로 표현되기도 한다.

한동진은 왜 다른 사람들의 이야기를 듣지 않고서는 쓸 수 없었던 것일까. 이 물음에 답하기 위해서는 아무래도 화자를 통해 표현되는 작가의 자의식을 생각해 보아야 할 것 같다. 한동진이 만나 이야기를 나누는 사람들의 목소리를 들어 보면, 이들은 마치 한동진이 세종파 사건과는 무관한 인물인 것처럼 대한다. 유철용의 아내에게서 특히 이 점이 잘 드러난다. 그녀의 목소리는, 남편의 머리에 총을 겨누고 방아쇠를 당긴 당사자와 이야기를 나눈다고 느끼기 어려울 만큼 지나칠 정도로 차분하다. 그렇다면 한동진은 지금 사건의 참여자로서보다는 제3자로서, 보다 구체적으로는 기자로서 이 자리에 있다고 보는 것은 어떨까.

조금 무리한 해석일 수는 있어도, 이런 전제에서 시작하는 것이 여러모로 유익하리라는 생각이 든다. 작가는 두 개의 계단을 차례로 밟아 사건에 진입한다. 우선 그는 사건과 아무 상관이 없는 기자로서 취재를 하고, 다음으로는 사건에 직접 참여한 자로서 자신을 형상화한다. 한동진은 세종파가 살인 행각을 벌이는 현장 속에 그들과 같이 있다. 오렌지족의 머리에 비닐을 씌우고, 유철용의 머리에 총을 쏘면서 한동진은 세종파의 공범이 되지만, 사실 이런 장면들은 본질적이라 할 수 없다. 한동진이 없었어도 사건은 벌어졌을 테고, 굳이 한동진이 이곳에 있지 않았어도 그는 이 이야기를 쓸 수가 있었을 것이다. 소설을 쓴 실제 작가가 이 소설의 모델이 된 지존파의 일원이 아닌 것처럼 말이다.

한동진이 세종파와 느슨하게나마 연결되어 있다는 설정은 작가가 지존파 사건에 대해 지니고 있는 윤리적 입장을 어느 정도 암시한다. 한동진은 세종파와 느슨하게 연결됨으로써, 세종파의 범죄를 그들만의 잘못으로는 도저히 볼 수가 없다. 세종파의 범죄는 자신의 잘못이기도 하다. 이를테면 이러한 설정은 세종파와의 공범 의식에서 비롯한 것이라는 이야기이다. 지존파가 아니라 그 어떤 참혹하고 악랄한 범죄도, 그들만이 아니라 나를 비롯한 우리 모두에게 조금씩 책임이 있다는 의식이, 화자와 세종파 사이의 느슨한 연결고리라는 형태로 구체화되어 나타난 것이라 할 수 있다. 문제는 이런 공범 의식이 세종파 멤버들을 이해하는 하나의 윤리적 태도가 될 수는 있지만, 이 사건을 거시적인 관점에서, 이를테면 우리 사회가 지닌 어떤 문제들로부터 비롯된 것인지 살피는 데는 한계를 드러낸다는 데 있다.

동진은 "혜진의 태어나지 못한 아이"와 이런 대화를 나눈다. "아빠는 어떤 사람이었어? 나는 대답한다. 순진한 사람이었어. 너무 순진해서 엄청난 실수를 저질렀어. 실수라는 걸 알았을 땐 너무 늦었지. 명심해라. 너는 쉽게 분노하지도 절망하지도 말아라. 그건 죄악이란다."[14] 이것이 이 소설의 윤리 감각이다. 누구나 잘못을 저지를 수 있다. 우리는 모두 잘못을 저지를 수 있는 가능성을 몸에 지니고 있다. 이 가능성은 적절한 상황이 주어지면 뿌리를 내리고 싹을 틔울 것이다. 누구에게나 이런 가능성이 있는 한 우리는 실제로 죄를 저지른 사람들을 비난할 수 없다. 그들은 다만 운이 나빴을 따름이다. 남보다 자라 온 환경이 조금 불행했거나, 하필이면 부모가 폭력적이었거나, 친구를 잘못 사귀었거나 등등. 공범 의식이 이 소설의 윤리적 근거이기 때문에 이런 식의 인식은 비교적 자연스러워 보인다. 심지어 우리는 이들을 용서할 수조차 있다. 그러나 정말 중요한 것은 이들을 용서할 것이냐 말 것이냐 하는 문제가 아니라, 이들을 괴물로 만든 사회적 조건에 대한 탐구이다.

작가는 이 부분에 대해 자각적이다. 소설은 1990년대라는 시대를 이야기하려 한다. 이러한 욕심은 다소 노골적으로 드러난다. 소설을 읽다 보면 1994년으로 집중되는 시간적 흐름 속에서, 그 당시 일어났던 수많은 사건 사고들이 계속해서 언급되는 것을 확인하게 된다. 목동 신시가지가 개발되던 1980년대 후반의 상황과, 도시 개발 과정에서 변두리 지역으로

---

14 같은 책, 376쪽.

계속해서 내몰릴 수밖에 없었던 철거민들의 사정, 1990년대 오렌지족의 등장, 지강헌 사건이라든지 지존파에 뒤이어 등장했던 막가파 등에 관한 이야기, 온보현 사건, 부모를 죽인 패륜아 이야기 등. 그러니까 세종파 사건은 이 일련의 사건들이 일어나던 시대를 관통하여 지금 이곳에 이른 것이다. 세종파 사건은 이런 흐름을 고려하지 않은 채 이해할 수 없다. 어쨌거나 이 사건은 우리 사회가 속으로 앓아 온 환부가 터져 나온 고름이기 때문이다.

문제는 이들 사건이 나열되고만 있을 뿐 적절하게 의미 부여되고 있지는 않다는 데 있다. 이들은 우리의 기억을 불러내고, 우리를 사건의 현장 속으로 소환하는 역할은 하지만, 그것이 전부이다. 작가는 이 소설을 쓴 동기에 대해 이렇게 이야기하고 있다. "『1994년 어느 늦은 밤』은 지존파에 관한 소설이 아니다. 지존파의 범행에서 몇 개의 모티프를 가져오긴 했지만, 세종파는 지존파와 질적으로 다른 가상의 범죄 집단이다. 나는 1990년대의 맥락에서 지존파를 파내어 그 자리에 가상의 범죄 집단을 심어 놓고 어떤 암종으로 자라는지 관찰하고 싶었다."[15] 그렇다면 이 실험은 1990년대라는 시대 자체에 대해 먼저 실행되었어야 하는 것이 아닐까.

하나의 상황이 우리에게 의미 있는 것으로 번역되려면 먼저 이 구체적인 상황에서 어떤 보편적인 원리를 끌어낸 다음, 이로부터 해석 가능성과 적용 가능성을 끄집어내고, 다시 이를 우리가 처한 상황에 적용할 수 있어야 한다. 무엇보다 텍스트 자체가 이런 가능성을 지니고 있어야 한다. 가령 이 소설이 한국이라는 조건 밖에서 읽힐 수 있는지 묻는다면 대답은 회의적이다. 1990년대 한국 현실을 통과하지 않은 독자가 이 소설을 읽고 이해하기란 아무래도 어려워 보이기 때문이다. 1990년대 한국 현실이라는 구체적인 조건에서 출발했으나 이 조건을 지우고서도 가능한 이야기

15　같은 책, 381~382쪽.

가 되기를 바란다면 무리한 요구일까.

5   우리에게 필요한 문학적 언어

이제는 고전이 된 아우어바흐의『미메시스』를 참고해 보자. 아우어바흐는 문학사의 시기마다 작가들이 그들에게 육박해 오는 새로운 현실들을 문학적으로 표현하는 과정에서 다양한 방식으로 '스타일의 혼합'을 시도했다는 사실을 우리에게 알려 준다. 이전의 문학에서는 하찮게 여기던 세계가 새롭게 포착되었을 때, 작가들에게는 이 세계에 어울리는 문학적 언어를 새롭게 만들어 내야 한다는 과제가 주어진다. 이 과정에서 작가들은 의도했든 의도하지 않았든 고상한 세계를 상스러운 스타일의 언어로, 또는 상스러운 세계를 고상한 스타일의 언어로 표현하게 되는 경험을 한다. 우리는 아우어바흐의 논의를 통해, 역사적으로 어떤 현실들이 글쓰기의 대상으로 포착되어 왔는지, 그리고 이를 포착하는 과정에서 이전에 없던 어떤 스타일이 새롭게 창출되어 왔는지를 확인하게 된다. 아우어바흐의 견해대로라면 좋은 리얼리즘 문학이란 성과 속의 구분이 없는 문학, 이들을 두루 아우를 수 있는 문학, 스타일의 요구에 따라 무엇인가가 배제되어서는 안 되는 그런 문학일 것이다. 우리의 현실을 다양한 방식으로 구획 짓는 그 구분선들을 무화시키는 문학 말이다. 우리가 살고 있는 이 속악한 세계를 포회할 수 있는 문학적 언어들이 좀 더 풍성해지고 풍부해지기를 소망한다.

3부

세속의
신학

역병의 징후와 기우(杞憂)의 윤리학
편혜영, 『사육장 쪽으로』(문학동네, 2007)

    편혜영의 첫 번째 소설집 『아오이가든』(문학과지성사, 2005)의 세계는 실로 압도적이었다. 잔혹하면서 또한 매력적이었던 전작에 비하면 『사육장 쪽으로』는 상당히 얌전한 편이다. 「동물원의 탄생」, 「밤의 공사」 같은 작품들은 여전히 편혜영 특유의 잔혹함을 이어받고 있지만, 「금요일의 안부인사」, 「분실물」 같은 작품들은 서명을 가리고 읽으면 편혜영의 것이라고 짐작하기가 쉽지 않다.

    국적 불명의 세계에서 빠져나와 구체적인 시공간이 조금씩 드러나는, 그리하여 일상적인 세계에 조금은 가까워진 이번 소설집이 나에게는 『아오이가든』의 프리퀄로 읽힌다. 역병이 창궐하고 도처에 시취가 끓어오르는 『아오이가든』의 소설 속 풍경은, 오래된 신화 속의 이야기들이 그러했고, 최수철의 『페스트』(문학과지성사, 2005)가 그러했듯이, '희생 위기'(르네 지라르)로 일컬어지는 전형적인 상황을 떠올리게 한다. 이곳에서는 문화와 자연이 뒤섞이고, 산 자와 죽은 자가 구별되지 않으며, 인간은 일개 동물 왕국의 주민으로 전락한다. 썩어 문드러져 온갖 더러운 냄새들을 풍기는 사람들의 몸은, 도살되어 잘리고 팔리며 부패되기 전에 조리되어 먹히는 '고기'와 다를 것이 하나도 없다. 이들과 마주칠 때 우리를 몸서리치게 하는 해묵은 질문들이 솟아 나오는 것은 어쩌면 필연적이다. 인간을 인간으로 만드는 것은 무엇이고, 인간을 다른 동물들과 구별 짓게 해 주는 요소는 무엇인지, 인간에게 허여할 수 있는 고유한 본성이란 도대체 무엇인지, 그런 예외적인 표지는 과연 존재하는지 등등. 인간의 문화란 이 모든 물음을 제쳐 놓는 바로 그 지점에서, 그러니까 인간과 동물이 다르지 않을 수도 있다는 의구심을 물리치고 둘 사이를 명확하게 가르는, 사실상 임의적일 뿐인 바로 그 차이를 승인하는 자리에서 비로소 출발할 수 있으므로, 편혜영 소설에서 반문명, 반문화의 메시지를 읽어 내는 것은 자연스러운 일이었을 터이다. 『사육장 쪽으로』는 시간을 거슬러 올라가 이러한 위기가 시작된 바로 그 지점으로 우리를 데려다 놓는다.

『아오이가든』이 차이가 소멸되고 없는 세계를 그렸다면, 『사육장 쪽으로』는 서로 다른 두 세계가 점점 닮아 가는 과정을 그린다. 이곳에서는 사람들이 늑대의 흉내를 내고 "털가죽을 뒤집어쓴 사람은 남자 말고도 많았다. 늑대의 털가죽을 본뜬 외투가 유행하고 있었다." "도시에는 털가죽 옷을 입은 사내들이 아주 많았다. 비슷한 디자인의 털가죽 때문인지 그들은 모두 닮아 보였다."(「동물원의 탄생」), 맨얼굴과 쓰고 있는 탈이 구별되지 않고 "K는 종종 당나귀처럼 히잉 하는 소리로 울었다. 자신이 여전히 분장을 하고 있어서 드라큘라인지 당나귀인지 헷갈릴 때가 있었다."(「퍼레이드」), "고대 왕의" 무덤과 "왕의 처형을 모의한 반역자의" 무덤을 "구별하기"가 쉽지 않고, "어디까지가 집이고, 어디까지가 습지인지 알 수 없"고(「밤의 공사」), "철거 중인지 신축공사 중인지 헷갈"리며(「첫번째 기념일」), 아이의 연약한 살을 물어뜯는 개들이 사는 곳과 아이를 치료해 줄 병원이 근처에 이웃해 있다(「사육장 쪽으로」). 서로 다른 것들이 구별하기 어려울 정도로 가까워져 있는 세계, 이것이 바로 『사육장 쪽으로』가 그리는 세계이다.

이 세계로 들어서는 문턱에는, 가령 동물원의 우리를 탈출하여 어디론가 숨어 버린 늑대(「동물원의 탄생」)처럼, 사라지고 나서야 비로소 그것이 모든 차이의 근거였음이 드러나는 무엇인가가 있다. 이를 '희생양'이라고 불러도 좋을 것이다. 『아오이가든』에서 편혜영이 몰두했던 부패하는 이미지, 눈으로 볼 수 있게 드러난 그것은 우리를 무섭게 하지 못하거나 제한적으로만 그렇게 할 수 있을 뿐이었다. 참으로 우리를 무섭게 하는 것은 눈에 보이지 않게 된 것들, 그러니까 사라져 우리의 시야에서 벗어난 그 무엇들이다. 우리의 시야에서 무엇인가가 사라질 때 우리는 우리의 텅 비어 있는 망막을 상상력으로 가득 채우게 된다. 상상력이 채우는 바로 이런 이미지들이 우리를 무섭게 한다. 공포에 사로잡힌 자는 언제나 그 스스로가 공포가 되는 법이다. 늑대를 잡기 위해 너도나도 총을 들고 밤거리를 헤매다 늑대 대신 늑대와 닮아 있는 서로를 향해 총구를 겨누는 소설 속 인물들처럼(「동물원의 탄생」), 자신이 희생양이 될 수 있다는 두려움 속에서 사람들은 누군가를 희생양으로 만들기 위해 혈안이 되며, 무리의 바깥으로 내몰리지 않기 위해 애를 쓴다. 사람들이 비슷하게 생긴 집에서 "비슷한 부위의 고기를 구워 먹"고 "비슷한 각도와 횟수로 손을"(「사육장 쪽으로」) 흔드는 것은 습관적인 행동이 아니라 예외적인 존재가 되지 않기 위한 실로 결사적인 몸부림이다.

그러나 문턱을 넘어서는 순간, 다만 시간이 문제일 뿐 파국은 이미 예정되어 있다. 일상에 가까이 다가서 있는, 기왕의 편혜영 소설과는 거리가 먼 듯한 소설들에도 파국을 향한 징후들은 뚜렷하게 감지된다. 편혜영 소설이 보여 주는 전망 속에서 현재의 삶은 언제나 미래에 의해 침투 당한다. 「사육장 쪽으로」의 주인공처럼 융자를 내어 집을 산다고 가정해 보라. 당신은 현재를 위해 미래를 저당 잡혔다고 생각할 것이다. 그러나 어느 날 갑자기 저당 잡힌 미래가 타임머신을 타고 귀환하여 지금 당장 빚을 갚으라고 요구할 때, 상황은 완전히 뒤바뀔 것이다. 이 전도된 시간이 언제 도래할지 모른다는 점에서, 현재는 저당 잡힌 미래에 의해 거꾸로 저당 잡힌 채 우리 앞에 놓여 있다. 미래가 언제 도래할지 모르지만 "분명한 것은" "우리는 조만간 이 집에서 내쫓기게 된다는" 사실이다. 그들은 "언제라도 마음만 먹으면 집 안으로 쳐들어올 수 있다." 그들이 오면, "그로 인해 모든 일상적인 삶은 엉망이 될" 것이다(「사육장 쪽으로」). "기업체 과장이었던 조가 구조 조정 과정에서 밀려나자 서둘러 치킨집을 시작"한 것처럼 "언제고 김 역시 그런 처지가 될" 것이다(「금요일의 안부인사」). 그러니 할 수만 있다면 언제까지나 미래를 저당 잡아 놓는 것이 좋다. 미래가 도래하지 못하도록 "일상을 지키"고, "파산을 의식하지 못할 만큼 해야 할 일"을 많이 쌓아 두고, "터무니없이 낙관적인 생각"을 품어 스스로를 위무하는 것도 좋은 방법이다(「사육장 쪽으로」). 그러다 보면 "지독한 냄새 속에서"도 숨을 쉬고 밥을 먹고 하품을 하게 될 것이다(「밤의 공사」). "사육장의 개들이 서로를 물어뜯어 죽일 정도로 사납더라도 그들 가족과 마주치지만 않는다면 문제될 게 없"지 않은가(「사육장 쪽으로」).

그러나 아무리 기를 쓰고 애를 써 보아도, 사육장의 개들처럼 언젠가는 저당 잡힌 미래, 현재로부터 멀리 추방해 놓은 그 시간이 도래할 것이다.『사육장 쪽으로』의 세계는 운명적으로『아오이가든』의 세계를 향해 나아가게 되어 있다. 그러니 준비하고 있어야 한다. "시민들은 사라진 동물에 관한 얘기를 축제처럼 즐겼다. 모두 낮의 일이었다. 밤이 되면 서둘러 문을 걸어 잠갔다."(「동물원의 탄생」) 지금 눈앞에서 펼쳐지는 축제에 눈과 귀가 멀어서는 안 된다. 축제란 곧 카니발적인 희생이 드려지는 시간이 아닌가. 모든 차이가 소거되고 모방이 최고조에 달하는 상태, 이 모든 혼란은 희생으로 이어질 것이다. 누군가가 희생양으로 선택될 것이고, 희생양은 피를 흘리며 죽임을 당할 것이다. 희생양은 나중에 부활하여 신으로 추앙받게 될 것이지만 그것은 먼 훗날의 일이다. 축제가 희락의 시간이 되는 것은 오직 낮 동안의 일이며, 이 달뜬 대낮의 시간 이후에는 밤이 찾아올 것이다. 오직 피로 문설주를 칠한 사람들만이 구원을 얻을 것이며, 그 집을 찾아 거할 곳을 마련하지 못한 사람들에게는 저주가 임할 것이다. 이 죽음의 신이 떠도는 시간, 그것이 바로 밤의 시간이다. 밤이 오기 전 귀가하여 서둘러 문을 걸어 잠글 것, 이것이 바로 『사육장 쪽으로』가 우리에게 들려주는 메시지이다.

첨언. 프리퀄의 서사는 종말론적이다. 서사의 향배가 이미 정해져 있기 때문이다. 예정된 사건 속에서 현재를 그려 내는 것은 편혜영 특유의 작법에 속한다. 보기에 따라서는 『아오이가든』부터가 이미 불충분한 서사였다. 『아오이가든』을 가득 메우고 있는 도처에 널린 부패하는 이미지들을 떠올려 보라. 부패는 진행 중인 사태와 관련된다. 부패는 이미 시작한 운동이고 앞으로 나아가는 운동이며 썩어 완전히 없어질 때까지 중단되지 않을 운동이다. 그러므로 부패하는 이미지를 묘사하는 그 순간 이미 편혜영 소설은 서사성을 획득한다. 대상 자체가 이미 운동성을 획득하고 있고, 그 대상은 운동의 과정 중인 채로만 포착될 수 있기에, 부패하는 신체에 대한 묘사는 곧 서사가 된다. 묘사가 서사로 화하는 지점, 또는 이 둘이 중첩되는 지점에 편혜영 소설이 놓여 있다고나 할까. 편혜영 소설이 분위기만으로 서사를 지탱해 나갈 수 있었던 이유도 여기에 있을 것이다.(그러니까 부패하는 신체를 묘사할 때, 정확히는 독자들이 이 장면을 읽을 때, 그 장면은 텍스트 바깥에 있는, 누구나 그려 볼 수 있는 서사를 외연으로 갖는다. 독자들은 이 외연 속에서 그 장면을 읽는다. 일종의 채워 읽기를 하는 셈이다. 프리퀄을 읽는 방식과 똑같이.) 그렇다면 부패하는 신체로부터 벗어났을 때 편혜영 소설은 어디에서 서사의 동력을 끌어올 수 있을까. 묘사로써 서사를 대신할 수 없는 지경에 이르렀을 때, 서사성의 원천이 묘사하는 대상에 있었던 마당이라면, 그다음에는 어떤 길로 나아갈 수 있을까. 『사육장 쪽으로』가 명료하게 보여 주듯 프리퀄이 아니었을까. 그렇다면 이 두 번째 소설집은 필연에 속하는 물건일 것이다.

반복하거니와 프리퀄은 서사의 중요하고 주요한 부분들을 원작에 의존하고 있다. 그런 만큼 프리퀄은 항상 원작으로부터 소급하여 의미가 생성되며, 원작을 참조함으로써 비로소 의미화가 이루어지게 되어 있다. 이 점에서 프리퀄의 한계는 분명하다. 결코 자족적일 수 없다는 것. 그럼에도 불구하고 만약 프리퀄이 독립된 작품으로 서고자 한다면, 마치 원작이 없었던 것처럼 스스로를 속일 수 있어야 할 것이다. 『아오이가든』의 전망을 포기하지 않는 한 『사육장 쪽으로』뿐 아니라 앞으로도 계속, 편혜영 소설이 그리는 일상은 이 불길한 묵시록의 일부로 포착될 수밖에 없을 것이다. 그렇다면 이런 유의 편혜영 소설이 의미 있기 위해서는 파국을 향해 치달을 수밖에 없는 필연적인 이유를 징후처럼 내장하고 있는, 그리하여 『아오이가든』을 참고하지 않더라도 종착역을 가늠할 수 있는 그런 세계로 일상을 그려야 할 것이다. 일상 공간으로 물러난 듯이 보이는 『사육장 쪽으로』의 몇몇 작품들이 인상적인 것은 이런 가능성을 열어 보여주기 때문이다.

　징후에 매달리는 것은 일상을 편안하게 살아가는 둔감한 자들에게는 한낱 기우(杞憂)로밖에 여겨지지 않을 것이다. 그러나 누군가의 말처럼, 멀쩡한 하늘이 무너질 것처럼 살아가는 생의 감각이야말로 작가에게 요구되는 최고의 윤리일 수도 있지 않을까. 누구보다 먼저 징후들을 알아채기, 그리하여 다가올 미래를 사람들에게 소리쳐 알리기, 미친 짓인 줄 뻔히 알지라도. 이를 기우(杞憂)의 윤리학이라고 부를 수 없을까.

부재(不在)를 위한 알리바이

한지혜, 『미필적 고의에 대한 보고서』(실천문학사, 2010)

1   메울 수 없는 구멍

표제작인 「미필적 고의에 대한 보고서」는 이 소설집에 실린 작품들을 이해하는 데 좋은 실마리가 된다. 죽은 남편을 추모하는 조등을 걸어 둔 데다 사랑하는 사람의 죽음을 겪은 이들의 모임에 꼬박꼬박 참석하고 있어 당연히 506호 여자의 남편이 죽었다고만 생각해 왔는데, 알고 보니 그게 아니었다. 그 이유를 묻자 그녀가 반대로 이렇게 물어 온 것이었다. "틈을 본 적"이 있느냐고. "간격. 마음을 시리게 하는 그런 거"를 느낀 적이 있느냐고.

506호 여자가 말하는 틈이 무엇인지 소설에서는 아무것도 직접적으로는 알려 주지 않는다. 아이를 가졌다가 유산한 적이 있고, 그때 마침 출장을 가 있던 남편에게는 미처 그 사실을 알리지 못하여 위로를 받을 수 없었으며, "그게 어쩌면 이 모든 일의 시작일지도" 모른다는 그녀의 말로 미루어 짐작건대, 틈이란 남편에게서 느낀 거리감 같은 것이 아니었을까 짐작할 뿐이다. 도저히 넘어설 수 없는 "간격"이 둘 사이에 놓여 있었기에, 여자에게는 남편이 이미 죽은 것이나 다름없었을 터. 이런 사실에 비하면, 남편이 오랫동안 병석에 누워 근근이 목숨을 이어 가고 있는 처지라는 사실은 오히려 부차적이었을 것이다. 506호 여자의 남편은 "하루를 살고, 열 달을 살고, 벌써 십 년을 살았는데도" 기억이 "쌓아지지" 않고, "살아온 시간을 반추하는데, 십 분도 소비되지 않는" "맹맹"한 '여자'의 남편과 별반 다를 것이 없는 셈이다.(다소 모호하기는 하지만, 506호 여자를 '여자'가 만들어 낸 가상의 인물로 보는 것도 괜찮지 않을까.)

이 틈은 채워지지 않는 빈 구멍 같은 것으로 표현될 수도 있다. 불구인 한 남자가 있다(「소리는 어디에서 피어나는가」). 정상적인 방법으로는 성적인 욕구를 해소할 수 없어 도움받기를 핑계 삼아 여자들에게 자기 몸을 밀착시키고, 가정부로 들어온 여자를 향해 줄곧 "씹하고 싶지" 않으냐는 상스러운 말을 내뱉는 그이지만, 기실 불구인 것은 신체의 다른 부위들만이 아니다. 남자는 발기 불능이었던 것. 남자는 기껏해야 빈 콘돔을 쥐고 자위하는 시늉을 할 뿐이다. 섹스가 여성의 질을 남성의 성기로 충만하게 채우는 행위를 뜻한다면, 남자는 섹스를 할 수 없다. 성기 대신 공기로 채워진 콘돔은 성적인 접촉을 통해 메울 수 없는 구멍을, 그리하여 '성관계'의 불가능성을 환기시키는 기표가 된다. 이 불가능한 관계가 '생산하지 못하는 것은 당연한 일이다. 이들의 자궁은 아이를 수태하지 못하고(「당신이 그린 그림은」) 유산을 한다(「미필적 고의에 대한 보고서」). 이들의 자궁은, 남자가 손에 쥐고 있는 빈 콘돔이 그렇듯이, "아무것도 없는 텅 빈 동굴"처럼 비어 있다.

비유컨대 이들의 관계는 조각 하나가 빠진 퍼즐(「당신이 그린 그림은」)이거나 한 장을 채우지 못한 보너스 쿠폰(「4월이 오면 그녀도 오겠지」) 같을지도 모른다. 퍼즐 조각은 주인을 잃어버렸고, 보너스 쿠폰을 발행했던 가게는 사라지고 없다. 그러므로 빈 공간을 채우는 것은 요원한 일이 되었다.

2   관계 청산을 위한 절차

관계가 이처럼 허술하다면 그만두면 되지 않을까. 그러나 소설 속 인물들에게는 이 헐겁기 짝이 없는 관계를 청산하는 것이 생각만큼 쉽지 않은 듯하다. 동호회 모임에 몇 번 따라간 '여자'가, "그렇게 슬픈 일을 겪고, 그렇게 잊지 못하면서" 어찌 이렇게 자유롭고 행복해 보일 수 있는가 묻자 506호 여자는 이렇게 반문한다. "영원히 헤어지는 것과 영원히 헤어질 수 없는 것, 어느 쪽이 더 잔인한 운명일까요." 그녀는 지금 "어느 쪽이 더 잔인"한가 묻고 있다. '그래도 이편이 낫다'고 자기 처지를 위로하고 있는 것이 아니라는 이야기이다. 여자는 너무도 허술하게 '틈'을 노출시킨 남편과의 관계가 그 상태 그대로 영원히 지속될지도 모르는 끔찍함을 이렇게 드러낸 것이리라. 그런데도 남편과의 관계 청산은 상상 속에서만 이루어진다. 남편이 죽기까지는 그 곁을 떠날 수가 없었던 것이다.

아무리 관계에 틈이 있다고 해도, 죽지 않은 사람을 버려두고 떠나기 위해서는 약간의 기만이 필요하다. 연기술이 요청된다. 506호 여자가 "사랑하는 사람의 죽음을 겪은 이들의 모임"에 참석하는 비교적 손쉬운 방식으로 남편의 죽음을 연기했다면, '여자'의 경우는 좀 더 복잡하고 치밀하게 오랜 시간 공을 들여 남편의 죽음을 연기한다. '여자'가 만들고 주변 인물들이 참여한 이 연극을 시간적인 순서를 따라 재구성해 본다.

시간은 사건이 있기 최소한 1년 전으로 거슬러 올라간다. "구두와 수첩을 남기고 사라진 그날로부터 꼭 1년 전" '여자'는 자신에 대한 실종신고를 한다. 짐작건대 그즈음 '부재하는 존재들'이라는 이름의 동호회도 개설해 두었을 것이다. 사건이 있기 며칠 전부터 '여자'는 보험사에 전화를 걸어 남편이 사망할 경우 지급되는 보험금의 액수와 보험금을 수령하는 데 걸리는 기간을 확인한다. 전화는 일주일 동안 계속 이어진다. 사건 당일 오전 '여자'는 남편의 사망신고를 한다. 보험사로 사망진단서와 사망신고서, 보험금 청구서가 담긴 우편물이 도착한 것은 아마 이날 오후쯤이었을 것이다. 오후에 '여자'는 남편에게 전화를 걸어 자정 무렵 마중을 나와 달라고 말한다. 자정 무렵 여자는 112로 전화를 걸어 "누군가 쫓아오고 있다"고 신고하고, 곧이어 남편에게 문자 메시지를 보낸다. 자정 지나 '여자'는 경찰서를 찾아가 자신이 남편을 죽였다고 신고하지만 근무를 보던 경장은 그 말을 믿지 않고 '여자'를 돌려보낸다. '여자'가 떠난 직후 112 출동 신고가 들어와 경찰이 출동하고, 남편 역시 '여자'가 말한 곳으로 가지만 '여자'는 어디에도 보이지 않는다. '여자'가 남긴 일기 속 인물(506호 여자)을 만나기 위해 집을 방문하지만, 집은 비어 있고 벽에는 '여자'의 사진이 커다랗게 걸려 있다. 신원 조회 결과 남편의 사망신고 사실과 여자의 실종신고 사실이 밝혀진다.

'여자'가 남편을 떠나고 싶어 했던 이유에 대해서라면 많은 이야기들을 할 수 있을 것이다. 예들 들면 '여자'가 남편이 "늘 집에 없는 존재 같아서" "늘 혼자 허허벌판에 서 있는 것"같이 느꼈다거나, 그로 인해 "사소한 말다툼"을 할 만큼의 애정도 남아 있지 않게 되었다거나, 그런데도 남편은 둘의 관계가 그저 무난하다고만 느껴 왔다거나 하는 것이 이유가 될 수 있겠고, 소설 첫머리에 써 놓은 대로, '여자'가 신고 싶어 하는 힐을 남편이 신지 못하게 했다는 것도 '여자'가 이런 결심을 하는 데 역시 일정 정도 역할을 했을 것이다. 그러나 이런 이유들이란 '여자'가 남편을 떠나기 위해 남편이 죽었다는 확신(혹은 자기기만)이 필요했고, 이 확신에 이르기 위해 세심하게 플롯을 짜고 여러 가지 알리바이를 만들어 두어야만 했다는 사실과 비교하면 부차적인 문제일 뿐이다. 힐만 해도 그렇다. 마지막 장면에서 '여자'는 그렇게 신고 싶어 했던 구두를 "사뿐히" 벗어 "힘차게 던진다." 그것이 한갓 핑곗거리거나 빌미가 아니었다면 '여자'가 그런 행동을 하지는 않았을 것이다.

그러고 보면 「당신이 그린 그림은」의 남편도 떠나기 위해 '여자'와 비숫한 절차를 밟는다. 7월의 어느 날 아내를 위해 손수 저녁을 준비하던 남편은 갑자기 뭔가 생각이 난 듯 급하게 밖으로 나갔고, 그 길로 영영 돌아오지 않는다. 남편이 잊고 있었던 것은 무엇이었을까. 저녁을 준비하다 말고 뛰쳐나갈 정도로 그건 그렇게 중요한 일이었을까. 중요한 그 일이 해결되지 않아 돌아오지 않은 것일까. 아니면 남편은 사고라도 당한 것일까. 그래서 돌아올 수가 없었던 것일까. 소설은 이 점에 대해 아무것도 알려 주지 않는다. 이 빈 곳을 채워 넣어 볼 수는 없을까. 가령 첫 번째 소설집에 실린 「사루비아」 같은 작품을 나란히 놓고 이 작품을 읽어 보면 어떨까.

　「당신이 그린 그림은」과 「사루비아」는 여러 모로 닮아 있다. 몇 가지를 지적해 본다. 첫째, 어느 날 갑자기 남편이 여자를 떠난다는 점. 「사루비아」에서 (기면증이 있는) 여자는 자주 의식을 잃고 쓰러지고는 했는데, 남편이 사라진 그날도 같은 일이 있었다. 정신을 잃었다가 깨고 보니 곁에 있었던 남편이 사라지고 없었다. 「당신이 그린 그림은」에서 남편은 밥을 하다 말고 갑자기 무엇인가 잊은 것이 있다며 나갔다가 돌아오지 않는다. 둘째, 두 사람이 결혼은 했으나 혼인신고는 하지 않았다는 점. 「사루비아」에서 두 사람은 결혼식을 올리지는 않았지만 "꽃 같은 드레스 입고 사진관에서 기념사진 한 판 찍은" 것으로 결혼식을 대신했고 "한 삼 년쯤" 같이 살다가 헤어진 것으로 되어 있다. 사실혼 관계이기는 하지만 혼인신고는 하지 않았다. 「당신이 그린 그림은」에서 여자는 남편이 사라지고 난 후 두 사람의 혼인신고가 되어 있지 않은 것을 알게 된다. 셋째, 두 사람 사이에 아이가 없다는 점. 「사루비아」에서 여자는 유산을 한다. 「당신이 그린 그림은」에서 여자는 아이를 갖고 싶어 하지만 상상임신만 되풀이한다. 넷째, 여자를 떠나기 전에 남자가 한 행동들이 일종의 연기로 보인다는 점. 이 네 번째 사실에 대해서는 좀 더 설명이 필요하다.

　「사루비아」의 남편이 견딜 수 없어 하는 것은 의식을 잃은 동안 여자가 한다는 행동들이다. "의식을 잃기 전에 대체 무슨 난동을 부리는 건지"

알 수 없지만 정신을 차리고 보면 남자는 상처투성이가 되어 있기 일쑤였다. 남편의 말로는 여자가 그렇게 한 것이라 했지만, 여자가 어렴풋이 기억하기로 남자의 몸에 상처를 낸 것은 남자 자신이다. 남자는 자해를 하고 있었던 것인데, 생각해 보면 그것은 여자와 헤어질 빌미를 만들기 위해서가 아니었을까. 뱃속의 아이가 죽은 후 남편은 아내와 헤어질 결심을 하게 되었고, 헤어질 빌미를 얻기 위해 제 몸에 상처를 낸 후 거짓말을 한 것이다.(여자가 난동을 부리기 시작한 것도 바로 그즈음이다.) 「당신이 그린 그림은」의 경우도, 생기지 않는 아이 때문이 아니라면 남편이 여자를 떠난 이유를 찾기 어렵다. 아마도 남편은 상상임신을 되풀이하는 아내가 견디기 힘들었을 것이고, 마침내 아내를 떠나기로 결심했을 것이다. 아니, 꼭 이것이 이유가 아니어도 상관이 없다. 중요한 것은 남편이 아내를 떠나기로 마음먹었으면서도 굳이 아내를 위해 손수 저녁을 준비하고(이건 "한 번도, 신혼 때도" 볼 수 없던 일이었다.) 갑자기 무엇인가 생각이 난 듯이 잠깐 다녀오겠다며 집을 나서는 과정을 연기했다는 사실이다.

이들은 모두 연기를 하고 있다. 이들에게는 떠나기 위한 절차가 필요하다. 떠나도 좋은 이유가 있어야 하고,(없다면 만들어야 한다!) 그 이유를 스스로 납득할 수 있어야 하며, 그런 다음 세심하게 플롯을 만들어 실감 나게 연기를 하고, 연기 속에서 자신을 잊고, 마침내 그것을 사실로 믿어야만 한다. 왜 이들은 마음 편히 떠날 수 없는 것일까. 어쩌면 그건 이들이 충분히 모질지 못하기 때문일지도 모른다. 이들이 만들어 내는 허구적인 이야기들은 자기 양심을 달래기 위한 윤리적 알리바이의 일종이다. 사건 현장에 있지 않았음을 증명하는 알리바이가 아니라 그곳에 있지 않아도 좋다고 허락받기 위한 알리바이.

3   나 자신을 위한 알리바이

아내가 남편을 살해하려 한 사건이 실제로 있었다. 그녀의 말로는 부부 싸움 과정에서 남편이 흉기를 먼저 들었고 자기는 방어를 했을 뿐이며 남편의 상해는 자해에 의한 것이라 했다. 여자의 혐의를 입증할 만한 증거가 없어 고심하고 있을 때 몇 가지 사실을 알게 되었다. 사건이 있기 전 남편의 사망 시 지급되는 보험금에 대한 문의가 이어졌고, 남편이 죽지도 않았는데 사망신고 서류가 접수되었으며, 보험사로는 보험금이 청구되었던 것이다.

몇몇 세부적인 대목에서 차이가 있기는 하지만, 이 사건은 「미필적 고의에 대한 보고서」의 '여자'가 만든 플롯과 매우 유사하다. 사건 전후로 아내와 '여자'가 보인 행동도 그렇지만, 무엇보다 남편을 죽이기로 결심하게 된 동기가 비슷하다. 사람들이 의아하게 생각한 것은 두 사람이 "무척 사이가 좋은 부부"였다는 점이다. 두 사람은 "바람직한 부부 생활이란 이런 것이다 싶을 만큼 교과서적으로 살아온 이들"이었기에, 아내가 남편을 죽이려 했다는 사실을 쉽게 납득할 수 없었다. 아마도 전담팀의 한 여직원만이 아내의 마음을 이해했던 것 같다. 그녀는 "참 외로웠나 보다."라고 혼자 중얼거린다. 두 사람은 사이가 좋은 것이 아니라 사실은 감정이 뿌리까지 말라 버렸던 것이라고, 거기서 오는 "외로움이 살의로 이어"진 것이라고, 그렇게 공감을 표한 것이리라. 여자 역시 그렇게 생각하지 않았을까.

'여자'는 누군가의 이야기를 빌려 와서 자기의 것을 만들었다. 자기 것이 아니었지만 이야기에 공감할 수 있었기에 자기 것으로 가져왔고, 자기 것으로 가져왔기에 이야기 속 인물과 어느 사이 하나가 될 수 있었을 것이다. 한지혜 소설에서 이야기를 만드는 이들은 이렇게 종종 자기 이야기와 타인의 이야기를 구별하지 못한 채 혼란에 빠진다.

「세상의 모든 거짓말」을 읽어 본다. 어느 날 메일이 한 통 도착한다. "당신의 이야기가 필요합니다."라고. 누군가가 화자인 '나'에게 요구하는 이야기가 화자 자신에 관한 이야기인지 화자가 만든 이야기인지 소설은 명확하게 알려 주지 않는다. 가령 "메일이 말하는 '당신의 이야기'가 그 사람의 이야기가 아니라 나 자신의 이야기라면"이라는 구절에서 '나의 이야기'는 "내가 만든 이야기", 그러니까 '나의 오리지널리티'를 주장할 수 있는 그런 이야기를 뜻하는 것처럼 보인다. "나는 이야기를 만드는 사람이 아니라 이야기를 정리하는 사람"이라거나, "원본도 없이 이야기를 생산할 수는 없었다."라고 말하는 것도 이런 맥락에서일 것이다. 반면 이야기를 모두 들은 노인이 "그게 댁네 이야기면, 댁은 제 꼴 모르는 사람이오."라고 말할 때, 노인이 기대했던 것은 오리지널한 이야기가 아니라 화자 자신에 관한 이야기였던 것 같다. K가 '나'에게 "당신이 누구인지 당신도 모르는 거 아니오?"라고 말할 때도, 소설 쓰기를 권유했던 남편이 '내'가 쓴 소설을 읽고 난 후 "네 이야기부터 시작해야 옳은 거 아니냐고" 따지듯이 물을 때도, K가 "내 기구한 인생을 정리하고 싶었다. 그것만은 내 이름으로 쓰고 싶었다."라고 말할 때도 역시 이 말이 의미하는 것은 '화자 자신에 관한 이야기'인 듯하다.

이처럼 '나의 이야기'의 의미는 모호하다. 한 가지 분명한 사실은 나의 이야기란 없다는 점이다. 나의 이야기라고 믿는 그 이야기 속에는 이미 타인들의 이야기가 들어와 있고, 이것 없이 나의 이야기는 성립되지 않는다. 내가 만든 이야기도, 나의 것이라고 생각하는 삶도, 순수하게 내 것만은 아니다. 이야기를 만드는 자는 그 이야기가 자기에게서 유래한 것이라고 스스로 믿어야 한다. 비슷한 맥락에서 '여자'는 그 이야기가 사실이라고 스스로 믿어야 한다. '여자'가 남편의 죽음을 연기하는 일에 몰두했을 때, 그것은 자신이 이곳에 있지 않아도 좋은 이유를 만들기 위함이었다. '여자'가 이런 알리바이를 만들었던 것은 다른 누구보다 자기 자신을 설득시키기 위해서였다. 알리바이를 만들어 설득해야 하는 누군가가 있다면, 그것은 바로 알리바이를 만드는 자 바로 자기 자신이다. 저곳이 아니라 이곳에 있음을 입증해야 하고, 저곳에 있지 않고 이곳에 있어야 하는 이유를 납득시켜야 한다. 그럴 수 없다면 그것은 논리가 부족해서가 아니라 거기에 어떤 윤리적인 문제가 개재해 있기 때문이다.

4 실재하나 상징적으로는 존재하지 않는

남편은 죽었고, 여자는 혼자가 되었다. 여자를 구속하는 것은 이제 아무것도 없다. 여자가 벗어서 던진 하이힐은 "똑똑, 경쾌한 소리"를 내며 떨어진다. 그 소리는 여자 앞에 놓인 삶을 예비하는 표징처럼 보인다. 가볍고 유쾌하고 희망으로 가득 찬……. 그러나 과연 그럴까. 한지혜의 다른 소설을 보면 떠나온 이들의 삶이 구두 소리만큼 그렇게 경쾌해 보이지는 않는다.

「그 집 앞 골목길」을 읽어 본다. 골목길에 노인과 여자아이가 나란히 앉아 이런저런 이야기들을 주고받고 있다. 여자아이는 동생을 두고 저 혼자 집을 떠나온 것이 못내 미안해서 "동생이 울던 집을 찾고" 있다 했다. 배 다른 동생이었지만 유독 자기를 잘 따르던 아이였다. 여자아이는 "캄캄한 방에서 저만 기다리고 있을 동생 때문에 걱정이 되어서, 수업을 받다가도 동생만 생각하면 마음이 아프고 그래서 학교를 마치면 곧장 집으로 달려"오곤 했다. 노인은 오래전 사는 것이 힘들어 이제 막 걷기 시작하는 아이를 버려두고 도망쳤다. "조금이라도 낫게 살아 보자고" 도망친 것인데 그렇게 살아지지 않았다. 아이의 주변을 맴돌며 먼발치에서 지켜보았고, 아이가 그때의 자기만큼 나이를 먹었을 때 염치 불구하고 찾아가지만 딸의 삶도 자기와 다를 것이 없었다. 그래도 딸은 "어미를 원망하지"도

"박대하고 내쫓지도 않았다." 어느 겨울 노인은 풍에 맞아 쓰러졌고, 딸은 제 아이만 데리고 도망갔다. 이야기를 들어 보니 두 사람은 이미 죽었다. 노인과 여자아이는 유령이 되어 돌아와 남은 이들의 주위를 배회하고 있었던 것이다. 떠나는 일은, 이곳의 삶과 영원히 이별하고 나서도, 여전히 쉽지 않다.

「실종」은 어떨까. 어느 날 김 노인과 자폐를 앓는 중학생이 사라졌다. 중학생의 부모는 "부도 명예도 권력도 모자람 없이" 갖추고 있는, "이름만 대면 알 만한 명사"였고, "아이의 형제들은 엘리트 교육의 정예군" 같다. 아이는 다른 가족 구성원과는 전혀 어울리지 않았고, 가족들이 사는 모습이 소개될 때 한 번도 모습을 드러낸 적이 없었다. "공식적으로 그는 없는 존재", "버림받은 존재, 혹은 숨기고픈 존재"였다. 아이는 실종되었지만 달라진 것은 아무것도 없었다. 아이를 맡았던 교사에게는 전과 다름없이 교육비가 지급되었고, 아이가 살던 집을 찾아갔을 때 거기는 "아무도 안 산 지 일 년이" 넘었다고 하였다. 노인의 경우도 사정은 다르지 않아 노인이 살던 집을 방문했을 때는 문을 열고 나온 중년 사내가 자기 모친은 몇 달 전 미국에 사는 딸네 집에 갔다고 말한다. 아이를 돌보던 교사는 "처음부터 사라진 사람은 없는 게 아닐까." 하고 묻는다. "사람이 사라졌는데, 알고 보니 그 사람이 세상에 존재한 적이 없다?" 노인이 자기 집을 찾아갔을 때 거기는 자기가 모르는 사람이 살고 있었다. 부녀회장과 교사는 노인과 아이의 얼굴을 알아보지 못한다. "이상한 일이었다. 정말로 순수하게 부녀회장과 교사는 그들의 얼굴을 알아볼 수 없었다." "망설이던 부하 경관이 보고한 조회 결과에 따르면 노인은 이미 죽었고, 아이는 태어난 적이 없었다."

이 소설은 지난 2009년에 있었던 용산 참사를 환기시키고 있는 듯하다. '임대아파트의 삶'으로 상징화되는 자리, 거기서 떠나왔고 이제는 어느 순간 잊혀졌고 그렇지만 그 잊어버림을 떠올리면 죄스럽기까지 한 그 장소가 다시금 호출되고 있는 것이다.(가장 최근에 발표한 작품인 「미스터 택시 드라이버」에 임대아파트가 등장하는 것이 한낱 우연일 뿐일까?) 잊기 위하여 알리바이를 만드는 방식은, 때로는 윤리적이지만, 또 때로는 무책임이나 회피가 될 수도 있다. 아무도 죽지 않았는데, 그들을 위해 애도를 할 수 있을까. 죽은 사람이 없는데 그들을 장사 지낼 수 있을까. 애도할 수 없는 한 우리는 그들과 이별할 수 없고, 그들을 죽음 저편의 세계로 떠나보낼 수 없다. 이 심각한 우울증적 상태.

「미필적 고의에 대한 보고서」에서 남편은 이렇게 말한다. "이미 나는 죽었습니다. 법적으로 사망신고를 받았지만 제 마음도 이미 죽었습니다." 남편은 상징적으로, 또 상상적으로 죽었다. 남편이 상징적으로 죽었다는 것은 그 죽음이 사회적인 차원의 죽음이라는 것을 뜻한다. 남편은 사회적 관계 속에서 죽었다. 남편은 사망신고가 되었고, 사망 시 지급하게 되어 있는 보험금이 청구되었다. 남편은 법적으로 죽었고, 보험금이 청구됨으로써, 그러니까 죽음 이후 이어질 절차가 진행됨으로써, 이러한 절차가 진행되기 위한 사전 절차로서, 죽었다. 남편이 상상적으로 죽었다는 것은 남편이 실제로는 죽지 않았음을 의미한다. 남편은 살아 있고, '여자' 역시 이 사실을 안다. 알면서도 짐짓 남편이 죽은 것처럼 해 두는 것이다. 이 두 죽음은 서로 관련이 있다. 남편의 상상적인 죽음은 상징적인 죽음을 가능하게 하고, 상징적인 죽음은 이러한 상상을 성립시키고 지탱해 주는 수단이 된다.

「실종」에서 노인과 아이의 죽음은 실제적이지만 상징적이지는 않다. 노인과 아이의 죽음이 상징적인 죽음이 될 수 없는 것은 사회적 관계 속에서 이들이 차지하는 자리가 없기 때문이다. 이들은 실재했으나 상징적으로는 존재하지 않은 것이나 다름없다. 이들은 처음부터 태어나지 않은 것처럼, 혹은 이미 사망한 것처럼 여겨진다. 태어나지 않았으니 죽을 수 없고, 이미 죽었으므로 또 다시 죽을 수 없다. 상징적으로 죽지 않았기 때문에 어느 누구도 이들을 효과적으로 죽일 수 없다. "아무도 죽지 않았고, 아무도 사라지지 않았다."라는 문장은 이렇게 바꿔 읽어야 한다. "아무도 죽지 않았으므로 아무도 사라지지 않았다." 노인과 아이는 죽었지만 죽지 않고 살아 돌아온다. 실종신고가 없었는지, 우리 가까이에 있었다가 우리의 부주의 때문에 사라진 그 누군가를 찾는 양심의 소리가 혹 있지는 않았는지 거듭 묻고, 그들을 버린 것이 우리라고, 그들을 찾아 나서야 하는 것이 우리가 해야 할 마땅한 도리라고 거듭 알려오는 이들. 이들이 전화를 걸어올 때마다 우리는 어떤 윤리적 책임을 느낄 수밖에 없다. 이들을 잊기 위한 유효한 절차란 없다.

5   두 개의 윤리와 소설의 가능성

'여자'에게 알리바이가 필요했던 것처럼, 그들에게도 알리바이가 필요했다. 노인과 아이를 사라지도록 만든 그들 말이다. 알리바이는 가책의 다른 이름이기도 하다. 남편과 헤어진 후 '여자'가 어떤 삶을 살아갈지 묻는 일과 노인과 아이를 위해 어떤 상징적 자리를 마련해 줄 것인지 묻는 일은 이 점에서 서로 닮아 있다. 이 둘은 우리에게 어떤 윤리를 강요한다. '여자'의 윤리와 노인과 아이를 향한 우리의 윤리는 윤리를 촉발한 기원은 비슷해 보이지만 나아가는 방향은 사뭇 달라 보인다. 어쩌면 이 두 개의 윤리가 서로 충돌하면서 만들어 내는 자장이 한지혜 소설의 가능성이 놓인 공간적 크기가 되지 않을지.

법 앞에서

— 한지혜 「미필적 고의에 대한 보고서」 재론

1 법 앞으로

「미필적고의에 대한 보고서」는 흥미로운 작품이다. 최근 우리의 관심을 끌고 있는 법의 문제와 관련해서 읽을 때 특히 그렇다.

이야기의 개요는 이렇다. 한 여자가 사라졌다. 알고 보니 여자는 이미 1년 전 실종 처리가 되어 있었고, 사건 당일 아침 (멀쩡하게 살아 있는) 남편의 사망신고가 접수된 채였다. 사건의 단서를 찾고자 여자가 남긴 일기 속 '506호 여자'(오랫동안 여자와 깊은 대화를 나누었던)를 찾아가 보니, 그녀는 실종된 여자 자신이었다.(둘이 동일 인물이라는 것은 액자 속 사진을 보고 알 수 있었다.) 어떻게 된 일일까? 여자는 감정적 교류가 없는 남편과의 관계를 청산하기 위해 적어도 1년 전부터 가짜 이야기를 만들어 오기 시작한 터였다. 스스로 실종신고를 하고, 아래층을 세내고,(구매한 것일까? 이 부분은 명확하지 않다.) 사랑하는 사람을 잃은 사람들의 모임인 '부재하는 존재들'이라는 동호회를 개설하고, 사건이 있기 며칠 전부터는 보험사에 전화를 걸어 남편이 사망할 경우 지급되는 보험금의 액수와 보험금을 수령하는 데 걸리는 기간을 확인하고, 사건 당일 오전 남편의 사망신고를 하고, 곧이어 보험사로 보내고, 오후에는 남편에게 전화를 걸어 자정 무렵 마중을 나와 달라고 부탁하고, 자정이 다 되어갈 무렵 112에 전화를 걸어 누군가 쫓아오고 있다고 신고한 후 남편에게 문자 메시지를 보내고, 자정 지나 경찰서를 찾아가 자신이 남편을 죽였다고 신고하고 등등. 그리고 이 모든 이야기가 끝이 나고 난 다음 여자는 사라진 것이다. 홀연히.

조금 단순하게 말하면 이 소설은 여자가 집 나가는 이야기이다. 1990년대 소설 이후로 우리가 익숙하게 보아 왔던 바로 그 이야기 말이다. 그러나 이 소설은 이전의 수많은 소설들에서는 볼 수 없었던 독특한 지점을 가지고 있다. 무엇보다 집 나가는 과정이 예사롭지 않다. 그냥 훌쩍 떠나는 대신 여자는 복잡한 법적 절차들을 하나하나 밟아 나간다. 전세(혹은 매매) 계약을 하고, 실종신고를 하고, 남편의 사망신고서와 보험금 지급 청구서를 제출하고, 경찰서에 가 남편을 죽였다고 자수하고…… 여자는 법을 집행하거나 법의 관리 감독을 받는 기관들을 두루 거친 다음, 이 일들이 마무리된 후 사라진다. 여자가 꾸민 일은 법에서 시작하여 법으로 끝난다. 그렇다면 소설의 제목이 「미필적고의에 대한 보고서」인 것도 이해할 만하다. 사실 이 제목은 좀 어색하다. '미필적고의'라는 법률 용어가 소설에서 의미하는 바가 무엇인지, 여자(혹은 다른 인물 누군가)의 어떤 행동이 '미필적고의'에 해당하는지 분명하지 않기 때문이다. 가장 손쉬운 길은 이 말을 법을 가리키는 환유적 표현으로 이해하는 것이다.

이 소설은 법에 대한 짧은 보고서이다. 법에 대한 유쾌한 농담이라 해도 나쁘지는 않겠다. 소설을 읽는 방식 역시 농담에 준한다. 법 규정을 들이대며 이것이 법적으로 옳으니 그르니 정색하며 따지는 일은 농담으로 받아들이지 않을 경우 오히려 외설적으로 느껴질 공산이 크다. 그리고 무엇보다 법 규정을 잘못 이해했거나 법 적용을 잘못했을 경우를 대비하여 미리 도망갈 구멍 하나는 만들어 두어야 하지 않겠는가. 그러니 이 글을 시작하면서 독자들에게 미리 주문하고 싶은 말은 이것이다. 릴랙스.

244

2 법의 효력 정지

자신의 실종과 남편의 사망신고를 통해 여자가 의도하는 바는 분명하다. 남편과의 혼인 관계를 '합법적으로' 청산하는 것이 그것이다. 사도 바울이 로마 사람들에게 보낸 편지에서 비유로 말한 바 있듯이, "결혼한 여인은, 그 남편이 살아 있는 동안에는, 법을 따라 남편에게 매여 있으나, 남편이 죽으면, 남편에게 매여 있던 그 법에서 해방"(로마서 7:2)된다. 실종의 경우도 마찬가지이다. 실종이 선고되면(신고가 아니라 선고이다. 우리나라 민법에서는 부재자의 생사가 불분명하고 그 상태가 일정 기간 동안 계속될 경우 이해관계인이나 검사의 청구를 받아 법원이 6개월 이상의 기간을 정해 부재자 본인이나 부재자의 생사를 아는 자에 대해 신고하도록 공시최고하고 공시최고 기간이 지나도록 신고가 없을 경우 실종선고를 내리도록 규정해 놓고 있다.) 실종자는 사망한 것으로 간주된다. 누가 죽느냐의 차이가 있을 뿐 법의 효력을 중지시킨다는 점에서 실종과 사망은 차이가 없는 셈이다.

실종과 사망은 법의 효력을 즉각적이고 전면적으로 중지시키는 합법적인 장치이다. "남편이 살아 있는 동안에, 그 여인이 다른 남자에게로 가면, 그 여인은 간음한 여자라는 말을 듣게" 되지만 "남편이 죽으면 그 법에서 해방되는 것이므로, 다른 남자에게로 갈지라도, 간음한 여자가 되지 않"(로마서 7:3)는다. 굳이 죽은 남편의 무덤 앞에 앉아 부채질을 하는 수고를 하지 않아도 법은 그녀를 비난하지 않을 것이다. 법은 관대하고 아무도 차별하지 않는다. 여자의 실종신고와 남편의 사망신고는 접수가 되었다. 거짓임이 드러났기에 실제로 법적 효력을 지니지는 않겠지만, 일단 접수가 되었다는 점이 중요하다. 적어도 여자가 꾸민 이야기 속에서 남편은 법적으로 사망했고, 여자는 혼인 관계를 청산할 수 있는 '합법적'인 권리를 얻었기 때문이다. '합법적'이라고 했는데, 만약 이 말이 법 규정(내용)의 올바른 사용을 뜻한다면 여자의 행동이 합법적이라고 말하기는 어렸다. 여자가 실제로 실종되지도 않았고, 남편 역시 살아 있으며, 무엇보다 법적인 장치들이 여자에 의해 사사로운 방식으로(사사로운 사용이란 적어도 이념적으로는 법과 무관한 속성 아닌가.) 사용되었을뿐더러 그 과정에서 수많은 불법(!)이 자행되었기 때문이다.

여자가 처리해야 했을 법적인 절차들을 되짚어 보자. 여자는 이미 실종신고가 되어 있는 상태였다. 실종신고는 누가 한 것일까? 다른 사람의 도움 없이 자기가 직접 실종신고를 했을까. 그게 절차상 가능할까? 또 남편의 사망신고서는 제대로 접수가 되었을까? 사망신고서를 제출하기 위해서는 진단서 또는 검안서 등 사망의 사실을 증명하는 서류와 신분 확인을 위한 서류가 필요하다고 한다. 그렇다면 당장 이런 궁금증이 생긴다. 여자는 남편의 사망 사실을 증명하는 서류를 어떻게 발급받을 수 있었을까? 의사를 매수하여 허위로 진단서를 발급받은 것일까? 이미 여자의 실종신고가 접수되어 있다면 사망신고 과정에서 이 사실이 드러나지 않았을까? 여자는 어떤 신분으로 사망신고서를 제출한 것일까? 신분증이 여자의 신분을 증명하는 효력을 지니고 있었을까? 혹은 신분증을 제출했을 때 아무런 문제도 없었을까? 마지막으로 보험금 지급 청구서는 제대로 접수가 되었을까? 보험금 청구 시 구비 서류는 이와 같다고 한다. 보험금 청구서, 교통사고 사실 확인원 또는 변사 사건 사실 확인원, 사망진단서 혹은 사체검안서, 가족관계증명서, 기본증명서, 통장 사본, 신분증. 남편의 사망신고서를 제출하기 위해 필요한 과정이 여기에서도 되풀이된다. 더욱이 보험금은 십중팔구 여자에게 지급되도록 계약이 되었을 테고, 보험금 청구 역시 여자가 했을 가능성이 큰데, 접수 과정에서 여자의 실종신고 사실이 먼저 드러나지 않았을까?

적어도 소설에 쓰인 내용을 토대로 짐작해 보건대, 여자는 실종신고를 하는 데도, 남편의 사망신고를 하는 데도 특별한 문제가 없었던 것처럼 보인다. 어쨌든 여자는 실종신고를 했고, 남편의 사망신고서도 발급받았기 때문이다. 어떻게 이 모든 일이 가능했을까. 담당자가 실수를 했거나, 게을러서 서류를 제대로 검토하지 않았던 것일까. 아니면 여자가 만든 가짜 서류에 속아 넘어간 것일까. 여자가 유력 인사의 도움을 받기라도 한 것일까. 분명한 사실은 합법적인 방식만으로는 이 모든 절차가 진행될 수 없었으리라는 점이다. 여자는 세심할 정도로 꼼꼼하게 법 절차(형식)를 따르면서, 법이 드러낼 수 있는 온갖 허점을 노려 법을 속여 넘겼다. 법으로 법을 속이면서 법에 이르고, 법을 우스꽝스럽게 만들면서 법의 권위에 의지하는 이 기묘한 역설.

3   가출하거나 이혼하거나

그런데 여자는 왜 법적인 절차 같은 것들을 아예 무시하고 그냥 떠나지 않은 것일까? 이를테면 작가의 다른 작품인 「사루비아」와 「당신이 그린 그림은」에서 남편들이 어느 날 홀연히 떠났던 것처럼 말이다. 여자는 상당히 복잡한 법적 절차를 거친 다음 비로소 떠난다. 이 차이는 어디에서 올까. 남자와 여자의 차이라고 말하는 것은 좀 단순하다. 그들이라고 떠나는 데 부담이 없었던 것은 아니다. 여자와 비슷하게, 그들도 떠나기 전에 가짜 이야기를 꾸며 냈다는 것이 그 증거이다. 「사루비아」의 남편은 기면증이 있는 아내가 의식을 잃고 쓰러져 있는 동안 제 몸에 상처를 낸 후 아내가 그런 것이라고 꾸미고, 「당신이 그린 그림은」의 남편은 떠나기 직전 모처럼 아내를 위해 저녁 준비를 하다가 마치 무슨 급한 일이라도 있는 듯이 집을 나선다. 가짜 이야기를 꾸민 다음 비로소 떠날 수 있었다는 점에서 그들에게도 어떤 부담이 없었다고 말할 수는 없다. 남자든 여자든 떠나는 편에서 느끼는 부담은 비슷했다는 뜻이다.

둘 사이의 중요한 차이는 법의 개입 여부이다. 남편들이 만든 이야기에는 법이 들어와 있지 않다. 그들의 이야기 중심에는 법이 들어와 있지 않다. 그럴 수밖에 없는 이유, 아니 좀 더 정확하게 이야기하면, 굳이 그들이 법을 중심으로 가짜 이야기를 꾸미지 않아도 되었던 이유는, 그들이 '법적으로' 남편이 아니었기 때문이다. 그들은 혼인신고를 하지 않고 살고 있었던 것이다. 「사루비아」의 경우는 결혼식을 올리지 않은 채 동거하고 있었고, 「당신이 그린 그림은」의 경우는 남편이 떠난 후 아내가 뒤늦게 혼인신고가 되어 있지 않은 것을 알게 된다. 요컨대 그들의 혼인 관계는 법적인 구속력이 없었던 셈이다. 두 사람이 훌쩍 떠날 수 있었던 것은 떠나는 것을 막을 수 있는 법적인 장치가 없었기 때문이고, 최소한 그들이 법적인 문제에 대해서는 신경을 쓰지 않아도 되었기 때문이다.

사랑은 법과는 아무런 관계가 없다. 도대체 법이 무슨 수로 사람의 감정 문제에 개입할 수 있단 말인가. 그런데 결혼이 성립되면 사정이 달라진다. 결혼은 이미 법을 매개로 하고 있기 때문이다. 혼인 관계는 법에 의해 보호를 받고, 누구도 법을 무시하고 이 관계를 훼손할 수 없다. 두 사람이 사랑하다가 헤어지기로 마음먹을 때, 그러니까 어느 순간 감정이 식어버려 헤어지겠다고 결심을 하는 경우, 만약 결혼 전이라면 이 문제에 대해 법이 개입할 수 있는 여지는 전혀 없다. 그건 법과 무관한 자연인들 사이의 문제일 뿐이니까. 반면 결혼을 통해 맺어진 두 사람의 문제라면, 이건 더 이상 법이 방관해도 좋은 그런 영역이 아니게 된다. 두 사람이 헤어지려면, 혹 그게 단순히 감정적인 차원만의 문제가 아니고 다른 문제가 끼어들어 있더라도, 법적인 절차를 밟아야 한다. 이때 두 사람은 법과 무관한 자연인들이 아니라 법적인 주체로서 이 행위를 하게 되는 것이다.

여자에게는 지금 법이 문제되고 있다. 두 사람은 '법적으로' 부부이고, 따라서 두 사람이 헤어지는 것은 단순히 감정적인 문제이기만 한 것이 아니라 법적인 문제이기도 한 것이다. 법이 두 사람을 비끄러매고 있기에 여자는 남편을 쉽게 떠날 수 없다. 여자가 가짜 이야기를 꾸민 것은 남편을 떠나도 좋다는 허락을 얻어 내기 위함이었다. 남편들에게 아내를 떠나기 위한 빌미가 필요했던 것처럼, 여자에게는 남편을 떠나도 좋다는 허락이 필요했던 것이다. 그런데 누구로부터의 허락인가? 우선은 여자 자신이다. 여자는 다른 누구보다 여자 자신을 설득해야 한다. 남편을 떠나도 좋다는 자기 확신이 필요했으리라. 그러나 이것만으로는 부족하다. 법이 두 사람의 결별을 허락해 주어야 한다. 여자는 법의 허락을 받음으로써 어떤 만족을 얻고자 한다. 여자에게 법은, 두 사람의 결별을 수락해 주는 최종 심급에 위치해 있다. 만족을 얻기 위해, 혹은 자기 확신에 이르기 위해 여자는 다른 무엇보다 법으로부터 허락을 받아 내어야 한다. 허락을 받아 내기 위하여 자기를 속이기 이전에 법을 속여야 한다. 그렇게 해야만 여자는 진정으로 만족을 얻을 수 있고 안심할 수 있다. 이것이 이유가 아니라면 여자가 그토록 세심하게 법적인 절차들을 밟아 나간 다른 이유가 어디에 있단 말인가.

법이 문제라면 여자는 왜 법에 의존하여 사태를 해결할 수는 없는 것일까. 이혼을 청구하면 되지 않는가. 그러나 여자에게는 이것도 그리 쉬워 보이지 않는다. 가령 남편이 힐을 신지 못하게 한다는 이유로 이혼을 청구할 수 있을까? 굽 소리를 들으면 그렇게 마음이 가벼울 수가 없고, 세상은 더 없이 마음에 들고, 세상을 향한 의지는 맹렬히 끓어오르는데, 정작 남편은 구두를 꺼내지도 못하게 하고, 몰래 힐을 신고 나갔다가 들키기라도 하면 큰소리가 오가기 일쑤였다면, 그래서 2년 가까이 힐을 신고 다니지 못해 우울증에 걸릴 정도였다면. 이 정도로는 약한가? 그렇다면 조금 더 덧붙여 보자. 결혼한 지 10년이 넘었고, 아이는 없고, "오랜만에" 섹스를 했지만 "절정 같은 건" 느낄 수 없었고, "하루를 살고, 열 달을 살고, 벌써 십 년을 살았는데도" "함께한 시간은 많은데, 함께 나눈 대화는 기억에 없다"면, "살아온 시간을 반추하는데, 십 분도 소비되지 않는" "맹맹함" 밖에 없다면 이혼을 청구할 수 있는 자격이 있는 것일까. 506호 여자(여자가 만든 가공의 인물이므로 사실은 여자 자신의 페르소나이기도 한)는 남편이랑 계속 살아가다가는 "외로워서" "〔남편을〕죽이지 않으면" 자기가 "죽게 될" 것 같다고 말했었다.[1] 그녀에게 남편은 이미 오래전부터, 육체적으로가 아니라 정서적으로, "죽은 거나 다름없"는 존재였다. 이런 상황이라면 여자는 이혼을 청구할 수 있을까?

여자가 꾸민 일과 비슷한 일이 전에도 있었다.(아마도 여자는 이 사건을 모방하여 일을 꾸몄을 것이다.) 아내가 남편을 살해하려 한 사건인데, 아내의 말로는 부부싸움 과정에서 남편이 흉기를 먼저 들었고 자기는 방어했을 뿐이라 했다. 아내의 혐의를 입증할 만한 증거를 찾던 중, 사건이 있기 전 아내가 보험금에 대해 문의한 사실과 남편의 사망신고서와 함께 보험사로 보험금을 청구한 사실이 밝혀졌다. 사람들이 의아하게 생각한 것은 두 사람이 "무척 사이가 좋은 부부"였다는 점이다. 두 사람은 "바람직한 부부생활이란 이런 것이다 싶을 만큼 교과서적으로 살아온 이들"이었기에, 아내가 남편을 죽이려 했다는 사실을 쉽게 납득할 수 없었던 것이다. 전담팀에 있던 한 "기혼 여직원"은 혼잣말로 이렇게 중얼거린다. "〔아내가〕참 외로웠나 보다."라고. 그녀는 두 사람이 사이가 좋은 것이 아니라 사실은 감정이 뿌리까지 말라 버렸던 것이라고, 거기에서 오는 "외로움이 살의로 이어"진 것이라고, 그렇게 공감을 표한 것이리라. 여직원이 "기혼"이라는 사실을 강조해 두고자 한다. 작가도 굳이 이 점을 밝혀 놓은 터다.

1   이해를 돕기 위해 여자가 쓴 일기 내용을 간단하게 소개한다. 슈퍼마켓에서 처음 만난 후 여자는 종종 506호 여자의 집을 찾아가 대화를 나눈다. 506호 여자는 죽은 남편을 추모하기 위한 조등을 집 안에 걸어 두고, 사랑하는 사람의 죽음을 겪은 이들의 모임에 나가기도 하지만, 그녀의 남편은 살아 있었다. 중한 병에 걸렸는지 깡마른 몸을 하고 누워만 있는 남편을 죽었다고 이야기해 온 것이다. 어느 날 그녀는 여자에게 오래전 이야기를 들려준다. 남편이 멀리 출장을 갔을 때 임신 사실을 알게 되었고, 출장지의 전화번호를 몰라 남편에게 알릴 수 없었고, 그러다가 아이가 유산되었고, 끝내 이 이야기를 할 수 없었다는 내용의 이야기이다. 그녀는 이것이 이 모든 일의 시작일지도 모른다고 덧붙인다. 얼마 후 남편은 죽는다.

'기혼인 여자'만 알 수 있는 진실도 있다. '미혼'인 여자나 기혼인 '남자'는 알 수 없고, 적어도 한 남자와 10년은 같이 살아 본 여자만이 체득할 수 있는 어떤 진실. 그러나 이런 진실에 대해 법은 아무런 관심도 없다. 보편성을 이념으로 내세우는 법이 어디 개별적인 것에 관심을 두던가. 당연하게도 이 사건은 "부부가 공모한 보험 사기"로 결론이 나고 보험금 지급은 거부당한다. 이게 법이 할 수 있는 최대치이다.

혹 여자가 이혼 소송을 청구한다면 법은 아마도 이와 비슷한 수준에서 사건을 다루지 않을까. 우리나라 민법에서 재판상 이혼 사유로 규정해 놓은 것은 상대방의 부정한 행위, 상대방과 그 직계존속의 나에 대한 부당한 대우, 상대방의 악의의 유기, 나의 직계존속에 대한 배우자의 부당한 대우, 3년 이상 상대방이 생사 불명인 경우, 기타 결혼 생활을 계속하기 어려운 중대한 사유 등 6가지이다. 여자의 경우는 어떨까? "바람을 피운 적도 없고, 폭력을 휘두른 적도 없"으며, "공정한 가사 분담은 어림없지만 기분 좋은 주말에는 남편이 설거지를 해 주거나 진공청소기로 바닥의 먼지를 털어 내고, 스팀 청소기로 마무리까지 싹 해 주는 날도 있"었고, "적어도 한 달에 한 번은 함께 대형 할인마트에 가서 장도 보았다."면 처음 다섯 가지 경우와는 무관해 보이고, 힐을 신지 못하게 한다거나 하는 것들이 혹 "결혼 생활을 계속하기 어려운 중대한 사유"에 속한다고 할 수 있을까? 아무래도 어렵지 않을까? "외로움이 살의로 이어진다면 이 세상에 살아남을 수 있는 사람이 누가 있겠습니까."라는 보험사 직원의 이야기처럼, 이 정도 일로 이혼 소송을 제기한다면 이 세상에 온전히 남아 있을 부부가 어디 있을까. 그러니 이혼을 청구하더라도 여자가 승소할 가능성은 그리 커 보이지 않는다. 보편적인 척도를 가지고 볼 때 여자와 남편 사이에는 이혼 사유라고 할 만한 것을 발견하기 어렵고, 두 사람의 결혼 생활이 충분히 행복하다고 여기고 있는 남편이 이혼에 합의해 줄 여지도 별로 없기 때문이다.

사랑의 감정이 식어 재로 변해 버린 곳에서 법은 자신의 무능함을 드러낸다. 법은 두 사람을 비끄러매는 매듭 역할을 하고 있지만 이 매듭은 사랑의 문제에 대해서는 무관심할뿐더러 아무런 효력을 미치지도 못한다. 법의 족쇄를 풀지 않고서는 헤어질 수 없다고 명령할 수는 있어도, 두 사람이 어떻게 하면 좋은 관계를 이룰 수 있는지, 어떻게 좋은 삶(well being)을 살고 좋은 것(선, bien)을 얻을 수 있는지에 대해서는 아무것도 가르쳐 주지 않는다. 이렇게 사랑하라, 이렇게 살아가라, 이런 것들에 대해 법은 전혀 아무런 이야기도 들려주지 않는다. 다만 구속할 수 있을 뿐이다. 요컨대 법은 사랑에 아무런 작용도 할 수 없다. 두 사람이 법적인 관계(결혼)를 유지한다고 해서 두 사람이 서로 사랑하고 있는 것은 아니며, 그들의 삶이 행복한 것도 아니다. 법의 테두리 안에 있는 것이 우리가 좋은 삶을 살고 있다는 것에 대한 보증이 되어 주지는 않는다. 이것이 여자가 법에 의지하여 사태를 해결할 수 없는 이유이다.

4 죽음 이후에 오는 것

법이 없는 척하거나 반대로 법에 의지하여 남편과 결별하는 것, 어느 것도 여자에게는 가능하지 않다. 그러므로 법을 속임으로써 법이 보증하고 제약하는 혼인 관계를 청산하는 것은 불가피한 일이었으리라. 여자가 사라지고 난 후 남편은 이렇게 말한다. "이미 나는 죽었습니다. 법적으로 사망신고를 받았지만, 제 마음도 이미 죽었습니다. 그리고 아내도 저와 똑같이 죽었을지도 모른다고 생각합니다." 아마도 남편은 여자와 결별하려 할 것이다. 일이 여기까지 온 이상 여자를 찾아 나서거나 관계 회복을 위해 노력하는 것은 무의미한 까닭이다. 남편은 이혼 소송을 청구할지도 모른다. 남편에게는 분명한 이혼 사유가 있다. 여자가 가출했고,(배우자 일방이 정당한 이유 없이 가출하여 소식이 없을 경우 부부 사이의 동거 부양 협조 의무를 포기한 것으로 판단할 수 있으며 이는 재판상 이혼 사유 중 하나인 악의의 유기에 해당될 수 있다.) 그 과정에서 꾸민 일들이 혼인 관계를 파탄시킬 만한 충분한 요건이 되기 때문이다. 여자의 주민등록 말소 신청을 하고 말소자초본을 첨부하여 공시송달의 방법으로 이혼 소송을 진행할 수도 있다. 방법과 절차야 어떠하건, 사태가 이렇게 진행된다면 여자로서는 얻고자 했던 것을 더욱 확실하게 얻어 낼 수 있을 것이다.

그러나 법의 효력을 중지시킴으로써 남편과 결별하는 것이 목적이었다면, 남편의 죽음을 상상하거나 자신의 실종을 연기하는 것 둘 중 하나로 충분하지 않은가? 남편의 죽음과 더불어 여자의 실종이 또 필요했던 이유는 무엇인가? 몇 가지 가능성을 생각해 볼 수 있다. 실종 선고가 이루어지지 않아 남편의 사망신고를 한 것이거나, 같은 일의 반복을 통해 법적 효력의 중지를 강조하는 것이거나, 남편의 죽음 외에 자신의 실종을 추가로 요청해야 했던 별도의 이유가 있거나. 첫 번째 경우는 여자가 얻는 만족이 어차피 상상적인 성격을 띤다는 점에서 설득력이 없고, 두 번째 경우는 남편과는 달리 여자는 왜 사망이 아니라 실종인가 하는 물음에 대해서는 답하기 어렵다. 그렇다면 남는 것은 마지막 세 번째 경우이다.

여자의 경우 실종은 법적인 개념으로 처리되어야 한다. 우리는 누군가가 사라지거나 행방이 묘연할 때 실종되었다고 말하기도 하지만, 그렇다고 해서 그 사람이 '실종자'로 인정되는 것은 아니다. 법원에서 실종 선고를 해야 그는 비로소 '실종자'가 될 수 있다. 여자의 실종은 실종이 아닌 단순 가출로 처리될 것이다. 정황상 여자가 자의로 집을 나간 것임이 분명해졌기 때문이다. 실종은 또한 주체에게 재귀적인 것이 될 수 없다. 스스로 목숨을 끊거나 정신 줄을 놓아 버릴 수는 있겠지만, 스스로 실종될 수는 없다. 누군가의 눈에 띄지 않게 다닐 수는 있겠지만, 존재하는 것 자체를 중단하지 않는 한 언제나 자기의 무거운 현존을 짊어지고 다닐 수밖에 없기 때문이다. 이처럼 여자의 실종은 실종이라는 사건 자체의 불가능성에 기초하고 있다. 그렇다면 여자는 처음부터 법을 포함한 제삼자의 입장은 배제하고 있었다고 보아야 하지 않을까. 이를테면 여자의 실종은 마치 실종된 자인 것처럼 살고자 하는 선언 같은 것으로 이해해야 하지 않을까. 법이 보장하는 모든 권리와 법이 강제하는 모든 의무로부터 스스로를 분리시키고 법망에서 자신을 빼 내고자 하는 철회의 제스처.

실종은 일종의 비유이다. 여자의 실종은 법 앞에서의 죽음과 법의 효력이 중지된 가운데 살아가는 삶을 동시에 가로지르고 있다. 중요한 것은 법 앞에서의 죽음 이후에 오는 삶이다. 처음에 인용한 사도 바울의 경우는 죽음과 더불어 부활이 있었다. 부활이 있기 위해서는 먼저 죽음이 있어야 한다. 다시 산다는 것은 그가 죽었다는 것을 전제하기 때문이다. 그러나 바디우가 바울의 텍스트를 분석하여 이야기한 바 있듯이, 죽음이 필연적으로 부활을 예기하는 것은 아니다. 죽음은 죽음 자체로서 종결되고, 그 이후에는 아무것도 없다. 이것이 통상적인 죽음이다. 그러므로 죽음으로부터 부활을 연역해 내어서는 안 된다. 이 둘의 관계는 반-변증법적이다. 진정한 의미의 부활은 부활 이전의 삶으로 회귀하는 것을 허락하지 않는다. 부활은 우리를 이전의 삶에서 분리해 내어 전대미문의 세계로 초대한다. 부활이 '사건'인 이유가 여기에 있다. 법 앞에서의 죽음이 여하한 형태의 좋은 삶을 보증해 주는 것은 아니다. 최근 소설에서 목도하게 되는바, 집 나갔던 여성 인물들이 다시 돌아올 수밖에 없었던 것은 이들이 좋은 삶을 창안해 내는 데 실패했기 때문은 아닐는지.

아마도 가장 우울한 시나리오는 이런 것일 터이다. 신이 없으면 모든 것이 금지된다고 했던 라캉의 말처럼, 법 없는 삶은 금지로 둘러싸인 삶이 될 수도 있다. 여자는 가능하면 법을 위반하지 않고 법의 테두리 안에서 살아야 한다. 법을 위반하는 순간 여자는 법에 의해 신분이 드러날 것이고,(실종자 혹은 범법자로. 여자는 가짜 이야기를 만들어 내는 과정에서 법에

저촉되거나 법을 위반하는 행위를 했을 가능성이 크다. 사문서 위조, 공문서 위조, 보험 사기 등) 그 즉시 어떤 법적인 조치를 받게 될 것이기 때문이다. 실종된 것처럼 살아갈 수 있기 위해서는 법을 어기는 일이 없도록 조심해야 한다. 아울러 법에 발각되지 않기 위해 여자는 이 사실을 늘 기억하고 있어야 한다. 자신은 실종된 존재라는 것, 법망에서 사라진 존재라는 것. 이런 삶을 좋다고 말하기는 어려울 것이다. 그렇다면 좋은 삶은 무엇일까? 여자의 발걸음은 벗어던진 구두가 바닥에 떨어지며 내는 소리만큼이나 경쾌해 보이는데, 여자의 삶 역시 그럴 수 있을까? 여자가 죽음 이후의 삶을 위한 발걸음을 아직 내딛지 않았기 때문에 우리의 물음은 해답을 얻지 못한 채 중단될 수밖에 없다. 물음은 유보되어야 한다. 조금은 기다릴 필요가 있겠다.

5 법은 모를 것이다

소설은 인물들의 진술과 여자의 일기, 맨 마지막 장면의 3인칭적 서술로 이루어져 있다. 이 독특한 구성에서 확인하게 되는 몇 가지 사실을 덧붙여 두기로 한다.

인물들에게서 어떤 진술을 이끌어내고 있는 예외적이고 특별한 존재는 두말할 것 없이 법의 대리자, 혹은 그냥 바로 법이다. 인물들은 법 앞에 불려 나와 진술을 하고 있다. 단 하나 예외가 있는데, 그것은 여자이다. 여자는 법 앞에서 진술하지 않는다. 여자는 그 자리에 없다. 나머지 모든 사람들이 법의 소환 요구를 받고 그 앞에서 진술하고 있다면, 여자는 그 자리에 부재함으로써, 현장에 나와 있지 않음으로써 법이 요구하는 주체의 자리에 서지 않는다. 여자는 법의 호명을 거부하고 있다. 여자는 진술을 하기는 하지만, 여자의 진술은 법 앞에 출두해 있지 않은 채로 하는 진술이고, 무엇보다 거짓 진술이다.

여자의 진술을 대신하는 것은 여자의 일기이다. 인물들의 진술이 1인칭적인 것처럼 여자의 일기 역시 1인칭적이다. 여자의 일기는 인물들의 진술과 동일한 효력을 지니고 있다. 법 앞에 제출할 수 있는 증거물이라는 점에서 여자의 일기와 인물들의 진술은 등가이다. 무엇보다 일기가 글 쓴이 자신을 제외한 어떤 누구도 독자로서 상정하지 않는 형태의 글쓰기를 지향하며, 그런 만큼 내용에 거짓이 없다고 판단할 가능성이 농후하다는 점에서, 여자의 일기는 진실이 담긴 증거물로서 효력을 인정받을 수 있다. 그러나 이미 보았듯이 여자의 일기는 허구에 가깝다. 506호 여자와 그녀와 나눈 이야기들, 그녀의 주변 인물들 모두 가짜이다. 506호 여자의 모습에서 여자 자신을 발견할 수 있고, 여자의 진실이 거기 투영되어 있는 것은 맞지만, 그렇다고 해서 그것이 일기가 요구하는 그런 의미의 사실과 같을 수는 없다. 여자는 법을 속이고 있다.

여자의 진술은 거짓이다. 그러나 이렇게 쓰는 순간 우리가 부주의하게도 무엇인가를 전제하고 있었음이 드러난다. 여자를 제외한 나머지 모두의 진술에 조금도 거짓이 없다는 점. 우리는 왜 보험사 직원을 비롯한 무수한 인물들이 거짓 진술을 했거나 의도하지 않은 가운데 어떤 오류를 범했다고 생각할 수는 없었을까? 우리는 그들 앞에 마주앉아 있는 것이 법이라는 사실로부터, 그들의 진술이 진실이라고 당연히 받아들인 것이 아닐까? 주체와 법은 무지에서 함께 공모하지만 아는 것에서도 공모한다. 법은 우리의 내면이 아는 것만을 알 수 있다. 우리가 법 앞에서 진실을 말할 때, 그때 사후적으로. 그러므로 법을 지탱하는 것은, 법 앞에서의 진술은 진실이라고 우리가 암묵적으로 받아들이고 있는 바로 이 전제이다. 법이 우리에게 진실만을 이야기할 것을 요구하는(거짓을 말할 경우 위증죄가 성립된다!) 것은 이런 사실을 은폐하기 위해서이다. 여자의 거짓 진술은 이 예기치 않은 깨달음으로 우리는 인도한다.

마지막 장면 또한 법이 우리의 내면과 어떻게 공모하고 있는지 알려 준다. 소설은 줄곧 인물들과 여자의 진술(1인칭적)을 교차 편집하는 방식으로 진행되다가 마지막 장면에 이르러 돌연 인물의 행동을 객관적으로 (3인칭적) 보여 준다. 이제 내면으로의 접근은 봉쇄되었다. 그리고 바로 이 순간 우리가 우리 자신을 인물들 앞에 마주앉아 있는 법과 동일시해 왔음을 깨닫게 된다. 인물들 앞에 마주앉아 있는 것은 독자인 우리 자신이기도 하다. 의도적으로 독자를 기망하고 있는 것이 아니라면, 인물들의 진술은 진실이어야 하고, 그런 한에서 우리는 인물의 내면을 전부 알 수 있다. 마지막 장면은 우리를 전능자에서 한갓 관찰자의 위치로 전락시킨다. 이제 우리는 아무것도 알 수 없다. 아마 법 역시 그러지 않을까.

어떤 방황, 소수자의 통과의례

김이듬, 『블러드 시스터즈』(문학동네, 2011)

1   시로는 쓸 수 없었던 것

김이듬이 소설을 썼다. 최근에 나온 것까지 포함해 모두 세 권의 시집을 낸 시인이 자기 몸에 익숙해진 글쓰기 방식을 고수하는 대신 이질적인 어법에 스스로를 적응시켜 무엇인가를 이야기하고자 했다면 그건 무엇인가 절박한 것이 있었다는 뜻일 게다. 그게 자기 갱신의 욕구이든, 이야기하지 않으면 안 된다는 부담감이든, 시로는 표현할 수 없었거나 불충분한 것들을 표현하고 싶은 욕심이든, 아니면 다른 무엇이든, 어쨌든 흥미로운 일이다.

'80년대'라고 불리는 시대가 있었다. 우리나라 정치 역사상 가장 뜨거웠던 시대. 80년대를 열어젖힌 그해 신군부가 정권을 완전히 장악한 가운데 광주에서 비극적인 사건이 일어났고, 사람들은 저항했다. 공부보다는 정치 현실에 관심이 더 많았던 대학생들에게 학습의 장소는 강의실이 아니라 세미나 자리였고, 길거리였고, 공장이었다. "개인적이고 이기적인 삶을 사는" 건 허락되지 않았고, "최루탄 터지고 화염병이 난무하는 교정을 다니면서" "아무 생각도 없"이 살기란 어려웠다. "커리큘럼이니 문건이니 달달 외우고 스트라이크를 위해 짱돌이나 깨”는 게 그들이 주로 하는 일이었다.

그리고 그 정점에 1987년이 있었다. 서울대생 박종철이 물고문으로 숨졌고, 4·13 호헌 조치(기존의 대통령 선거 방식인 간접선거를 고수하겠다고 발표한 특별담화 내용) 반대 시위에 나섰던 연세대생 이한열이 최루탄에 맞아 숨졌으며, 이 일이 계기가 되어 이른바 6월 항쟁이 전개되었다. ‘구국의 강철대오’ 전대협이 출범한 것도 이해였다. “그땐 다들”“너나없이 호헌 철폐를 부르짖었다.”“어깨 걸고 거리로 나갈 수밖에 없는 시국”이었다. “안 그랬으면 완전 매국노로 몰렸을”것이다. 그 뜨거운 열기 속에서 여당의 총재였던 노태우가 6·29 선언을 하고 대통령 직선제 개헌을 약속했다. 그러나 승리의 분위기도 잠시, 두 야당의 당수였던 김영삼과 김대중은 끝내 후보 단일화에 합의하지 못했고, 그렇게 치러진 선거(12·16)에서 노태우가 대통령으로 당선되었다.

소설은 이 뜨거운 시기를 배경으로 하고 있다. 이 시기는 작가가 대학에 들어간 무렵과 겹친다. 소설에는 잘 알려진 작가의 체험적 사실들을 연상케 하는 대목들도 꽤 많다. 보기에 따라 이 소설은 1990년대 이후 우리 문단에 숱하게 나왔던 이른바 후일담 소설같이 여겨지기도 하지만 그렇게 보기는 좀 곤란하지 싶다. 후일담이 되려면 화자가 서술된 사건보다 시간적으로 앞서 있으면서 지난날을 돌아보는 형식이 되어야겠지만, 이 소설의 경우는 그렇지가 않다. 화자는 인물들과 더불어 사건이 벌어지는 현장 바로 그곳에 있다. 이를테면 화자도, 서사도 모두 80년대에 묶여 있는 것이다. 작가는 2000년대 현실 속에서 80년대를 되짚어 보거나 현재를 반성적으로 성찰하기 위한 거울을 마련하려는 욕망을 조금도 드러내지 않는다. 그 시대를 충실하게 재현해 내는 데 목적을 두지도 않은 것 같다. 작가는 하필이면 우리 역사에서 가장 뜨거운 시기에 20대를 보낸 청춘들의 이야기를 욕심부리지 않고 최선을 다해 들려주고 있을 뿐이다.

2   탐색과 성장, 다섯 개의 공간들

소설은 다섯 개의 공간을 번갈아, 또는 차례로 이동해 가며 이야기를 풀어 간다. 지민의 집, 카페, 지현의 집, 아빠가 새엄마와 함께 살고 있는 집, 엄마가 전도사로 있는 교회. 이 다섯 개의 공간을 이동해 가는 과정은 소박하나마 이 소설을 탐색의 서사와 성장의 서사로 읽게 만든다. 이야기가 그리 길지 않은 데 비하면 화자이자 주인공인 여울이 머무는 공간의 개수는 좀 많은 편이다. 이것은 여울이 경험한 방황의 깊이를 옮겨 다닌 공간의 개수로 바꾸어 표현한 것이리라. 이제 순서를 따라 그 속에 살고 있는 사람들의 모습과 여울이 그들과 맺는 관계들을 하나하나 살펴보려 한다.

하나, 소설에서 서사를 이루는 몇 개의 중심 줄기 가운데 무엇보다 눈에 띄는 것은 여울과 지민의 관계이다. 둘은 "지난여름"[1], 그러니까 6월 항쟁의 기운으로 온 거리가 뜨거웠던 바로 그곳에서 만났고, 시간이 지나 여울이 집을 나오면서 같이 살게 되었다. 둘에게서는 손을 잡고 나란히 잠을 청하고, 가벼운 입맞춤을 하는 등, 조금 가벼운 동성애적 관계가 느껴지기도 한다. 흥미로운 것은 이 관계를 대하는 지민의 태도이다. 지민은 여울에게 차라투스트라를 읽으라고 권하고 가끔씩은 커리큘럼이나 '문건'을 건네주고, 여울의 개인적이고 이기적인 삶을 나무라기도 한다. 운동권인 지민으로서는 당연한 일일 수도 있겠지만, 어쩐지 그런 행동들은 둘의 관계를 동성애적 관계가 아니라 동지적 유대로 이해하고 싶은 지민의 속내를 엿보게 한다. 여울의 현재를 가벼운 일탈로, 이를테면 몇 달 전 사고로 죽은 동생 때문이라고 여기는 것도 같은 맥락에서 이해할 수 있다. 여울이 순수하게 지민을 사랑한 것이라면, 지민은 자기감정을 부정하

1   김이듬, 『블러드시스터즈』(문학동네, 2011), 17쪽.

거나 이념적으로 포장하려 했던지도 모르겠다.

지민은 자기의 사적인 감정을 공적인 감정과 뒤섞어 이해하는 버릇이 있다. 적어도 감정의 문제에 있어서만큼은 좀 미숙했다고나 할까. 지민은 누구보다 시대를 아파했지만, 시대가 처한 현실과는 상관없이 그녀 자체만으로 충분히 아픈 사람이었다. 무엇보다 서울로 시집간 그녀의 언니가 2년 전 목을 매고 죽었다. 언니가 목을 맨 이유가 무엇이었는지는 모르지만, 분명한 것은 언니의 자살로 인해 남은 식구들이 무척 아프고 힘들었으리라는 사실이다. 그 때문인지 그녀는 버릇처럼 늘 손톱을 물어뜯곤 했다. 그녀의 손은 "손톱을 다 물어뜯어서 피가 날 지경"[2], "너무 물어뜯어 피가 날 지경"[3]이었다. 그녀가 죽고 난 후 동료들 사이에서는 그녀가 "평소에 우울증인지 공황장앤지를 앓아 왔다고…… 매일 약을 한 움큼씩 먹었다고"[4] 하는 소문이 떠돌았다. 허튼소리는 아니었을 것이다. 지민이 선균에게 성폭행을 당한 후, 임신 사실을 알고 목숨을 끊기까지 걸린 기간은 불과 며칠이 안 된다. 길어야 일주일에서 열흘? 이 성급함이 말하는 것은 무엇일까. 지민은 늘 어떤 조바심에 사로잡혀 있었던 것은 아닐까. 언니를 자살로 몰아간, 어쩌면 자기 몸속에도 들어 있을지 모르는 그 '나쁜 피'가 끓어오를 시점이 언제일까 물으면서.

그녀가 기꺼이 가난하고 소외받는 사람들을 위해 자기 몸을 던진 것도 그녀의 순수한 정치적 열정으로만 보이지 않는다. 그녀는 "자진해서 세상의 모든 병을 다 앓으려는 사람"[5]이었다. 그녀는 자기가 앓고 있던 아픔과 시대의 아픔을 분간할 능력이 없었던 것인지도 모른다. 이 두 아픔을 마구 뒤섞은 채, 자기 아픔을 시대의 아픔으로 치환하거나 시대의 아픔을

2 　같은 곳.
3 　같은 책, 47쪽.
4 　같은 책, 58쪽.
5 　같은 책, 28쪽.

자기 아픔으로 느꼈을지도. 아니, 어쩌면 지민이 대학을 다녔던 이 시대 자체가 개인적인 감상과 시대적인 고뇌가 구별되지 않는 가운데 무엇인가 알 수 없는 우울에 사로잡혀서 살던 그런 시대였던지도 모른다. 바로 그런 이유로 어떤 사람들은 강박적으로 이 둘을 구별해 내기 위해 진력한다. 지민의 동료들이 그랬던 것처럼. 지민이 죽은 후, 동료들은 그녀의 죽음을 몇 달 전 있었던 어느 열사의 죽음과 비교해 보다가 이내 그 일을 멈춘다. 둘 사이에 유사성이 전혀 없다고 판단했기 때문일 것이다.

여울은 복수를 꿈꾼다. 실제로 복수에 나서기도 한다. 그러나 선균에게 오히려 폭행을 당하고 병원 신세를 진 이후부터 서사는 복수와는 전혀 무관하게 흘러간다. 여울이 마음속으로 복수를 다짐하는 대목은 몇 차례 나오지만 선균이 아예 텍스트에서 사라져 버리고 말아 복수를 중심으로 한 서사 진행은 완전히 불가능해지고 만다. 그런데 사실을 말하면, 선균에게 복수한다는 것은 처음부터 좀 가망 없는 일이었다. 여울이 힘이 약해서라거나 그런 이유 때문이 아니라, 지민이 죽은 이유가 임신이라는 이유 하나로 요약될 수는 없기 때문이다. 이미 말했듯이 지민은 사적인 감정을 공적인 감정과 뒤섞어 이해하는 버릇이 있었다. 지민이 미숙했다고 할 수 있을지는 몰라도, 지민의 동료들이 그랬던 것처럼, 이 죽음이 순전히 사적인 것이라고 여기는 것은 좀 곤란하지 않을까. 선균에게 복수를 하는 순간 지민의 죽음은 한 가지 의미로 축소될 것이다. 그러니 복수는 연기될 수밖에 없다.

둘, 여울이 일하는 카페는 이야기의 전개 과정에서 매우 중요한 역할을 한다. 서사를 지탱하는 주요 인물들과 이야기들이 이곳을 매개로 연결되기 때문이다. 이를테면 여울이 이곳에서 일하지 않았다면 지민이 선균에게 성폭행을 당해 자살하지 않았을 것이고, 지민이 죽지 않았다면 지민의 고향으로 가는 버스 터미널 앞에서 여울과 솔이 마주치는 일은 생기지 않았을 것이고, 여울이 선균에게 복수하러 가는 일도 선균에게 폭행당할 위기에 처하는 일도 없었을 것이며 지현과 가까워지는 데 좀 더 시간이 걸렸을 것이다. 아니, 그 이전에 여울이 이곳에서 지현을 만나지 못했다면 지현과 사랑에 빠지는 일도 없었겠고, 지현의 어머니를 통해 엄마가 있는 곳을 알아내는 일도 일어나지 않았을 것이다. 카페는 사람들의 만남을 주선하고 여러 서사적 요소들을 중재하고 있다. 또 그런 만큼 이곳은 다층적인 의미를 지니고 있기도 하다.

지민은 여울이 아르바이트를 시작했을 때 이렇게 몰아붙였다. "뭔 그런 거지 같은 아르바이트를 한다고 설처 대느냐, 내가 언제 생활비 보태라고 했느냐, 그렇게 살려고 집 나왔느냐, 차라리 굶어 죽"[6]어라. 마르크스주의 이론을 학습했을 지민에게는 이곳이 타락한 부르주아들의 서식처로 여겨졌을지도 모르겠다. "서울 S대에서 미학을 전공"했고 "민주적이고 선동적이며 홀딱 반할 만큼 미남이라고 소문"[7]난 대학 강사는 여울이 「아침이슬」을 부르자 "그렇고 그런 술집 아가씨들"이 "어떻게 이 거룩한 운동가요를 이런 데서 부를 수 있냐고"[8] 불쾌해한다. 그에게는 이곳이 퇴폐의 온상으로 여겨졌던 것일까. 그렇다면 그런 곳인 줄 알면서 이곳을 찾은 것은 또 어떻게 이해해야 할지 의문이다. 한편 여울에게 이곳은 몇 가지 방식으로 학교와 연결되어 있다. 여울은 이곳에서 얻는 수입 외에 지현에게 독일어를 가르치며 받은 돈을 모아 등록금을 마련하고, 시험 기간에는 와서 공부를 하기도 한다. 소설에는 학교를 배경으로 하는 장면이 의외로 적은데,(휴학계를 내기 위해 찾아가거나 휴학을 한 후 들르는 장면 정도가 전부다.) 그건 여울의 경우 카페가 학교를 대신하고 있기 때문이다.

지민이 죽은 후 여울은 카페 주인의 배려로 카페가 있는 건물의 조그만 방으로 거처를 옮기게 된다. 그러나 처음부터 이곳은 여울이 살 만한

6 같은 책, 16쪽.
7 같은 책, 24쪽.
8 같은 책, 26쪽.

곳이 아니었다. 선균이 지민을 성폭행한 사실을 알게 되고, 여울이 복수를 시도하다 폭행을 당하는 과정에서 카페는 성적 욕망이 들끓고 폭력이 난무하는 공간으로 변모한다. 여울을 친동생처럼 여기며 온갖 호의를 베풀던 카페 주인도 이 일이 있고부터는 여울을 대하는 태도가 조금씩 달라진다. 여울이 카페를 떠나는 것은 자연스러운 수순이다. 카페 주인의 호의로 여울이 일을 시작하고 그게 빌미가 되어 지민이 죽게 된 것이 하나의 아이러니라면, 여울이 선균에게 폭행을 당한 바로 그곳에서 지현의 도움으로 위기를 모면하게 되는 것은 또 하나의 아이러니일 것이다.

셋, 지현의 집과 그 연장선상에서 이해할 수 있는 병원은 소설 전체를 통틀어 가장 비현실적인 공간이다. 이곳에서는 온갖 환대가 자연스럽게 베풀어지고, 사람들의 관계가 급속도로 가까워진다. 이를테면 (지현은 여울을 사랑하고 있으니 그렇다고 쳐도) 지현의 엄마가 여울을 대하는 모습은 여울이 옛 친구의 딸이라는 사실을 고려하고 보더라도 지나치다 싶게 자상해 보이고, 여울과 솔, 여울과 은영의 관계는 그 이전보다 훨씬 더 친밀해진다. 닮은 구석이라고는 찾아보기 어려운 사람들이 스스럼없이 서로를 대하기도 한다. "오른쪽 다리를 절룩이는 나, 왼다리를 저는 솔, 나나를 연상시키는 초콜릿색 코르덴 원피스에 배를 쑥 내밀고 걷는 은영, 그들과 나란히 걸어가는 말쑥한 차림의 청년. 누가 봐도 이상한 조합"[9]의 사람들이 한자리에 모였는데 그게 어색해 보이지 않는다.

여기에서는 사람들이 대책 없이 보일 만큼 밝고, 누구라도 쉽게 용서할 수 있을 것처럼 관대해진다. 지현이 여울에게 "가족들과 화해"[10]하기를 바라고, 은영의 뱃속에 든 아이를 생각해서라도 선균의 일은 "까맣게 잊어버리고…… 용서할 수 있으면"[11] 좋겠다고 말할 때, 그 이야기는 진실

9 같은 책, 130~131쪽.
10 같은 책, 112쪽.
11 같은 책, 154쪽.

하게 들린다. 여울과 지현은 부모 중 한쪽과 같이 살고 있다는 점에서 닮았다. 여울은 아빠가 외도를 해서 엄마가 집을 나갔고, 지현은 엄마가 외도를 해서 아빠가 집을 나갔다. 둘은 집을 나가게 한 한쪽 부모로부터 큰 상처를 입었는데, 이를 처리하는 방식이 좀 다르다. 여울은 아빠를 사랑하면서도 한편으로는 미워하지만 지현에게는 그런 마음이 전혀 없다. 여울이 집 나간 엄마를 조금은 증오하고 있는 것과 달리 지현은 집 나간 아빠에게 동정적이다. 지현은 여울이 자기와 같은 마음을 품기를 진심으로 바라고 있다. 선균의 아이를 갖게 된 은영마저도 지금 당장에는 혼자서 그 아이를 낳아 기를 수 있을 것 같은 마음이 든다.

여기에서는 또 사람들이 어린아이가 된다. 지현과 여울은 선을 그어 놓고 그 안에서만 사랑을 나눈다. 이를테면 애무는 있지만 성관계는 없다. "여울! 이대로 널 안고 잠들면 좋겠어. 그럼, 우리는 날 수 있을 거야. 아, 이건 꿈만 같아……."[12] 이런 오글거리는 대사가 나와도 견딜 준비가 되어 있다.

이 모든 것은 이들의 성적 성향과 무관하지 않아 보인다. 모두 그런 건 아니지만 이 공간을 점유하고 있는 대부분의 사람들은 동성애적이거나 양성애적인 성향을 조금씩은 지니고 있다. 지현의 엄마는 양성애자이다. 그녀는 젊은 여성 영화감독과 사랑에 빠졌고, 지현의 아빠는 그 충격으로 도망가듯 이탈리아로 유학을 떠났다. 지현에게는 다분히 여성적인 면이 있다. 지현은 카페 주인과 결혼한 "건축 기사" 친구와 "그 친구가 설계한 집에서" "같이 살려"[13] 했다고 이야기한 적이 있는데, '같이 산다'는 의미는 조금 깊은 뜻에서의 '동거'였을 가능성이 높다. 지현이 "여자 앞에서 발기가 안 되는 놈", "호모 새끼"[14]라는 친구의 말도 단순한 농담은 아니

12 같은 책, 114쪽.
13 같은 책, 79쪽.
14 같은 책, 201쪽.

었을 것이다. 그러니 이곳에서 베풀어지는 모든 환대와 관용과 용서는 가부장적이고 이성애적인 사람들은 줄 수 없는 그런 것일지도 모른다.

이미 본 것처럼 여울 역시 동성애적 성향이 다분하다. 여울은 이곳에 정착할 수 있을까. 지현이 바라는 대로 둘이 결혼을 하게 되면 그렇게 되겠지만, 당장에는 이 일이 이루어질 것 같지는 않다. 나중에 솔은 여울에게 이런 충고를 한다. "힘들고 괴로워서 의지할 데가 없어서 도피하고 싶은 심정으로 그 사람과 함께 지낼 생각이라면 다시 한번 생각해 보길 바라네. 우리는 혼란과 궁핍, 절망에 직면해야 하네. 현재를 견뎌야 하네. 후견인에게로 그늘로 피한다고 해서 문제가 해결되지는 않는다는 걸세."[15] 앞서 이곳이 소설 전체를 통틀어 가장 비현실적인 공간이라고 썼듯이, 이곳은 어떤 "동화"[16]적인 요소에 의해 지탱되는 것처럼 보인다. 혹 여울이 이곳에 정착한다고 하더라도 그러기 위해서는 우선 "혼란과 궁핍, 절망"으로 가득한 "현재"와 맞닥뜨리는 일이 필요하다. 아직 통과해야 할 관문이 많이 남았다는 뜻이다.

넷, 김이듬의 시들 가운데는 모성으로부터 버림받은 데서 오는 상실감과 자기부정을 그린 작품들이 여럿 있다. 은유적이고 또 다소간에 환상적인 이들 시가 조금씩 겨우 보여 준, 김이듬의 체험적 사실과 직접 연결되는 이야기들을 소설은 좀 더 직접적으로 들려준다.

여울의 엄마는 여울이 어릴 때 집을 나갔다. 혼자 그녀를 탈 수 있을 정도의 나이였으니 그때 여울의 나이가 세 살쯤 되었을 거다. 여울은 엄마의 얼굴은 기억에 없고 이름만 알고 있다. 아빠가 알려 주었을 것 같지는 않고, 짐작건대 글자를 읽게 된 후 엄마의 이름이라도 알기 위해 기를 쓰고 어떤 흔적을 찾으려 했을 것이다. 엄마 없는 여울의 "유년"과 "사춘

---

15 같은 책, 207쪽.
16 같은 책, 134쪽.

기"는 "하루하루가" "비참"[17]의 연속이었다. 여울에게는 이런 기억도 있다. "그 베개는 엄마 냄새가 나는 소중한 물건이었고 내가 하도 만지작거려 찢어지고 해져서 먼지도 풀풀 났다. 하지만 난 잠들 때마다 그 베개가 없으면 잠들기 어려웠고 자더라도 자꾸 깼으며 자주 가위눌렸다. 그래서 큰집에 제사 지내러 갈 때도 큰 종이 가방에 넣어 가곤 했다."[18] 이 베개는 나중에 새엄마가, 여울이 자기를 '엄마'라고 부르지 않는다는 이유로 여울이 보는 앞에서 불태워 버렸다. 선균에게 성폭행당할 위기의 순간에 여울이 찾은 것도 엄마였다.

여울에게는 엄마가 사무치는 그리움이었다. 누군들 그렇지 않겠는가. 작가는 시적 화자의 목소리를 빌려 "버림받은 어린 딸이 엄마를 찾아가는 것은 별이 뜨는 이유와 같습니다"(「유령 시인들의 정원을 지나」)라고 쓴 적이 있다. 별이 뜨는 게 자연스러운 일이듯이 버림받은 어린 딸이 엄마를 찾아가는 것은 당연한 일이다. 엄마가 있는 곳을 알게 되었을 때, 당연하게도 여울은 엄마를 찾아간다. 그렇지만 엄마는 그렇지가 않았던 모양이다. 사람들에게 물어물어 엄마가 전도사로 있다는 교회를 찾아가면서, 여울은 "슬레이트 지붕 처마 아래 서서 쿵쾅거리는 심장을" 억누르며 혼자서 이런 상상을 해 본다. "너무 놀라면 어떡하지? 감격적으로 얼싸안고 엉엉 울어 버리면 무슨 말로 달래야 하나?"[19] 그러나 여울과 대면한 엄마의 모습은 오랫동안 보아 온 사람처럼 심상하기 그지없다. "너무 자연스러워서 오히려 어색하게 들리는 인사말"[20]을 나누고, "강진애 전도사님이시죠? 본명은 강정옥…… 제 엄마 맞으시죠? 그간 안녕하셨어요?"[21] 이런

---

17 같은 책, 173쪽.
18 같은 책, 76쪽.
19 같은 책, 169쪽.
20 같은 책, 170쪽.
21 같은 곳.

어색한 말을 주고받은 후 두 사람은 기도를 하고 밥을 먹는다. 그리고 길게 이어지는 어머니의 이야기. "비도덕적이고 비윤리적"인 아버지 집안의 지저분한 혈통에 대한 멸시와, 늦깎이 신학생으로 새롭게 출발하여 전도사가 된 지금까지의 "은혜로운 삶"에 대한 감사와, 여울이 "탈선하지 않고 불구가 되지 않고 몸 성히 자란 것은 온전히 주님이 눈동자처럼" "지키고 보호하기 때문"[22]이었다는 고백과, 교회에 나가라는 권유. 그리고 마침내, 심방하러 가야 하니 이제 그만 가 보라는 이야기를 끝으로 여울은 쫓기듯 그곳을 나온다. 뒤이어 어머니의 찬송가 소리가 들려오고. "나 같은 죄인 살리신 주 은혜 고마워……."[23]

여울은 이 자리에서 자신이 버림받은 존재라는 사실을 재확인했을 따름이다. 버림받았다는 느낌은 하도 강렬해서 여울은 종종 자기 파괴의 열망에 사로잡히기도 한다. 이를테면 지민이 죽은 후 "왜 내가 사랑하는 사람은 모두 나를 떠나갈까? 왜 다 날 내팽개치거나 죽는 거야?" 하는 물음 뒤에 "나도 죽을 거야."[24]라고 외치거나 "난 다시 아무도 사랑하지 않을 것"[25]이라고 다짐할 때, 병원에서 깨어난 후 "난 동상처럼 우상처럼 철저히 부서져야 하는데…… 살아서 나는 계속적으로 사람들에게 폐를 끼친다."[26]라고 자책할 때, 지민과 동생 현우의 죽음이 자기 때문이기라도 한 것처럼 "내가 그들을 죽인 것 같다. 난 살인자다." "그러고도 네가 살아 있을 자격이 있다고 생각하나? 어림도 없지. 설마 행복을 넘보는 건 아니겠지?"[27] 하고 자조할 때, 그런 것들을 느낄 수 있다.

버림받았다는 것은 이제 돌이킬 수 없는 사실이 되었다. 교회를 나오

---

22 같은 책, 175쪽.
23 같은 책, 176쪽.
24 같은 책, 84쪽.
25 같은 곳.
26 같은 책, 98쪽.
27 같은 책, 130쪽.

면서 여울은 엄마와 엄마가 믿는 신을 싸잡아 비난한다. 이럴 줄을 미리 알고 여울은 이런 욕을 했는지도 모르겠다. "mother fucker, God fucker."[28] 버림받았다는 사실은 변함이 없지만 여울이 자기가 버림받은 이유를 자기 아닌 다른 누군가의 탓으로 돌리고 있는 것은 눈에 띄는 변화이다. 탓으로 돌리는 이런 의식이 여울을 크게 바꾸어 놓지는 못하겠지만, 그래도 자신을 향해 쏘아 대는 화살이 조금쯤은 무뎌질 법도 하다.

다섯, 소설은 여울이 집에서 나왔다가 돌아가는 두 가지 화소를 이야기의 첫머리와 끝머리에 나란히 배치해 놓고 있다. 여울이 집을 나와 지민과 동거하면서 이야기가 시작되고, 여울이 다시 집을 찾아가면서 이야기가 마무리된다고나 할까. 물론 여기에서 이야기가 마무리된다는 것은 소설이 끝난다는 뜻이 아니라 머물 공간을 찾아다니는 여울의 탐색이 완료된다는 뜻이다. 소설의 주요 사건들은 보기에 따라 여울이 집으로 돌아가기까지의 시간을 지연시키거나 앞당기기 위한 장치처럼 여겨지기도 한다. 이와 관련이 있는 두 개의 장면이 있다.

장면 하나. 여울이 아르바이트를 시작하고 며칠이 지나지 않은 어느 날, 아직 가게 문을 열지도 않았는데 "웬 키 큰 아저씨"가 들어온다. 순간 여울이 상상의 나래를 펼친다. "아뿔싸! 이럴 수가…… 아빠다. 아빠가 학과사무실에 가서 친한 선배의 이름을 알아내고 내가 사는 곳을 찾아 약도를 보며 학교 후문으로 달려가 꽃집과 편의점, 부동산을 건너뛰고 굴다리 아래를 지나 후미진 골목으로 헐떡거리며 달려갔던 거다. 선배 목을 쥐고 내가 어디 갔는지 말하라고 다그친 후 여기까지 한달음에 달려온 거다."[29] 여울은 지금 아빠가 자기를 찾으러 왔다고 생각하며 감격해한다. 아빠가 뭔가를 알고 이곳으로 왔다면 여울이 상상한 것과 같은 복잡한 경로를 거쳤을 수밖에 없다. 아빠는 여울을 찾기 위해 이 길고 복잡한 과정을 마다

28 같은 책, 17쪽.
29 같은 책, 22쪽.

하지 않았던 거다! 그러나 그게 아니었다. 그 "키 큰 아저씨"는 화장실을 빌려 쓰기 위해 잠깐 가게에 들어온 것일 뿐이었다. 그러니까 여울이 착각을 한 거다. 여울은 "맥이 탁 풀리면서 바닥에 풀썩 주저앉고 말았다." 그래, 그럴 리가 없지. "내 생각을 할 리도 찾아올 리도, 실종 신고를 할 리도 없을 텐데……."[30]

그리고 곧바로 이어지는 장면. 여울이 기억하기로, 자신이 "아빠의 살과 접촉한 것은 초등학교 2학년 때, 딱 한 번이다."[31] 더운 어느 여름날 엄마 꿈을 꾼 여울은 잠결에 고무줄놀이를 하다 미끄러져 책상 모서리에 머리를 찧는다. 이마에서 피가 콸콸 쏟아지는 채로 아빠를 찾아갔고 혼비백산한 아빠는 여울을 들쳐 업고 죽어라고 뛴다. 아빠의 러닝셔츠가 시뻘겋게 물들었고, 여름이었는데도 추워서 얼어 죽을 것 같았고, 너무 졸렸지만, 또 "너무너무 좋았다." "온천장 복개 다리를 지나면서" 여울은 이 시간이 길게 이어지기를 바라며 이렇게 기도한다. "저 병원 불빛이 더 멀리 있으면 얼마나 좋을까요, 하느님! 제발 이 다리가 폭삭 무너지게 해 주세요."[32]

이 두 개의 장면은 여울이 아빠와의 감정적 유대에 얼마나 목말라 있는가 하는 것을 알게 해 주는 한편 시간의 지속과 관련한 여울의 상반된 욕망을 보여 주고 있다. 첫 번째 장면에서 여울은 아빠가 찾아와 집으로 돌아가는 시간을 앞당겨 주기를 바라고, 두 번째 장면에서는 다리가 무너져 아빠의 등에 업혀 있는 시간이 무한히 길어지기를 바란다. 양상은 다르지만 그 속에 담긴 여울의 욕망은 동일하다. 여울은 자주 이런 생각을 한다. "조만간 아빠한테 가서 내가 집을 나올 수밖에 없었던 이유를 설명하고 정정당당하게 독립을 선언하겠다."[33] 이 문장에서 중요한 것은 "가

30 같은 곳.
31 같은 곳.
32 같은 책, 23쪽.
33 같은 책, 83쪽.

서"라는 단어다. 독립 선언은 집으로 가기 위한 명분 쌓기에 불과하고, 여울은 지금 집에 돌아가고 싶은 거다. 그러나 다리가 무너지는 일이 일어나지 않은 것처럼, 아빠가 여울을 찾으러 오는 일도 없었다. 집으로 돌아가는 시간도 단축되지 않았다. 5개월 가까운 날이 흐르고 나서야 비로소 여울은 집을 찾아간다. 자기를 찾아 주기를 기대하며 벽장 속에 들어간 아이가 아무리 시간이 흘러도 자기를 찾는 사람이 없어 스스로 문을 열고 나올 때의 바로 그런 심정으로. 혹 집 나간 아들의 귀환을 따뜻하게 맞이하는 신약성서의 저 유명한 아버지 이야기를 혼자 떠올렸을지도 모르겠지만, 역시나 그런 일은 일어나지 않았다.

여울이 오는 것을 본 아빠는 잠시 "노여움"[34]을 내비친다. 그러나 그게 전부이다. "이내 고개를 숙이고" 깎고 있던 발톱을 마저 깎는다. 못 보던 젖먹이를 안고 나타난 새엄마는 여울을 못 잡아먹어 안달이다. 집을 나갔던 건 자기를 찾아 달라는 사인이고, 자기 빈자리를 느껴 보라는 암시인데, 아무래도 그건 패착이었던가 보다. 전에는 현우가 그 자리를 차지했는데, 현우가 죽고 나니 젖먹이 아이가 대신 그 자리를 차지했다. 험한 이야기들이 오가고 여울은 집에서 나온다. 독립을 선언할 필요는 아예 없었다. 아무도 여울을 잡지 않았기 때문에. 누군가의 말을 빌려서 이야기하자면, 가족이 없는 여울은 이제 자유이다.

마지막으로 한 가지를 더 이야기할 필요가 있다. 지민이 죽은 후 여울은 지민의 고향을 찾은 적이 있다. 지민의 뼛가루도 그곳에 뿌렸다. 솔은 거기서 여울과 다시 만나자고 편지에 썼다. 돌이켜 보면 여울이 솔을 처음 만난 곳도 지민의 고향으로 가는 길에서였다. 여울과 솔의 관계 가운데에는 지민이 있다. 솔의 집안은 넉넉한 편이 아니다. 어머니는 먼지 날리는 찻길에서 봉지에 사과를 담아 팔고, 아버지는 동네 사람이 죽으면

---

34 같은 책, 188쪽.

염을 해 준다. 아마도 근근이 먹고사는 처지이지 싶다. 거기다 솔은 한쪽 다리를 절기까지 한다. 여러모로 보아 행복할 구석이 전혀 없는데도 솔은 대책 없이 밝은 아이이기도 하다. 여울과는 별로 비슷한 점이 없는 것처럼 보이면서도 의외로 둘은 잘 어울린다. 여울은 솔의 밝음 뒤에 감추어진 고통의 무게를 어렵지 않게 짐작한다. 거기에서 자신의 모습을 보았기 때문일 것이다. 그런 솔이 지민의 고향에서 다시 보자 한다.

마지막 장면에서 보았던 그 무리들에게 잡히지 않고 무사히 몸을 빼냈다면, 아마도 여울은 지민의 고향을 다시 찾게 될 것이다. 거기에는 이제까지 여울이 거쳐 간 곳과 같은 그런 집이 없다. 지민의 아버지와 어머니가 사는 곳은 있겠지만 지민이 없으므로 지민의 집은 아니다. 솔은 편지에서 이렇게 썼다. "나는 성 소수자, 장애우, 도시 빈민, 나아가 접대부와 매매춘 종사자까지 아우르는 멋진 공동체를 꿈꾸고 있다네."[35] 기존의 관계를 대체하는 이런 대안적 공동체를 시작하는 곳이 지민의 고향이 될까? 글쎄, 거기에 솔이 꿈꾸는 공동체를 이룰 새로운 집을 짓게 될지는 모르겠지만, 이런 비전은 80년대적인 전망치를 훨씬 넘어서 있는 것처럼 보인다. 어쩌면 솔은 너무 일찍 도착해서 오히려 모자라게 느껴지는 미숙아였던지도 모르겠다. 솔의 이런 꿈과는 별개로, 여울은 그곳에서 지민이 자기 몸속에 살고 있음을 새로 발견할 수도 있으리라. 지민의 장사를 지내면서 여울은 지민의 뼛가루 가운데 일부를 집어 먹었다. 여울 안에는 지민의 뼛가루가 봉안되어 있다. 여울은 지민을 봉안해 둔 무덤이고 집이다. 지민의 고향으로 간다는 것은 집이 되기로 처음 결심한 바로 그곳으로 간다는 의미이기도 할 것이다.

소설 이후에 주어질 여울의 삶이 어떨지 예상하기란 쉽지 않다. 쓰이지 않은 것을 이야기하기도 어려운 노릇이다. 다만 마지막 장면에서 느껴

---

35 같은 책, 209쪽.

지는 어떤 분위기만 이야기해 보려 한다. 무리들이 달려오고 여울은 도망간다. 이들이 누구인지는 분명하지 않다. "잡아! 어서 덮쳐. 도망 못 가게, 저년, 오늘 갈가리 회 쳐 먹어!"라는 외설적인 어투와 "귀에 익은 목소리"[36]라는 여울의 느낌을 미루어 짐작해 보면 그건 선균 패거리들이라 여겨지지만, 여울이 다소 불온한 내용을 담고 있는 솔의 편지를 막 읽고 나온 참이라는 사실을 떠올리면 대학에 상주하는 프락치로 느껴지기도 한다. 그런데 흥미롭게도 이 장면은 전혀 다급해 보이지 않는다. "어이쿠"[37], 이건 덤벼드는 놈에게 한수 접어 주면서 짐짓 겁나는 체하는 사람들이 낼 수 있는 소리이다. 겁에 질린 사람은 난간 위로 오를 때 "폴짝" 하고 오르지도 않는다. 이렇게 경쾌하고 가벼운 모양새로 오를 수는 없는 거다. '아크로바트'의 여자처럼" 이리저리 몸을 움직이는 여울의 모습은 익살맞게 보인다. "빙빙 팔이 프로펠러처럼" 돌지만 "몸은 날아오르지" 않아 "단순하고 평범한 방식으로" "이동"하는 여울의 모습에서는 웃음마저 터질 기세이다. 그래서 이 마지막 장면은 어쩐지 낙관적으로 보인다. 아무 근거가 없으나마 우선은 이 낙관을 사랑하고 싶다.

3   소수자의 기억이 머무는 집

어떤 세대의 기억은 개별적이기보다 집단적이다. 그들이 자기 지난날을 떠올릴 때 그 기억들은 자신의 독특한 이력 때문에 특별한 것이 아니라 그 시대가 지니는 휘황한 빛 때문에 특별하다. 그래서 누군가는 이 집단적인 기억에 무임승차를 하기도 한다. 그때 그곳에 있지 않았어도 거기에 있었던 동료들 속에 자기를 슬며시 끼워 놓거나, 개인적인 기억을 집

36   같은 책, 211쪽.
37   같은 책, 212쪽.

단적인 기억으로 대체하는 방식으로. 1960년대에 태어나 80년대 학번으로 대학을 들어왔고, 그 이름이 붙여졌던 1990년대에는 30대로 살았던 세대야말로 집단적인 기억에 빚지고 있는 세대이다. 이 세대의 이름으로 정치 활동을 시작했던 사람들 상당수와, 1990년대를 통과하면서 자연스레 현 체제에 익숙해져 간 사람들 다수는 특히 많은 빚을 지고 있다.

그러나 가끔씩은 이 집단적인 기억에 기대기를 주저하는 이들도 있는 모양이다. 그 시대를 다른 방식으로 살았거나 내세울 것이 없어서, 혹은 남의 것을 가져다 자기 것으로 만들 만큼 뻔뻔하지 못해서, 혹은 또 다른 이유로. 그들 가운데 김이듬이 있다. 김이듬은 80년대를 고유명사화하려는 어떤 이들의 시도와는 달리, 누구나 자기 기억을 소중하게 여길 권리가 있다는 바로 그런 의미에서 80년대 어느 한 시기를 소설로 써냈을 뿐이다. 집단에 속하지 않은, 속할 수 없었던 소수자들의 이야기가 여기 우리 앞에 펼쳐져 있다. 앞서 여울이 집이 되었다고 썼다. 김이듬도 집이 되었다. 소설을 머리에 이고 있는 집. 김이듬이라는 집 속에서 이제껏 우리 문학사가 받아들이기를 거부했던 여러 이야기들이 둥지를 틀고 마음 편히 깃들기를.

춤추는 가족, 그리고 그 이후

안보윤, 『우선 멈춤』(민음사, 2012)

1 환상을 거부하는 막장 드라마

막장도 이런 막장이 없다. 해정의 가족 말이다. 아빠는 찜질방을 전전하며 성추행을 일삼다 경찰서로 잡혀 오고,(그것도 한두 번이 아니다.) 엄마는 젊은 남자랑 바람을 피우다 숫제 짐을 싸서 집을 나가고, 고등학생 딸은 자기 나이의 두 배쯤 되는 남자와 사랑에 빠져 임신을 하고, 초등학생 아들은 학교 다니기를 그만두고 집에서 하루 종일 비디오를 본다. "언제 헤어져도 이상할 것이 없는 부부. 아니, 헤어지지 않고 지내는 것이 오히려 이상한 부부. 호적이라는 임시 고용 계약서에 묶여 있을 뿐 실제로는 헤어질 필요조차 없는 부부."라는 해정의 평가 그대로 정현철과 그의 아내는 아예 마주치는 일이 없고, 해정은 해수를 제외한 가족 구성원 어느 누구에게도 살가운 모습을 보이지 않는다. 소설이 끝나 갈 무렵 선주가 영아를 유기하고 해수가 데려온 아이를 서랍 속에 넣어 둔 것이 드러나 동네가 발칵 뒤집히고 관련된 사람들이 경찰서에 모이는 상황에서 해정의 가족은 한자리에 모이게 된다. 이야기가 시작된 이후 한 번도 한자리에 있어 본 적이 없는 그들이다. 이 기묘한 상황에서 해정이 "해맑게"

웃으며 말한다. "모처럼 온 가족이 다 모였는데, 같이 밥이라도 먹어야 하지 않겠어요?"

해정의 가족만 그런 것이 아니다. 이 소설에서 가족이라는 울타리 안에 있는 사람들치고 이렇다 하게 유대감을 갖고 있는 경우는 전혀 없다. 선주가 상담을 맡은 아이는 엄마를 "아줌마"라고 부르고, 그 아빠는 아내를 "쌍년"이라 부르며 "저 쌍년이 집안 다 말아먹네. 쌍년, 차라리 굶어 뒈져 버리든가."라고 악담을 하더니 다이어트 부작용으로 "거식증에 우울증"에 걸린 아내를 정신병원에 입원시켜 놓고 도망간다. "이혼한 부모라는 건 이제 별 얘깃거리도 안 된다. 새 학기마다 제출하는 가정환경 조사서에는 부모 관계란에 이혼과 재혼 항목이 따로 있을 정도다." 성적인 결합은 주로 결혼이라는 제도 바깥에서 이루어지고, 그 때문인지 임신과 출산은 축복이 아니라 저주스러운 일로 여겨진다. 아이는 생기지 않는 것이 제일 좋고, 어쩌다 아이를 갖게 되었다면 낳는 대신 때가 이르기 전에 자궁 밖으로 끄집어내는 것이 낫다. 이 일을 위해 순임 같은 이들이 있다. 할 수 없이 아이를 낳게 된다면 내버려 두는 것이 수이다. "자꾸 튀어나"와 "성가시게" 만드는 이 "더럽고 시끄럽고 귀찮은 것들"은 "건전지를 빼" 버려야 한다. 그렇게 해서 착해지면 예쁜 집을 하나 만들어 주면 되고.

이들 가운데 일부는 매우 기묘한 방식으로 가족을 복원하거나 대를 이어 가기를 바란다. 순임이 어렸을 적 할머니의 방에는 엄마 아빠의 뼈가 담긴 단지 두 개가 놓여 있었다. 조-손으로만 이루어져 모자람이 있는(이런 가정을 흔히 '결손' 가정이라 부르지 않던가.) 공간을, 순임의 할머니는 아들 내외의 뼈 단지를 자기 방에 둠으로써 대신 채우려 했던 것. 그만큼 정상 가족에 대한 소망이 강렬했다는 이야기이다. 순임의 할머니는 자기를 찾아온 '손님'들의 아이는 가볍게 떼어 주었지만 순임만큼은 예외였다. '손님'들 중 일부처럼 순임 역시 아이를 낳기에는 너무 어렸고, 아이를 낳고 싶은 마음이 있었던 것도 아닌데, 달이 차서 아이를 낳지 않으면 안 될 때까지 이르도록 수수방관하면서 결국 아이를 낳게 한 것이다. 처녀가 아이를 낳았으니 "이제 시집도 못 갈 거" 아니냐는 순임의 불평에 그녀는 가볍게 응대한다. 먹고살 기술을 알려 주겠노라고. 그렇게 해서 태어난 것이 박기영이다. 아이 낳기를 달가워하지 않았던 순임이었지만 그녀 또한 자식을 통해 후대에까지 자기 삶을 이어 가기를 바라는 욕망을 공공연히 드러낸다. 어쩌다 보니 자신은 생명을 죽이는 일로 밥벌이를 삼고 있지만, 아들만큼은 남들처럼 정직한 방법으로 돈을 벌고 그걸 밑천 삼아 좋은 여자 만나 아들 딸 낳고 잘 살기를 바라면서.

　작가는 이런 이야기들을 자못 심각한 얼굴로 정색하며 들려준다. 농담처럼 가볍게 이야기를 풀어 나갔다면 유쾌하게 웃을 수 있었을 테고,(가령 「콩가루」 같은 인터넷 연재만화를 생각해 보라. 만화 속에 나오는 가족들의 면면은 해정의 가족들과 놀랍도록 유사하다.) 인물들이 상황을 씩씩하게 이겨 나갔다면 조금쯤 감동을 받을 수도 있었을 것이다. 그런데 소설은 이를 허락하지 않는다. 유쾌함과 감동 대신 소설이 우리에게 주는 것은 묘한 불쾌함이다. 작가는 『오즈의 닥터』에서 도대체 뭐가 진실이고 뭐가 현실이냐는 물음을 던진 후 닥터 팽의 목소리를 빌려 이렇게 이야기한 적이 있다. "자네가 믿고 싶어 하는 부분까지가 망상이고 나머지는 전부 현실이지. 자네가 버리고 싶어 하는 부분, 그게 바로 진실일세." 작가는 해체되어 형해만 남아 있는 소설 속 가족들의 모습이 현실이라고 이야기하고 있는 듯하다. 너무 불쾌해서 도무지 받아들이고 싶지 않은 바로 여기에 진실이 있다고. 닥터 팽과 오랜 시간 면담을 해 온 '나'는 마지막에 이런 결론으로 내닫는다. "끝까지, 도망치겠다는 겁니까. 그래요, 닥터. 나는 도망칠 거예요. 현실을 정면으로 바라보면서 살아가야 한다니 그건 끔찍한 형벌이잖아요. 나한테는 이 정도가 어울려요. 죄책감도 책임감도 자부심도 없는 이 정도가."

　『오즈의 닥터』에서 '나'는 자기 욕망이 만들어 낸 환상 스크린을 열어

젖히기를 끝내 거부한다. 그러나 이것이 윤리적으로 올바른 태도가 될 수 없음은 두말할 나위가 없다. 가족을 둘러싼 불쾌한 진실을 내보이면서 작가가 우리에게 요구하는 것은 기꺼이 이 형벌을 감내해야 한다는 쪽인 듯하다. 이런 의도가 아니었다면, 가령 다음과 같은 장면들을 소설 속에 담아 놓지는 않았을 것이다.

안 궁금해요?
…… 뭐가.
그냥. 전부 다.
내가 왜 아저씨를 만나는지, 내 학교생활은 어떤지, 아저씨 앞이 아닌 다른 곳에서 나는 어떤 모습인지, 잠자고 일어났을 때 머리 모양이나 목소리는 어떤지, 앞으로 하고 싶은 일이 뭔지, 어느 대학에 가고 싶은지, 생일이 언제인지, 내 동생 해수는 어떤 아이인지, 디지털카메라는 어떤 걸 쓰는지, 영화는 어떤 걸 좋아하는지, 영어 단어를 외울 때 음악을 듣는지, 운동은 싫어하는지 좋아하는지, 간장에 조린 호두를 먹으면 알레르기가 일어나는지 아닌지, 숫자 8을 쓸 때 왼쪽부터 쓰는지 오른쪽부터 쓰는지, 그리고 무엇보다
내가 정말 원하는 게 뭔지.
안 궁금해요?

박기영과 섹스를 하고 난 직후의 장면이다. 일상 속에서 일어나는 사소한 일들, 그 옆에 가까이 서서 지켜보고만 있었어도 자연스럽게 알 수 있는 버릇이며 습관 같은 것들이 누군가가 물어 주기를 기대하는 긴 물음이 되고, 이 물음이 발설되지 못한 채 머릿속에서 맴돌다 흔적 없이 사라지고 있다. 해정이 입을 열어 말할 수 없었던 것은 자기가 원하는 게 뭔지 박기영이 별로 궁금해하지 않으리라는 예상 때문이었을 것이다. 이미 충

분히 겪어 왔을 터이므로. 가족 중 어느 누구도 자기가 어떤 사람인지, 무얼 원하는지 궁금해하지 않는데, 육체만을 탐하는 박기영이라고 다르겠는가. 이 예상은 나중에 임신 사실을 털어놓았을 때 그녀의 몸에 가해진 폭력으로 현실화된다.

이보다 가슴 아픈 것은 해수가 공중화장실에 끌려가 친구들에게 괴롭힘을 당한 뒤 화장실 안에서 울음을 참으며 숨어 있다 새벽녘이 다 되어 "흙가루와 피로 엉망"이 된 바지를 입고 돌아오는 장면이다. "그토록 기를 쓰고 돌아왔건만 집은 여느 때처럼 어둡고 텅 비어 있었다." 새벽이었고, 상처 입은 몸으로 돌아온 마당이다. 아무리 외박을 밥 먹듯 하고 서로에게 무심한 식구들일지라도 그때만큼은 누구든 있었어야 했다. 아무도 없다면 그건 어린 자식과 동생의 늦은 귀가가 염려되어 이곳저곳 수소문하고 다니고 있었기 때문이어야 하고. 해수가 지하철에서 주워 온 아이를 돌보기 위해 애쓰는 것은 그가 이 무심함에 상처 입었기 때문일 것이다.

해정과 해수는 미성년이다. 아직 성년이 되지 않았다는 뜻이고 '아직'이라는 말로써 유예된 시간 동안 누군가로부터 보살핌을 받아야 한다는 뜻이다. 보살펴 주어야 할 부모가 자기 할 일을 놓아 버린 상황에서, 해정과 해수에게 이 시간은 어떤 의미를 가질 수 있을까. 해정은 박기영과의 사랑으로 너무 일찍 성년의 세계에 진입해 버렸고, 해수는 또래 집단에서 쫓겨나 육체적으로도 정신적으로도 성장을 멈추어 버렸다. 어느 쪽도 제대로 된 의미의 성장이라고 할 수 없다. 하긴 이런 상황에서 도대체 어떻게 성장이 가능하단 말인가. 안보윤은 부모의 보살핌 없이도 아이들이 잘 자랄 수 있다고 낙관하지 않는 것처럼 보인다. 그것은 아이들에게는 가혹한 일이고, 어른들에게는 무책임한 일이 될 수 있다고 믿는 편인 듯하다. 아이들이 제대로 자라지 못할 때 책임을 져야 하는 것은 아이들이 아니라 아이들을 제대로 돌보지 못한 어른들이다. 가족이 처한 현실을 직시해야 하는 이유는 분명하다. 아이들이 있기 때문이다. 이러한 상황에서 누구보다 고통당하는 것이 아이들이기 때문이다.

2 　인연, 악연, 동해보복(同害報復)의 논리

돌이켜 보면 이 모든 일들은 어느 일요일, 어쩌면 사소하다고 말할 수
도 있는 한 사건에서 시작되었다. 그 이전까지는 모든 것이 지나칠 정도
로 평범하고 평화로워 보였다. 이를테면 이런 풍경을 보라. 해정은 다음
날 있을 시험을 준비하고 있다. 첫 시험이라고는 하지만 "단순한 쪽지시
험"이었을 뿐이다. 모범생까지는 아니어도 여느 고등학생들 정도는 된다.
여기에는 해정의 나중 모습을 짐작하게 해 주는 어떤 것도 없다. 비디오
를 보며 주인공 흉내를 내고, "지구대"라는 목소리에 "여기는 지구"라는
대답을 들려주는 해수는 열두 살 아이 그 이상도 그 이하도 아니다. 그러
던 것이 아버지가 찜질방에서 해정 또래의 여자아이들을 추행하다 인근
지구대로 끌려온 후, 마치 이 일이 일어나기를 기다리기라도 했던 것처
럼, 해정의 가족은 급속하게 나락으로 빠져 들어간다.

물론 이 사건이 이어지는 모든 일들의 유일한 원인은 아닐 것이다. 가
령 해정의 어머니가 집 밖으로 나돌게 된 것이 정현철이 경찰서로 붙들려
온 그날 이후인지 그 일과는 무관하게 전부터 그랬는지(사건 당일 그녀가
집에 있지 않았던 걸 보면 그런 것 같기도 하다.) 소설에 쓰인 것만으로는 알
기 어렵다. 그렇지만 이 사건이 해정의 가족에게 중요한 분기점이 된 것
은 분명하다. 해수의 경우가 특히 그렇다. 그 날 그곳에 우연히도 같은 반
친구 용태의 엄마가 있었다. 짐작건대 그녀는 그 이야기를 아들이 듣는
데서 했을 테고, 용태가 그 사실을 친구들에게 이야기했고, 그것이 빌미
가 되어 해수가 반 친구들에게 '변태'라고 놀림을 당하게 되었고, 친구들
의 폭력이 견딜 수 없는 지경에 이르게 되자 학교를 그만두게 되었다. 정

현철은 아들이 그렇게 된 것이 자기 탓이라는 걸 어렴풋이나마 알고 있었고, 그것이 죄스러워 집에 들어오는 횟수가 점점 줄어들었다. 그 일이 있고 난 후 몇 달 사이에 해정에게 어떤 일이 있었는지, 박기영과 연애를 시작하면서 해정의 학교생활에는 어떤 변화가 생겼는지는 알 수 없지만, 해정이 엇나간 데 그 일이 영향을 끼친 것은 분명하다. 해정이 박기영을 좋아한 이유를 보면 알 수 있다. 박기영은 아버지와는 상반된 이미지의 남자였던 것이다.

이렇게 해정의 가족에게 일어난 일들은 최초에 일어난 사건과 유기적으로 연결되어 있다. 순임을 비롯한 주변 인물들에게 일어나는 일들 역시 비슷하다. 소설에서는 거의 대부분의 인물과 사건들이 인연의 끈으로 이어 놓은 듯이 서로 연결되어 있다. 선주가 해정에게 순임을 소개시켜 주었는데, 순임은 하필이면 해정의 애인인 박기영의 어머니였다는 식으로.(이런 식의 구성은 『악어 떼가 나왔다』에서도 시도된 바가 있다. 이 소설에서 아이가 실종된 마트의 지점장이 채팅을 하던 여자는 그 아이가 들어 있던 가방을 우연히 구매하게 된 여자의 딸이다. 모두 네 개의 장으로 나뉜 이 소설에서 아무 상관이 없는 것처럼 보이던 각각의 이야기들은 이런 식으로 엮여 하나의 서사를 구성한다. 이 소설에서 순임과 선주, 해수와 해정 들이 엮이는 방식도 이와 비슷하다.) 이들 사이에서는 종종 있었던 일이 되풀이된다. 이를테면 아이를 낳기에 나이가 너무 적거나 너무 많은 여자들의 아이를 지우던 일로 평생을 살아온 순임은 손주가 될 수도 있었을 아이를 자기 손으로 긁어 내고, 언니의 아이를 낙태시키기 위해 순임에게 왔던 선주는 자기가 낳은 아이 역시 비슷한 방식으로 죽게 한다. 순임과 선주의 언니와 해정이 임신을 하고 낙태를 하거나 출산을 한 것은 모두 그들의 나이 17살 무렵이다.

이 반복되는 사건들을 이어 주는 것은 어떤 도덕적 질서이다. 반복을 이루는 쌍의 첫 번째 항은 죄이고, 두 번째 항은 그에 대한 징벌이다. 누구보다 순임에게서 이 점을 뚜렷하게 확인할 수 있다. 순임의 할머니는 "자기" 새끼를 찢어 죽이는 것은 짐승이나 하는 짓이라고 했다. 그렇다면 "자기" 새끼가 아니라 '남의' 새끼를 찢어 죽이는 것은 괜찮은 일일까? 순임의 할머니가 어떻게 생각했는지는 알 수 없지만, 순임은 다소간에 죄책감을 느꼈던 것이 분명하다. 자궁에 자리를 잡은 지 일곱 달이 지나 멀쩡하게 살아서 나온 아이를 보고 난 후부터 찾아온 이명은 그녀가 아무런 가책 없이 이 일을 할 수 없었음을 알려 주는 뚜렷한 증상일 것이다. 이명은 순임이 해정의 뱃속에 있는 "자기" 새끼를 찢어 죽이고 난 후 사라진다. 순임은 이제까지 해 온 행위를 반복하는 가운데 자기가 저지른 죄에 대한 대가를 치른다. 이른바 동해보복(同害報復)의 원리가 안보윤이 창조한 이 세계를 떠받치는 기초이다. 그렇다면 이명이 사라진 후 순임이 자살한 것은 죄책이 사라지기 위해 필요한 절차를 자기도 모르는 사이에 밟아 버린 것은 아닌가 하는 불길한 예감, 혹시라도 조금 전에 찢어 죽인 것이 "자기" 새끼였던 것은 아닌가 하는 의혹 때문이었던 것이 아닐까.

죄는 반드시 동일한 무게의 대가를 치러야만 한다. 이런 도덕적 질서를 누구보다 먼저 깨닫고 이를 직접 실행해 보인 것은 아이들이다. 친구들은 해수에게 이렇게 놀려 댄다. "니네 아빠 변태라며?" 그리고 덧붙인다. "변태 새끼." 아이들의 세계에서 변태 아빠의 아들은 아빠와 똑같은 변태이고, "변태는 무조건 감옥에 가야" 된다. 변태가 받아야 하는 벌로는 육체적인 고통이 제격일 것이다. 무엇보다 변태는 육체를 비정상적으로 다루는 사람이므로. 여자들의 엉덩이를 만진 정현철의 변태적인 행동은 이렇게 변태라는 낙인과 함께 친구들의 폭력에 아들의 항문이 찢어지는 것으로 되돌아온다. 해정이 30대의 박기영과 섹스를 하게 되는 것도 같은 맥락에서 이해할 수 있다. 소설의 첫 장면에서 정현철이 성추행을 했던 여자아이들은 해정 또래였던 것을 떠올려 보라. 정현철의 나이만큼은 아니지만, 해정은 박기영과의 섹스를 통해 자기도 모르게 아빠의 죄 갚음을 하고 있었던 셈이다.

이렇게 안보윤이 창조한 세계 속에서 누군가가 저지른 잘못은 항상 그에 상응하는 무게의 징벌로 되돌아온다. 좀 더 구체적으로 이야기하면 어른들의 잘못이 아이들이 당하는 고통으로 되돌아온다. 어른들이 쌓은 업보를 아이들이 받는 형국이다. 그러고 보면 예전에도 이렇게 인과관계가 없어 보이는 일을 연결하여 '업보'라고 해석한 적이 있었다. 『악어 떼가 나왔다』에서이다. 다리 하나가 휜 것 빼고는 모든 것이 완벽한 C컵꽃띠는 스스로 상해를 가해 다리 절단 수술을 받게 된다. 그 모습을 본 어머니는 말한다. "업보다." "우리 업보를 네가 받은 거야." C컵꽃띠의 어머니가 이렇게 말한 데는 이유가 있다. C컵꽃띠의 아버지는 우발적으로 한 여인을 살해했고, 그 시체를 절단하여 여행용 트렁크에 담아 바다에 던졌다. 지금 그녀는 그 벌을 딸이 대신 받은 것이라고 해석하고 있는 것이다.

날 때부터 눈이 멀었던 이를 가리켜 예수의 제자들이 이렇게 물은 적이 있다. 이 사람이 이렇게 된 것은 누구의 죄 때문인가. 그의 죄 때문인가 아니면 부모의 죄 때문인가. 어쩌면 우리는 업보라는 말로써 같은 질문을 지금 이곳에서 다시 하고 있는 것인지도 모른다. 아이들이 이렇게 된 것은 누구 때문인가. 아이들의 잘못 때문인가 아니면 어른들의 잘못 때문인가. 소설은 어른들의 잘못 때문이라는 쪽에 무게를 두고 있는 듯하다. 업보라는 관념 자체가 이미 그런 것이 아닌가. 그러나 분명히 해야 할 것이 있다. 이 물음이 정말로 의미가 있으려면 과녁을 제대로 정해야 한다. 이 물음은 '어른 = 주체 = 나'를 윤리의 재판정으로 회부하기 위해 쓰여야 한다. 아이들이 이렇게 된 원인을 규명하기 위한 목적으로, 혹은 내가 저지른 잘못을 남 탓으로 돌리기 위하여 던지는 물음이 아니라, '아이 = 타자 = 너'가 이렇게 된 것이 '나'의 잘못 때문일 수 있음을 인식하는 가운데 '나'의 행동이 빚어낼 여러 가능성을 염두에 둔 물음이 되어야 하는 것이다.

3 잔혹함의 이면

이 소설을 읽으면서 다시 한번 확인하게 되는 사실이지만, 안보윤 소설은 상당히 잔혹하다. 등단작인 『악어 떼가 나왔다』에서 『사소한 문제들』에 이르기까지 안보윤 소설은 줄곧 우리 세계의 이면에 감추어진 폭력성을 집요할 정도로 세밀하게 파헤쳐 왔는데, 적어도 묘사의 수위에 관한 한 『춤추는 롤리팝』은 기존의 어느 소설도 보여 주지 못한 지점으로까지 나아간 것처럼 보인다. 가령 순임이 벙어리 처녀의 7개월 된 태아를 끄집어내고, 해수가 공중 화장실에서 같은 반 친구들에게 괴롭힘을 당하는 장면은 단어들 하나하나에 눈길을 주며 따라 읽어 가기가 쉽지 않다. 문장을 경유하여 장면을 머릿속으로 떠올리는 것이 이를 눈으로 직접 보는 것보다 더 몸서리쳐지는 일임을, 이 소설은 자기 육체로써 증명해 보인다.

그러나 안보윤은 우리 삶의 깊숙이 자리한 이런 폐부들을 들추어내는 데만 집착하는 냉혹한 자연주의자가 아니다. 사실 이 세계는 안보윤 자신에게도 견디기가 몹시 힘든 세계이다. 그녀가 이 잔혹하고 불쾌한 세상에 몰두하는 이유 가운데 하나는 그 속에 여전히 존재하고 있거나 존재해야만 하는 어떤 미덕들을 이야기하기 위해서이다. 이 소설을 읽으면서 확인할 수 있었던 것처럼, 안보윤 소설에는 겉보기와는 달리 의외로 보수적인 지점이 있다. 흔히 작가를 신에 비겨 이야기하는 화법을 빌려 말하자면, 안보윤은 자기가 만든 세계 속의 피조물들이 고통당하는 것을 지켜보며 즐기는 가학적인 신이 아니라 그들과 함께 고통당하는 것밖에 해 줄 수 있는 것이 없는 무능한 신이라 해야 옳을 것이다. 그녀는 무더위에 이불을 뒤집어쓰고 견디는 아이처럼, 곧 있을 행복을 위해 애써 이 잔혹한 세계와 맞닥뜨리고 있는 것인지도 모른다. 그렇다면 이 잔혹한 세계와의 대면에서 우리가 읽어야 할 것은 우리 눈앞에 놓인〔現前〕세계 자체가 아니라 지금 이곳에 부재하는 것, 상실된 무엇, 상실되었으나 포기할 수 없는 어떤 세계일 것이다.

　마지막으로 한번 물어보자. 가족은 회생 불능의 상태에 이른 것이 사실일까. 글쎄, 잘 모르겠다. 다만 이렇게 이야기할 수는 있겠다. 그게 꼭 가족이 아니더라도, 어쨌거나 위로받고 위로를 줄 수 있는 공동체는 여전히 필요하다고. 다른 생물 종과 달리 인간은 다른 이들의 도움을 받지 않고서는 생존할 확률이 매우 낮다. 생후 2~3년은 말할 것도 없고, 자립할 수 있는 사회적 기반을 갖기 전까지 인간은 윗세대들로부터 지속적인 보살핌과 후원을 받아야만 한다. 이러한 보살핌과 후원은 대개 가족이라는 이름의 구성체로부터 주어져 왔다. 아버지-어머니-아들로 이루어지는 가족이 사라질지 어쩔지는 모르겠지만, 여전히 인간은 오랜 시간을 누군가에게 기대면서 살아갈 수밖에 없다는 것이 엄연한 사실이다. 누군가는 다른 누군가를 보살펴 줄 책임을 져야 한다. 그러니 우리는 물어야만 한다. 가족과 그 이후에 대해서.

욕망의 변증법, 소설을 읽는 세 가지 방법

이승우, 『지상의 노래』(민음사, 2012)

1   경험이 의미할 수 있는 것

이승우 소설에는 반복적으로 등장하는 이야기들이 있다. 이름난 수재였지만 병 때문에 불행한 삶을 살아야 했던 아버지 이야기, 어렸을 적 좋아했던 주일학교 선생님 이야기, 부천에 있는 신학대학을 다니는 신학생 이야기, 사람들이 알아서는 안 되는 어떤 비밀 때문에 산속에 유폐되어 있는 노인 이야기, 형의 불행을 보며 미안함을 느끼는 동생 이야기……. 이 다양한 이야기들이 작가 개인의 경험에 기초하고 있음을 알아차리기란 어렵지 않다. 작가도 이런 사실을 애써 숨기려 하지 않는다. 여기에는 어떤 종류의 은밀함도 없어서 이것이 그의 소설적 방법을 이루는 근거임을 짐작할 수 있다. 흔히 작가의 자전적 기록이라고 이야기하는 『생의 이면』에서 이를 확인한 바 있기도 하다.

이승우는 경험을 근거로 쓴다. 다만 그(현실화된 사건으로서의) 경험을 재현하는 대신 이를 가공한다. 어떻게? 경험된 것을 쓰지 않고 그 경험이 의미할 수 있는 것을 쓴다. 하나의 경험은 다양한 차원을 가질 수 있다. 비록 우리가 경험하는 것이 그 다양한 차원 가운데 일부라 해도, 그것은 잠재적으로는 여러 다양한 방식으로 의미 부여될 수 있다. 이승우는 자기 경험으로부터 이 다양한 가능성들을 여러 방식으로 끄집어낸다. 경험된 현실로부터, 현실화된 하나의 사건으로부터 경험하지 못한 현실, 그러나 경험할 수도 있었을 현실로 현실화되기 이전의 상태로 되돌아가 거기서부터 다시 시작한다. 경험된 현실은 어떻게 보편성을 띠는 새로운 차원의 이야기로 다시 탄생하는가. 이 사이에 개입하는 것은 이야기를 만드는 작가의 능력과 윤리, 세계관 같은 것들이다. 그리고 무엇보다 문제적인 것은, 우리가 이제 막 읽은 이 소설을 참고하면, 바로 작가의 욕망이다.

하나의 경험이, 하나의 이야기가 있다. 하나의 이야기라고는 하나 여기에는 여러 개의 결이 있어서 어떤 결을 따라 접근하느냐에 따라 다르게 이해되고 읽힐 수 있다. 쓰는 것 역시 마찬가지이다. 다르게 접근된 이야기들은 서로 다른 종류의 보편성에 가닿을 수도 있지만, 이야기들이 만나는 과정에서 각자의 욕망을 드러내거나 각자가 가진 욕망을 조금씩 수정하도록 이끌기도 한다. 경험을 소설화하거나 경험된 사실을 해석하는 일은, 그 이면에 숨은 우리의 욕망을 발견하고 확인하는 일이기도 하다. 이는 읽는 과정에도 그대로 적용된다. 이 소설에는 몇 개의 이야기들이 있다. 1) 형이 남긴 기록을 토대로 수도원을 답사하고 벽서의 존재를 세상에 알린 강상호의 이야기. 2) 책을 읽고 천산 수도원의 벽서에 관한 글을 쓴 차동연의 이야기. 3) 차동연에게 자기가 겪은 이야기를 들려준 '장'의 이야기. 4) '장'의 이야기에 나오는 한정효의 이야기. 5) 마지막으로 '후'의 이야기. 이들을 어떻게 겹쳐서 읽을 것인가. 다양한 방식이 있을 것이다. 그 가운데 몇 가지를 보인다.

2 욕망은 우연을 만나 운명이 된다

『지상의 노래』는 이런 문장으로 시작된다. "천산 수도원의 벽서는 우연한 경로를 통해 세상에 알려졌다." 이 우연한 경로를 드러내는 일이 서사의 줄기를 이루고 있는데 핵심은 이것이다. "어떤 우연도 우연히 일어나지는 않는다. 운명을 만드는 것은 누군가의 욕망이다." 소설은 이 '누군가'들에 대해 들려준다. 이들은 저마다의 욕망을 드러내고 실현하는 과정에서 천산 수도원의 벽서를 세상에 알리는 데 기여한다. 이 과정을 복기해 본다.

천산 수도원의 존재를 세상에 처음 알린 것은 여행 작가인 강영호와 동생 강상호였다. 강상호는 천산 수도원에 대해 형이 쓴 미완성 원고를 정리하여 유고집에 함께 싣는다. 강상호가 형의 유고를 정리하기로 마음 먹은 것은 일종의 부채감 때문이었다. 강상호는 형에 대해 미안한 마음을 갖고 있다. 형이 투병하고 있는 동안 "일부러 일을 만들어" 바깥으로 떠돈 것이 이유일 수 있겠는데, 여기에는 자신의 평온한 삶이 형의 불행을 외면한 대가로 얻어진 것이었다는 자책이 개재해 있을 성싶다. 강상호는 "형이 죽지 않았다면" "책으로 만들어졌을" 글과 사진들을 모아 형을 대신해서 형의 이름으로 출간한다. 다른 원고들이 갖추어져 있었기 때문에 그것만으로도 책을 묶어 낼 수 있었지만, 수도원을 답사한 뒤 완성되지 않은 원고를 그의 손으로 직접 마무리한다. "형이 그에게 그 일을 맡긴 것 같은 생각"이 들었기 때문이다. 천산 수도원을 세상에 알린 것은 결국 형에 대한 '미안함', 딱히 자기 잘못 때문이었다고는 할 수 없지만 느슨하게나마 그 일에 연루되어 있었다는 사실에서 비롯되는 '죄책감'을 해소하고자 하는 욕망이었다고 볼 수도 있겠다.

교회사 전공자인 차동연의 관심을 끈 것은 천산 수도원 벽에 쓰인 성경 구절들이었다. 그는 장식과 색깔을 입혀 공들여 적어 나간 그 글자들을 "사치스러울 정도로 화려하고 세밀한 그림이 곁들여져 세상에서 가장 아름다운 책으로 알려져" 있는 켈스의 책에 비견할 만한 사례로 보았다. "경전의 필사는 신앙고백의 순수한 표현이면서 고백된 신앙을 실천하는 구체적인 방법"이라는 점에서. 그는 천산 벽서에서 "성스러움 속에 깃들어 있는 아름다움, 믿음의 표현 속에 깃들어 있는 예술적 욕구"를 읽어 내고자 했다. 교회사라는 그의 전공이 신학(초월적이고 형이상학적인 세계)과 역사(내재적인 세계)를 아우르고 있는 분야라면, 천산 수도원 벽서에 관한 그의 관심은 초월적인 데 좀 더 치중되어 있었다고 해야 할지 모른다. 가령 그는 "그 믿음과 아름다움이 왜 그렇게 표현되어야 했는지" 묻지 않는다. 천산 벽서의 개별성, 무엇보다 그 물질적이고 세속적인 조건들에는 관심이 없다. 차동연이 연구 재단과 신문사의 지원을 받아 수도원의 폐허를 발굴하고 그곳 공동체의 성격을 조사하면서 이렇다 할 성과를 거두지 못한 것은 이런 편중된 관심 때문이 아니었을지.

장이 차동연을 불러 긴 이야기를 털어놓은 것은 우선은 죄책감 때문이었을 것이다. 장은 수도원 길목에 초소를 세우고 수도원에 있던 사람들 절반 가까이를 내쫓은 다음 한정효라는 인물을 그곳에 유폐하고 감시하는 임무를 맡은 적이 있다. 권력의 최정점에 있는 한 사람과 상관인 부장, 장 세 사람 외에는 그 내용을 알아서는 안 되는 특수한 임무였다. 나중에 장은 새로 권력을 잡은 군인들이 한정효와 관련한 사실들을 은폐하기 위해 수도원을 폐쇄하고 형제들을 생매장할 때 옆에서 그 광경을 묵묵히 지켜보아야만 했다. 장은 자신이 맡은 임무의 내용을 정확하게 알지 못했고, 한정효를 수도원에서 빼냄으로써 형제들이 매장되는 것을 막으려 했지만, 이것이 죄책을 벗게 하는 근거가 될 수는 없었다. 그는 평생 이 짐을 짊어진 채 살아야 했고, 누군가에게 이 사실을 고백해야 했다. 이 욕망이 차동연을 그에게로 이끌어 들였을 것이다. 장은 오랜 시간 동안 공들여 자기가 겪은 일들을 차동연에게 털어놓은 후 서둘러 생을 하직한다.

장의 욕망 속에는 역사의 추문을 들추어내고자 하는 의지도 포함되어 있었을 성싶다. 수십 명의 사람들을 산 채로 묻어 버린 사건이기 때문에 이 사실이 제대로 드러난다면 그 파장이 만만치 않았을 것이다. 차동연의 반응은 어떠했을까. 장의 이야기를 들은 차동연은 "믿기 힘들 뿐 아니라 믿고 싶지" 않다는 반응을 보인다. "성소를 짓밟은 정치권력의 추악한 군홧발과 연관된 상상은 그의 마음을 불편하게 했다. 그는 (자기 관념 속의) 천산 공동체를 지키고 싶었다." 그가 읽어 내려 했던 것은 믿음의 확실성이나 믿는 행위의 엄숙성 같은 것들이었다. 그러니 그에게는 천산수도원이 세속에 물들지 않으려는 거룩한 무리들의 숭고한 욕망이 자리한 곳이어야 했다. 문제는 여기에 있다. 장의 고백을 받아들일 경우 초월을 향해 있어야 할 이야기는 세속에 비끄러매어진 이야기가 되어야 하고, 숭고해야 할 그 자리에는 권력의 비정함이 대신 놓여야 한다. 이 경우 천산 벽서에 품었던 신학자로서의 욕망은 부정될 수밖에 없다. 장의 고백은 그에게 역사학자로서의 욕망을 요구한다. 차동연이 세 번째로 기고한 기사에는 이 둘 사이에서 서성이는 자의 망설임 같은 것들이 엿보인다.

　　천산 수도원의 일이 세상에 알려지게 되는 과정에서 사람들은 저마다의 욕망을 따라 행동한다. 강상호는 형에 대한 미안함을 그의 유고를 마무리하는 것을 통해 해소하고자 했고, 차동연은 천산 벽서를 신앙의 표현이자 아름다움의 극치로, 이 둘이 절묘한 조화를 이룬 사례의 하나로 보고 싶어 했고, 장은 자신이 알고 있는 사건의 실체를 누구에겐가 털어놓고 싶어 했다. 차동연은 장의 이야기를 들은 후 애초에 신학자로서 자신이 내렸던 해석을 수정해야 했지만 이를 주저했고, 역사학자로서 사건의 실체를 온전히 드러내야 했지만 여러 이유 때문에 어느 정도 타협을 보는 선에서 이를 표현할 수밖에 없었다. 강상호가 천산 수도원 원고를 마무리하려 했을 때, 차동연이 수도원의 벽서를 '켈트의 서'와 비교하거나 수도원을 발굴하고 인근 마을 사람들을 취재한 기사를 신문에 실었을 때, 이들이 의도했던 것은 마지막에 드러난 사실과는 아무 상관이 없었다. 욕망은 굴절된다. 욕망은 실현되는 과정에서 타인의 욕망과 부딪치며 애초의 욕망을 이루지 못하거나 이룬다 하더라도 애초의 의도와는 먼 곳에서 실현된다.

한정효의 경우도 그렇다. 한정효는 자신에 관한 일들이 사람들의 기억 속에서 지워지기를 바랐다. "세상의 기억에서 자기를 없애는 것이" 그의 "소원"[1]이었다. "그는 세상이 자기를 기억하지 않기를 바랐다."[2] 아이러니하게도 천산 수도원의 일이 세상에 알려지게 된 것은 그 자신이 손으로 적어 나간 글자 때문이었다. 그는 형제들의 죽은 육신이 무덤 속에서 좀 더 편안하게 머물 수 있기를 바라는 마음에서 글자들로 벽을 장식했지만 그가 쓴 글자들이 천산 수도원과 함께 그의 존재를 세상에 드러내게 하는 결정적인 계기가 되었다. 그가 벽서를 쓰지 않았다면 강상호가 천산 수도원 원고를 완성하여 유고집에 싣겠다는 생각도 하지 않았을 것이고, 차동연이 '켈트의 서'와 비교하면서 천산 벽서를 소개하는 기사를 쓰는 일도 없었을 것이고, 장 역시 자기 고백에 어울리는 상대를 영원히 발견하지 못했을 것이다.

앞서 이 소설의 서사적 줄기가 천산 수도원의 벽서가 알려진 경로를 드러내는 데 있다고 썼지만, 소설의 끝에서 우리에게 보여 주는 이야기들은 최종적으로 알려진, 이 사건의 실체가 아니다. 실체란 무엇인가? 실체는 이 일에 관여된 어느 누구에게도 사실인 무엇이어야 할 것이다. 그러나 이런 것은 있을 수 없다. 굴절되지 않고서 실현될 수 있는 욕망은 없기 때문이다. 그럴뿐더러 무엇보다 애초의 출발점이었던 욕망부터가 모호하다. 박 중위의 경우에서 분명하게 볼 수 있듯이 인물들은 행동 이면에 있는 욕망의 실체에 대해 그들 자신도 잘 모르고 있다. 그것을 알려고 애쓰

---

1   이승우, 『지상의 노래』(민음사, 2012), 151쪽.
2   같은 곳.

지 않으며 기꺼이 모르려 한다. 일어난 일은 욕망으로 환원되지 않는다. 의도가 일어난 일의 실상에 대해 알려 주지 않는다. 소설은 욕망의 굴절 과정을 이렇게 적어 놓고 있다. "결과는 동기에 의존하지만 그러나 동기는 결과를 제어하지 못한다. 엄격하게 말하면 사실 그것들은 작업자의 내면에서 서로 엉켜 있어서 따로 구분하는 것이 불가능하고, 따라서 구분하는 것이 무의미한 경우가 더 많다. 작업자 자신도 내면에 있는 동기를 올바로 이해하지 못하는 경우가 있을 수 있다."[3]

3 죄의식, 윤리의 근거

소설 속 인물들은 하나같이 죄의식에 사로잡혀 있다. 강상호가 형에게 느끼는 미안함, 장의 죄의식, 한정효의 죄의식, 후의 죄의식, 연희의 죄의식까지. 죄의식이란 무엇인가. 다양한 정의가 가능하겠지만 이 소설에서는 무엇인가 잘못된 일에 대해 그 원인의 자리에 자신을 놓는 의식을 말하는 것 같다. 가령 후는 연희가 박 중위에게 겁간을 당하고 버림받은 후 집을 나간 이유를 자기에게로 돌린다. "자기가 라면에 환장하지 않았다면, 박 중위가 주는 라면을 받아먹지 않았다면"[4] 그런 일이 일어나지 않았을 것이라고. 죄의식이란 이런 것이다. "태풍이 일어나지 않았다면 문제될 것이 없는 사소한 현상들이 태풍이 일어났기 때문에 태풍을 유발시킨 중요한 원인으로 지목된다. 결과가 무작위로 원인들을 소환하는 이 시스템은 심리학적 요인에 의해 지원받고 강화되는 경향을 보인다. 예컨대 인간 심리의 무규칙성과 돌발성이 세상에서 일어나는 거의 모든 일을 세상에서 일어나는 거의 모든 일과 인과적으로 관련지을 수 있는 근거를 만들

3 같은 책, 20쪽.
4 같은 책, 34쪽.

어 낸다."[5]

후의 죄의식은 사랑과 뒤섞여 있다는 점에서, 다른 사람들의 죄의식보다 좀 더 복잡한 양상을 띠고 있다. 후를 주인공으로 하는 이야기 속에서 소설이 묻고 있는 것은 이런 질문들이다. 타자를 나에게로 불러들이고 나를 그에게 내어주는 일(사랑)이 어떻게 타자를 파괴하면서 나의 욕망을 실현하는 일(죄)과 하나가 될 수 있는가. 어떻게 사랑에 죄가 깃들고 사랑이 원래의 의도를 벗어나는 일이 일어날 수 있는가. 누군가를 사랑하기 위해 첫사랑의 기억을 끌어들여 그와 일치시키고, 그러면서 그 사실을 스스로 모르려 하고, 무엇이든 요구할 수 있는 권리증이라도 되는 것처럼 사랑을 무기로 사용할 때 사랑은 죄와 공모한다. 연희를 사랑하고 버리는 과정에서 박 중위의 마음속에서 일었다가 스러진 모든 일들이 그와 같았다. 후의 경우는 어땠을까. 천산 수도원에서 후가 뒤늦게 발견하게 된 것은 박 중위에 대한 복수가, 누이를 범한 이복형 암논에게 압살롬이 한 일과 닮아 있다는 사실이었다. 후가 해석하기로 압살롬이 다말에게 가졌던 마음은 혈육의 정 이상의 것이었고, 자기가 연희에게 가졌던 사랑의 색깔 역시 남녀 간의 육체적 사랑과 비슷했다는 사실을 깨달은 것이다. 나중에 후는 자신이 압살롬이기보다는 암논에 가까웠다는 데로까지 생각이 미치게 된다.

연희와의 관계에서 후가 느끼는 죄의식은 근친상간을 금지하는 '아버지의 법'의 작용 때문이었을까. 아니라고 할 수는 없겠지만, 그것이 전부라고 해서는 안 된다. 후의 죄의식은 박 중위를 자신과 동일시하는 데서, 연희를 능욕한 것이 사실은 박 중위가 아니라 자기 자신이었다는 인식에서 온 것이기도 하다. 자신이 연희를 혈육의 정 이상의 감정으로 사랑했다는 깨달음은, 박 중위의 행위가 잠재적으로는 자신의 행위가 될 수도

5 같은 책, 34~35쪽.

있었다는 가능성을 일깨운다. 이런 가능성은 연희를 능욕하는 꿈으로 현실화된다. 후의 죄의식은 또한 뒤늦은 깨달음의 형태로 찾아온다. '사모님'과의 육체적인 관계를 떠올리면서 그때 "그의 내부에서 들끓은 것은 쾌감"이었고, 그 쾌감이 "사모님의 몸에서 연희를 느끼고 사모님의 몸속으로 들어가며 연희의 몸속으로 들어간다는 상상"[6]에서 온 것이었다는 자각을 한 것도 나중의 일이었다. 후의 죄의식은 저지른 죄에 대한 의식이기보다는 저지를 수도 있었던 죄에 대한 의식이고, 당시에는 몰랐던 것이 나중에 깨닫게 되면서 찾아오는 의식이다.

죄에 대한 의식과 실제 죄, 죄에 대한 주관적인 인식과 죄의 객관적인 수준 사이에는 간극이 있다. 후는 죄에 대해 민감한 것이지 죄질이 나쁘다고는 말할 수 없다. 문제는 죄가 주관적인 데 기원을 두고 있고, 저질렀을지도 모른다는 가능성에서 온 것인 만큼 잘못에 대해 용서를 빌어야 할 대상이 분명하지 않다는 데 있다. 연희를 능욕한 것은 박 중위이고, 박 중위에게 연희를 팔아넘긴 것은 후의 아버지이다. 자신이 저지른 잘못이 아니기 때문에 후가 대신 죗값을 치를 수는 없다. 자기 몸을 학대해 보기도 하고, 애매한 오해로 당하는 고난을 자기 잘못에 대한 징벌로 달갑게 받아들이기도 하지만 문제가 해결되지는 않는 이유도 여기에 있다. 길고 긴 방황 끝에 후가 찾아가는 곳은 천산 수도원이다. 그곳에서 후는 한정효가 남긴 일을 마무리하고 생을 마감한다. 이 일이 후의 죄의식을 털어 내는 데 조금이라도 도움이 되었을까. 소설이 이에 대해 말하고 있지 않으므로 우리 또한 후의 마음 상태에 대해 알 수가 없다. 다만 이 문제와 관련하여 다음과 같은 사실들에 주목해 보는 것은 의미가 있겠다.

한정효와 후가 만나는 장면을 소설은 이렇게 적고 있다. "자기가 나타날 때까지 형제가 숨을 멈추지 않고 살아 있었다는 사실을 깨닫게 되었

6   같은 책. 294쪽.

다. 그 이유가 무엇인지도. 형제는 자기가 최후의 순간까지 하고 있던 일을 부탁하기 위해 그를 기다렸다. 이제 그 일이 그의 일이 되었다는 것이 깨달아졌다." 후는 그때까지 한정효가 살아 있었던 이유가 자기에게 남은 일을 부탁하기 위해서라고 생각하고 기꺼이 그 일을 떠맡는다. 죽은 자가 유업을 남기고 살아 있는 자가 이를 마무리하는 장면을 우리는 소설의 다른 곳에서 이미 본 적이 있다. 천산 수도원 원고를 완성하지 못하고 죽은 강영호와 이를 마무리하여 유고집에 실은 강상호에게서, 그리고 역사의 추문을 마음속에 묻어 둔 채 길고 긴 세월을 보내다 마침내 모든 이야기를 털어놓은 후 기다렸다는 듯이 생을 마감한 장과 장의 고백을 듣고 그 내용을 옮겨 적은 차동연에게서. 소설의 주요 인물들이 모두 동일한 관계 속에 있다는 점에서, 이들의 관계 구조는 소설 전체를 떠받드는 핵심 원리라고도 할 수 있다. 죄의식 문제를 해결하는 실마리 역시 이러한 구조 속에 있는 것이 아닐까.

무작위로 원인을 소환해 내면서 죄의식을 만들어 내는 심리적 조작을 앞으로 있을 일들에 같은 방식으로 적용해 보건대 우리는 우리 행동의 결과가 어떤 방식으로 타인의 삶에 영향을 미칠지, 그리고 그 영향이 긍정적일지 부정적일지 알 수 없다. 우리의 행동들은 예기치 않은 방식으로 누군가에게 고통을 야기할 수도 있다. 잠재적으로 우리 모두는 죄인이고 가해자이다. 사르트르의 명제를 변용해 보자면, 우리의 존재 자체가 타인에게 지옥이 될 수 있다. 이런 방식으로 이어져 있는 것이 우리가 살고 있는 세계라면 거기에 상응하여 우리에게 요구되는 삶은 채무자로서의 삶, 언제나 누군가에게 갚을 것이 있는 그런 삶일 것이다. 누군가의 요청에 응답하는 것이 모든 사람들의 요청에 응답하는 것이 될 수 없고, 이 응답으로 우리가 진 빚 모두를 갚을 수 있는 것도 아니지만, 이런 이유로 빚진 자로서의 삶을 포기하는 것은 윤리적 허무주의를 낳을 뿐이다. 이 누군가는 우리가 빚진 모든 사람들의 대표로 우리 앞에 서 있다. 그리고 우리는 그 모두의 대표로 그에게 빚을 갚는 것이다. 후와 더불어 강상호, 차동연이 한 일이 바로 이것이다.

후와 강상호, 차동연이 마주하고 있는 것은 죽은 자의 요구이다. 죽은 자의 요구는 되돌려 줄 수 없다. 되돌려 줄 대상이 없기 때문이다. 대상이 현존하지 않는다는 점에서, 죽은 자의 요구를 마주한 자의 의무감은 뒤늦게 깨우쳐진 죄의식과 구조적으로 동일하다. 대상이 부재하는 죄의식을, 위임자가 사라지고 없는 요구를 이행하는 것으로써 갈음한다. 이것이 가능한 일인가. 강영호-강상호의 경우처럼 죄의식을 불러일으키는 자와 요구를 남기고 죽은 자가 동일인이 아니라면 죽은 자의 요구를 이행하는 일은 죄의식을 해소할 수 있는 온전한 방법이 될 수 없을 것이다. 그러나 이런 불일치가, 기의와 합일하지 못해 끊임없이 미끄러져 가는 기표처럼, 이 불일치를 상쇄하기 위해 무수한 타자들을 잠재적인 채권자로 우리 앞에 불러들이게 된다면, 이는 꽤 훌륭한 방법론이 될 수도 있을 것이다. 이러한 방법론 위에서 우리는 타자의 요구 속에서 비로소 존재하는 자, 곧 윤리적 주체가 될 것이다.

4 드러난 것의 빈틈, 이야기꾼의 욕망

이 소설의 중심에 있는 것은 단연 후의 이야기이다. 박 중위를 칼로 찌르고 천산 수도원으로 몸을 피하던 일에서 한정효를 만나 그의 이야기를 마무리하기까지를 그린 후의 이야기는 소설의 절반 이상을 차지하고 있다. 그런데 문득 궁금해지는 것은 후의 이야기가 누구에게서 온 것인가, 후의 이야기는 서사의 수준에서 어떤 층위에 있는가 하는 점이다. 장은 후를 알지 못했다. 장의 이야기가 전달되는 과정에서 한 군인이 후를 심문하는 장면이 나오지만, 후는 군인들이 심문해야 했던 무수한 인물들 가운데 하나로 그 앞에 섰을 뿐이다. 장이 후를 개인적으로 알고 있지 않았던 만큼 이 장면은 장으로부터 직접 나온 것이라 할 수 없다. 그렇다면 후에 관해 이야기하고 있는 이 익명의 전달자는 누구일까. 아마도 가장 손쉬운 대답은, 후의 이야기와 함께 소설에 나오는 모든 이야기들을 같은 층위에서 전달하는 서술자(우리가 통상 전지적 작가라고 부르는)라는 것일 테지만, 소설을 조금 파격적으로 읽어 보는 것도 나쁘지는 않겠다.

소설은 후의 이야기와 함께 강상호, 차동연, 장의 이야기들을 우리에게 들려준다. 이 두 개의 이야기 덩어리들은 대위법적으로 구성되어 있다. 이를테면 천산 수도원의 존재를 세상에 처음 알린 강상호(강영호)와 강영호의 유고를 읽고 천산 벽서에 관해 기고문을 쓴 차동연의 이야기(1장)가 나오고, 후의 이야기(2, 3장)가 나온 후, 차동연이 장을 만나 그와 대화를 나누는 이야기(4장)와 장의 고백 속 인물인 한정효의 이야기(5장)가 나오고, 다시 후의 이야기(6, 7장)가 나온다. 특히 인상적인 것은 마지막 8장이다. 8장은 그 자체가 이런 구조의 반복으로 되어 있다. '차동연-후-차동연-후-차동연'의 순서로. 거기에다 각각의 절을 끝맺는 몇 개의 문장들과 차동연과 후가 천산 수도원을 찾아가는 장면, 그리고 두 사람이 수도원의 문을 열고 들어가 목격하게 되는 장면은 놀랍도록 닮았다. 시간의 차원을 달리하는 두 개의 이야기가 나란히 놓여 있다. 30년 전 후가 했던 것을 지금 차동연이 하고, 30년 전 후가 보았던 것을 지금 차동연이 보고 있다. 둘은 같은 일의 반복인가. 혹은 어느 한쪽이 다른 쪽의 모방이거나 보충인가. 둘은 어떻게 공명하는가. 이렇게 물은 이상 후를 차동연과 떼어 놓은 채 이해하기는 어려울 듯하다.

길을 조금 우회해 보자. 우리는 앞에서 천산 수도원의 일이 세상에 알려지는 과정에서 겪을 수밖에 없었던 욕망의 굴절에 대해, 그리고 그 과정에서 차동연이 직면해야 했던 딜레마에 대해 이야기한 적이 있다. 세 번째 쓴 기사에서 차동연은 천산 수도원을 초기 기독교 공동체 신자들의 무덤인 카타콤에 비견하면서 수도원 형제들이 묻힌 이곳을 '쉬는 곳'을 뜻하는 '체메테리움(Coemeterium)'으로 부를 만하다는 입장을 보인다. 더불어 벽에 쓰인 성경 구절들의 의미는 "고난을 넘어 마침내 얻게 될 영광에 대한 그들의 간절한 믿음과 소망의 표현"[7]으로 수정된다. 장의 이름이 가려져 있기는 하지만, 우리는 이 해석이 장의 증언과 그 증언을 토대로 진행된 발굴 작업에 크게 빚진 것임을 쉽게 알아차릴 수 있다. 이 기사의 한계는 분명하다. 무엇보다 차동연은 천산 수도원 사건의 역사적 실체를 충분히 드러내지 않았다. 그 자세한 사정들에 대해서는 거의 아무것도 밝혀 놓고 있지 않다. 아마도 그럴 수가 없었을 것이다. 장은 죽었고, 수도원 형제들의 유골은 각자의 방에서 발견되어 집단 학살의 증거가 될 수 없었다. 그 일에 관여한 권력자들이 생존해 있고 그들의 후견을 입은 사람들이 그들을 비호하고 있었으리라고 가정해 본다면 이 일에 대해 자세하게 쓰는 것은 모험에 가까운 일이었을 것이다.

천산 수도원의 일은 "역사적 사건"으로 기록될 수도 있었다. "세 평 남짓한 방에 엉겨 있는 수십 구의 유골들이 발굴되었다면" 말이다. "그러나 쉰두 개의 방에 나뉘어 누운 채 발견됨으로써 천산 공동체의 형제들은 역사의 지평 너머 다른 차원으로 후대 사람들의 시선의 방향을 돌렸다."[8] 그런데 '역사적' 사건으로 알려지는 것보다 '종교적' 사건으로 알려지는 것이 덜 무거운 일이라 할 수 있을까. 가령 수도원의 형제들은 자신들의 죽음이 어떤 의미로 이해되기를 바랐을까. 그들은 부당한 정치권력에 의해 무참히 죽은 정치적 희생양이기를 원했을까. 아니면 절대자를 향한 믿음의 끝에 목숨을 내어준 순교자이기를 원했을까. 천산 수도원을 세상에 알리게 한 누군가의 욕망을 문제 삼을 때 이들의 욕망까지를 계산에 넣는다면, 이곳의 일이 공동체 일원들의 자발적인 종교적 선택으로 알려지는 것

---

7 같은 책, 339쪽.
8 같은 책, 340쪽.

은 이들의 욕망에 부합하는 일이었다고 보아야 하지 않을까. 이들의 욕망은 절대자와의 관계 속에서 의미를 갖기 때문에 굳이 사람들에게 드러나야 할 필요는 없고, 그것을 목적으로 하지도 않았다고 보아야 하지 않을까. 이런 맥락에서라면 차동연이 천산 수도원을 '체메테리움'으로 이야기한 것은 이들의 욕망을 충족시켜 준 해석이라 할 수도 있을 것이다.

그러나 이렇게 최대치의 의미 부여를 해 주더라도 역사적 실체에 대한 요구는 여전히 남아 있고, 장의 증언만으로 천산 벽서의 의미를 설명하기에는 충분하지 않은 점이 있다면 어떻게 되는 것일까. 신학자로서 가졌던 애초의 견해를 수정할 수밖에 없었으나 그렇다고 역사학자의 욕망을 충족시켜 줄 수도 없는 딜레마 속에서 차동연이 할 수 있는 것은 무엇이었을까? 혹 소설을 쓰는 것이 아니었을까. 그러니까 우리는 지금 후의 이야기를 차동연이 쓴 소설로 읽어 보면 어떻겠느냐고 제안하고 있는 것이다. 이 경우 후의 이야기는 차동연이 신문 기사를 통해 미처 할 수 없었던 이야기, 그의 욕망을 충족시켜 줄 수 없었던 것들을 대리 보충해 주는 이야기가 될 것이다. 역사적 인물과 허구적 인물, 역사의 굴곡 속에서 죄책을 짊어지고 살아온 인물과 개인적 관계 속에서 죄책을 짊어지고 살아온 인물이 만나고, 둘이 하나의 과제를 수행하는 이 새로운 이야기에 속에서 우리는 개인의 내밀한 욕망과 깊은 죄의식, 역사의 추문, 자신들의 믿음을 견지하기 위해 세상과 타협하기를 거부했던 공동체의 정결한 신앙을 읽을 수 있다. 이 이야기는 역사보다 보편적이고 신문 기사보다 풍성하다.

소설의 중심은 비어 있고, 이 빈 곳을 후의 이야기가 채운다. 드러난 것의 빈틈에서 이야기가 태어난다. 빈틈을 메우고자 하는 욕망이 이야기를 만들어 낸다. 후의 이야기는 하나의 예시이다. 그 이야기는 누군가 (who)의 이야기이기도 하고 누구나(whoever) 쓸 수 있는 이야기이기도 하다. 드러난 것에서 빈틈을 발견한 자, 이 빈틈을 메우고자 하는 욕망으로 충만한 자, 그리고 이 욕망을 충족시키기 위해 펜을 들어 쓰는 자, 그가 작가이다. 우리가 경험한 삶으로부터 이야기를 끄집어내려는 욕망을 가진 자, 무엇보다 그 이야기를 어떤 보편적인 차원에 놓고 이리저리 굴려 보는 자, 그가 작가이다. 차동연의 내면에는 적어도 세 가지 다른 형태의 욕망이 깃들어 있다. 애초에 그가 품었던 것은 신학자로서의 욕망이었고, 여기에 역사학자로서의 욕망이 요구되었다. 그리고 이제 이 둘이 부딪치는 지점에서 이야기꾼으로서의 욕망이 새롭게 출현하고 있다. 어쩐지 이는 작가 이승우가 걸어온 길과도 닮아 있다는 느낌이다. 이야기꾼으로서의 욕망이 가장 나중에 온 것이라는 사실은, 작가로서의 이승우의 자부심을 보여 주는 대목일지도 모른다.

불의 신학, 칼의 미학

조성기, 『라하트 하헤렙』(민음사, 2013)

1   『라하트 하헤렙』이 놓인 자리

조성기 소설을 관심 있게 읽어 온 독자들이라면, 『라하트 하헤렙』이 『갈대바다 저편』, 『길갈』, 『하비루의 노래』, 『회색 신학교』 등 몇 편의 소설과 함께 『에덴의 불칼』 연작에 포함된 적이 있다는 사실을 기억할 것이다. 연작을 이루는 작품들 가운데 『갈대바다 저편』, 『길갈』 두 편은 특히 친연성이 특히 두드러지는데, 『갈대바다 저편』이 주인공 성민의 중고등학교 시절과 대학 시절, 그리고 성민이 선교 단체에 들어가게 되기까지의 과정과 그 후의 일들을 그리고 있다면, 『라하트 하헤렙』과 『길갈』은 각각 군대 시절의 경험과 복학 이후 선교 단체로 돌아가 겪는 일들을 소설화하고 있다. 연작을 이루는 이들 작품의 도움으로 우리는 성민의 삶의 궤적을 보다 분명하게 이해할 수 있었다.

『라하트 하헤렙』이 다시 한 권의 책으로 묶여 독자들을 만난다. 하나의 작품을 연작의 일부로 보느냐 독립된 작품으로 보느냐는 그리 단순한 문제가 아니다. 어느 쪽이냐에 따라 작품을 읽는 방식이 미묘하게나마 달라질 수 있기 때문이다. 『라하트 하헤렙』만 따로 떼어 내 읽을 경우 주인공 성민이 지닌 신앙의 성격이 다소 모호하게 느껴질 수도 있다. 성민이 어떻게 자신이 몸담고 있던 선교 단체에 가입하게 되었는지, 어떤 신앙을 물려받았는지 등이 궁금하다면 아무래도 『갈대바다 저편』을 읽을 필요가 있다. 마찬가지로 성민이 제대 후 종교적으로 어떤 선택을 하는지 보기 위해서는 『길갈』을 참고해야 한다. 그러나 이런 사실에도 불구하고 『라하트 하헤렙』을 독립된 작품으로 읽는 것은 여전히 가능하다. 이 경우 다른 작품들을 고려하지 않은 채 『라하트 하헤렙』만의 특징을 강조할 수도 있고, 주인공 성민에게 『길갈』에서와는 다른 선택의 여지를 안겨 주는 방식으로 읽을 수도 있을 것이다.

『라하트 하헤렙』을 『에덴의 불칼』 연작의 일부로 읽을지, 연작과는 무관한 별개의 작품으로 읽을지 선택하는 것은 독자의 몫이다. '반드시'라는 말을 붙여 어느 한쪽을 강요할 수는 없는 노릇이다. 우리는 이 글에서 다른 작품을 아주 조금만 참고하면서 『라하트 하헤렙』을 읽어 보려 한다. 이렇게 읽는 것이 『라하트 하헤렙』만의 특징들을 좀 더 분명하게 드러낼 수 있으리라 판단하기 때문이다. 『라하트 하헤렙』이 『갈대바다 저편』과 『길갈』의 도움 없이 홀로 섰던 적이 있고 보면, 이런 독법은 애초 이 작품이 놓였던 자리를 되묻는 일이 되기도 할 것이다.

2 분리의 경험과 시차의 확인

소설은 두 개의 어절로 된 간결한 문장으로 시작된다. "그것은 냄새였다." 이 문장은 『라하트 하헤렙』 전체를 관통하는 핵심적인 지점을 보여 주고 있다. '나'는 지금 다니던 대학을 쉬고 군대에 입대하기 위해 수용연대에 들어와 있다. 이를 환기시키는 것이 바로 냄새이다. 한곳에 머물러 있는 사람은 냄새에 둔감한 법이다. 냄새가 맡아진다는 것은 자신이 이제까지와는 다른 낯선 세계에 들어와 있음을 '내'가 자각하고 있음을 뜻한다. 소설은 이렇게 경계를 오갈 때 느끼게 되는 감각을 출발점으로 하고 있다. 군종병으로 자대 배치를 받은 직후 '나'는 이렇게 말한다. "또 다른 집단체에 속하긴 하였지만 지금까지의 분리로 인하여 개별화 과정을 거쳐 온 나는 이전과는 사뭇 다른 눈으로 사물들을 보기 시작했다." 경계를 넘어 나아가기 위해서는 분리의 과정이 필요하고 분리는 이제까지 사물을 바라보던 것과는 다른 방식으로 사물을 바라보게 한다. 분리의 경험과 새로운 시선의 확립, 혹은 시차의 확인이 이 소설을 이끌어 가는 주된 동인이라 하겠다.

소설은 주인공의 군 시절을 한정해서 다루고 있다. '내'가 입대를 위한 절차를 밟는 데서 이야기가 시작되고 '내'가 제대하는 장면에서 이야기가 끝난다. 하지만 소설은 군대라는 조직이나 병영이라는 공간 자체의 특수성에 애써 주의를 기울이지는 않는다. 가령 '내'가 관심을 갖고 대하는 인물들의 경우만 해도 그렇다. 지적인 수준과 경험의 내용, 성향, 계급 등에서 실로 다양한 종류의 사람들이 모이는 곳이 군대이기 때문에, 군대를 배경으로 하는 대개의 소설들은 이 낯선 무리들과의 만남에서 비롯되는 다양한 에피소드들을 화제로 삼는 경우가 많다. 그에 비해 『라하트 하헤렙』은 이런 유의 관심을 별로 드러내지 않는다. 베트남전에 참여하면서 겪은 어떤 일 때문에 무신론자가 된 조교와 기묘한 신경증을 앓고 있는 군목, 군목 때문에 신의 존재에 대해 회의를 품게 된 전임 군종병의 경우에서 분명하게 드러나듯, '나'는 자신의 관심사(기독교 신앙)에 부합되는 인물들에 대해서만 관심을 기울일 뿐이다.

'나'는 군대 생활에 몰입해 있지 않다. 몸은 이곳에 있지만 의식은 다른 곳에 있다. 이 둘이 충돌하면서 여러 가지 상념들을 불러일으킨다. 이곳에서 하고 있는 활동들, 이를테면 구보를 하고 화생방 훈련을 하고 사격을 하고 밧줄을 타고 오를 때 항상 그 상황과 유사한 과거의 어떤 일들이 "영상"처럼 떠오른다. '나'는 현재의 경험 속에서 과거를 되돌아보고, 과거를 해석한다. 과거 기억과의 대면은 그 기억 속에 담긴 사람들과의 동일시를 경험하게 한다. 포복 훈련을 하면서 개처럼 기었던 할머니와 큰어머니, 아버지를 떠올리고, 엄폐물 뒤 구덩이에 몸을 숨기면서 채권자들이 몰려올까 노심초사하며 숨어 지냈던 아버지를 연상한다. 그리고 이 연상은 애초에 동일시를 불러일으켰던 맥락과 무관한 기억의 장소로 주인공을 인도한다. '나'는 과거와 현재 어느 곳에도 정박해 있지 않으며 둘 사이에서 그저 서성댈 뿐이다.

'나'는 외부 세계를 면밀하게 관찰하고 보고하는 대신 자기 세계에 몰두한다. 군대에 들어오기 전 나는 이미 여러 가지 난제들을 끌어안고 씨름하고 있었다. '나'의 상념들을 따라가다 보면, 아버지에 대한 반발과 증오가 또 다른 아버지(신, 선교 단체의 지도자)에 대한 사랑과 맹목적인 복종으로 전치되고, 신을 향한 사랑이 이성을 향한 사랑과 뒤섞이며, 내면에서 타오르는 불꽃이 종교적인 열심에서 온 것인지 예술을 향한 열정에서 비롯된 것인지 모호한 것을 확인하게 된다. 하지만 '나'에게는 이런 자각이 엿보이지 않는다. '나'는 자신의 내면 깊은 곳에서 끓어오르는 욕망들의 정체를 제대로 파악하지 못하고 있다. 이는 '내'가 정신적으로 아직 충분히 성숙하지 못했음을 알려 주는 표시이다. 소설은 군 시절을 통과하면서 내가 정신적으로 성숙해져 가는 과정을 보여 준다.

3 내면의 불길, 영적 방황의 기록

소설의 제목인 '라하트 하헤렙'은 히브리어 단어로 '그 칼의 불길' 또는 '칼 모양으로 된 불길'을 뜻한다. 이런 제목에 어울리게 소설은 곳곳에 '불길'의 이미지를 새겨 놓고 있다. 맨 처음 수용연대에서 태양의 파편이 박힌 듯 눈에 벌겋게 타올랐던 불길은 선교 단체에 들어간 후 속에서 "불길처럼" 일어났던 정체 모를 갈증으로, "나를 개처럼 취급하며 계속 기합을 주고 있는 조교에 대한" "불길" 같은 "살의(殺意)"로, 배화교 신자들마냥 경건하게 그 앞에 서 있게 하는 페치카의 불로 형체를 바꾸어 나타난다. 불길에 사로잡혀 있는 것은 '나'만이 아니다. 선임 군종병이 인생에 비기는 것도, 군목이 두려워하는 것도, 살바도르 달리의 시선에서 신 이병이 읽어 낸 것도, 동순의 몸속에 들어 있는 귀신의 이름도 모두 불이다. 소설의 말미에 가면 동순은 무아지경 속에 화상을 입고, 교회 건물은 불길에 전소된다. 소설은 온통 불길로 가득 차 있다.

불길의 진원지를 찾다 보면 이런 장면과 마주치게 된다. 고등학교에 입학한 지 두 달 만에 친구 한 명이 자살을 했다. 누구나 부러워하는 학교였고, 자부심을 가져도 좋은 학교였다. 친구는 스스로 목숨을 끊음으로써 급우들이 누리고 있던 영광의 근거를 허물어뜨렸다. "과연 그 친구가 어떤 마음으로 그 영광의 꼭대기 근방에서 죽음 저 아래로 순식간에 미끄러져 내려간 것일까. 이제 나는 그 친구가 아까 시르죽은 내 두 팔처럼 그렇게 삶의 의미와 기운이 진하여 그냥 허무하게 미끄러져 내린 것이라고 생각하게 되었다. 그 허무 속에는 지금의 내 마음과 같이 참괴감과 위장된 반항심도 함께 섞여 있었으리라." '나'는 치밀어 오르는 부아를 억누를 수 없어 조계사를 찾아갔고 나중에는 니체를 읽고 카뮈를 읽었다. 한쪽에는 종교가 있고 다른 한쪽에는 철학과 문학이 있다. 이 둘은 마음속 불길이 만들어 낸 쌍생아이다.

초의 불꽃에서 여자의 음부를 연상하는 장면이 잘 보여 주듯이 내부의 불길은 음란한 생각을 조장하고 죄의식을 불러일으키기도 한다. 이런 유의 불길을 진정시키기 위해 내가 처음 의지한 것은 종교였다. 한때 '내'가 깊이 빠져들었던 불교에서는 '니르바나', 곧 번뇌의 촛불을 꺼트리는 것을 인생이 추구해야 할 궁극적인 행복으로 보고 있다. 기독교로 개종한 이후 한동안 이 단어를 잊고 있기는 했지만, 이는 여전히 '내'가 도달하고 자 하는 경지로 여겨지고 있다. "바람 같은 것에 잠시 심하게 흔들렸다가 도 다시 본래의 형태로 돌아와 의연히" 타오르는 "촛불의 절제된 불꽃"을 마주하고 앉아 정미에게 "성경 말씀이나 신앙적인 내용을 담고 있어야 하 는" 편지를 써 내려가는 '나'의 모습에서 이를 확인할 수 있다. 종교는 이 렇게 절제로써 불길을 진정시키거나 절대자를 향한 사랑으로 불길의 방 향을 돌려놓는다.

'내'가 어떻게 기독교 신앙을 갖게 되었는지 소설은 분명하게 보여 주 지 않는다. 법대에 진학하는 문제로 아버지와 갈등이 있었고, 단기간에 사 법고시를 통과하여 아버지의 소원을 들어 준 다음 자기 길을 가리라 별렀 지만 생각대로 되지 않았고, 그러던 중 선교 단체의 전도를 받게 된 사실 만을 짧게 언급하고 있을 뿐이다. 흥미로운 부분은 그 뒤에 곧바로 이어 지는 이야기이다. 아버지가 고시 공부를 작폐하다시피 한 아들을 찾아 선 교 단체로 와서 난리를 치고, 아버지를 밖으로 끌어내 택시에 태워 보내 면서 나는 이렇게 되뇐다. "그렇게 아버지에 대한 복수는 나의 신앙생활 속에서 이미 시작되고 있었다."

'나'는 자신의 신앙생활이 아버지에 대한 모종의 복수가 될 수 있음을 어렴풋이 깨닫고 있다. 기독교 신앙으로의 귀의는 육신의 아버지 대신 새 로운 아버지, 곧 아버지-신을 선택하는 것을 뜻한다. 눈에 보이지 않는 존 재인 아버지-신의 자리에는 종종 선교 단체의 지도자가 들어와 앉는다. 자신의 진로를 대신 결정해 주려 한 육신의 아버지와 강하게 부딪쳤던 아 들은, 결혼 상대를 대신 결정해 줄 만큼의 절대적인 권위를 가진 영적 아 버지에게는 전적으로 순종하는 모습을 보인다. 육신의 아버지 입장에서 는 이 모순된 태도가 더없이 모욕적으로 느껴지지 않았을까. 왜냐하면 그 것은 육신의 아버지를 아버지의 자리에서 적극적으로 몰아내는 행위에 진배없기 때문이다. 주인공의 신앙은 어느 정도 무의식적인 충동에 이끌린 결과라 할 수 있다. 그렇다면 군대에서의 시간들이 두 아버지 모두로부터 어느 정도 떨어진 자리에서 자신의 신앙을 되돌아보는 기회를 제공하게 되리라는 점도 어느 정도 예상할 수 있을 것이다.

군대는 엄격한 규율이 지배하는 곳이지만 또한 방탕을 조장하는 곳이기도 하다. 신을 믿는 이라면 군대는 무엇보다 믿음을 시험하는 곳으로 여겨질 것이다. 종교적인 신념을 시험하는 곳, 이제까지 믿어 온 것을 여전히 믿을 수 있겠는지 시험하는 곳이 군대이다. 거기서 얼마나 많은 사람들이 신앙을 버리고 절망과 참혹한 부끄러움 속에서 삶을 탕진해 왔는지. 월남전에 참전하고 돌아온 조교와 전임 군종병이 이미 그 앞에서 좌절한 바 있다. 그들은 무신론자로 돌아섰거나 심각한 회의에 빠져 있다. '나'에게는 어떤 시험이 찾아올까. 그리고 '나'는 이 시험을 어떻게 통과해 나갈 수 있을까.

수용 연대에 들어온 직후부터 구약성서를 읽어 나가기 시작한 '나'는 여호수아서의 한 대목에 이른다. 가나안 지역 다섯 왕들과의 전투에서 이스라엘 군대가 거의 승리를 거둘 즈음 여호수아가 태양을 향해 외친다. "태양아! 너는 기브온 위에 머무르라!" 그 외침대로 태양은 거의 종일토록 움직이지 않은 채 자기 자리를 지킨다. "이런 대목들을 만날 적마다 이성의 논리 작용에 혼돈이 일어나는 것을 느끼지 않을 수 없었다." "태양이 사라졌다고 하면 일식 현상이 일어난 것으로 해석"해 볼 수도 있겠지만, 태양이 중천에 머물러 있었다는 것에 대해서는 과학적인 언어로 설명할 수가 없다. 태양이 머물러 있었다는 성경의 기술은, 태양이 움직인다는 것을 전제로 태양이 움직임을 멈췄음을 의미하는 만큼 이를 곧이곧대로 받아들이기는 쉽지가 않은 것이다. 그런데도 '나'는 이를 "그냥 단순한 하나의 신화적인 이야기로만 넘겨 버리지 않으려" "고집"을 부린다.

'나'의 믿음은 단순하지 않다. 나는 이성의 논리 작용에 반하는 것들에 질문을 제기하면서도 큰 틀에서는 기독교 신앙 안에 머물러 있다. 모르기는 해도, 믿기 위해서는 이성으로부터 도약해야 한다는 누군가의 생각에 '나'는 동의하지 않을 성싶다. "영적인 세계의 실재(實在)를 강조하면서 말끝마다 성령이니 천사니 사탄이니 귀신이니" 하는 손 일병을 미심쩍어하는 '나'의 모습에서 이런 점이 잘 드러난다. 위암에 걸려 고통스러워했던 할머니와 공수병에 걸려 "물만 보면 숨이 찬 듯 개처럼 헉헉거리며 기어서 도망가곤" 했던 큰어머니, 술만 마시면 "뻘건 눈을 하고 기어 다니"곤 했던 아버지는, 어쩌면 신앙을 위해 이성을 방기한 신자들의 모습 그것이 아니었을지. '나'는 이성과 신앙 사이의 긴장에 대해 잘 알고 있다. 어쩌면 이런 긴장에 대한 인식이 '나'의 믿음에 독특한 색깔을 입히고 있는 것일 수도 있다. 이성이 제기하는 물음은 어느 정도 해결이 가능하다. 정말 본질적이고 중요한 물음은 다른 곳에서 주어진다.

"정말 하나님이 있는가?" 이것은 전임 군종병이었던 김 병장이 던진 질문이다. 그는 군목의 기묘한 신경증 때문에 하루하루를 고통스럽게 보내고 있던 중이었다. 군목의 신경증을 해결해 주지 못하는 하나님에 대한 불신, 군목을 향한 증오심과 연민의 정이 그의 신앙에 생채기를 냈을 성싶다. 훈련소에 있던 한 조교는 "한때는 아버지 말씀 잘 듣는 착한 아들, 착실한 신자"였으나 무신론자가 되었다. 월남전에서의 경험이 그의 신앙을 앗아 갔다. 엘리 비젤을 언급한 것으로 보아, 그는 어린아이들의 무고한 죽음에서 신의 죽음을 체험하게 되었을 것이다.

믿음이 단순히 의식 안에서의 작용만을 의미하는 것이라면, 믿음을 지키는 일은 좀 더 쉬울지 모른다. 그러나 믿음이 우리 삶을 통해 확인되고 표현됨으로써 비로소 의미 있어지는 것이라면 사정은 좀 복잡해질 것이다. 어느 날 선교 단체의 지도자에게서 편지가 온다. 편지에는 미국에 선교사로 나갔던 정미가 흑인에게 겁탈을 당할 뻔한 후 정신이상 증세를 보인 끝에 강제 귀국을 당해 집에 돌아와 있다는 이야기들이 적혀 있었다. 남 몰래 사랑하고 있던 사람이었다. 지도자는 두 사람을 연결해 주려 하기도 했다. 정미가 이렇게 된 것은 '나'에게는 엄청나게 충격적인 일이었다. 다른 일도 아니고 선교사로 나간 것이 아닌가. 하나님이 살아 있다면, 하나님은 마땅히 그녀를 보호해 주었어야 하는 것이 아닌가. 이 대목에서 나는 전임 군종병이 했던 바로 그 질문을 던진다. "정말 하나님은 있습니까?"

휴가를 받아 정미를 찾아갔을 때 정미의 아버지는 '나'에게 들으라는 듯이 이렇게 이야기한다. "내, 예수 믿고 깝죽거릴 때 알아봤지." 어투로 보아 정미의 아버지는 예수를 믿고 있지 않을 가능성이 높다. 정미가 당한 험한 꼴은 그에게 신앙의 허구성을 드러내는 증거로 여겨졌을 것이다. 예수를 믿으면 영혼이 잘되고 범사가 잘되고 강건하게 된다 했던가. 그러나 신앙은 복을 약속해 주지 않는다. "하나님은 인간들의 슬픔에 동참하시는 분"이라거나 "동참하시는 하나님이 바로 예수라는 것", 그리고 "동참의 의미가 곧 성육신의 의미라는" 신학적 논변이 의미 있는 답이 될 수는 없었을 것이다. 정미 아버지의 비아냥거림 앞에서 '나'는 속수무책이 되고 만다. 생각해 보면 군목을 대신해 신경안정제를 얻으러 갔을 때의 군의관의 반응도 이와 비슷했다. "하나님을 믿는 사람이 다른 사람보다 더 담대하고 평안해야 하지 않나?" 군의관의 얼굴에는 웃음이 배어 있었고, 그의 웃음에는 "유신론자에 대한 무신론자의 승리감 같은 것이 깃들어 있었다."

이 일련의 사건들은 '나'의 신앙에 큰 생채기를 남긴다. 휴가를 마치고 귀대한 후 군목을 위해 기도하라는 손 일병의 권고에 '나'는 이렇게 되뇔 수밖에 없었다. "난 이제 나 자신을 위해서도 기도할 수 있을지 모르겠어요. 난 무너졌어요." '내' 생각은 이제까지의 그 모든 종교적 열심들이 "돈키호테적인 낭만"에 불과했다고 자책하는 데까지 이르게 된다. "대학 시절에 모든 것을 다 내팽개치고 예수와 같은 삶을 살고자 얼마나 목말라 했던가. 그런 삶을 살기 위해서라면 무엇을 버려도 아까울 것이 없을 것 같은 갈증 속에서 그동안 아껴 오던 것들을 다 허비하듯이 버리지 않았던

가. 나의 시간, 재능, 애정, 문학에 대한 꿈, 고시 공부, 친구들, 가족들······
아, 그것은 정말 광기 어린 허비의 세월이었다.” 이렇게 ‘나’의 믿음은 점
점 사위어 간다.

4 정화의 불길, 예술로의 입문

종교가 내면의 불길을 진정시키거나 절대자를 향해 그 방향을 돌려놓
는 쪽이라면, 철학과 문학, 그리고 이들의 연장선상에 있는 예술은 내면의
불길을 더욱 타오르게 한다. 종교적 관심이 처음부터 분명히 드러났던 것
과 달리 예술에 대한 관심은 소설 중반에 이르러 조각병인 성 이병이 등
장하면서 본격화되기 시작한다. 목각으로 명패를 하나 만들어 달라는 군
목의 부탁 때문에 조각실을 드나들다가 성 이병과 친해진 ‘나’는 그의 이
야기들에 깊이 빨려든다.

그리고 달리의 시선은 마치 불길과 같다고 할까. 군대식으로 말하면 화
염방사기와 같다고 할 수 있지. 달리가 바라보는 사물은 달리의 시선 앞에
그 형태가 용해되어 다 녹아 버리지. 그것이 금속이든 나무든 사람이든 다
흐물흐물 녹아 버리지. 여기 「기억의 잔재」라는 작품을 보면 둥근 벽시계가
녹아서 책상 모서리에 걸레처럼 척 걸려 있잖아. 시계로서는 녹는다는 것
이 본래의 자기로 돌아가려는 몸짓이라고 할 수 있지. (중략) 그러니까 모든
사물을 녹여 버리는 달리의 시선은 사물들을 본래의 모습대로 파악하려고
하는 시선이라고 할 수 있지. 얼마나 그 시선에 멜팅 파워(melting power),
즉 용해력이 있느냐에 따라 사물을 파악하는 능력이 좌우되는 거지.

‘내’가 살바도르 달리의 그림에 흥미를 보이자 성 이병은 “의식과 무

의식이 뒤바뀐 인간 정신의 도치(倒置) 현상을 상징하는" 달리의 화법에 대해 설명해 주면서, 달리의 시선에 대한 자기 생각을 덧붙인다. 달리의 시선은 불길과도 같아서 사물의 본래 모습을 여지없이 드러낸다. 사물의 본래 모습이 주체의 시선에 의해 포착되는 것이라면, 사물의 본질을 드러낼 수 있느냐 여부는 내 속에 이런 불길이 있느냐 여부에 달려 있다고 할 수 있다. 그렇다면 예술의 본령은 주체에게 진리인 세계, 세계의 드러냄을 통해 이를 바라보는 주체 자신의 본질을 드러내는 그런 세계를 만드는 데 있다고 할 수도 있겠다. 성 이병과의 만남이 거듭되면서 '나'는 예술의 세계로 급격하게 쏠려 간다. 성 이병의 등장은 소설 전체에서 매우 의미 있는 교차점이 되고 있다. 이 지점을 전후해서 '나'의 믿음은 조금씩 약해져 가고, 그에 반해 예술적 관심은 점점 고조되어 가기 때문이다.

생각해 보면 '나'에게는 문학을 향한 열정이 있었다. 고등학교 3학년 때 '나'와 아버지는 대학 진학 문제를 놓고 크게 다툰 일이 있다. "어설픈 문학병"을 앓고 있던 '나'는 문학을 전공하겠다고 했고, 아버지는 법대에 진학하기를 강요하면서 언쟁이 오갔고, 아버지가 식칼을 들고 나서는 서슬에 어머니는 "법대 가서 판검사 되고도 문학할 수 있"다는 말로 '나'를 설득했다. "내 속에 있는 모든 것, 저 깊은 곳에 있는 것까지도 다 시퍼렇게 살려 내기 위해 문학을 하려고" 했던 '나'는 끝내 문학을 포기할 수밖에 없었다. 언젠가 '내'가 다시 문학을 선택하게 된다면 그 계기는 성 이병이었다고 해야 할 것이다.

성 이병의 예술적 관심이 집중되는 대상은 동순이다. 정신이 온전치 못한 그녀는 가끔씩 군인교회로 찾아와 같이 예배를 드린다. 그녀에게서 영감을 받은 성 이병은 도나텔로의 「막달라 마리아」 상을 모방하여 조각상을 만들고는 거기에 동순의 얼굴을 깎아 넣으려 한다. 성 이병이 「막달라 마리아」 상에서 읽어 낸 것은 막달라 마리아의 몸을 감싸고 있는 불길이었고, 동순의 몸속에 '불귀신'이 있다는 손 일병의 이야기에 공명하여 동순에게서 막달라 마리아의 이미지를 발견하게 된 것이다. '나'는 충격을 받는다. "아, 정말 그것은 옷이 아니고 머리채가 아니고 불길이었다. 정수리에서부터 무릎까지 아래로 맹렬하게 치내려오는 불길이었다. 의식과 무의식이 뒤섞인 인간 정신의 불가해성을 저 불길보다 더 잘 표현할 수가 있을까. 그 불길에 싸인 인간은 불길에 다 삼키어 소멸되기까지 저토록 불안하게 손을 모으고 기도할 수밖에 없는 것이다. 그러다가 그 기도의 손마저 불길에 휩싸이고 마는 것이다."

동순은 인간 정신의 불가해성을 한 몸에 구현하고 있다. 이 불가해성이 사람을 미치게도 하고 절대자를 찾게도 한다. 동순은 '내'가 사랑했던 여인인 정미와 묘하게 닮아 있다. 한때 정미가 그랬던 것처럼 지금 동순은 정신이 온전치 않은 상태에 있다. '내'가 문득 깨닫게 된 것처럼, 정미가 미국에서 강제로 추방되어 귀국했을 즈음 동순은 군인교회에 모습을 보이기 시작했다. "정미의 환영(幻影)처럼" 동순이 "내 앞에 나타난" 것이다. 정미는 '나'에게 풀기 어려운 문제와도 같다. 신을 사랑하는 자에게 주어진 시련 앞에서 '나'는 거의 아무런 답도 들려줄 수 없었다. 이제 동순이 정미를 대신한다. 정미가 반드시 해결해야만 하는 신학적 난제였다면 동순은 예술적 표현의 대상으로 여기에 있다.

조각상의 얼굴 윤곽이 드러나던 날 밤 동순이 군종실로 찾아온다. 동순의 몸은 "불길이 다 지나가 버린 화전"을 연상케 했다. "다시는 불이 붙을 것 같지 않은 그 텅 빈 화전에 어떡해서든지 불을 붙이고만" 싶다는 생각을 하며 '나'는 동순과 관계를 맺는다. 아무런 반응을 보이지 않던 동순의 입에서 마침내 신음이 터져 나오고, '나'는 "불길이 다 지나가 버린 화전에 내 온몸을 소신공양(燒身供養)하여 다시금 불을 붙이고야 말았다는 희열감"을 느낀다. 어쩌면 '나'는 상황을 정반대로 이해하고 있는 것일지도 모른다. 동순과 관계를 가지면서 끓어오른 것은 정작 '나'의 몸이다. '내'가 아니라 동순이 "불길이 다 지나가 버린 화전" 같은 '내' 몸에 다시금 불을 붙였다. 신앙의 불길이 사위어 갈 무렵, 동순이 새로 불씨를 당겨 '내' 속에 또 다른 불길을 만들어 내고 있다. 짐작건대 이 불길은 나중에 문학이라는 열매를 싹틔우게 될 것이다.

소설의 종반부에서 우리는 가장 크고 강력한 두 개의 불길을 만나게 된다. 예수가 세상에 온 것을 기념하는 날 밤, 조각실에서 원인을 알 수 없는 불이 나「막달라 마리아」조각상이 불길에 휩싸인다. 일전에 교회 마당 불가에서 "죽은 자의 영혼이 저승길을 안전하게 가도록 인도하는" 지노 귀굿을 추었던 동순은 그날 조각실에서 같은 춤을 추고 있었다. 동순은 자기 몸속에 들어와 앉아 있는 불귀신을 저승길로 인도하고 있었던 것일까. '나'는 넋 놓고 동순을 지켜보고 있다가 불길이 거세질 즈음 동순을 구해 낸다. '내'가 화상을 입은 동순을 앰뷸런스에 실어 보내고 돌아왔을 때, 이 번에는 불이 교회로 옮겨 붙는다. 불은 삽시간에 교회 건물을 집어삼킨다.

문득 그 십자가에 달려 있는 한 사람을 보았다. 그는 정수리부터 발끝까지 시뻘건 피를 흘리고 있었다. 특히 심장 부근에서 더욱 많은 피가 흘러내렸다. 정수리부터 발끝까지 흘러내리는 그 피의 줄기들은 서로 엉키고 뒤틀리면서 내려오고 있었다. 그리하여 그것은 갈기갈기 찢기어진 치마의 갈래들 같기도 하고 아래로 꿈틀거리며 치내리는 불길 같기도 하였다. 아, 그것은 바로「막달라 마리아」상(像)이요, 동순 정미 군목 아버지의 상, 모든 병든 인간들의 상이었다. 그리고 무엇보다 혼돈과 죄책의 치내리는 불길에 덮여 있는 나 자신의 상이었다. 그 치내리는 불길 같은 핏줄기에 휩싸인 그가 이제는 치오르는 불길에 휩싸이고 있었다.

"목이 마르다."

그가 그 불길 속에서 한 방울의 물을 구하고 있었다.

"엘리 엘리 라마 사박다니."

그가 불길 속에서 절규하고 있었다.

나는 희한하게도 교회가 소멸되는 그 불길 속에서 진정한 교회의 주인을 본 것이었다.

　　교회의 첨탑 꼭대기 십자가에서 '나'는 예수를 발견한다. 정수리부터 발끝까지 피로 범벅이 되어 있는 예수의 모습은 처연하기 이를 데 없다. 인류를 구원하기 위해 십자가를 졌다는 그가 한 방울의 물을 달라 애원하고, 아버지로부터 버림받은 절망을 비통한 언어로 토해 내고 있다. 예수는 구원자가 아니라 그 자신이 구원받아야 할 존재인 것처럼 보인다. 그 위로 「막달라 마리아」 상과 함께 동순과 정미, 군목, 아버지, 모든 병든 인간들의 모습이 겹쳐 보이기도 한다. '나'의 얼굴도 거기에 있다. 그렇다면 예수는 인간 실존이 경험하는 온갖 문제와 모순들을 해결해 주기 위해서가 아니라 이를 짊어진 채로, 혹은 모순 그 자체로 십자가에 달려 있는 것이라 하겠다.

　　불길 앞에서 지노귀굿을 하던 동순과 불길에 휩싸인 채 십자가에 매달려 있는 예수는 모두 인간 실존의 불가해성을 구현하고 있는 형상들이다. 지금 '나'는 믿는 자의 눈이 아니라 예술가의 눈으로 이들을 보고 있다. 지금 우리는 하나의 대상을 바라보는 서로 다른 눈에 대해 이야기하고 있다. 물음에 답하는 것이 종교의 일이라면, 물음에 형상을 부여하는 것은 예술의 일일 것이다. 형상을 사랑하는 우상숭배자가 예술가라는 이야기도 있지 않던가. 우리는 정미의 고통 앞에서 '내'가 제기했던 여러 신학적 물음을 기억한다. '내'가 발견한 예수의 형상이야말로 이 물음에 대한 예술적 대답이 아닐 것인지.

　　'내'가 군대 생활을 마치고 제대할 때 성 상병(그는 이제 상병이 되었다.)은 조각상을 선물로 준다. "그 옛날 에덴동산의 한 모퉁이 같은 어느 산굽이를 돌아갈 때" 열어 본 상자에서 나온 것은 "불길의 이미지와 칼의 이미지가" "정교하게 융합된" 조각상이었다. 이 조각상에 붙인 이름은

「라하트 하헤렙」, 하나님이 아담과 하와를 에덴동산에서 쫓아낸 후 이들이 생명나무의 열매를 따먹는 것을 막기 위해 동산 동편에 설치한 '화염검'이었다. 성 이병의 흥미로운 해석에 따르면, 칼 모양의 그 불길은 "선악과를 태우는 불길인 동시에 생명나무를 태우는 불길"이고 "해방이면서 상실이요, 자유이면서 죽음이요, 정화이면서 심판"이다. 이제 막 돌아선 산굽이를 "에덴동산의 모퉁이"으로 부른 명명법에서 유추해 보건대, '나'에게는 군대가 곧 에덴이다. 이곳에서 '나'는 신의 존재를 의심했고, 한 여인을 범했다. 그렇다면 성 상병이 준 「라하트 하헤렙」 상은 이런 '내' 죄의 흔적을 말끔하게 지워 줄 정화의 불길이 될 수 있을 것이다.

아니, 이렇게만 이야기하고 그쳐서는 안 된다. 성 상병이 적고 있듯이, 에덴동산의 동편에 있던 '라하트 하헤렙'은 그 속에 모순되는 의미들을 담고 있다. 그렇다면 「라하트 하헤렙」 상은 그 자체로 인간 실존이 지닌 온갖 모순과 불가해성에 대한 상징이라 해야 하지 않을까. 이 상징을 안고 '나'는 사회로 복귀한다. 『길갈』과의 연속성을 염두에 둘 경우 '나'는 몸담고 있던 선교 단체로 돌아가게 되겠지만, 결말이 반드시 이런 식이어야 한다고는 생각지 않는다. 우리는 이와 다른 이야기를 상상해 볼 수도 있을 것이다. 이를테면 성 상병의 조각상에게 비길 수 있는 '나'만의 '라하트 하헤렙'을 만들어 내는 그런 이야기 말이다.

전쟁과 기억, 그리고 윤리

전상국, 『남이섬』(민음사, 2011)

1   역설적인 시대착오

전상국은 최근 몇 년 사이에 「지뢰밭」(《창작과 비평》, 2008년 봄), 「남이섬」(《문학과 사회》, 2009년 봄), 「드라마 게임」(《세계의 문학》, 2009년 겨울) 등의 작품을 연이어 발표했다. 이들은 2000년대 현재의 시점에서 한국 전쟁 전후의 일을 되돌아보고 있다는 점에서 서로 닮아 있다. 한국전쟁을 작품의 중심에 놓고 오랫동안 글을 써 온 작가이기에 이런 사실을 언급하는 것이 오히려 새삼스럽다는 느낌이 들기는 한다. 그러나 이를 지적해 두고 싶은 이유가 있다.

우리는 최근 몇 년 사이 전상국과 비슷한 연배의 작가들이 한국전쟁을 소재로 한 작품들을 집중적으로 발표했던 것을 기억한다. 2008년에 나온 김원일의 소설집 『오마니별』에는 모두 여섯 편의 소설이 실려 있는데, 그 가운데 네 편이 한국전쟁과 관련이 있다. 표제작인 「오마니별」은 전쟁이 난 이듬해 폭격을 맞아 죽었다고 생각했던 누이와 반세기가 지나 해후하는 이야기를 들려주고 있고, 「용초도 동백꽃」은 1950년 거제도 포로수용소에서 있었던 일을 소개하고 있으며, 「임진강」과 「남기고 싶은 이야기」

는 HID(육군첩보부대) 북파공작원 출신의 화자가 우리 현대사의 격랑 속에서 살아온 굴곡진 삶을 회고하고, 「남기고 싶은 이야기」는 한때 거부였던 집안의 자손인 화자가 구한말부터 한국전쟁에 이르는 시기까지 삼대의 이야기를 구술하고 있으며, 「카타콤」은 북한 내 지하 교회 설립을 사명으로 여기는 목사의 이야기를 사실적으로 그려 내고 있다. 그런가 하면 몇 해 전에 작고한 이청준의 「지하실」은 예전에 살던 집의 지하실을 복원하는 일을 소재로 하여, 사람들의 기억이 저마다 어떻게 다른지, 전쟁의 기억을 지우고 마음속으로 화해하며 살아가고 있는데 그때의 일을 새삼스레 떠올리게 하는 것이 올바른지 묻고 있다.

어떻게 보면 한국 전쟁은 더 이상 독자들의 관심을 끌기 어려운 소재가 되었다 해도 과언이 아니다. 남과 북이 여전히 적대적 대립 관계를 유지하고 있고, 탈북자 문제가 분단 현실을 바라보는 새로운 계기를 마련해 주고 있는 것이 사실이지만, 한국전쟁을 소재로 한 이야기는, 예컨대 영화 「태극기 휘날리며」나 「포화 속으로」처럼 스펙터클을 전면에 내세우거나 「작은 연못」처럼 60년이 지난 현재까지도 여전히 은폐되어 있는 사실을 고발하는 형태가 아니라면, 무엇인가 새로운 것을 기대하는 독자들의 관심을 끌기는 부족해 보인다. 한국전쟁을 바라보는 시선이 예전만큼 편향적인 것도 아니고, 밝혀야 할 사실이 남아 있다는 공감대가 형성되어 있는 것도 아니기 때문이다.

그러나 역설적이게도, 이들 작품이 문제적일 수 있다면 그것은 바로 이 시대착오적인 성격 때문일지도 모른다. 전상국 소설을 포함하여 이들 작가의 작품에서 확인하게 되는 것은 전쟁을 직접 경험한 마지막 세대의 절박함, 혹은 의무감에 가까운 어떤 감정이다. 지금 시점에서 이런 이야기를 하는 것이 필요한 것은, 이제 이들 세대가 전쟁에 대해 이야기할 수 있는 시간도 얼마 남지 않았기 때문이다. 무엇보다 인상적인 것은 이들 작품에서 전쟁을 직접 경험하지 못한 세대들을 향한 계몽적인 목소리를 발견하기 어렵다는 점이다. 아마도 이런 입장을 고수했다면 이들의 작품은 문제적일 수 있는 여지가 처음부터 없었을지 모른다. 이들은 한국전쟁을 전후한 시기에 있었던 일련의 사건들을 애써 재현하려 들지 않는다. 이제까지 우리 소설이 그래 온 것처럼, 객관적인 거리를 유지하면서, 마치 실제 있었던 일을 재현하듯이, 그렇게 이야기를 풀어 나가지 않는다는 것이다. 이들이 들려주는 이야기는 하나같이 인물들의 기억 속에 있다. 인물들은 자기의 기억 속에 간직된 바로 그 이야기를 우리에게 들려준다. 반세기도 넘는 과거의 그 일들을 하나하나 풀어놓는데, 지나간 시간 속에서 기억들은 지워지고 섞이고, 종종 실제 그런 일이 있었는지 의심스러운 지경에 처한다. 이런 이야기 방식은, 자기의 기억만을 절대적인 것으로 내세우는 대신, 타인들의 기억과 더불어 화해하고 공존하는 방법을 모색하고 있다는 점에서 윤리적이라 할 만하다.

이 글은 바로 이런 맥락에서 「남이섬」을 분석해 보고자 한다. 분석 대상을 「남이섬」으로 한정한 것은 이들 작품이 비슷한 문제의식을 공유하고 있을뿐더러 세 작품 가운데 「남이섬」이 특히 문제적이라고 판단했기 때문이다.

2 두 개의 역사, 두 개의 기억

「남이섬」의 스토리라인은 단순하다. 이것저것 잡문을 써 먹고사는 신세인 화자가 같은 직장에서 일하던 옛 동료에게서 사보에 들어갈 글 하나를 써 달라는 부탁을 받은 후 예전에 써 둔 글을 뒤적이고, 그때 취재했던 김덕만 씨와 이상호 씨를 만나기 위해 남이섬을 찾아가면서 느낀 소회들을 적은 것이 전부이다. 이 소설에서 인상적인 부분은 서술 방식에 있다. 한국전쟁 초기 춘천시 남산면 방하리 남이섬에서 인민군들이 방하리 주민 40여 명을 학살한 사건을 주요 모티프로 하고 있는 이 소설은, 사건을 이야기 형태로 재현하는 대신 『가평반공투쟁사』(가평향토문화추진협의회 편), 『6·25 피학살현장』(한국방송공사) 등의 사료와 남이섬의 역사, 소설 속 화자가 취재하여 정리해 둔 기록들을 교차 서술하는 방식을 취하고 있다. 김덕만 씨와 이상호 씨가 경험한 일화들은 이야기 형태로 되어 있지만, 이를 뺀 나머지는 소설보다는 르포르타주에 가깝다. 어느 인터뷰[1] 자리에서 전상국은 이 소설을 두고 실제 사실에 소설적 픽션을 가미한 '팩션'의 일종이라고 이야기했는데, 실제로 「남이섬」에는 현실 속 사건들이 허구화의 과정 없이 그대로 들어와 있는 경우도 상당히 많다.

이와 관련하여 무엇보다 흥미를 끄는 것은 남이섬에 관한 몇 개의 기록들이다. 남이섬에 대해 우리가 알고 있는 사실들이란 아마도 이런 것일 터이다. 우선은 남이섬이 생겨난 과정을 이야기할 수 있다. "남이섬은 1943년 청평댐이 생겨 북한강과 홍천강 두 물길이 막히기 전까지는 강원도 경계선 산자락의 강을 낀 갈대와 잡목이 무성한 구릉이었을 뿐이다. 주로 춘천 땅 방하리 사람들이 들어와 나무가 별로 없는 섬 한가운데를 개간해 들깨며 콩이나 깨 등 거름이 없어도 되는 작물을 심었다. 그러나 장마 때면 양수리의 남한강과 북한강이 합류하는 지점에서 물이 역류하면서 며칠 동안 섬 모양으로 고립돼 그동안 힘들인 농사를 망치기 일쑤였다."[2] 다음으로는 남이섬이라는 이름의 유래. 이에 대해서는 몇 가지 설이 있다. 남이 장군의 무덤이 있어서, 기껏 힘들여 농사 지어 봐야 이것저것 떼고 나면 남는 것이 없으니 "그게 모두 남의 것"[3]이어서, 가평과 더 가깝지만 행정구역은 춘천으로 되어 있어서, 춘천 남쪽 남면에 있는 섬이어서 등등.

1 「분단 아픔 넘어 치유 가능성 담아」, 《강원도민일보》, 2009. 2. 26.(http://www.kado. net/news/articleView. html?idxno=403064)

2 전상국, 「남이섬」, 『남이섬』(민음사, 2011), 72~73쪽.

3 같은 글, 73쪽.

남이섬 개발과 그로 인해 얻은 최근의 유명세도 빼놓을 수 없다. 남이섬은 한국은행 총재를 지냈던 민영도가 1965년에 이 섬을 매입해 나무를 심어 가꾸기 시작하면서 개발이 본격화되었고, 1990년대 중반 강우현이 남이섬 관광 개발의 CEO가 되면서 현재의 모습을 갖추게 되었다. "나미공화국. 썩 괜찮은 관광 아이템이다. 질 낮은 놀이 시설과 소란스러운 유원지에서 환상의 섬으로 바뀐 남이섬 관광 개발의 CEO 강우현은 동화 작가이기도 하다. 그의 거꾸로 뒤집어 생각하기의 상상 실험은 날개를 달았다. 놀고 즐기는 것을 넘어 '거기' 가서 보고 거기서 느끼는 자기 내면의 문화 발신 충동을 채울 수 있는 그런 공간. 강섬 개발의 성공은 매년 춘천 인구보다 더 많은 관광객 숫자로서도 여실히 드러난다."⁴ 그리고 2000년대 들어 남이섬은 배우 배용준이 출연한 드라마 「겨울연가」가 연출한 한류 열풍 문화의 감성 발신지"⁵가 되었다. 이런 모습을 떠올리면 남이섬의 역사는 1965년 이후부터 시작되고, 그것이 남이섬 역사의 전부라고 해도 좋을 듯싶다. 좀 더 좁게는 강우현이 남이섬 관광 개발의 CEO를 맡은 이후로 한정할 수 있을 테고.

그러나 이것이 다일까. 남이섬은 또한 이런 역사를 가지고 있기도 하다. 1950년 7월 18일, 한국전쟁이 발발한 직후인 이날, 춘천 남면 방하리 일대의 반공 산악대원들은 가평 내무서원과 인민위원회 사람 몇이 반동분자를 색출하고 인민의용군 차출 문제를 논의하기 위해 모처에 모인다는 정보를 입수하고 이들을 급습한 일이 있다. 모두 세 명을 생포했는데, 호송 도중 둘은 총에 맞아 죽고 한 명은 달아났다. 이때 기적적으로 목숨을 건진 사람이 바로 김덕만 씨이다. 같은 해 9월 16일, 이번에는 인민군과 내무서원들의 반격이 있었다. 이들은 산악대원과 그들의 가족을 포함하여 인근 마을 주민 47명을 붙잡았고, 이들을 "강변 섬으로 끌고 가 칼과

4 같은 글, 76쪽.
5 같은 곳.

몽둥이 죽창과 쇠스랑 등으로 무자비하게 학살"[6]했다. 1985년 6월 추모 위령탑 건립을 위해 발간한 『6·25 피학살현장』(한국방송공사 편)에는 "그 때 죽은 사람이 마흔일곱 명으로 기록돼" 있지만 "전쟁이 끝나고 시신을 수습할 때 확인된 숫자는 그보다 적은 마흔다섯"[7]이었는데, 살아남은 사람 중 한 명이 바로 이상호 씨이다.

남이섬은 1950년을 전후한 시기의 역사와 1965년을 시발점으로 하여 오늘에 이르는 역사를 동시에 가지고 있다. 작가는 이 두 개의 역사, 혹은 두 개의 기억을 병치시킨다. 아니, 보다 분명하게 이야기하면, 현재의 남이섬을 있게 한, 1965년 이후의 공식적인 역사 속에 1950년을 전후한 시기에 있었던 일들을 측면사 내지 이면사의 형태로 끼워 넣는다. 1950년을 전후한 시기의 역사는 현재의 남이섬과는 아무 상관이 없을뿐더러, 나미 공화국을 찾아 섬을 즐기는 세대들이 굳이 기억할 필요도 없는 먼 옛날의 일이 되었다. 전상국의 다른 소설 「지뢰밭」에는 역사적 기억을 둘러싼 세대 간의 단절을 단적으로 보여 주는 이런 기사를 발췌해 놓고 있다. "오늘 은 6·25전쟁 57주년이 되는 날이다. 북한군의 남침으로 시작된 전쟁은 300여 만 명의 사상자를 내고서야 중단됐다. 한민족 최대의 비극이었다. 하지만 세월은 전쟁의 상흔도 잊게 했다. 《월간중앙》이 최근 서울 시내 7개 초등학교 학생들을 상대로 조사한 결과 상당수의 학생이 6·25전쟁을 제대로 알지 못하는 것으로 드러났다. 37.8%의 학생이 '조선 시대에 일어 난 전쟁'이라고 알고 있었다. 5명 중 1명은 '일본과 우리나라가 싸운 전 쟁'이라고 응답할 정도였다. 너무도 빨리 6·25전쟁의 기억을 지워 버린 것이다."[8] 「지뢰밭」의 경우에서처럼 「남이섬」에서도, 전쟁을 직접 경험한 세대의 기억은 더 이상 공공재로서 기능하지 못한다. 전쟁의 기억은 전수

6   같은 글, 69쪽.

7   같은 글, 70쪽.

8   전상국, 「지뢰밭」, 『남이섬』, 212쪽.

되는 못한 채 지워지고 마침내 사라질 운명에 처해 있다.

　이 점을 염두에 두고 보면 적어도 이청준의 「지하실」은 좀 더 행복한 경우라고 할 수 있다. 「지하실」은 어릴 적 살았던 낡은 집을 고쳐 세우는 문제로 고향을 찾은 화자가 마을 사람들과 전쟁 당시 있었던 일을 이야기로 주고받으면서 느낀 소회들을 들려주고 있다. 화자는 집안 재종조 어른의 목숨을 구한 곳이라는 생각에 자기가 살던 집 지하실을 복원했으면 하고 바라지만 재종조 어른의 손자인 성조 씨는 이 일을 도무지 마뜩지 않아 하는데, 그것은 성조 씨가 지하실을 복원하는 것이 "동네 분란거리"를 만드는 일이라 생각한 까닭이었다. 이쪽저쪽 나뉘어 서로 죽고 죽였던 그때의 참혹한 일들을 잊고 어렵사리 화해하며 살아가고 있는데, "지하실을 되살려 놓으면 그거야말로 지금까지 잊고 지내 온 험한 내력을 죄 되살려 놓는 일"[9] 아니겠느냐는 것이었다. 「남이섬」에 비해 「지하실」이 좀 더 행복한 경우라고 말할 수 있는 것은, 그때의 일을 되살릴 것인지 말 것인지 하는 데 이견이 있고, 기억의 내용들이 저마다 조금씩 다르기는 하지만, 적어도 마을 사람들이 그때 그곳에서 있었던 일을 경험하고 기억하고 있기는 하기 때문이다. 「지하실」의 화자는 기억을 비교하고 맞추어 볼 수 있는 이들과 함께 있다. 이들은 세대적으로 동질적이다. 반면 「남이섬」의 화자에게는 이런 인물들이 주위에 없다. 전쟁의 기억을 간직하며 살아온 김덕만 씨와 이상호 씨는 이미 고인이 되었고, 전쟁을 경험하지 못한 젊은 세대들이 남이섬의 실질적인 주인이 되었기 때문이다.

　이청준의 「지하실」에서 화자는 성조 씨의 권고로 지하실 복원을 포기하고 그날의 일을 망각 속에 묻어 두려 한다. 이는 그날의 일을 기억하고 있는 사람들이 그만큼 많다는 반증이기도 하다. 기억의 내용은 다르지만 저마다 그날의 일을 마음속에 담아 두고 있기 때문에 굳이 누군가가 이를

9　이청준, 「지하실」, 《문학과 사회》, 2005년 겨울, 104쪽.

들추어내지 않아도 괜찮은 것이다. 그에 비해「남이섬」의 화자는 남이섬의 현재를 있게 한 공식 역사 속에 1950년을 전후한 시기에 일어난 일을 끼워 넣으려 애쓰는데, 그것은「남이섬」을 찾는 사람들이 당시의 일을 거의 모르고 있기 때문이다. 그렇다면 이때의 일을 환기시키고 이야기하는 것이 화자에게는 세대적 의무에 속한 일이라 해도 과언이 아닐 것이다. 그것은 화자가 잘나가던 시절 쓴 연재물의 제목과는 달리, "신기한 사람들"을 찾아다니는 이의 단순한 호사 취미가 아닌 것이다.

3   특권화를 거부하는 기억

한동안 우리 문학은 역사가 미처 말할 수 없었던 것을 말해 왔다. 문학이 이런 기능을 담당했던 데는 아마도 다음의 이유가 개재해 있을 것이다. 먼저 우리의 불행한 역사가 양쪽 이데올로기 가운데 어느 한쪽이 유리한 방식으로만 선택적으로, 혹은 제한적으로 역사를 재현해 왔다는 점을 들 수 있다. 오랫동안 우리 문학은 역사가 말할 수 없었던 그 빈자리를 자신의 영토로 삼아 왔다. 조정래의『태백산맥』이라든가 이병주의『지리산』에서 보듯, 우리 문학이 유독 정치적이었고, 뛰어난 문학적 성취 가운데 좌파적인 관점의 역사 해석이 많았다는 사실을 생각해 보아도 좋을 것이다. 다음으로 역사는 개별적인 사건들에 관심이 없는 데 반해 문학은 개별적인 사건들에 관심을 기울인다는 점을 들 수 있다. 이것이 우리 역사와 문학사에서 특히 중요한 까닭은, 개별적인 사건들에 대한 역사의 무관심이 이데올로기적인 지점과 긴밀하게 연결되어 있었기 때문이다. 역사가 관심을 두지 않았던 개별적인 사건들이란 이데올로기적 서사의 일부로 포함시킬 수 없는 것, 그러한 서사를 균열로 몰아갈 위험을 지닌 것이었기 때문이다. 문학이 이들 개별적인 사건에 관심을 기울였다는 것은 우리 역사가 이데올로기적 서사를 구축하기 위해 은폐해야만 했던 것들을 복원하는 역할을 해 왔음을 의미할 것이다.

　은폐된 역사적 사실들을 복원하는 과정에서 중요한 역할을 한 것은 전쟁을 직접 경험한 세대들의 경험 내용이다. 경험적 사실은, 그것이 자기에게 직접 일어난 일이라는 점에서, 다른 어떤 추상적이고 보편적인 사실보다 더 힘이 세다. 공식 역사가 무엇이라고 이야기하든 자기가 직접 경험한 사실의 자명성은 쉽게 부정될 수 없는 까닭이다. 경험이 갖는 이러한 힘이 공식 역사가 은폐하고자 했던 수많은 사실들을 복원하는 힘이 되었던 것이다.[10] 그러나 경험은 정반대의 역할을 할 수도 있다. 오늘날 우리가 마주치고 있는 현실 속에서 전쟁을 직접 경험한 세대의 어떤 기억들은, 중도적이거나 진보적인 방식으로 한국전쟁을 바라보는 것을 가로막는 걸림돌이 되고 있다. 이들 이후의 세대는 그날의 일을 직접 경험한 일이 없고, 따라서 이들의 기억을 대체할 수 있는 또 다른 기억을 가지고 있지 못하기 때문에, 경험과 기억을 내세우는 한 속수무책일 수밖에 없다. 이것이 경험의 맹점이다. 현재의 남이섬을 있게 한 공식 역사 옆에 1950년을 전후한 역사(전상국 세대에 속한 기억)를 나란히 세워 놓는 작업이 혹 위험해질 수 있다면, 그 가능성도 바로 이 지점 어딘가에 있을 것이다.

　그러나 「남이섬」은 전쟁을 직접 경험한 세대의 기억에 특권을 부여하지 않는다. 「남이섬」에는 기억을 특권화하지 않는 몇 가지 소설적 장치가 있다. 소설에서 김덕만 씨와 이상호 씨가 전하는 그때의 일들에는 왠지 미심쩍은 데가 많다. 두 사람은 나미라는 여인이 자기들의 목숨을 구해 주었다고 하는데, 무엇보다 이 여인의 정체가 모호하기 이를 데 없다. 두 사람의 이야기를 들어 보면, 나미는 벌거벗은 채 물속에서 지내고 있고,

---

10　개인의 경험과 기억이 공식 역사에 균열을 내고 이를 교정하는 역할을 하는 것과 관련해서는 전진성·이재원 엮음, 『기억과 전쟁』(휴머니스트, 2009)에 실린 글들을 참조할 수 있다.

홀연히 나타났다 홀연히 사라지며, 매번 두 사람을 황홀경으로 몰아넣는다. 김덕만 씨의 전언이다. "기집이 빗속에 홀랑 벗고 뛰는데 어떤 놈이 안 미치겠냐. 기집을 잡기도 전에 쌌다 그거여."[11] 나미는 전설 속에 나오는, 사내를 홀리는 여우처럼 묘사된다. 이야기의 신빙성이 상당히 떨어진다는 뜻이다. 두 사람 외에 그녀를 직접 본 사람이 아무도 없다는 것도 문제이다. 그녀가 해방이 되기 두어 해 전 남이섬에 들어가 살기 시작한 진 군수의 딸이라거나 "신 내린 딸의 그 요상한 신기를 감추기 위해 진 군수가 남이섬에 들어왔다는"[12] 소문이 있지만, 그것은 어디까지나 소문일 뿐이고 두 사람을 제외한 어느 누구도 그녀를 보지 못했다. 그런가 하면 소설 속의 한 인물은 마치 "암캐가 사람으로 둔갑이라도 한"[13] 듯 진 군수가 섬에서 키웠다는 암캐에 대해 이런 이야기를 늘어놓기도 한다.

그놈의 암캐가 풍기는 암내 땜에 이쪽 동네 수캐들이 지랄발광이 났었지. 섬 가까운 이화리 복창포 마을 수캐 몇 마리는 아예 섬까지 헤엄을 쳐 들어가는데, 야, 그거 정말 볼만헤. 대부분 진 군수가 쏜 사냥총에 놀라 되돌아왔지만, 우리 삽사린 섬에 들어간 지 꼭 닷새 만에 돌아왔어. 그 꼴루 어떻게 물을 건넜는지. 피골이 상접한 게 정말 눈으로 못 보겠데. 그러니 며칠 기신도 못 하고 자빠져 앓을 수밖에. 조막만 한 놈이 세파튼가 네파튼가 하는 송아지만 한 거 하구 붙었으니 그럴 수밖에."[14]

이 이야기는 나미에 관한 이야기와 상당히 유사하다. 나미가 암캐로, 김덕만 씨와 이상호 씨가 동네 수캐로 바뀌었다뿐 기본적인 이야기 구도

11   전상국, 「남이섬」, 『남이섬』, 60쪽.
12   같은 글, 61쪽.
13   같은 글, 62쪽.
14   같은 곳.

가 동일하다. 이런 점을 볼 때 두 사람의 이야기는 신빙성이 떨어진다. 진 군수가 키운 암캐 이야기를 나미라는 가공의 인물에 관한 이야기로 바꿔 치기했을 가능성을 완전히 배제하기는 어려워 보인다.

뿐만 아니라 소설은 김덕만 씨와 이상호 씨의 기억을 마주 세우면서도 두 사람이 직접 만나도록 하지는 않는다. 두 사람의 기억은 조금씩 차이 가 있다. 나미를 만났을 때의 이야기를 들어 보면 서로 맞지 않는 부분들 이 있다. 예컨대 "상호가 섬에 들어가는 날은 대체로 날씨가 좋았다. 안개 가 껴 사위를 분간하기 어려운 오전에도 나미의 유혹을 받았다. 그러나 덕만은 주로 밤에 나미를 만났다. 물론 한낮에도 섬에 들어가긴 했지만 그런 날은 어김없이 비가 내렸다."[15] 화자는 "두 사람이 함께 만나 서로 이 야기를 나눠 보는 것도 좋을 것"[16]이라는 생각에 두 사람의 만남을 주선해 보기도 했지만 그 일은 끝내 성사되지 않는다. "두 사람 모두 그렇게 만나 는 일을 달가워하지 않"았고, "나미란 여자를 자기 아닌 다른 사람과 공유 하는 것"에 대해 "마음 불편함"[17]을 느끼고 있었기 때문이다. 두 사람은 "서로 상대의 나미 관련 얘기를 모두 새빨간 거짓말로 몰아"붙이기도 한 다. "자기 말만 사실이고 남의 것은 모두 거짓이라는" 태도에 화자는 "두 사람 말이 모두 거짓일 수도 있다는 의구심"[18]마저 갖게 된다.

두 사람을 한자리에 불러 놓고 대화를 나누게 하면 좀 더 진실에 가까 운 이야기를 얻어 낼 수 있을지도 모른다. 그러나 소설은 이런 가능성을 아예 허락하지 않는다. 화자가 남이섬을 다시 찾았을 때 두 사람은 모두 세상을 떠나고 없다. 화자가 찾아가기 바로 며칠 전이 김덕만 씨의 사십 구제 날이었고, 이상호 씨 역시 한 해 전에 목숨을 잃은 뒤였던 것이다. 두

---

15 같은 글, 59~60쪽.
16 같은 글, 50쪽.
17 같은 글, 50쪽.
18 같은 곳.

사람이 사라지고 없으니 이제 그때의 일을 기억하고 있는 사람들도 없고, 그런 일이 실제로 있었는지 따질 수도 없게 된 셈이다. 두 사람의 일을 알고 있는 것은 이제 화자밖에 없다. 그 일에 대해서는 두 사람의 가족조차 들은 바가 없다. 이제 화자가 기록해 두었거나, 레코드테이프에 음성의 형태로 담겨 있는 기록들만이 그때의 일을 증언하고 있을 뿐이다. 기억은 이중화되어 있다. 화자가 기억하고 있는 것은 그 자신이 직접 경험한 사실이 아니라 누군가의 기억이다. 이청준의 「지하실」에서 보듯 기억은 종종 과거의 일을 사실 그대로 전해 주는 대신 자기 구미에 맞게 변형을 가하고 색을 칠한다.[19] 화자는 자기가 기억하고 있는 것이 사실이라고 믿었지만 마을 사람들의 기억은 그와 달랐다. 전상국의 다른 소설 「지뢰밭」에서도 사정은 비슷하다. 화자는 인민군들이 학살당할 때 친구인 영팔과 함께 망을 보고 있었다고 기억하고 있었지만 영팔은 그때 다른 마을에 있었다고 우겨 댔고, 그때 끌려간 인민군 숫자를 화자는 스물둘로 기억하고 있었지만 영팔은 백 명이라고 주장했기 때문이다. 자기 기억마저 사실인지 의문스러운 처지에 제삼자의 기억이라면 더 말할 것이 없다. 그 기억은 당시의 사실을 알려 주는 유일한 기록물이 아니라 한낱 허구적인 거짓 이야기에 불과할 수도 있는 것이다.

김덕만 씨와 이상호 씨의 기억을 복원하는 화자의 태도는 몹시 조심스럽다. 화자는 이들의 기억을 말도 안 되는 거짓말이라고 매도하지는 않지만 그렇다고 이를 전면적으로 받아들이지도 않는다. 그런 까닭에 화자는 현재 받아들여지고 있는 남이섬의 역사를 이들의 기억으로 교정하거나 대체하려 하지 않는다. 다만 김덕만 씨와 이상호 씨의 기억을 들추어냄으로써 남이섬의 공식 역사 이면에 자리하고 있는 참혹한 역사를 들추어내고, 남이섬의 공식 역사 외에 다른 역사도 있다는 사실을 환기시킬 뿐이다.

19 기억의 이런 성격에 대해서는 다음의 책을 참고할 수 있다. 엘리자베스·로프터스 캐서린 케첨, 정준형 옮김, 『우리 기억은 진짜 기억일까?』(도솔, 2008).

4 귀신의 모습으로 찾아오는 기억

그즈음 청평호 주변에는 정체를 알 수 없는 괴물이 나타난다는 소문이 떠돈다. "남이섬 호수에 자주 나타난다는 사람 머리 모양의 괴물" 동영상이 인터넷을 떠돌아다니는가 하면 마을에 살고 있는 많은 사람들이 자기도 "귀신 우는 소리"를 들었다며 거들고 나선다. 이 소문은 소설 속에만 있는 허구이다. '세계캠핑캐러배닝대회'가 열린 일이라든지 '군포 여대생 범인'이 잡힌 이야기의 경우와는 달리 현실에서 실제로 일어난 일을 소설 속에서 언급하고 있는 것이 아니라는 뜻이다. 이 사실을 강조해 두는 것은 소설에서 남이섬과 관련이 있는 최근의 이야기들이 대부분 실재하는 사실들을 바탕으로 하고 있는 것과는 달리 유독 이 경우만은 예외적으로 순수한 의미의 허구로 되어 있기 때문이다. 사정이 그러하다면 이 소문은 작가가 말하고 싶은 중요한 의미를 내포하고 있다고 보아야 할 것이다.

사실 귀신에 관한 이런 소문들은 이미 오래전부터 있었다. 전쟁이 끝난 뒤에도 사람들은 꽤 오랫동안 남이섬 출입을 하지 않았는데, 그것은 "거기 살던 벙어리 부부가 문둥병에다 몹쓸 돌림병을 앓고 있다는 소문에서부터 산악대가 죽였다는 빨갱이 시체가 뻘거벗은 채 널브러져 썩어 가고 있었다는 얘기까지 남이섬의 흉흉한 소문"[20]이 사람들 사이에 퍼져 있었기 때문이다. 이런 소문을 더욱 부추긴 것은 파로호(破虜湖)에 수장된 중공군들의 시체이다. "특히 겨울 난리 때 내려왔던 중공군이 미군 폭격기 불세례를 받고 남이섬 얼음 위에서 수백 명 죽어, 불탄 시체들이 얼음이 녹을 때 함께 둥둥 떠다닌 일로 사람들이 그쪽으로 눈길을 주지도 않았다고."[21] 귀신 소리를 들었다는 사람들이 한국전쟁 때의 일을 떠올리는

20 전상국, 「남이섬」, 『남이섬』, 81쪽.
21 같은 곳.

것은 당연한 일일지도 모른다. 귀신에 관한 이야기들은 이런 식으로 다양하게 유포된다. "괴물이 아니구 귀신이어유. 내가 열여섯에 홍천 내면서 저 건너 방하리루 시집을 오니까 모두들 그러데유. 남이섬하구 중국섬에서 전쟁 때 사람들이 엄청 죽었다구. 비 오는 날이나 안개 낀 날은 나두 귀신 우는 소릴 여러 번 들은걸유. 우리 시아버이두 스물셋 나이에 중국섬에서 죽었다는데, 그 제삿날이면 제사상을 방하리 물가에 차려 놓고 지내데유."[22] "눈에 보이는 괴물보다 더 무서운 게 뭔지 아시우? 귀신 소리요. 귀신 우는 소리."[23] "펜션 박 씨는 육이오 때 남이섬에서 많은 사람들이 죽었다는 얘기를 들었다고 했다. 마차를 모는 젊은이 역시 지금의 남이섬이 옛날에는 온통 갈대숲으로 뒤덮인, 밤이면 장마 때 떠내려와 섬에 걸렸던 북한강 상류 사람들의 그 주검 귀신들이나 걸어 다니는 그런 황량한 땅이었다는 얘기를, 나이 들어서 섬을 다시 찾은 옛날 사람들의 입을 통해 수없이 들었을 것이다."[24]

화자는 화자대로 귀신에 씌어 있다. "나야말로 떠도는 귀신에 제대로 홀렸다. 굳이 남이섬까지 가지 않고도 나미의 귀신을 만났다. 취재차 들어간 춘천의 강섬 중도나 위도에서도 물가를 혼자 거니는 여자들에게 덮씌워진 나미 귀신을 만나는 일은 이제 아무렇지 않은 내 일상이다. 굳이 강섬이 아니라 인적이 드문 산책길에서도, 안개가 우욱우욱 밀려 다니는 공지천 조각공원을 혼자 걷고 있는 여자를 보면 나미의 환생이라도 만난 듯 화들짝 놀라곤 했다."[25] 남이섬에서 카페를 운영하는 후배의 이야기도 여기에 한몫을 한다. 후배는 가끔씩 카페를 찾아오는 어느 여인에 대해 이야기를 하는데, 그녀는 커피 석 잔을 시켜 놓고 건너편에 놓고 담배에 불

22 같은 글, 78쪽
23 같은 글, 88쪽
24 같은 곳.
25 같은 곳.

을 붙여 커피 잔 접시 하나에 올려놓고는 한다. 이 여자가 아무래도 화자가 찾고 있는 여자와 같은 인물이리라는 것이다. 나미가 살아 있더라도 그녀의 나이를 고려해 본다면 둘이 같은 인물일 가능성은 전혀 없다. 이런 후배를 두고 화자는 "여자의 세 번째 정부가 되어 그네의 고통을 함께 즐기고 있었다."[26]라고 속으로 생각해 본다. 나중에 이 여자는 무슨 이유에서인지 자살을 하고 말아 이런 생각을 더욱 증폭시킨다.

괴물과 귀신의 실체가 무엇이든 그 이야기를 만들어 낸 것이 누구이든, 중요한 것은 이런 이야기가 유통되고 있다는 사실이고, 그 근저에는 참혹한 역사가 놓여 있다는 사실 바로 그것이다. 귀신 이야기는 공식 역사가 될 수 없다. 공식 역사가 억압적인 힘을 행사하는 바로 그곳에서 비로소 귀신 이야기는 출현한다. 햄릿을 찾아오는 유령은 우리에게 돌아오려고 몸부림치는 억압된 기억이다. "회상을 거부하게 만드는 기억"이고, "말할 수 있지만 말해서는 안 되는 역사", 기억하는 것을 허락받지 못한 역사이다.[27] 그와 마찬가지로 청평호를 떠도는 괴물과 귀신 이야기는 참혹했던 그날의 일이 여전히 공식적인 역사의 일부로 받아들여지지 않음을 반증하는 증거다. 우리의 역사는 이를테면 일종의 우울증적 상태에 걸려 있다. 상실된 대상에 대해 충분한 애도를 표하지 못할 때 그 대상은 상실되지 않고 남아 우리의 의식을 사로잡는다. 남이섬을 떠돌아다니는 귀신 이야기는 역사의 현장에서 죽어 간 그들에 대한 우리의 애도가 불충분함을 증명해 보이고 있다. 우리는 그들을 충분히 기억하고 있지 않고, 그들에게 제대로 된 애도를 표하지 않았으며, 바로 그런 이유 때문에 그들은 귀신이 되어 우리를 되풀이 찾아오고 있는 것이다.

화자는 귀신 이야기를 마다하지 않는다. 오히려 귀신 이야기를 나미와

26   같은 글, 90쪽.
27   이에 대해서는 리처드 커니, 이지영 옮김, 『이방인, 신, 괴물』(개마고원, 2004)의 6장, 「햄릿의 유령 — 셰익스피어에서 조이스까지」 참조.

연결시키려고도 한다. 화자는 마을 사람 하나에게 넌지시 이렇게 말을 건넨다.

"그 여자 귀신이 나타났을 때 어디선가 그 여잘 부르는 소리가 들리지 않았어요?"

"맞아요. 누군가를 부르는 소리가 들리면서 그 귀신이 눈앞에서 사라졌어요."

"뭐라고 부르던가요?"

"글쎄 그게……."

"나미야, 그렇게 부르지 않던가요?"

"그래요. 지금 생각하니까 그런 소리가 들린 것도 같아요."

그날 이후 남이섬 외진 곳을 혼자 걸어 다니는 여자는 모두 나미의 귀신이다. 그 여자 귀신을 본 순간 사람들은 그네를 애절하게 부르는 어떤 남자의 목소리를 듣게 된다. 나미야, 네가 보고 싶구나. 남이섬 귀신 이야기에 동참한 사람들은 자신들의 환각 현상을 나름의 상상으로 각색한다.[28]

전상국의 다른 소설 「지뢰밭」에서 용우성은 57년 전 살육의 현장에서 혼자 살아남아 그날 죽었던 사람들에 관한 기록을 찾아 동분서주한다. 이제 와서 그런 기록을 찾는 것이 무슨 의미가 있겠나 싶기도 하지만, 용우성에게는 그것이 죽은 사람들에 대한 예의이고, 살아남은 자가 해야 할 마땅한 도리로 여겨졌을 것이다. 용우성의 생각을 마침내 수긍하게 된 소설 속 화자는 이렇게 말한다. "내가 그때 거기 있었다. 그리고 보았다. 본 것을 보았다고 말하리라. 무엇이 두려울 것인가. 오랜 세월 내 안에 숨 쉬고 있는 그 지뢰를 제거할 수만 있다면 그 정도는 각오해야 좋을 것이

28　전상국, 「남이섬」, 『남이섬』, 89쪽.

다."[29] 마찬가지로 「남이섬」의 화자가 귀신 이야기를 조장하는 것 역시 전쟁 당시의 참혹했던 일들을 기억하기 위한 그 나름의 방식일 수 있다.

5 전쟁을 기억하는 윤리적 방법

남이섬을 둘러싼 두 개의 역사가 있다. 하나는 남이섬 개발, 나미공화국, 「겨울 연가」 촬영지로 이어지는 역사이고, 다른 하나는 1950년 한국전쟁의 와중에 있었던 역사이다. 최근의 남이섬의 면모를 기준으로 할 때 첫 번째 것을 남이섬의 공식 역사라고 한다면 두 번째 것은 남이섬의 측면사 내지 이면사라고 부를 수 있을 것이다. 「남이섬」은 남이섬의 공식 역사에 측면사를 덧댐으로써 이제는 잊히고 있는 과거의 참혹했던 기억을 다시금 환기시킨다. 그러나 「남이섬」은 전쟁을 직접 경험한 세대가 종종 그 경험을 절대화하는 것과는 달리 기억의 왜곡에 의해 윤색되고 허구화되었을 가능성을 배제하지 않으며, 그리하여 인물들의 기억을 전면적인 진실로 받아들이거나 이들의 기억으로써 공식 역사를 대체하지도 않는다. 이것은 전쟁을 직접 경험한 세대에게서는 쉽게 찾아볼 수 없는 상당히 온건하고 절충적인 입장이라 할 수 있겠다.

그런가 하면 「남이섬」에는 다소 허무맹랑하게 여겨지는 귀신 이야기도 등장한다. 귀신 이야기의 출처를 한국전쟁 때 있었던 비극적인 사건들에서 찾고 있는 모습이나 귀신 이야기가 계속해서 만들어지고 퍼져 나가는 데 일조하는 화자의 태도에서도 알 수 있듯이 귀신 이야기는 그 나름의 의의를 지니고 있다. 귀신 이야기가 사람들의 입에 오르내린다는 것은 바꾸어 말하면 남이섬의 역사에서 배제해 버린 억압된 기억들이 존재

---

29 전상국, 「지뢰밭」, 「남이섬」, 224쪽.

한다는 뜻이고, 그 기억들이 회귀하고 있다는 뜻일 것이다. 억압된 기억이란 두말할 것 없이 한국전쟁에서 목숨을 잃었던 무고한 영혼들에 관한 기억이다. 귀신 이야기는 남이섬의 공식 역사에 편입될 수 없다. 인간이 아닌 귀신의 이야기이기 때문이다. 그러나 귀신 이야기는 바로 이런 방식으로 기억되면서 공식 역사에 계속해서 균열을 낼 것이다. 어쩌면 이것이야말로 전쟁을 직접 체험한 마지막 세대 작가인 전상국이 생각하는, 2000년대 우리 현실에서 한국전쟁을 기억하는 윤리적 방법이라 할 수 있을 것이다.

정영훈

1973년 마산에서 태어나 진주에서 자랐다. 서울대학교 국어국문학과를 졸업하고 동 대학원에서 현대소설로 박사 학위를 받았다. 2004년 〈중앙 신인 문학상〉 평론 부분에 「나르시시즘으로부터 타자의 윤리학으로: 김영하의 단편들」이 당선되어 등단했다. 계간 《세계의 문학》 편집위원으로 활동했으며, 현재 경상대학교 국어국문학과 교수로 재직 중이다.

윤리의 표정

1판 1쇄 찍음   2018년 1월 31일
1판 1쇄 펴냄   2018년 2월 7일

지은이   정영훈
발행인   박근섭, 박상준
펴낸곳   (주)민음사

출판등록   1966. 5. 19. (제16-490호)
주소   서울시 강남구 신사동 506 강남출판문화센터 5층 (135-887)
대표전화   515-2000
팩시밀리   515-2007
홈페이지   WWW.MINUMSA.COM

값 22,000원

ISBN   978-89-374-1229-5
            978-89-374-1220-2(세트)